こんな夜更けにバナナかよ

筋ジス・鹿野靖明とボランティアたち

三更半夜居然要吃香蕉！

肌肉萎缩症·鹿野靖明与志愿者们

［日］渡边一史 著

谢鹰 译

北京时代华文书局

是你做出了选择,
在内心悄悄选择了自己。

所谓活着,
就是勇往直前地不断做出选择。
也包括死亡。

——清冈卓行《四季写生》

中文版推荐序

一本好书！

你可以理解，这是一本写实的人物传记。它讲述了鹿野靖明——一位重度肌营养不良患者和帮助他的志愿者们与疾病斗争的传奇故事。

你可以理解，这是一本适合大众的科普读物。从中你可以了解日本残障者福利体系建立与发展的过程，特别是"肌营养不良医疗"几十年来的变迁与现状。通过这本书，你会认识到什么是肌营养不良，特别是疾病呼吸支持的科学方法与重要性。同时，你也能学习到在日本招募与组织志愿者的方式方法。

你可以理解，这是一个悲剧。尽管主人公和一群志愿者们勇敢、顽强、乐观地与疾病作斗争，能活到42岁对于肌营养不良患者来说也已经是个奇迹，但是读到鹿野离开的瞬间，还是让我潸然泪下。

你可以理解，这也是一出有趣的轻喜剧。鹿野的任性、调皮以及他的恋情故事都足够吸引人。护工主妇才木美奈了火辣直接的言语，更会让你在看的时候忍俊不禁。

我更愿意把这本书当作一本能够启迪人心灵的读物。

看似碎碎叨叨的语言和片段，组织成了一个完整而立体的故事。

鹿野的人生和志愿者的故事，会让你暂时放慢茫然而匆匆的脚步，在夜深人静的时候思索我们为什么活着，如何活着，以及我们能为社会做些什么。在繁忙的生活中，去感悟人生的价值与快乐的真谛，特别是在新型冠状病毒肺炎横扫全球的今天。

当然，仁者见仁，智者见智，你的感受，只会深藏在你的内心。

解放军总医院神经内科医学部
主任医师、教授、博士生导师
吴士文

目 录

序 章
鹿野今夜也无眠 ………………… 1

第一章
任性妄为也是我的生活方式 ………… 14
这个家无疑是"战场"

第二章
护理的学生们 ………………… 64
志愿者们的故事(一)

第三章
我的身体,我的利害 ………… 112
"自立生活"与"残障者运动"

第四章
我不是戴锁链的狗 ················· 176
挑战佩戴呼吸机的自立生活

第五章
人工呼吸机与我合而为一 ················· 214
肌营养不良治疗与人工呼吸疗法的最前线

第六章
护理的女性们 ················· 238
志愿者们的故事（二）

第七章
黎明前的护理 ················· 286
共同生存的喜悦与悲伤

尾 声
燃烧后的余烬 ………………… 327

后 记 ………………… 359
文库版后记 ………………… 362
主要参考文献 ………………… 374

解 说
山田太一 ………………… 379

序　章
鹿野今夜也无眠

那个人今晚也要"最强"的药。

神经科医生开出的安眠药根据效果分为四种,被装在白色的塑封袋子里,分别用红色马克笔标注着"正常""略强""强"以及"最强"。

他似乎饱受慢性失眠症与焦虑症的折磨。

他十分担心一旦入睡,会不会再也醒不过来了。

时值深夜两点。我按照他的吩咐,从"最强"的袋子中取出胶囊与药片,走近床边。

"你说死亡?我怕死啊。我总担心会不会睡死过去。"

说完,他嘎吱嘎吱地嚼碎了嘴里的药片。

"直接嚼?"

"毕竟我吞咽的力气越来越弱了。不嚼碎就会误咽①,堵住喉咙。"

我把插有吸管的杯子端到他嘴边,他吸了一口,咽下药片。

最强的安眠药最近效果好像也越来越不明显——

鹿野靖明,40岁,身患"进行性肌营养不良"——一种全身肌肉逐渐衰竭的疑难杂症②,目前尚未发现有效的治疗方法。

当医生宣告这一病症的时候,鹿野还是一名六年级的小学生。此后,他在养护学校（即现在的特别支援学校）度过了初高中时代；18岁因腿部肌肉力量下降，开始了轮椅生活；32岁因心脏肌肉衰竭，被诊断为扩张型心肌病。

大概从一年前开始，他因颈部肌肉衰退，几乎过上了卧床不起的生活。只有双手的指头能略微动弹，属于第1种第1级重度身体障碍者③。

可以说，这个人做不了任何事。

没法挠痒，没法自己擦屁股，睡觉时也没法翻身，得在他人的帮助下才能活下去。

此外，还有一个更大的问题。

35岁时，他因为呼吸肌衰弱，自发呼吸变得困难起来，只得做"气管切开术"，在喉部开一个洞，再安装名为"人工呼吸机"的机器。肌营养不良的可怕之处在于，不仅是手脚、颈部的肌肉，连内脏的肌肉也会被这个病慢慢侵蚀。

从此，他一天24小时必须有人陪伴左右，好帮他吸出呼吸机和气管内积累的痰液。如果放任不管，积累的痰液会使他窒息。

"大家觉得很神奇，在全天候的照顾下，我竟然没疯。这时他们会开始发现各种有趣的事情。"

鹿野一动不动地躺在床上，说完愉快地哼了一声。

"为什么呢？"

"我得把自己暴露出来……否则无法在人世间活下去吧？做不到的事情就是做不到，只能让会做的人帮忙。"

咻。咻。咻。

床畔的小推车上摆着箱子状的人工呼吸机，上面连接着大量外形像收音机的仪器和刻度盘,里面伸出来的管子与鹿野的喉咙相连。

房间里,人工呼吸机的响声一刻也未停止过。这个响声也是他的呼吸声。

"即便如此,人也得活下去——有时候当然会说丧气话啊,比如关掉呼吸机的主开关,大喊一声'我不想死!'。

"这都有过的。不过,那样会麻烦到别人,也有人会说'鹿野果然撑不住了吧'。我可不想让人那样说。我有自尊心的。只要自尊心还在,就不用担心放弃。"

鹿野是个虚张声势的人。相处之间,我渐渐明白了他的这种性格。不过,他似强实弱,似弱实强。懦弱却大胆,任性却善良,呈现出许多截然相反的性格,每次都令我好奇不已。

这个人,究竟是个什么样的人?

《"活着"——传承心灵》

以前,报纸大篇幅报道过他,用的便是这一标题(《北海道新闻早报》[④],"生命的日常"系列,1999年10月7日)。

上面说他的身边围绕着大批志愿者,采用24小时管理制,除了吸出气管内的积痰,还得照顾他的日常生活。

其中包括学生、主妇、护士等,多为20岁出头的年轻人。在志愿者的扶持下,他为改善居家福利、居家医疗而发声。说到底,我能认识鹿野靖明,也是因为那篇新闻。

那是2000年白雪初融的春天。

该报社图书出版部门的编辑把我叫了出来,约我在札幌市大通公园附近一家时髦的咖啡店里喝咖啡。

"不如以这个故事为主题,写一本书吧?"

编辑对刚见面的我抛出了这样一句话。我为难地挠了挠头。

我是自由作家，出生并成长于本州，但上大学的时候搬去了札幌，从大学肄业后，我直接在北海道定居，成了主要活跃于道内地区的作家。话虽如此，我却没什么专长和擅长的写作领域，既给乡土类的出版物写文章，也给旅游杂志写游记，还制作企业的宣传杂志、各种广告媒体、小手册等……几乎没有信条，没有计划，没有秩序，全靠写杂七杂八的文章来糊口。但是我因为没有才华，工作很少，不仅工作少，我还因为天生的懒癌，不愿接自己不喜欢的工作，所以生活一直很窘迫。

我以前给北海道观光图册写文章的时候结识了这位编辑。一打听，原来我们来自同一所大学，年纪也一样，从此他便成了我的知心友人之一。

"这个家里发生了什么，你不想仔细了解一下吗？年轻人为什么来当志愿者呢？"

我踌躇不定。

这个主题过于沉重、深刻。何况对我来说，福利和医疗是完全陌生的领域，超过了我力所能及的范围。

"那个世界好像很不容易呢。"

我又扫了一眼新闻报道，漫不经心地说道。

然而，他接着说出了这样的话。

"这里有他发表的会报*文章。有点像他住院时代的自传。希望你先读读这个。好像是他前女友汇总的。"

我不禁抬起头。

"这个人一直瘫在床上，还交过女朋友？"

---

* 文中的"会报"指的是日本人工呼吸机使用者友会发行的会报《呼吸机使用者的碎碎念》。

"以前还结过婚呢。不过那是在佩戴人工呼吸机之前，他还过着轮椅生活。"

"这样啊。"我有点意外，飞快翻阅着编辑给我的资料。

"话说这些笔记挺不错的。"

说完，编辑把一捆复印纸搁在了桌上。

这是那个人与志愿者之间的交流记录，类似于交换笔记。大家称之为《看护笔记》，已经累积到了80册。

回家后，我认真读起了编辑给的《看护笔记》复印件。

内容实在有趣，有点出乎我的意料。

此前，说起残障者、志愿者的亲身经历，我只听过"感动"的故事，但从那个家中漫溢而出的某种东西充满了这本笔记。同时，我也产生了些许疑问与好奇。

毕竟鹿野24小时离不开他人的帮助，也就是说，他的生活中没有一刻能够独处，这究竟是怎样一种概念呢？

说到我自己，仿佛拼命活在"不麻烦他人，也不想被人麻烦"的范围内。可结果如何呢？年过三旬，依然是孤家寡人，而且最近寂寞之感陡增。

他的《看护笔记》中写了这样一段话：

"如今这世道，人与人关系淡薄。大家都以自我为中心。

"在这样的情况下，帮助残障者、参与志愿服务等行为，我认为是人类活下去的最终手段。向人求助没有任何不好。

"不管做什么，我都想活下去，我还会继续活下去吧。我渴望改变日本的福利状况。"

人类活下去的最终手段啊……我用纸巾擤擤鼻涕，用力摇了摇昏沉沉的脑袋。

还有一处令我疑惑与好奇。正如编辑所说，为何有大量年轻人来当志愿者呢？这个世界里究竟有什么？

"真的很壮观，他的家门口摆满了松糕鞋⑤。"

临别之际，编辑的这句呢喃似乎也推了我一把。

反正，我想见见这位踏实度日、全力生存的人。不对，我一定要见到他。

那是个绿意盎然的季节。

札幌市西区山方向。鹿野就住在福利住宅"道营照料式住宅"的一间房子里。

正如三角山这个名字一样，圆锥形的山营造出奇妙的景观，此后这条静谧的住宅街将被我踏足无数次。

一年中有一半的时间，北海道都被冰雪与寒冷笼罩。对于坐轮椅的残障者而言，这样的地方特性给他们带来了巨大的障碍，但这座城市有不少日本先进的残障者团体，在他们的活跃下，这片土壤便成为人们去了解残障者的世界。不过我也是后来才知道的，当初开始取材的时候，我对"残障""福利""志愿者"等领域简直一无所知。

福利住宅前有座稍大的公园，天气好的时候，不少人会带小孩过来玩耍，还有中小学生在运动场上踢足球、打棒球。每每看到这番光景时，我都想：或许大家什么都不知道呢。

我也不知道。推开门后，映入眼帘的显然是一片"战场"。

"好痛啊……我怕痛啦。"

鹿野用江户人讲落语*的语气说道。

指针已经转到凌晨2点半。客厅里的志愿者处于"待机状态",轮班的志愿者正在深处的房间安然酣睡。

他似乎又出现了新的问题。由于人一直躺在床上,引发了坐骨神经痛。肩部到腰部特别酸痛。这下他更难入睡了。直到黎明时分,窗外泛白,他才好不容易睡着。

在2DK**中央六个榻榻米大小的床上,鹿野今夜也无眠。

"鹿野先生,对你来说,活着的乐趣是什么?"

我提了一个有点突兀的问题。

"第一,是能够出门。出门好啊。什么压力都被吹得烟消云散。不过,这有个问题,看护起码要两人以上。得安排有升降梯的巴士。而且,冬天还有下雪的问题。"

鹿野外出时得乘坐专为颈部无力定制的电动轮椅,上面能放下人工呼吸机。一排看护跟着走的时候,那场面就跟地主出巡一样壮观。所以在拍摄的外出照片里,他脸上总挂着有点得意的表情。

"然后吧,"鹿野说,"——就是出名。"

"出名吗?"

"没错。没有名气,怎么召集志愿者嘛。没有志愿者,我会活不下去呀。"

"……其实你想出名后受人奉承吧。"

"不,才没有。

"我说过的吧,我想改变日本的福利状况。这就是我的欲望——

---

* 落语是一种日本的传统曲艺形式,与中国的单口相声有相似之处。——译注(后同)

** 即两室两厅。

什……什么受人欢迎,千……千人斩*?(笑)我已经没那种体力啦,早就引退了。"

当我怀疑地眯起眼睛时,鹿野立刻胀大了鼻孔:"我说的是实话!"

---

* 本意指武艺高超,可以斩杀千人。现在多用来形容性经验丰富。

☺ **作者碎碎念**

在本书中，各章的这一部分属于独立内容。因此阅读时完全不用时刻参考，不妨把它当作一项杂学栏目，用以深入了解本文中出现的关键词和残障者的福利医疗问题，有兴致的时候随便读读即可。

① **什么是误咽？**

即误将食物、液体等吞入气管后，出现呛咳的情况。类似的词语有"误食"，但有时会区别使用，如误将异物吞入气管、肺部等呼吸器官时叫"误咽"，吞入肠胃等消化器官则叫"误食"（比方说幼儿误食了纽扣、电池等）。

谁都会不小心误咽，可高龄者特别容易出现危及性命的情况，因此它在日常生活中是一项重要的健康课题。

人类的食道与气管相邻，进食的时候，起到阀门作用的隆起部位"喉头盖"通常会关闭气管入口，防止食物与液体进入气管。然而，当年龄增长、疾病、体力下降等问题降低了吞咽的力气、喉头盖的活动能力和喉咙的反射速度后，就容易出现误咽，有时在睡眠中也会在不知不觉间误咽下唾液和胃液。此外，被液体中含有的细菌感染，进而引发肺部炎症的情况，我们称之为"误咽性肺炎"，这在高龄者的死因中占据前列。

② **疑难杂症**

疑难杂症一词被用作"难治之病"的总称，并非正式的医学名词，其意义也因时代背景、医疗状况不同而发生变化。

日本在1972年制定了《难病对策纲要》后，不仅针对病因不明、难以对症下药的疾病设立了研究小组，以究明原因、确立治疗方式，还为特别难治的重病患者——贝赛特氏症、重症肌无力、肌萎缩侧索硬化症（ALS）、溃疡性结肠炎、脊髓小脑萎缩症、帕金森病患者等——补助医疗费。

另外，2015年，日本时隔40年彻底重新审视了疑难杂症的政策，颁布了扩大资助患者的新法律——《难病法》（针对疑难杂症患者的医疗方面的法律）。日本疑难杂症对策委员会在先前的提议中提出了如下基本理念：人类的多样性必然会导致一定比例的疑难杂症，我们得动员全社会去支持患者与其家人，这样才像成熟的日本社会（摘自厚生科学审议会疾病对策部疑难杂症对策委员会《关于疑难杂症对策的改革（提议）》）。

肌营养不良在《难病法》中被列为"指定的疑难杂症"之一，疗法的研究与医疗费的补助目前都在进行中。不过，根据1960年颁布的《进行性肌肉萎缩症对策纲要》，全国各地都设有肌营养不良的住院部，与其他疑难杂症不同，肌营养不良有独立的历史。关于日本"肌营养不良医疗"的变迁与现状，我将于第五章进行详细的报告。

③ 什么是残障？

回顾过去，在开始本书的采访前，我对"残障者"一词的印象十分模糊，甚至不懂"残障"和"疑难杂症"二者的意义与区别。一般出现肌营养不良后，多会伴随肌肉力量退化，从下肢机能障碍（轮椅生活）到上肢机能障碍，甚至发展出内部障碍（内脏机能衰弱），所以肌营养不良患者既是"疑难杂症患者"，也是从轻度发展成重度的"身体残障者"（肌萎缩侧索硬化症等其他神经肌肉病的患者，大多也会经历同样的过程）。

话说回来，日本的法律是如何定义"残障"的呢？

回顾不久之前，日本的《残障者基本法》（2011年修订前的旧法）将残障分为"身体残障、智力残障、精神残障"三类，在接受政府的福利服务时，有义务根据指定医生的诊断分别领取《身体残障者手册》《疗育手册》《精神残障者保健福利手册》。

若再继续列举身体残障的例子，又可分为"肢体残障""视力残障""听力残障""内部残障"等类型，根据残障的程度分为1到7个"等级"，1到6级都会分发手册（此外，关于"第1类第1级"的这个"类"，是指在JR*乘坐费、航空机票费、道路通行费等优惠分类中，残障者分为优惠力度最大的"第1类"及除此之外的"第2类"）。

然而，这样的"手册制度"是日本特有的，更倾向从医学、生物学的角度对残障进行分类，从前就有不少人批评这样做是把残障关进了狭隘的范围内。另外，即便有一定的残障，有的患者却因"医学诊断无法确定"等理由而拿不到残障者手册，发育残障和高级脑机能残障更是掉进了制度的盲区，得不到必要的支持——"制度盲区残障者"的问题十分严峻。

另一方面，读者有必要了解：部分人对残障的理解思路截然相反，对比

---

* 日本铁路公司（Japan Railways）的简称。

鲜明，即"残障不是个人原因，而是社会造成的"，这种理解方式叫"残障的社会模型"。

比如，只要居住地区电梯完善、道路少有断破，那么即便是坐轮椅的人，其腿脚不便的"残障"也会减轻一大截。又如，盲人或聋人在学习盲文和手语（建立能学习、活用这些知识的环境）后，与他人顺畅交流的例子也不罕见。像这样，残障的"轻重"因生活的社会与环境而大不相同，对残障者造成"障碍"的，比起自身的疾病、伤势，更应该算作无动于衷的社会问题。

说到这种思路的优点，在于它没有把残障的问题单纯归为个人责任，而是让全社会去理解问题、解决问题。正如给轮椅残障者设置的电梯，为老人、推婴儿车的人、拖行李箱的健全者带去了巨大的便利一样，其中也隐藏着"社会或许能包容背负着不同生存条件的人"的可能性。就像第三章中详细阐述的，1970年代后日本掀起的"残障者运动"也是基于这种思路，它大大改变了日本社会。

当然，并非把一切归为社会的错、改革社会就万事大吉了，关键还是得理解：残障不能单凭医学诊断和个人身体缺陷（Impairment）的轻重来决定，还要看所处的社会环境如何，因此遇到的残障（Disability）程度是"可变"的。并且，我们要留心因"人与环境的相互作用"而产生的障碍，对有需要的人予以必要的支持。

顺便一提，2006年，联合国也通过了《残疾人权利公约》，它正是基于"残障不是个人问题，而是社会问题"的社会模型。已有150多个国家及地区批准了这一条约。日本也在2014年批准，并提前在2011年大幅修改了前面提到的《残障者基本法》。

主要修改的是，在原有的"身体残障、智力残障、精神残障"三种残障的基础上，追加了"发育残障"及"其他身心机能残障"的项目。关于"社会阻碍"还增设了新定义，添加了残障者即"因缺陷、社会阻碍而在日常与社会生活中受到一定限制的状态"的条文。

"手册制度"依然在推行，但也出现了从社会模型角度去看待残障的思路，无论是什么样的身心残障，因社会环境而出现生活困难的人均被纳入了法律保护的对象，这一点可谓是一个巨大的变化。

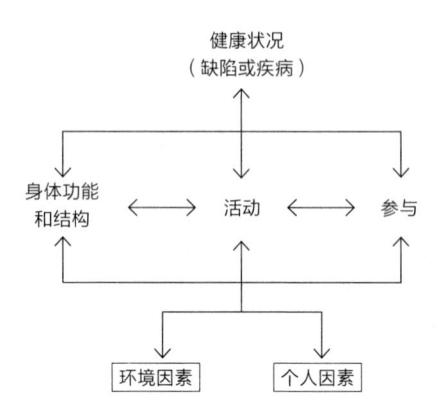

```
         健康状况
        (缺陷或疾病)
    ┌───────┼───────┐
    ↓       ↓       ↓
 身体功能 ←→ 活动 ←→ 参与
 和结构
    └───┬───┴───┬───┘
        ↓       ↓
    环境因素  个人因素
```

世界卫生组织（WHO）于2001年发表的"国际功能分类（ICF）"的模式图（摘自《平成23年版残障者白皮书》）

根据上图，"残障"的定义是：在健康状况、环境因素、个人因素（性别、年龄、职业等）的相互作用下，生活功能出现了问题的状态。也许不少人觉得这过于复杂，根本不知所云（其实我也是其中一人），但"残障"本身就是由复杂的因素交织产生，是一种因人而异的概念。若要一一回应这些需求与个体差别，那么残障定义的复杂性又将更上一层楼，还望读者能理解这样的现实。

④ 北海道新闻

本书的旧版由北海道新闻社的出版中心发行。《北海道新闻》是北海道的代表性地方报纸之一，但知道它的外地人恐怕不多。上大学住在札幌之前，我都不知道世界上还有这样的报纸。

北海道居民亲切地叫它"道新"，早报的发行量约为100万份（日本ABC协会的报告数量）。在北海道，它的销量和普及率超过了《读卖新闻》《朝日新闻》《日经新闻》《每日新闻》等全国性报刊。此外，作为地方报纸它位居第二，仅次于以中部地区为据点的《中日新闻》（销量约为245万份），第三名则是以福冈县为中心、在九州7县发行的《西日本新闻》（约66万份）。这三家报社组成了"地方报纸联合三社"，在新闻小说、报道方面达成了合作关系。

⑤ 松糕鞋

在旧版发行多年后的今天，已经难以体会到"松糕鞋"一词所营造出的当年氛围。

松糕鞋是1990年代后期到2001年间，在年轻女性中超级流行的一款鞋底厚得古怪的鞋子。还有"松糕靴"和"松糕拖鞋"，其中鞋底高于10厘米的鞋子也不足为奇。松糕鞋好像后来也改变样式存活了下来，可当年实在太流行了，和泡泡袜、黑皮肤（一种把皮肤变黑的时尚）一同成为象征年轻女性的代表性"符号"。

总之，我想说的是，鹿野家来过许多将当年潮流集于一身的"普通年轻女孩"，但对于不了解"当年潮流"的现代年轻人而言，就算有人说"门口摆满了松糕鞋"，八成也是摸不着头脑吧。"纪实"非常困难，越是讲究现实中的细节，作品越容易从这些细节开始变得陈腐。这是作者时常纠结的问题。

第一章
任性妄为也是我的生活方式
这个家无疑是"战场"

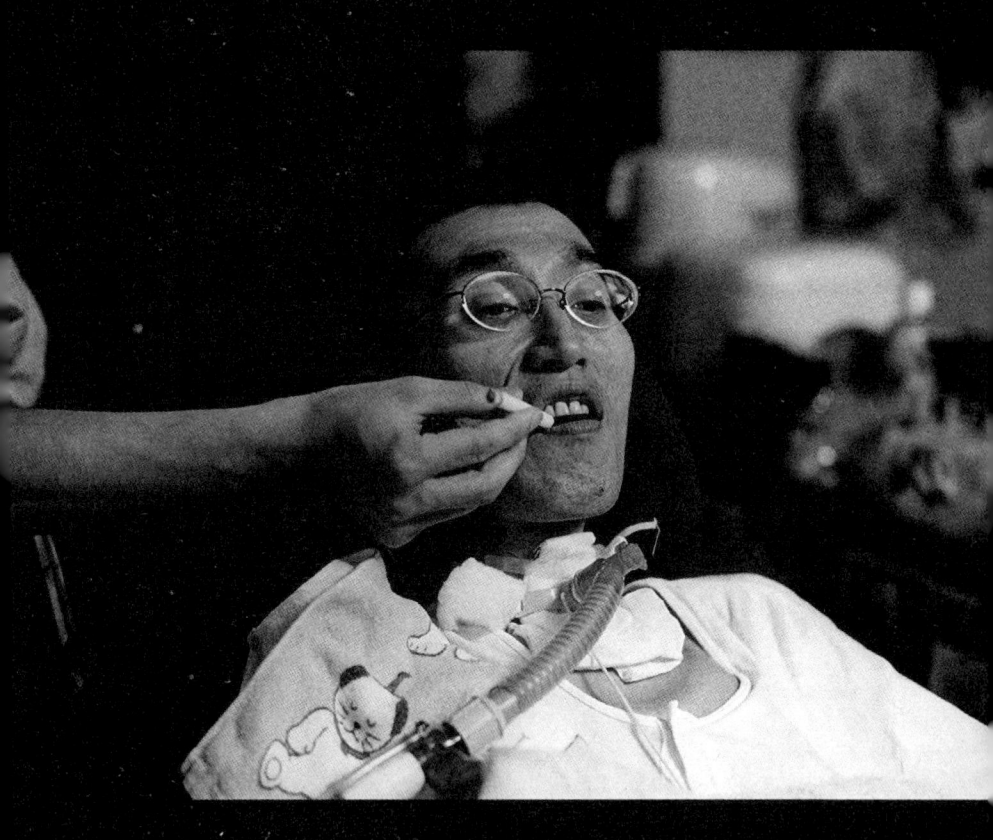

95/8/13（周日）鹿野

　　虽然我又在发招募志愿者的传单，尽可能地招揽更多的人，但看护不是来一次就能学会的。
　　志愿者忙得来不了的时候，老实说，我心里只是疑惑"为啥"。大家都过着不同的人生。其实比起志愿者，国家没有做根本的保障更让我恼火。
　　有时觉得老天给我的试炼着实残酷。我时常觉得早死早超生。然而，人类实在是奇妙，一到这种时候，就定会产生"谁要死啊"的想法。我寻思着老天给我的工作究竟是什么。
　　凌晨2点30分，阿北的眼皮已经在打架了。
　　阿北，对不起！

（摘自《看护笔记》）

* 本书引用的日记内容如未做出处说明，则均摘自《看护笔记》。

1

鹿野决心"和父母分开生活",是在1983年,他23岁的时候。

这是出于他的一个强烈的念头,即"希望父母过上自己的人生,别因为我是残障者,而成为牺牲品"。另外,也有些其他原因迫使他产生了这样的想法。

可是,从当时残障者的福利状况来看,身体残障者的生活方式基本上只有两种。

让父母照顾一辈子,或者住在身体残障者的设施里。

鹿野没有选择其中任何一种,而是踏上了布满荆棘的道路。重度身体残障者向"自立生活[①]"发起了挑战。

从此以后,寻找护工与调整日程表成了他赖以生存的"工作"。他坐着电轮椅亲自上街分发传单,在大学和医疗福利机构做演讲,还在报纸上投放招募广告,用以征集志愿者并阐述其中的必要性。

但是,人数要如何填满一天24小时、一年365天,是个严峻的问题。

关于看护鹿野的一天:"白天"(上午11点~下午6点)和"夜晚"(晚上6点~9点)各需1人,"陪夜"(晚上9点~次日上午11点)需要2人,实行的是合计4人的三班交替制度。单纯计算下来,一个月就得要 120 名护工，一年则需要 1460 名护工[②]。

鹿野床边的墙壁上贴着纸张，上面写满了每个志愿者方便的日程。就像下面这样：

关　　7 月的第二周和第三周没空
横山　7/1、7/18 不行，7/21 考试，8/8～8/12 参加社团的夏季合宿
小林　7/1～7/16 实习，7/28～8/5 回老家，其余时间除周五以外都可以
今井　除周二、周四、周六都可以，7/26～8/1 没空
……
远藤　7 月～9 月期间，周二可以留宿，周日的白天也没问题
坂本　7 月中旬～下旬有考试和旅游，8 月中旬能来（周六除外）
伊藤　7/18、7/25 不行，7/4、7/11、7/26 可以

曾经协助调整日程表的老志愿者俵山政人说："协调志愿者就跟拼七巧板一样复杂。"

如果有很多志愿者每周都在固定的时间过来，那事情倒还好办，可大多数人希望的是每月一两次的非固定时间，日程也随志愿者的情况而变更。而且"留宿"时，尽量得让老手搭配新人，还分"晚上精神好的人"和"白天精神好的人"，也有的志愿者分到一起时会"闹矛盾"。

这类拼图碎片和考虑条件越多，协调便越复杂。幸好"白天"有定期参加的主妇，但"夜晚"与"陪夜"大半由不定期的志愿者所占据。鹿野凝视着日程表，甚至在安排两个月后的预定计划。

活动中的志愿者约有 40 人，其中七成是学生，三成是主妇及社会人。到了毕业、求职季的时候，人员自然会出现大换血。

鹿野有句口头禅："人就像挤牙膏一样挤进来，又挤出去，我的一

生就这样度过吗？"

最麻烦的是学生的考试期和成群回老家的假期。因为空缺实在无法填补，往往要花上很长的时间不停打电话。

"喂？下下周周五的陪夜，怎么都找不到人啊。"

鹿野拿不了听筒，所以由志愿者拨号，把无线电话的分机搁在鹿野的耳边："很忙吗？这样啊，辛苦了。那下次再说吧。嗯，拜拜。"

听筒从右手换到左手，再从左手换回右手，可电话依然打不完。

老志愿者土屋明美从前替鹿野打过很多这样的电话。当时手机尚未普及，电话打过去的时候，大家似乎都跑出去玩了，几乎找不到人。即便电话留言，也鲜少有人回电。

"谁都没有为他人深入地考虑过。"

虽然是别人的事情，自己却感同身受地寂寞了起来。告诉鹿野后，他回应说："经常这样啦。"

然而，也总不能"经常这样"。

就算事先安排好日程表，年轻人也都是大忙人。比如社团远出、实习计划、感冒……还有前一天晚上打电话来取消的。

这种时候，鹿野只得自掏腰包购买收费的家庭护工服务。残障基础养老金、低保费以及各种公共看护费[③]组成了鹿野的经济来源，而他总是处在经济窘迫的状况。

烦躁慢慢在心里累积起来，假如这时来了个新的取消电话，鹿野会变得怒不可遏，抓到什么就扔什么。话虽如此，他没有这样做的力气。那他会怎么办呢？

"阿关，痰盂！"

听到鹿野的怒吼，志愿者便心领神会地把用来吐漱口水的塑料盆搬过来，使劲拍在地板上。

哐的一声巨响在房间里回响，鹿野的愁闷似乎缓解了一些。

然而，不是填满日程表就万事大吉了。归根到底，关键还是人的"质量"。

尤其在1995年，鹿野佩戴了人工呼吸机之后，又多了个"吸痰"的问题，他不得不亲自培养会吸痰的志愿者。

吸痰本属于"医疗行为①"，只有医生、护士、医疗工作者才能操作。

照这样的话，那人工呼吸机的使用者一辈子都不能离开病房。

结果鹿野找到了一条活路，对医疗行为中允许的例外——"血亲、家人"进行了扩大解释。也就是说，来到这里的志愿者，对鹿野而言是"广义上的家人"（也可以解释为，面对弃之不顾便有生命危险的人，人们必须采取"急救措施"）。

只要鹿野说"志愿者是我的家人"，那谁都无法插嘴。即使吸痰失误造成了最坏的情况，也不会追究志愿者的责任，这条活路就是建立在如此坚定的决心之上。

第一次吸痰的时候，我特别紧张。

我要求对方一定要教我护理的基础知识。

一天有几十次痰，无法预测什么时候出来。有的时间段完全不会出痰，可饭后非常容易出现。当胸口开始咕噜咕噜地作响，呼吸机发出"哔——"的尖锐警报时，便是鹿野体内积痰的信号。若不赶紧吸出来，就会引发呼吸困难。

鹿野的喉咙（锁骨之间的凹陷处）上开了个洞，安装着名为"气切套管"的树脂器具。它连接着人工呼吸机上面的导管（伸缩管）。

扶着气切套管拔出导管的时候，似乎会碰到人的伤口处，感觉特别痛。按下吸痰器的开关后，马达开始嗡嗡嗡地震动。软乎乎的吸痰管（导管）约30厘米长，对尖端进行消毒后，再伸入气切套管的洞孔内。

"可以往末端再插进去点。慢慢来，没错。"

负责在白天看护的主妇志愿者才木美奈子指导着我。

指尖感受到了痰被噌噌噌地吸出来。拔吸痰管的时候，诀窍是像揉纸捻一样，用食指和拇指旋转导管的尖端。

我与鹿野目光相遇。他一脸奇妙的表情。自己变成实验台，让新人来吸痰，对鹿野来说也是不小的压力吧。我用表情询问他怎么样，只见他做出了"再来一次"的口型。一摘下呼吸机，他就无法发声。

虽然也因痰量的多少而异，但这个操作通常要重复两三次。吸痰结束后，鹿野吁了口气，神色释然地谈起了感想："做起来出乎意外地冷静，应该没问题，学得快的人马上就能学会。可相反的，也有人始终战战兢兢。"

我感到很不好意思，有些好奇自己是学得快的人，还是学得差的人。

"嗨，很快就能习惯的！"

才木用劝说的语气对我说。

一天傍晚5点，鹿野家的人口密度达到了顶峰。女孩们的甜美香味充满了房间。

这是给新人志愿者传授看护方法的"新人培训"。当天，卫校的五名一年级学生、福祉类大学的一名一年级学生（六人全是十八九岁的女孩），加上我和另一名男生，一同围绕在鹿野床边。

"川堀君，今天的培训交给你了。"

由鹿野指名的男学生川堀真志是一名医学生。

他一头黑色短发，相貌英俊，不管怎么看，都是一名充满现代气息的帅气大学生。

刚才同鹿野闲谈时，他说："鹿野先生，真的假的？哎呀，那个超级黄！"连连发出"真的假的"和"超"这类年轻人的词汇，但他其实有一年半的志愿者经验，被提拔为这一天的培训讲师。

他语气严肃地开始向新人女孩们讲解人工呼吸机。

"呼吸机的警报分为上限和下限两种……"

要成为独当一面的志愿者，就得从吸痰起步，再到人工呼吸机的知识、医疗器具的替换与检查、应急处理的知识、测量脉搏血压的方法……必须接受五六次的培训才行。如果是一个月只来一两次的志愿者，则得花上两三个月才能独立操作。

事后鹿野向我透露："培训很累人的。"4月到6月间，他几乎每天忙着培训新人志愿者，体力上特别吃不消。

可实不相瞒，在目睹"培训"现场之前，我有一个很大的误解。

一般身体不能动弹的话，人往往会感到自卑。接受他人的帮助时，心里自然觉得"过意不去""给人添麻烦了"。

我本以为鹿野和志愿者之间也是这种氛围。

然而，鹿野从一开始就理直气壮，俨然一名有模有样的"老师"。接受帮助和教人技巧，二者毫无矛盾地存于他的身上。

"噢，鹿野教授开始上课了啊。"

才木说着，准备收拾东西回家。

鹿野点名让我朗读培训用的资料。

"鹿野先生为什么要服用钾剂呢——因为一旦出现低钾血症，就会引发肌肉无力和意识障碍。"

"这里很关键。为什么我需要管理小便呢——因为心功能不全……"

鹿野开始用洪亮的声音讲解自己的身体和医疗护理的注意点。

这次培训凑巧有许多卫校学生、医大生、福祉专业的学生以及未来的专家参加,在他们看来,自己也能从鹿野那里学来免费的知识。

不如说被感谢的是鹿野。虽然说不太清楚,但我受到了小小的冲击。总之,在这个地方,鹿野根本不是"弱者"。

关于"……做不到"与"……做得到",当时我有种错综复杂的心情——这就是我最初的体验。

2

承蒙照顾 国吉智宏

以前,读鹿野先生送我的《圣经》时,其中一幕是耶稣对弟子们说了这样一段话。

"……你们祈求,就给你们。"(《路加福音》11:9)

读到这段,我脑海里突然浮现出了鹿野先生。

鹿野先生就得到了。因为他是"祈求的人"。

这两年间,鹿野先生给了我很多很多。其中最大的收获便是这个"祈求"。祈求就能得到,鹿野先生亲身为我们示范了这件事。非常感谢。

(摘自人工呼吸机使用者友会会报 VOL.3)

"总而言之,那个人'求生'的念头非比寻常。大家不知不觉间都被卷了进去。"

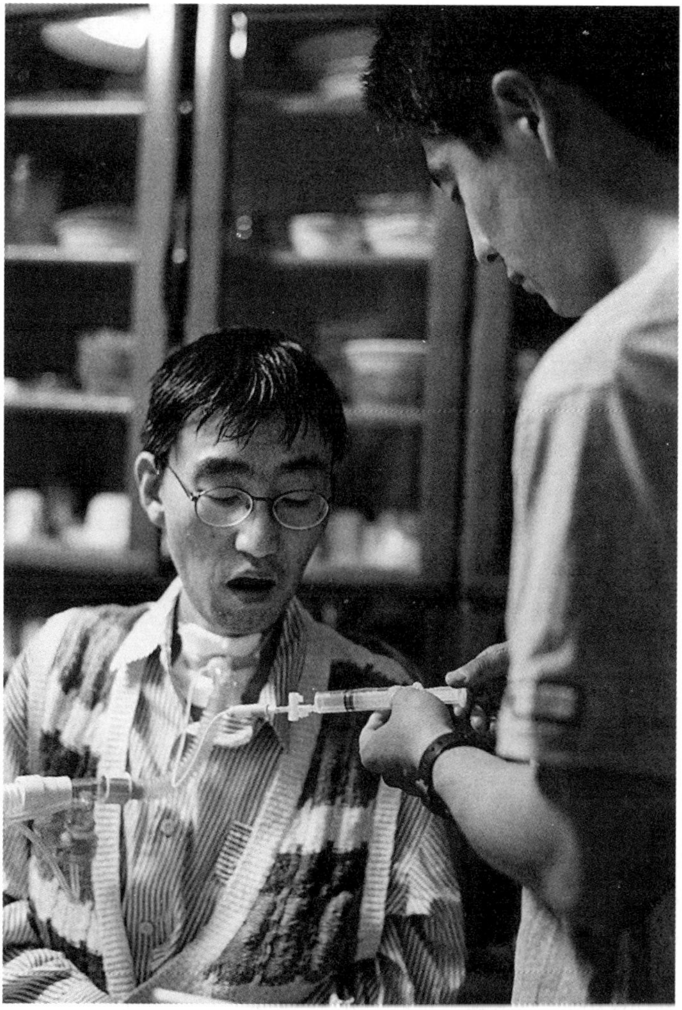

刚开始的第一年，护理还不是很辛苦。可自从他肺部肌肉衰弱、住院佩戴呼吸机后，日子就变成了如地狱般的漫漫长夜。我满脑子都是自己的事情，哪有余力顾及鹿野先生的心情，而这给鹿野先生留下了十分痛苦的回忆，我正为此反省。

但是回过头看，我真的很庆幸自己在这里收获了志愿者的体验。如果没有这两年，我恐怕比现在更加懦弱，是个不顾他人感受的自私鬼。

住院期间的志愿者工作对国吉来说是"地狱"。

当时，国吉面对的是司空寻常的问题，即人类私欲的碰撞。

"说起和鹿野先生间印象最深的事，还要属'香蕉事件'吧。"

我在JR带广站附近的大众中华饭店见到了国吉。与札幌不同，这样闷热的夜晚只属于内陆地区。国吉用筷子夹住饺子，说了这样一段往事：

住院期间，鹿野一直是个"问题儿童"——

不遵守医院规矩。不遵守睡觉时间。严重挑食。此外，生活各方面都离不开帮助的鹿野还因频繁按响呼叫器而被医院嫌弃。

后面会具体提到，鹿野其实"讨厌医院"。关于自己的症状与治疗，他会向医生打破砂锅问到底："现在为什么要注射利尿剂？""这个药有什么意义？"诸如此类，对年轻护士死缠烂打的追问使他经常遭人厌烦。

不仅如此，在鹿野住院的北海道勤医协医院，当时没有一起人工呼吸机患者出院的先例。也就是说，一旦戴上人工呼吸机，就意味着再也无法离开医院，这几乎是一种常识。

然而，鹿野总把"想回家"挂在嘴边，还对医生、护士说："你们下班后不也会回家吗？所以我也要回家！"

从结果来看，这个念头成了带动一切的契机，可在当时的国吉眼里，鹿野的言行有时只是"任性"罢了。每次他指出的时候，都会遭到鹿野强烈的敌意："小国是女护士[5]那边的人吗？"

国吉特别不能接受的是鹿野"夜不能寐"的时候。

在住院患者安静入睡的深夜，失眠的鹿野也会毫不留情地按响手中的呼叫器，叫人做这做那。他不是"睡不了"，而是"睡不着"，当时的国吉也没有多想，在被打工折磨得疲惫不堪的夜晚，看护尤其煎熬。

就在不满即将爆发之时，"香蕉事件"发生了。

一天深夜，国吉正在病房简陋的陪护床上睡觉时，被鹿野的摇铃声吵醒了。问有什么事后，鹿野说："肚子饿了，要吃香蕉。"

"三更半夜吃什么香蕉！"国吉怒火中烧，却没有说出口。只是剥掉香蕉皮，一言不发地塞进了鹿野嘴里。两人之间弥漫着一股难以言说的紧张感。

"而且鹿野先生吃东西的速度很慢，我举香蕉的手臂也越来越酸。好不容易等他吃完了，我还得把皮扔进垃圾桶里……"

心满意足了吧？就放我睡觉吧——国吉的态度已显而易见，就在他准备钻进被窝时，鹿野又说了句："小国，再来一根。"

什么！国吉感到震惊的同时，对鹿野的愤怒也迅速冷却了下来。

"那种情绪的转变，我到现在也觉得不可思议。他说的话就全听了吧，能任性到那种地步，某种意义上也很了不起。当时我可能是这样想的。"

据说国吉把这段经历写进了入社考试的作文里，顺利通过了NHK的招聘。

如今，他是事件、事故现场的"外景记者"，也是新闻中会出现的前线记者。

"香蕉事件"的另一名当事人鹿野,当时究竟在想些什么呢?

"我只是想吃香蕉,才说了'要吃香蕉'啊。小国喂香蕉的时候看都不看我一眼——虽然不情愿,他还是忍住了。毕竟我在这方面是不讲情面的。"

"你不会气馁的吗?"

"当然会。可是,小国没法冲破自己的壳。一想到他是在'寻找自我',我也只能投降了。唉,与其说投降,我觉得'寻找自我'或许能让他有所改变。我在等待这种可能性。"

"自那以后,国吉先生变了吗?"

"变化可大啦。之前他是个不看小说的人,这下开始看了,还说了一堆自己的事。吓我一跳呢。本来吧,小国以前是个过度耿直的人。"

"耿直?"

"没错,耿直——我把小国的秘密告诉你吧。"

鹿野闭起一只眼睛看着我。于是我探出了身子。

"后来啊,小国喜欢上了我这儿的一个志愿者女孩。虽然告白了,但好像没成。"

他说的时候语气愉快。

"这种事情可以说吗?"

"大家都知道啦。因为我会说出来。我要拿这些制造话题。"说完,他发出了"嘿嘿嘿"的笑声。

"馆野以前是个吊儿郎当的人,居然能当上医生,简直不敢相信。他念书的时候没几个钱,头发乱蓬蓬的,鞋子总是黑黢黢的——而且饭量还挺大。"

"饭量大?"

"特别能吃。我经常说'你来这里是干吗的？其实不是来当志愿者，而是来吃白食的吧'。馆野就是这么个人。"

鹿野与每位志愿者之间似乎都沉睡着不同的"故事"。说起来，馆野说过这样的话。

"不管是哪个志愿者，我想都能在他身上看到自己的一部分，或者把自己的一部分投影在了他身上……"

我问鹿野："迄今为止，你到底和多少名志愿者打过交道？"

"有多少呢？"鹿野凝视着空中。

"不低于500吧，但应该没到1000。总之，我已经相当熟练了。"

"熟练？"

"是啊。每个志愿者的想法不同，价值观也不同。

"而且，当今世道连健全者都难以生存，什么失恋啊、父母离婚啊、父亲被裁员啊……都不容易。我说大家背负的东西不同，便是这个意思。我就设法抓住这些，把话题揪出来。而这正是技术啊。"

3

97/6/12（周四）才木

鹿野先生一会儿说冷，一会儿说热，净说些烦人的事。或许因为年纪相仿，我俩挺容易说话的，训斥起来无须留情，我也是发自内心地友善待他。

鹿野先生是我重要的朋友。从他那里，我得到了很多。努力、勇气这些都是用钱买不到的。我还与许多志愿者进行了交流,感觉年轻人真好呀。今后,我也想和鹿野先生一同在人生的道路上前进。

洗澡护理的现场特别欢乐。

我见识到了主妇志愿者才木美奈子的真本事。

由于肌营养不良,鹿野的心脏泵功能也在不断衰退,胸口埋藏着"扩张型心肌病"的炸弹。考虑到对心脏的负担,一周只能洗一次澡。

单次洗澡的时间约为5分钟。入浴前先在床上洗完头发、擦拭身体(用涂过香皂的热毛巾擦),最后在盛有热水的洗澡桶里泡一会儿。

洗澡由四人负责——从这家福利住宅的"护理站"过来帮忙的两位年轻女护工,以及在洗澡的日子专程来鹿野家的才木和上门护士[6]畑裕子。

畑先检查鹿野的脉搏与氧饱和度。接着,一名护工抱住鹿野的上半身,另一名抱住下半身,二人合力把他搬去浴室。

我感觉自己看到了不能看的东西。

由于下半身完全暴露在外,默不作声会显得气氛凝重。不如说,因为平时缺席的我此刻偏偏在场吧。我心想不能这样一声不吭地站着,可越想就越挤不出话来。

但是,去厨房热好毛巾的才木一回来,气氛瞬间转变。有种空气焕然一新的感觉。

才木的聊天仿佛不知冷场为何物。比如我家女儿如何如何、昨晚的电视演了什么、职业棒球的比赛结果如何……每个话题看似琐碎,但中心始终是鹿野。

"疼吗?不疼?痒吗?哪里痒?什么,你蛋蛋痒?"

一阵哄笑响起。

"鹿野，今天想让谁来洗？有瘦的、高的、茶色头发的，应有尽有呢。什么，今天要我洗？好嘞，感谢你点名美奈子。"

真是活泼开朗。上门护士畑是与才木同辈的资深护士，因此能跟上才木的节奏，现场的气氛便能松弛下来。

"畑女士呀，你看约翰这里长湿疹了。最好是擦擦药吧？"

"约翰吗？我瞧瞧。真糟糕……"

"约翰？"我一问出口，两人便相视大笑。

约翰·谢泼德是指鹿野的小弟弟。据说取名的人是畑。

"不过，鹿野先生，约翰挺好的吧？又不是波奇*。"

畑刚说完，鹿野大嚷道："你们说什么呢！"

这番看护的情景能让人感受到人情的温暖。

才木说："我不说话反而不好意思，所以也是在掩饰羞涩啦。不过我和鹿野之间是一种超越了男女的奇妙关系。"

鹿野不禁苦笑道："才木女士一说起话来就跟机关枪似的。"

确实，才木回去之后，鹿野家又变成了往日那种"暴风雨后的宁静"感。

准确来说，才木不是志愿者。

才木与鹿野同龄，是三个孩子的母亲，拥有保育员的资格，在托儿所的工作时间也很长，五年前，民间福利团体的友人介绍她来到这里。于是从两年前开始，她每月都从鹿野手中领取 10 万日元的看护费，成了一周负责 5 次"白天"看护的专职护工。

说起才木当上专职护工的两年前，正好是鹿野志愿者最混乱的时期。

---

* 波奇是一个日本常见的狗名。

鹿野佩戴人工呼吸机的"自立生活"进入了第三年。住院时期提供支持的馆野、国吉等靠谱的志愿者接连因毕业就职而离去，与新人志愿者的交接不太顺利。由无偿志愿者提供全部帮助的体制岌岌可危，鹿野精神上的不稳定也使得他与众多志愿者对立、决裂。

鹿野也曾对前途感到悲观，有段时间连连哀叹"想死""受够了"。

97/1/8（周三）鹿野

我不想当残障者了。心里觉得想死，真的，就这么极端。

我现在每天失眠到天明，真的要神经衰弱了。再不出门，感觉人都要疯了。我对不住大家。

要是社会的精神生活更丰富些就好了。现在我的心灵就很空虚，精神摇摇欲坠。很抱歉每天都写这样的文章。

人活着是为什么呢？活着就是走向死亡。任何人都会死。活着究竟是什么？人是为了什么而与自己战斗生存？要熬过艰难的人生与社会，感觉真的很累。

鹿野有活力的时候，绝口不提泄气的话。"越挫越勇"是他的口头禅。幸好，他最终撑过了这段时期。

才木成为一周5次的专职护工后，很多事情都变了。固然不可否认鹿野的经济负担变重了，但他的精神状态十分稳定，比人员随"白天""夜晚""陪夜"变动的过去好太多。而且同龄的才木还有个最大的优势。

才木与鹿野迄今已争吵过无数次。有一次鹿野气冲冲地说："你不要再来了！"生气的导火索似乎是才木对苦恼着"一切都很痛苦"的鹿野鼓励了一句："加油啊，你这样又能干什么！"

"事后我才发觉,让努力的人'加油'会使人痛苦。当时我也反省了一番,第二天对他说'对不起,还请继续指教'……"

发脾气的鹿野好像经常叫志愿者"滚!"。

被说过这句话后,有的志愿者再也不来了。也有的志愿者照旧过来。

后来见到的北海道教育大学大三学生内藤功一也被鹿野说过:"你回去,从头学习了再来!"

"我悟性很差,也很笨拙,结果被鹿野先生下了'最后的通牒'……"

"最后的通牒?"

"不过,幸好当时他让我回去。究竟是放弃,还是坚持到底——我自己就处在摇摆不定的分岔口,要是半途而废了,我恐怕会后悔一辈子。"

"一辈子?"

内藤的用词令我有点在意。

在一旁聆听的才木说:"这是我们家志愿者都会遇到的倒霉事。没被鹿野说过一次'滚!',哪能成长起来呢!"

还有一个人,可以说与才木美奈子共同构成了鹿野看护体制的支柱,她叫荒川麻弥子,也是主妇志愿者兼两个孩子的母亲。

虽然比鹿野和才木大两岁,但就如她在《看护笔记》里自称为"Mrs. 荒川"一样,感觉像个年轻的大姐姐,气质与虎妈型的才木截然不同。

"我和才木经常说,咱们就跟有许多孩子和兄弟姐妹一样,包括志愿者,还有鹿野。我觉得鹿野就是个小孩子。情况紧急时,还得背着他跑呢。"

荒川隶属于医疗法人系的居家看护支援中心,是一名职业家庭护工。她在工作之余每周过来一次,担任周五"白天"的无偿志愿者。除此之外,她还编写由鹿野主持的人工呼吸机使用者友会[⑦]会报、协

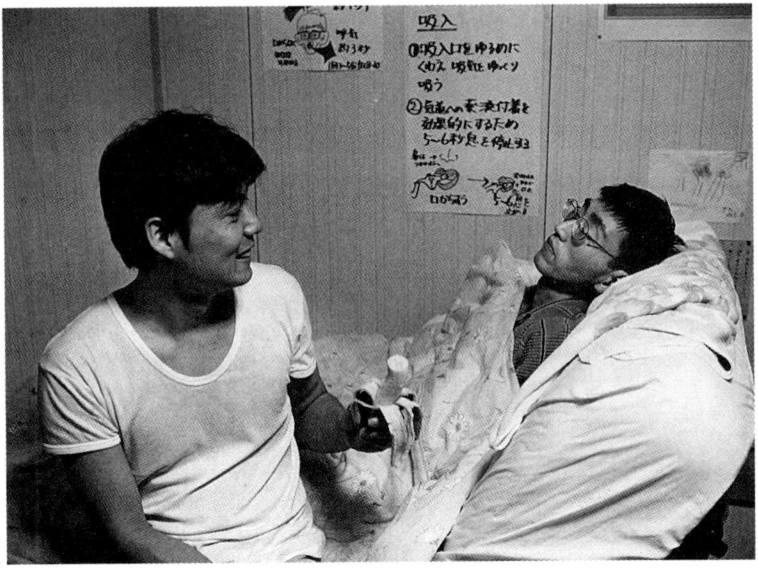
吸入
①吸入口をゆるめにくわえ 吸気はゆっくり吸う
②気道への薬液付着を効果的にするため 5~6秒息を停止する
口から吸う

在北海道勤医协医院当医生（实习医生）的馆野知己说完便笑了。

馆野开始当志愿者，是他在北海道法学部念书的1983年。当时还过着轮椅生活的鹿野才刚开始"独立生活"。

从此，他们断断续续地来往了近二十年。

"之前我就是一个对残障者一无所知的高中生，在某种意义上，我后来受到了翻天覆地的冲击。

一起推着轮椅走的时候，感觉眼中的世界突然开阔了起来。我发现原来街上到处都有落差，会以不同的视角去观察街道和他人……"

馆野背着鹿野去公寓前的澡堂并肩搓澡。一起闻屎臭、擦屁股。由于鹿野生活在轮椅上，还得给他患有痔疮的肛门灌软膏。这样的生活持续了几年后，两人的精神联系也愈发紧密。

"把这件事说出来估计他会生气，我们还一起看过粉红电影呢。要是当时没有成人录像带，我们也不会一起看片、一起兴奋、一起撸管……真是段妙不可言的宝贵体验（笑）。"

结果，馆野在志愿者经历中学到的是"人生一切皆有可能"的感想。这样的感受似乎在他心底慢慢累积了起来。

北大[*]法学部毕业后，馆野进入了北海道报社。从社会记者转到地方分社就职后，他暂时脱离了志愿者的工作。然而，四年后他离开了报社，30岁的时候又重新考入北大医学部，立志成为医生。这段时间刚好与鹿野的住院生活重叠，他因为呼吸肌的衰退而戴上了人工呼吸机，于是鹿野又重归志愿者的舞台。

"我想成为医生，说到底也是因为'鹿野式交往'的舒适。今后我想通过地方医疗，做一份与地方紧密相连的工作——被志愿者工作影

---

* 北海道大学的简称。

响了人生道路的，应该不止我一个人，还有挺多的吧？"

馆野个子高、皮肤黑，有点粗野的感觉，某些地方又透露着大人物的气质。而与鹿野相遇后，馆野被改变的不仅是工作。

我的目光停在馆野家客厅的婚纱照上。他身旁穿着婚纱的是鹿野志愿者中被誉为"元祖级偶像"的土屋明美。

土屋还在道内的 Hokuren 农业合作社联合会当办公室职员时，便已开始了志愿者工作，并通过鹿野的住院生活与馆野相识。后来，土屋也辞掉了工作，在志愿者经历的影响下念起了职业学校，立志成为针灸师。她也是遇见鹿野之后被改变了人生的一个人。

不过，当志愿者并非全是好事。

有时，鹿野会与志愿者发生争执，碰撞出激烈的火花。

什么是看护？什么是任性？

因为自己的志愿者身份，志愿者必须不停地问自己这些问题，毕竟"工作总是无可奈何"的"借口"根本不起作用。

自己为什么要来这里？为什么要帮助这个人？

远比他人烦恼过这些问题的人，或许就是在 NHK 带广电视台[*]当记者的国吉智宏吧。

国吉智宏开始当志愿者，是他在北大农学部念书的 1994 年。也就是鹿野佩戴人工呼吸机的前一年。

97/3/30（周日）国吉

我来鹿野先生这儿的时候，志愿者只有 10 个人左右。

---

[*] 日本放送协会（NHK）位于北海道带广市的地方电视台。

助演讲活动等，可以说包揽了头脑活。

加入鹿野家的根本原因，是她六年前在护工工作中遭遇的惨痛经历。

有一种叫"脊髓小脑变性症"的疑难杂症，这是一种脊髓与小脑变性，走不稳，平衡感失调的疾病。

荒川曾被派去身患此病的男性患者家中，他因病卧床不起，也无法与人沟通。他发病的时候正值40岁壮年期，和鹿野一样，也是需要吸痰的患者，可吸痰属于"医疗行为"，作为护工的荒川无权这样做。荒川被派来，本是为了给忙于独自照顾丈夫的太太减轻负担，可结果就跟担心的一样，太太累倒了，好不容易找到了合适的福利设施，丈夫却在进去后不久一命呜呼。

居家医疗的"医疗护理"问题便是鹿野最想向社会倾诉的问题。

今天，随着医疗器械的进步，即使佩戴着人工呼吸机，也有长期存活的可能。然而，延长了性命后，难病患者被医院拒之门外的情况反而增多了。因为按照现行的制度，住院时间越长，付给医院的"医疗费"就越优惠。所以目前的实际状况是，医院不顾居家医疗环境的不完善，让没有希望的难病患者"强行出院"。

那些懂得"医疗护理"的医生、护士无法被患者在自家雇上24小时。结果就是，患者家属不得不疯狂寻找护工。

而荒川遇到的事件，恐怕只是目前发生的惨例之一。

"——自己的工作究竟是什么呢？"

在这种空虚感的折磨下，荒川后来辞掉了护工的工作。

不过，去日赤血液中心的大厅献血时，她偶然看到了鹿野"招募志愿者"的传单。内容令她大吃一惊。

招募志愿者，负责轮流照看使用人工呼吸机的鹿野先生。新人只要练习两三次便能上手！（几乎都是小白！）

年轻女孩特有的拙巧文字写得格外轻巧。

"志愿者来吸痰？感觉不可能吧。仿佛鹿野在'来呀来呀'地唤我过去……"

开始为鹿野做志愿者的荒川不久也恢复了本职工作——护工，她从鹿野的态度中学会了"烦恼无法解决问题，只有行动才是真"的道理。

鹿野居住的"道营照料式住宅"是为重度残障者修建的福利住宅[8]，附有24小时的护理。然而，这栋住宅的"照料"并不包括吸痰。

最攸关生死的吸痰反而因生死问题成了阻碍，令护工们无从下手。因此，鹿野又要安排一批24小时制的吸痰志愿者（外行人），只得与这种"矛盾"现象作恶斗。

鹿野的问题意识与身在现场第一线的护工荒川不谋而合。

现在，在家使用人工呼吸机的人数，全国已超过一万[9]。在大多数家庭中，家属都"牺牲"了自己来支持患者的人生。如果残障者本人不发声，那什么都不会改变，这也是日本福利与医疗的现状。

"身为护工，在去过许多高龄者、残障者的家中后，我发现真的有人把刊登了鹿野的新闻报道剪下来珍藏，说'既然有人这么努力，我也得好好加油了'——每次我都觉得鹿野真厉害，同时也希望自己能尽量为他提供帮助。"

荒川麻弥子说道。

4

"我会同志愿者活下去。不想给父母添麻烦。"

鹿野心里有这样的想法。

与志愿者相伴的"自立生活"——鹿野会选择如此艰难的生活,不仅因为上述念头很强烈,而且还有另一个原因。

鹿野有个比自己小6岁的妹妹——美和。

然而,美和在6个月大的时候出现了"婴儿痉挛",由于药物治疗的副作用,她长大后智力依然不发达。9岁起,她就一直待在札幌市内的智力残障者设施里。

"一想到妹妹,我还是……心情复杂。况且,两个孩子都是残障者,父母也很痛苦。他们会觉得过意不去。"

鹿野的母亲光枝如今每周会在鹿野家出现两三次。每到这时,鹿野都会说:"不来也没关系的,你去美和那边吧。"

写得更准确一些,鹿野是在大吼:"回去吧!""我没叫你!""臭老太婆。"

不过,光枝也反击道:"吵死了!""闭嘴!""你这个傻儿子。"

起初我挺诧异的,后来发现这其实是鹿野家独特的爱意表达方式。证据便是,《看护笔记》里写了篇这样的文章。

95/9/10(周日)夜 致母亲 不孝子写

谢谢你不厌其烦地过来。每次状态不好的时候,我真正的支柱还是妈妈,如果没有你,我与病魔做斗争的生活是不可能进化成自立生活的。所以,求你一定要听我下面说的话。

休息日你要好好休息。我想方设法地让你休息，你却总是找"这样那样"的理由过来，要是听你说"我那里疼""这里疼"的话，我反而会为你担心啊。

而且你出手帮助的话，就等于抢了新人志愿者的工作。新人一开始做不来很正常，如果被人横插一杠，那永远都学不会做事了。就连好不容易习惯下来的志愿者也会顾及你，结果什么都做不了。这样可不行。

我与志愿者的关系就是在反复失败中缓缓前进，并不是做不好就到此为止了。妈妈，恳请你理解这一点。

想尽量和"臭老太婆"一起健康活下去的傻儿子

光枝66岁，鹿野的父亲清70岁。两人住在札幌近郊的石狩市。

"我们家的哥哥（鹿野）很顽固，所以我最近脸皮也越来越厚，把事情全盘交给了志愿者。爸爸（清）也顽固。顽固是鹿野家的血统。"光枝笑着说。

如今有才木、荒川负责"白天"的护理，但在这样的体制形成之前，光枝不得不隔三差五地过来。志愿者的饭食也是光枝准备的。餐费的负担相当严峻，但清从国铁（即现在的JR）退休后，取得了司炉工的资格，直到69岁仍旧在前线工作，光枝也坚持打工补贴家用。

很多志愿者把光枝尊称为"第二母亲"。每次露面时，光枝都会为大家送去关怀，比如给独自生活的学生志愿者送菠菜，清也会开车送他们。

光枝说："毕竟大家对我们儿子言听计从嘛，这也太岂有此理了。要是觉得志愿者帮忙是天经地义的事，简直大错特错。打着残障者的幌子坐享其成——这是不对的。所以我经常过来，是为了抓住儿子的把柄。"

鹿野不禁生气地别过头去。

光枝看上去是一位开朗、坚强的女性。

然而，鹿野被诊断为肌营养不良的时候，她受到的打击自然不言而喻。

1959年12月26日，出生于札幌市的鹿野是个容易摔跤、双腿柔弱的小男孩。他1岁半才学会走路，总是缠着让人抱，光枝只觉得他是个"令人头疼的娇宝宝"。

鹿野上小学后，在远足中一旦长时间行走，就会腿抽筋、小腿肚肌肉酸痛。他还有喜欢用脚尖走路的怪癖（肌营养不良的特有症状）。

但是，由于外表和健全者别无二致，朋友们都说他"迟钝"，把他当作欺负的对象。在天桥上，他的双肩包经常被人翻得底朝天，最后哭着回家。

每到这时，清都特别严厉地说："是男人的话就反击，别哭哭啼啼的。"

在鹿野面前，清至今仍是个"顽固老爹"，从未溺爱过儿子。他认为"你必须坚强起来，照顾好美和，不然她该怎么办"。在父亲的影响下，鹿野开始慢慢向欺负他的小孩发起反击。一次，他用大石块砸伤了对方，结果反而是光枝跑去赔礼道歉。

美和在住院和出院间反反复复，因此父母对哥哥的关心可能有所疏漏。"他腿部的状况似乎真的不太好……"光枝在鹿野小学六年级的时候才产生怀疑。带他去看附近的私人医生后，对方从屋里拿出厚重的医学书籍，说："可能是肌营养不良。"

光枝瞬间有种全身发冷的感觉。当时，这还是一般人鲜少知道的病名，光枝却有所了解。

当天早晨，报纸上恰巧刊登了有关该病的文章，光枝还边看边对清说："呀，老公，居然还有肌肉逐渐溶解的病呢，真可怕。"

做过详细检查后,鹿野被诊断为"杜氏肌营养不良症"。

肌营养不良的"类型"不少,其中杜氏型的病情发展最快,当时有许多20岁前死亡的病例(现在随着人工呼吸机的进步,平均寿命大幅度提高。"肌营养不良治疗"的最新消息请参见本书第五章)。

后来,医院确定鹿野并非杜氏型,而是病情发展较慢的贝克型肌营养不良,可在当时,光枝还是从医生那里得到了"恐怕三年后无法行走,再过三年就会死亡"的通知。

光枝说:"有段时间都不能喝水。"在熟人的推荐下,她尝试了各种民间疗法,为治好儿子的病,甚至加入过好些新兴团体。

一次,对前途绝望的光枝对鹿野说:

"美和身体不好,你也身体不好,大家一起去死吧。"

鹿野当即对母亲说:"妈妈,你说什么呢!我绝对不会死,医生说能治好的啊。"

对于在国铁工作的父亲清来说,那也是一段艰难痛苦的时期。

从1970年起,国铁的劳工运动——"反压榨运动"*激化升级。当时在东室兰站工作、通过了副站长考试的清,作为中层管理职员,被夹在对立深化的当局与职工之间十分痛苦。

上班的环境几乎是四面楚歌,同事的部下不断给他施加压力,这样默默工作的状态持续了近两年。在国铁分割民营化**、变成了JR的今天根本无法想象,早上即使来上班,也没有一个部下打招呼;值夜班时若在值班室里睡觉,黑暗中还有人向你砸枕头。

---

* 1969年至1971年间,日本国有铁路推行提高生产力的运动,加大职工的劳动强度,于是引发了劳动纠纷。

** 为解决国铁的巨额亏损而实行的改革计划,日本将国铁拆分为7家JR铁路公司,该计划在1987年4月1日起施行。

职场黑暗，家庭也黑暗——有两个生病的孩子，一家之主每天都过着忧愁的日子。

"一般情况下，就算家庭破裂也不足为奇吧。"

清虽然沉默寡言，却是个稳重的人。他把想法都压在心底，鲜少流露在外，使人联想起旧时父亲的形象。

"但是，正因为有两个这样的孩子，我们才必须齐心协力。家庭能撑下来，多亏了老婆（光枝）的开朗啊。"

1972年，鹿野在12岁离开了室兰市内的老家，进入了国立疗养所八云医院（现在的国立医疗机构）。

作为应对肌营养不良的一项政策，国家于1964年建立了包含"肌营养不良住院部"的疗养设施。鹿野从六年级的第三学期开始，转入了附属于医院的北海道八云养护学校小学部。

进入国立疗养所的鹿野在那里遇到了突如其来的"死亡"。

"进入八云时，我除了惊讶还是惊讶。其中有长得像水母的孩子。建筑物里哭声不绝。因为大家都觉得这里是鬼屋。"

鹿野觉得"像水母"的样子，其实是肌营养不良的特有体型：胸板单薄，肋骨凸起，体格扁平。如今鹿野的上半身几乎成了这种状态。另外，到了康复训练的时候，有的孩子下肢戴着助行器，走得咔嚓作响；也有的孩子下半身趴在地上爬行，在少年的眼中显得十分诡异。然而残酷的是，自己迟早也会变成这样。

而且建筑物一片昏暗。国立疗养所在战后进行过整修，但纵观全国，大多疗养所战前都是陆军医院或结核病住院部。鹿野所在的病房是老朽不堪的木制平房，位于郁郁葱葱的鱼鳞云杉林中。走廊黑漆漆的，晚上他怕得不敢上厕所。

一天早上，鹿野起床时发现昨天隔壁床睡得很痛苦的朋友不见了踪影。他询问医生，得到的答复都是"转去其他医院了""回家了"等。在少年眼里，他们显然在说谎。

身边环绕着大量的"死亡"，对此却必须缄口不言，鹿野就在这样的环境下度过了青春期。另外，也有很多大学医院人员、医疗从业者来这里观摩。每每沐浴在他们的视线中时，鹿野都心想"我又不是实验小白鼠"。

鹿野对医疗与医院的不信任，以及对自己的症状、医生的处理打破砂锅问到底的态度，便是源于这些经历。此外，鹿野还对自己做了分析，认为重度失眠症和焦虑症的原因来自少年时代的"心理创伤"。

听说八云的生活戒律森严。

晚餐时间为傍晚4点。发育期的孩子到了夜里自然会肚子饿。可这里严禁零食，大家总是挨饿。总是纷纷扑向父母探望时带来的零食和寿司。剩下的一经医生发现就会被没收，所以都被藏在了床底的地板里。半夜饿得忍无可忍时，他们也冲过泡面吃。

尽管鹿野仍能自由行走，可大部分孩子都已病入膏肓，卧床不起。很多孩子全然不了解外面的世界。隔壁床的"泽田君"悄声告诉鹿野"一次也好，死前想点外卖"。与光枝见面时，鹿野会把钱藏进收音机的盖子里，然后从后门点荞麦面的外卖请对方吃。

鹿野尝试从疗养所"逃走"过几次。这里虽是疗养所，可大家莫名觉得像"收容所"。

"想吃""想喝""想离开这里"——在12岁至15岁间的敏感期，鹿野只是一心一意地想着这些事。

在八云的这些经历给鹿野深深植入了两个观念。

一是"我再也不要住医院了"。二是对活着的强烈执着:"无论如何都想活下去。我要活着。"

"够了,不要再提八云了!"鹿野发出惨叫。

"我不愿想起来,今晚又要睡不着啦。黑暗的记忆会一直盘踞不去……"

5

98/7/19(周日)佐藤美穂

今天跟鹿野先生和另外三名志愿者一起出门了。

可是出了大事!我们正准备在车上吸痰时,发现吸痰器的导管没带。看来忘在家里了。鹿野先生被痰堵得很难受,而我早已陷入恐慌。赶回家似乎也来不及了。

我们只好冲进了医院。在车上,鹿野先生甚至对我说:"这条命就交给你了。"我的心脏真的要停止跳动了。还得跟保安、前台人员、女护士轮番解释,连我都搞不懂自己在说些什么,女护士做完吸痰后,我这才暂时放下心来。幸好这次去的是市内,假如去的是厚田海那些地方,可就惨了。今后要做一张外出工具一览表,大家一起查漏补缺,让出门变得安全而愉快。

我仍然心有余悸,大脑还没整理好情况。

鹿野先生,今天请好好睡一觉……辛苦你了。

2000年初夏的札幌。这天我参与了鹿野的"外出看护"。

我们去札幌站附近的札幌工厂购物中心观看电影《美国丽人》（*American Beauty*，萨姆·门德斯执导，凯文·斯佩西主演）。

白天离开鹿野家时，在志愿者喜多弘美的帮助下，鹿野吃了一顿相当漫长的早餐。才木在家中转来转去，忙着做外出的准备。鹿野则像参加远足的小学生一样大喊："我昨晚几乎没睡着耶！"

喜多笑着说："我也是夜班工作到天亮，鹿野先生，咱们一样呢。"

喜多的本职是护士。她就职于札幌市内一家中等规模的医院，是一名奔四的老手护士。

在值夜班和休息天的时候，她每月会来做一两次志愿者。最近，她经常在外出时提供帮助。鹿野出门时必须配备两三名志愿者。

"因为工作关系，我在医院见过形形色色的患者，但非常好奇生活在家的人是什么样子。刚开始见到鹿野先生时，我就很惊讶他还能聊天。毕竟头一次碰到戴着呼吸机也能说话的人。"

"人工呼吸机"这一医疗器械给人的印象就像给濒死患者勉强续命的设备。这样的印象根植于平日见惯了佩戴呼吸机患者的医疗从业者的心中。事实上，住院的大多数佩戴呼吸机患者都不能说话。

从理论上来说，患者的确不能说话。要佩戴呼吸机就得在喉咙开洞，把名为气切套管的工具插进去。套管上附有防止误咽的气囊，以防食物不小心进入气管，而它紧贴着气管，使得声带接触不到空气。

不过，鹿野能自己调节气囊的大小和呼吸机的换气量，随心所欲地发出声音。在佩戴了半年的呼吸机后，他便掌握了这种发声方法，一口气掀翻了"呼吸机患者不能说话"的定论。对许多医疗从业者而言，鹿野这样的"还能外出的、活力四射的佩戴呼吸机患者"本身就是个巨大的冲击。

我帮忙把鹿野从床上转移至电轮椅上。

在才木的指示下，我把躺着的鹿野扶起了上半身。我本以为他会很轻，结果相当沉重。通常扶人起来时，对方都会随我们的手臂活动而无意识地使劲，可鹿野的身体没有力量，所以全部重量都压在了我的手臂上。

但是，才木说鹿野的体重只有30公斤，完全抱起来后，会发现他还是挺轻的。人类的身体可真神奇。

推着电轮椅来到外面，由福利团体安排的升降巴士（用升降机把轮椅装进去的面包车）便来接送了。

我、才木、喜多三人随鹿野一同乘上了升降巴士。

关于目的地札幌工厂，1876年（明治9年）开拓使（北海道厅的前身）曾在这里令日本人酿出了最早的国产啤酒，后来砖筑的啤酒酿造所被重建成了游乐场。其中还包括购物中心、酒店、影院等。鹿野经常把这里选为外出地点。

也许是面颊感受到了6月中旬北海道的柔风，鹿野的表情也特别明快。

话虽如此，我们没时间慢慢散步，踩点儿冲进了电影院。

影院四处没有障碍，还有斜坡，移动的时候不怎么辛苦。工作人员还亲切地带路到厅内，取掉两个观众座位，腾出了电轮椅的空间。

电影《美国丽人》横扫了奥斯卡奖5项大奖，引发了讨论。

死气沉沉的中年男主角被公司炒鱿鱼，家庭也四分五裂，几乎走投无路。这时，他对女儿的美少女同学一见钟情，想方设法吸引她的注意。

尴尬的是，剧中时常出现中年男子与美少女的擦边球戏份，每次才木和喜多都会"哇！""噢噢！"地叫嚷，这也是因为她们不好意思。这种时候我都无法直视画面，于是看了眼身旁的鹿野，发现他正一脸淡定地望着屏幕。事后我问鹿野感想如何，他说：

"唔，感觉有些不知所云啊。"

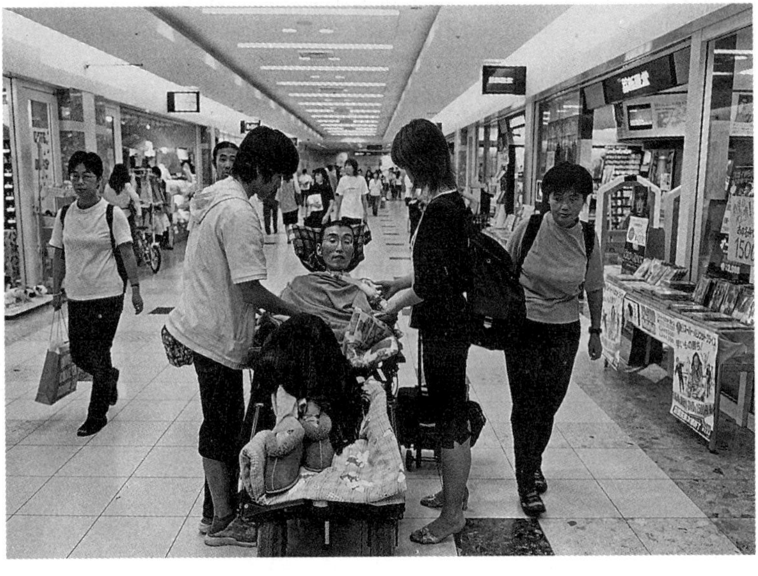

看电影的时候,鹿野的人工呼吸机在黑暗中"哔——"地响了两次。

此时,才木与喜多迅速把轮椅推到厅外。两人的合作已是天衣无缝,短暂的中断后便回到了放映厅。

看完电影,我们四个人一起坐在咖啡店里的时候,护理站的高桥雅之来电问才木:"没有问题吧?"

才木回答:"算是没问题,你才是啊,腿怎么样了?"

高桥雅之是鹿野身边的另一位关键人物。

鹿野居住的"道营照料式住宅"附带护理站,高桥雅之是负责陪夜照顾的看护人员,但在成为看护员之前,他和鹿野就已经是朋友了,值夜班时也会"私自"帮鹿野外出。另外,他的爱好是摄影,总是把鹿野和志愿者的抓拍免费送给大家。两年前,他还把这些照片集中起来,举办了个人展会。

可第一次在鹿野家见到高桥时,老实说,我有些害怕。

一个身材魁梧的四十岁男人突然神情冷漠地闯进了鹿野的房间,他侧目瞥了一眼我,说"大便啊……",然后轻轻抱起床上的鹿野,把他送到便器旁。

随后,他一声不吭地把鹿野胸口的毛巾扔给了我。

我赶忙自我介绍:"我是来取材的。"这时他才第一次露出笑容,说:"还以为是新来的志愿者呢。"

才木说:"其实小高(高桥)人特别好,只是不擅长表达罢了。"

高桥的容貌和体格仿佛是政客小泽一郎与明星千田光雄的结合体。估计他经常这样令新人志愿者陷入恐慌。

高桥被鹿野和老志愿者称为"鹿野志愿者的守护神"。

无论日常护理还是外出护理，只要与鹿野有关，他就万事OK，有一股奉陪到底的气概。与鹿野相处已久的馆野知己说：

"为什么小高能做到那个份上呢？我也觉得挺不可思议的。因为工作和私生活全被鹿野先生占据了吧。我有时会很认真地问他：'你怎么能做到这个份上呢？'（笑）"

高桥是典型的"不善言辞"。即使问他原因，他也给不出像样的回答。不过，鹿野的气质很像高桥死于车祸的弟弟。而高桥也有脑肿瘤的老毛病，曾在自家晕倒时碰巧被熟人发现，惊险地捡回了一条命——这些经历对他产生了很大的影响。最理解鹿野为"睡着后万一死了"而担忧的人，也许正是高桥。

才木说："最近外出都是西游记组合。"

"厚脸皮的小高是猪八戒，妖怪河童（沙僧）是喜多，坐轮椅的'好色和尚'是鹿野。"

孙悟空自然是四人间的气氛活跃者——万事皆靠谱的才木。

这天高桥没来，似乎是因为最近"腿不舒服"。于是略微掌握了看护窍门的我便跟着一起出门，鹿野也批准他"休息"。可高桥依然担心地打来了电话，实在像他的性格。

不过，外出西游记啊……说"鹿野是好色和尚"太搞笑了，鹿野家可真是高手云集。

对鹿野来说，出门是件特别愉快的事。

四年前，他去了一趟以"山丘小镇"闻名的美瑛町。在馆野、土屋等老志愿者以及高桥的陪伴下，进行了一次三天两夜的短暂旅行。这是他佩戴人工呼吸机后的第一次外宿。

"美瑛太棒了，我想再去一次，但已经没法去了吧。"

鹿野谈起当时情形，仿佛自己去了趟国外似的。

然而，出门不全是愉快的事情。

以前，在外出的车上发生过忘记带吸痰器导管的"大事件"。虽然立即冲进了附近的医院，平安躲过一劫，但只要走错一步，鹿野就会因痰窒息而亡……假如遇上交通阻塞、医院处理不善……鹿野越想越多，当天夜里，他情绪激动地给志愿者们狂打电话。

一有什么事，鹿野就喜欢电话轰炸。

98/7/19（周日）高坂
鹿野先生到处给志愿者打电话，报告大事件的发生。他似乎仍处于兴奋状态。

鹿野先生说，这种胆战心惊的感觉恐怕会持续一个星期。

发生危机时，鹿野会试图逆转状况。

当然，他并非有意识地这样做，是"想把自己的处境告诉大家"的意志使他不由自主地采取行动。不过，这也提醒了那些因习惯而放松了警惕的志愿者，让他们恢复了紧张感。反反复复间，大家度过了一天又一天。

"如此来来回回，我变成了话痨。以前我可没这么能说啊，话很少的。"鹿野辩解道。

说起出门时的小插曲，还有这样一件事。

在偶然进入的咖啡店里，大家不得不为鹿野进行吸痰时，店长说了句："会打扰到其他顾客的,请不要这样做。"店长的语气太有威慑力，鹿野和志愿者只得无奈地离开店内。

这件事打击了鹿野，仿佛自己的一切都被人否定了似的。志愿者对此各持己见，有人认为应该坚持"残障者权利"，也有人认为还有很多其他的咖啡店，应该事前进行挑选。

结果，鹿野把这件事投给了报纸，决定向社会发起呼吁。

遇到这类事情，反而会激发鹿野的斗志。

然而，后来发生了一件事。

读过向鹿野借来的旧日记《鹿野靖明回忆录》后，我不由得大吃一惊。因为看到了这样一篇文章。

96/12/28 （周六）

喜多女士，你好吗？前阵子谢谢你让我度过了一个美好的圣诞节。

昨天打电话的时候，我想说的话其实有很多，可没能说出口。我不再如年轻时一样，能坦率地表达感情了。但是，对你的思念却日益强烈。我时刻牵挂着你。就算想给你打电话，也老是不敢行动，担心你会不会工作很累，是不是已经睡着了。

还要过来玩呀。我等着你。

致美丽又迷人的喜多女士。

这……这不是情书吗？而且对象不是一起看电影的那位"熟女美护士"喜多弘美吗……我翻开四年前的《看护笔记》一看，上面确实有这样的记叙。

96/12/23 （周一）片桐

大家都很关注今天的好戏。不知道具体什么情况，本人明明在发烧，却一直笑嘻嘻的。总之可喜可贺。

96/12/28（周六）高坂

弄清楚鹿野先生体温升高的原因了。某人打来电话就上升，打完便下降。大家都记好了。

从"大家都很关注"来看，可以知道其他志愿者都看穿了两人的情况。仔细一想，鹿野的日记也是某位志愿者听写下来的笔记。在这个家中，鹿野连恋爱也无法隐瞒。

编辑提到的"前女友"瞬间掠过我的脑海。

可这个不是。不久后我得知，鹿野对喜多其实是单相思。而且"鹿野连恋爱也无法隐瞒"也是个误会，似乎本人就首先拿自己的恋爱故事当谈资，向所有人宣扬。

"哎呀，喜多女士真好呀，又温柔，又漂亮。我爱上她啦——"

1997年4月，鹿野向喜多发起出击。然而，得到的回复却是"……对不起"。

97/4/17（周四）

今天也心情沉重。我果然在后悔。

因为我这种身体严重残障的人，最好别说什么"喜欢"。

我曾十分纠结要不要表白。残障者得成为超人，才能跟常人做一样的事情。打破社会的阻碍是需要力量的。

后来，在餐厅里聊大时，喜多只是连连"叹气"，说："因为我完全没那个心思啊。"

被表白之前，她似乎全然没发现鹿野的心意。而喜多之外的所有志愿者都知道，还成了热门八卦。

她说:"鹿野先生还骂我'你咋就没发现呢?''喜多女士太迟钝了',可我只是以志愿者的身份过去帮忙呀。因为年龄相近,倒是有朋友的感觉吧,但我压根儿没想过以男女朋友的身份交往。

"唉——我真是个冷漠的人(笑)。我没有每周都去,都没空看《看护笔记》呢。"

馆野知己说道:"那个人从以前就是'阿寅'[*]。经常爱上女志愿者,一直被甩。该说他顽强呢,还是有毅力呢……"

鹿野家。深夜1点。

面对我重提失恋往事,鹿野说:"我早就习惯了。正常啦。

"其实被甩的几天后吧,有喜多女士帮忙外出的安排。我应该取消才是,又觉得这样做反而奇怪……我以为她会'拒绝'到底,过来帮忙的时候装傻,结果并非如此。气氛很尴尬。外出期间,喜多女士一直不肯看我。那种时候,她也挺为难的吧?"

"你心里很难受吧?"

"嗯,难受……难受极了。"

结果后来,鹿野不得不从志愿者的轮班中解除了喜多。

可是三个月后,不知为什么,喜多又变回了志愿者。因为鹿野给喜多打去了电话。

"还好吗?"鹿野对喜多说,"就当那时的事情没发生过吧,你还愿意来做志愿者吗?"

四年过去了,看着如今的两个人,好像根本没发生过那回事一样。

"说到我为什么回来,因为心里特别愧疚,其实我觉得不去可能会

---

[*] 日剧《寅次郎的故事》的男主角。每集阿寅都会喜欢上一名女子,但最后都无疾而终。

更好，但鹿野先生说'要再来啊'，便觉得他不嫌弃我就好……

"我真的很喜欢鹿野先生……不，这样说又会产生误会……（笑）不是作为男人，而是朋友哦。我觉得他积极向上的精神很了不起，面对疾病不屈不挠。我真的很喜欢他的那些方面。不过，我这样也许很恶劣吧？"

被喜多问及"恶不恶劣"时，我不知如何回答，只是含混地说了句："哎呀，唔——"

虽然失恋了，鹿野如今也在继续依靠喜多。这也让他有点难受。

鹿野说："我已经遍体鳞伤了。看看我吧，伤痕累累的——人生也有风险，当然不全是好事。"

"你的意思是，这就是所谓的'自立生活'吧。"

我偏偏说了这么句话。

"没错。"鹿野神气十足地说，"就是这样。活着有时会痛苦，但也有很多喜悦吧。或许人正是为那一瞬的喜悦而活。"

在医院、医疗设施或是父母身边，确实谈不了恋爱。

我在鹿野家待到了凌晨1点。在这个家里，有很多东西值得学习。

要问出"前女友"的事情，还得再花点时间。

6

97/10/25（周六）鹿哗[*]

各位，请千万不要把自己的想法强加在我身上。

---

[*] 志愿者们对鹿野的爱称。

也别对我夸大评价。

我活着是为了享受在家的生活。睡前小酌也是我的生活方式。神经质是我的性格。我就是个固执的人。

与你们发生冲突的时候真的很抱歉。

每次去鹿野家，我都能碰到新面孔的志愿者。每次登门都有新邂逅的感觉着实有趣。

一次，鹿野说："秘书远藤马上要来了。"

"秘书吗？"

"对，秘书。"

鹿野有些得意地说道。

被介绍为"秘书"的远藤贵子看上去是位知性而优秀的女性。

她26岁，用了六年时间从北大理学部毕业，为拿到教师资格证，目前正以履修生*的身份念大学。现在刚好是大七学生。

她的眼睛令人印象深刻，容貌端正，感觉挺像某位偶像歌手的。当我问"秘书是什么？"时，远藤轻笑了一声，说：

"我只是普通的志愿者，可鹿野先生喜欢用这个称呼。"

她做了三年的志愿者。不仅每周参与陪夜看护，还与荒川麻弥子一同制作会报，并负责配送。此外，她还是募集志愿者的窗口，就好像年轻学生志愿者的中心一样。

她在客厅往电脑里输入会报的原稿时，我问道：

"为什么坚持做了三年的志愿者？"

"为什么呢——"她稍微抬起头来，说，"……大概是因为惰性吧。"

---

* 主要是指本校或本校以外的学生以取得学分为目的，大学期间与该校的学生一同上课，毕业后会拿到该校发的学分取得证明书。

"鹿野先生是个什么样的人？"

"就是个普通人啊。"

"做了这么久的志愿者，有什么庆幸的事情吗？"

"没有呢。以后照顾奶奶的时候可能会派上用场吧……还是应该说'当志愿者改变了我的人生'？"

她用略带挑衅的目光看着我。我哑然无语，心想这个人真不好对付。我们约好后面再正式聊聊。

我想听听现任的年轻志愿者的心声。

我以为这很简单。心想去鹿野家的时候，可以在空闲时间把志愿者叫到客厅采访，每天都有不同的人，应该能打听到许多。

然而，去了一阵子后，我发现这是不可能的事。最主要的是，鹿野讨厌这样。

我同志愿者在客厅交谈时，鹿野好像会有一种自己被独自扔下的感觉。想想也是。竟敢无视在床上不能动弹的自己，在隔壁房间谈笑风生，简直无法容忍。不过，鹿野不会说出来，而是突然告诉志愿者有急事，说："喂，渡边先生，事情办完了。你可以回去了。"

于是，为了采访志愿者，我只得转移地点，一个个单独交流。

不过，结果倒是不错。因为我发现了围绕着这个家的另一个"问题"。

话说回来，鹿野把优秀的女志愿者称为自己的"秘书"，或是新人志愿者的培训"老帅"。就这样，他主动把自身的境遇全部重新解释了一遍。他就是有如此罕见的"厚脸皮"。

而且鹿野把演讲、研究会中发表的个人原稿称为"论文"，一直管采访自己的这本书叫"自传"，还会问我"怎么样？在写我的自传吗？"。

面对这股生命力,我有时不知所措,无法招架。

这个家的确是"战场"。

然而,不仅是因为鹿野在与疾病做斗争。

他确实在与疾病斗争。同时也在为居家福利、居家医疗制度的完善而斗争。

不过,他最大的敌人还是一把烂牌的人生,为了主观能动地过完一生,他进行着无休止的战斗。

鹿野必须有他人24小时的看护才能活下去。而且还有"IN-OUT(进出)表"和"睡眠节奏表",从食物分量、饮水分量、排尿量到睡眠时间,鹿野的所有需求都得受人管理,等于没有私人空间。在这里,连恋爱也无法隐瞒。鹿野几乎没有秘密。

即便如此,只要这里是鹿野的"家",上述问题最终都会败给鹿野强烈的自我中心,即"这个家的主人是我"。

一旦这种状态出现崩坏,鹿野大概会变成"只能24小时受人看护""所有欲求都受人管理""私人空间为零"的提线木偶吧。

培训、秘书、论文、自传……都不过是鹿野换了个独特的说法,可他不正是这样与"看不见的压迫"拼命战斗吗?

咻。咻。咻。

呼吸机的声音不绝于耳,鹿野对床边突然陷入沉思的我说:"怎么样,差不多知道我是个什么样的人了吧!"

辛苦归辛苦,但鹿野家有趣的日常与鹿野强烈的个性,令我无比着迷……

☺ 作者碎碎念

①自立生活

在"残障者福利"的领域中,这是最为重要的术语之一。重度残障者没有待在设施里或亲人身边,而是在地方独立生活,这种方式我们称为"自立生活"。

类似的词有"居家生活",但容易使人联想到在家受亲戚、家人照顾的生活。不过,自立生活的本质不是靠家人看护,而是在"他人的看护"下生活。

它与起源于北欧的"正常化"(Normalization)思想和1970年代美国掀起的"自立生活运动"有着很深的渊源,本书将在第三章解释这个词的含义,并详细讲述围绕"自立"的残障者运动发展。

②鹿野家的看护体制

作为参考,我会详细写下2000年鹿野家的看护体制。鹿野一天的护理分为"白天"(上午11点~下午6点)、"夜晚"(下午6点~晚上9点)、"陪夜"(晚上9点~次日上午11点)三个时间段,其中的"陪夜"为2人轮班制,因此一天需要4名看护人员。

此外,在一周28段的护理时段(一天4段)中,约40%为无偿的志愿者,剩下的60%由有偿志愿者(打工)负责。

"陪夜"时段多为志愿者,几乎都是无偿的(给每个人报销路费,一个月几万日元),可"陪夜"经常缺人,得打广告招募一晚5000日元的有偿志愿者,每天都为招人而苦恼。此外,还得给一周参与5次"白天"时段的专业护工支付每月10万的护理费。

而且从1998年开始,鹿野在"陪夜"时段依赖付费居家护理服务的次数变多了(因为志愿者人手不够)。

使用费因服务公司而异,可每晚必须自己承担6000日元~8000日元的费用。不仅如此,佩戴呼吸机的鹿野还离不开"医疗护理"吸痰,但能做吸痰的公司极为有限,因此也存在着靠钱也无法解决的困难。

③各种公共护理费

目前在日本,重度残障者若想过自立生活,将得到什么样的福利和服务(护理保障)呢?

首先介绍一下本书的背景——2000年前后的状况，当时实行的是名为"措置制度"的福利政策。措置制度即通过行政机关的判断来决定服务的供给，采取适当的处理（行政处分），可谓是行政机关看方便行事的时代。

在这种情况下运作的护理保障，主要有以下三种。

· 家庭护工和移动护工*制度（在札幌市，一天能享受最长6小时的护工服务）

· 全身性残障者护工服务（在札幌市，一天能享受最长3小时的护工服务）

· 生活保障护理补贴（在札幌市，根据残障的程度每月能得到7万日元～14万日元的现金，比如付给护工的护理费是每小时1000日元，换算过来便是每天补贴4小时的费用）

也就是说，把这三种制度组合起来，等于每天能靠公费雇用13小时的护工。然而，像鹿野这种一天需要24小时护理的全身性重度残障者，剩下的11个小时只能依靠志愿者的无偿劳动。

事实上，地方不同，分配的护理时长也大不相同，当时已实现一天24小时护理的，只有东京都内约20个市区和日本极少数地区，而札幌市等大多地方并非如此。因此，这样的社会背景使鹿野的财务状况一直窘迫，有时还得求年迈的父母掏腰包。

护理保障为何会产生这样的"地方差别"呢？主要是因为现实的状况：地方的残障者必须主动发声，越是与行政机构死缠烂打地交涉，当地的制度就越完善，而无人发声的地方只会落后于其他地方。

在札幌市，坚持自立生活的残障者与相关人员，与市政府的残障福利部门进行多次交涉后，政府终于在2003年同意为全身性重度残障的以下两种类型——"因进行性肌肉营养不良而经常使用人工呼吸机的人"和"因脑性麻痹而明显伴有不随意运动、语言障碍的人"——提供一天24小时的护理，仅8名残障者符合条件。而且，除了特例许可的8个人，一天11小时（加上生活保障护理补贴就是15小时）的护理其实是有上限的，但2013年，一天18小时（加上生活保障护理补贴就是22小时）的护理提供成为可能（对象规定为"重症身心残障者和人工呼吸机佩戴者等"）。

但以财政困难为由，尽量减少服务是行政机关的常态，重度残障者若想

---

* 移动护工主要为各类残障者提供外出帮助。

生活在社区，就得主动发声，必须付出催人泪下的努力才能"赢得"护理，就这一点而言，后来其实也没什么变化。

不过，我也想简单聊聊措置制度之后的法律制度变迁。

2003年4月，措置制度更名为"支援费制度"；2006年推出了《残障者自立支援法》；接着，2013年4月开始施行《残障者综合支援法》。

此外，前面提到的前两种护理保障，在支援费制度中被归为"日常生活支援"的服务，而《自立支援法》施行以后，"重度残障者上门护理"还能得到补贴（第三种护理保障跟原来一样）。法律制度的变化令人眼花缭乱，简直是"变化无常"，每到这时，残障者的生活也得跟着受折腾。

不过，与措置制度的时候相比，如今确实在逐步改善，残障者能自己选择服务项目，根据合同利用服务。另外，有残障者主动成立护工机构（称为"指定居家护理机构"或"条件合格机构"），主动请心仪的护工帮忙，亲自为他们培训，这使得雇佣行为也活跃了起来（而且在札幌市，2010年4月开始施行特别制定的"札幌市个人护理制度"，重度残障者能直接从行政机关领取护理费）。

然而另一方面，尤其是《自立支援法》制定的时候，当时的自公连立政权[*]常常以"财政困难，紧缩服务"为由，提出"仅承担使用费的一成"（称为应益负担），遭到了大量残障者及相关人员的不满与批判。另外，残障者为原告的《自立支援法》"违宪诉讼"开始在全国展开。

对此，2009年9月实现了政权交替的民主党，在与诉讼团进行和解的《基本合意文书》中表示歉意："对于深深伤害残障者人格尊严一事，我们向原告等残障者及其家属表示发自内心的反省之意。"同时答应"会迅速废除应益负担（定率负担），最迟也会在平成25年8月前废除《残障者自立支援法》，实施新的综合性福利法律。"

可是，这个承诺未能兑现。针对新法制定，由残障者委员主导的"残障者制度改革推进会议综合福利部"成立。在一次次讨论后，即使大家总结好了构成新法重要基础的"骨格提言"[**]，行政机关也止步于修改部分的《自立支援法》，创立了《残障者综合支援法》。尽管原则上废除了应益负担，但骨

---

[*] 指自由民主党与公明党共同执政下的日本政府，为联合政府。

[**] 全称为"综合福利部就《残障者综合福利法》框架的提言"，是2011年8月由制度改革推进会议综合福利部总结而成的文章，寻求的是平等、没有歧视的福利政策。

格提言没有得到充分反映，2013年4月，《综合支援法》就这样施行了。

④吸痰与"医疗行为"的问题

不光是鹿野，对使用人工呼吸机的人来说，吸痰是每日必需的护理。

然而，吸痰属于医疗行为（正式的法律名词为"医行为"），实际上是禁止医生、护士等医疗人员以外的人进行吸痰。在《医师法》等法律中，原本对于"什么是医疗行为，什么则不是"并没有具体的定义，只是在家中作为一种习惯，才允许本人或家属帮忙吸痰。可说到家庭护工和社会工作者，由于担心万一出现的责任问题，即使知道吸痰是必需的，大多数从业者（公司）也会拒绝。

因此，呼吸机使用者要么被迫终生住院，要么必须在家给父母亲人添麻烦，这早已成为长期以来的大问题。

除了吸痰，在家中困扰已久的医疗护理还有把管子插入鼻孔补充营养的"经管营养"等。有些情况下，量血压、涂软膏、滴眼药、剪指甲也是护工不许做的行为，关于"护工什么能做，什么不能做"的讨论，仍有许多未经整理的部分。

给厚壁打开第一条缝隙的是2003年7月的一件事。厚劳省*回应了在家饱受诸多困难的肌萎缩侧索硬化症患者团体的热切期望，允许住在家中的肌萎缩侧索硬化症患者在一定条件下进行吸痰。而这个范围逐渐扩大，次年允许在特别支援学校进行吸痰和经管营养，第三年则同意住在家里的呼吸机使用者进行普通吸痰，到了2010年，还允许在特别养老院进行吸痰和经管营养。

这里所说的"允许"在法律上叫"实质性违法阻却"，适用于不得不采取必要措施、顾不上违法性的情况。可是，这类"不得已事例"越多，"医行为"的概念就越空洞。为此，厚劳省就这一历程展开了检讨会，经历了大约一年的讨论后，从2012年开始施行修正法，允许护工进行吸痰、经管营养等部分医疗行为（出自《社会福祉士及介护福祉士法》的部分修正）。

在修正法案中，关于"'吸痰（口腔、鼻腔、气切套管内部的吸痰）'和'经管营养（胃造瘘、肠造瘘、经鼻喂养管）'"，即便是没有医疗资格的护工，也能按照制度接受培训，把这些当成"工作"来做。除此之外，社会工作者

---

* 厚生劳动省的简称，是日本中央省厅之一，主管健康、医疗、儿童、福祉、看护等政策领域。

的培训中也加入了相当于进修的课程计划，2016年3月的毕业生就能操作吸痰和经管营养了。

另外，根据2005年7月厚劳省的通知，令现场混乱的量血压和涂软膏等16个项目"原则上不算医疗行为"（厚劳省医政局长发布医政发第0726005号通知）。

人工呼吸机使用者开辟道路的运动，在经过患者的艰难跋涉及其家属的热切期望中，终于取得了一定成果，但并不意味着允许护工吸痰就万事大吉了。

医疗护理一步出错便可能危及患者，且不说护工能否安全地完成服务，由于护理类型被明确区分开来，自立生活的残障者反而请不到原来的护工了，或者老板无法担负培训的费用和时间，使得公司因未满条件而无法提供服务——我认为这样的案例正越来越多，可惜资料不足。只能时刻关注今后法律制度的应用发展。

⑤关于"女护士"三字

一直以来被称为"女护士""男护士"的职业名和资格名，从2002年开始，被统一定义成了"护士"（此前的法律《保健妇助产妇看护妇法》改名为《保健师助产师看护师法》）。

不过在本书中，过去写下的《看护笔记》中的记叙、谈话中的称呼都保留了当时的"女护士""男护士"。

⑥上门护士

为方便在家过疗养生活的人，有的护士会单独去各个家庭进行护理。

他们也能代替家属和护工进行洗澡、喂饭等日常护理，但与属于福利行业的家庭护工不同，从医疗的角度给予支持才是他们的本职。比如呼吸机的管理有无问题、长褥疮了没、脉搏血压等体征有无异常……又或者，与居家患者谈论健康问题，为他们做定期检查，与主治医师沟通的同时，促进居家生活（自立生活）的顺利进行。

札幌市内医疗法人系的上门护理站，每周会对鹿野进行3次（一次约2小时）"上门看护服务"。

札幌市实行了"居家人工呼吸机使用特定疾患患者访问看护治疗研究事业"，允许人工呼吸机佩戴者利用公费承担的上门看护服务，只要主治医生认为有必要，一年最多能享受260次服务。

话说回来，除了上门护士，还有志愿者、护理站的护工、药店人员、每周复查替换导管的医生、按摩师、针灸师等人于不同时间在鹿野家进进出出。刚开始取材那会儿，我花了不少时间才弄清楚他们是谁、是什么职业的人。与身体残障共生的鹿野如磁铁一般吸引了众人。

⑦人工呼吸机使用者友会

这是鹿野于1996年11月建立的活动团体，每年会发行4~6次会报《呼吸机使用者的碎碎念》，刊登有人工呼吸机使用者的居家福利、居家医疗方面的消息。

当时的主页现在也还留着，地址如下：

http://venti.tripod.com/

⑧道营照料式住宅

道营照料式住宅是札幌市于1986年领先全日本修建而成的重度残障者福利住宅（第2种公营住宅），属于公营。

随着居家福利制度的扩充，这套住宅已于2008年3月作废，但它的建设过程在日本残障者运动中占有举足轻重的地位，因此本书将在第三章进行详述。

这套住宅共有8户房子，每间居室都是独立的公寓形式（单间），住户（残障者）在有需要的时候可通过蜂鸣器或电话来呼叫隔壁护理站的护工，接受护理。

然而，就如正文所言，吸痰属于"医疗行为"，护理站的员工无法操作，鹿野只好另行安排一套24小时志愿者体制。顺便一提，护理站的员工与志愿者（也包括有偿志愿者、职业护工）的工作分配大致如下：

·护理站的护工人员

负责协助洗澡、排便、体位更换、将病患从床上转移至轮椅、更衣等。

·志愿者

负责吸痰、换纱布、吸氧等医疗护理；管理卫生用品，如清洗吸痰瓶、替换套管等；负责外出护理、日常的身边护理、生活护理（做家务活、喂饭、刷牙等）。

⑨人工呼吸机居家使用者的发展

1994年开始,即使居家人工呼吸疗法的治疗费上涨,仍无法阻挡在家使用人工呼吸机的患者人数加速增长。

关于人工呼吸机的居家使用者,1998年有2800人,可2001年有14000人,2007年更是达到了16200人(摘自石原英树、坂谷光则、井上义一等人所著《居家呼吸护理的现状与课题——平成19年全国问卷调查报告》,厚生劳动科学研究费扶助金疑难杂症攻克研究事业,平成19年调查研究班就呼吸功能不全的研究报告书)。

另一方面,有关居家护理的支援体制仍未得到完善,课题依旧堆积如山。

护理的学生们
志愿者们的故事（一）

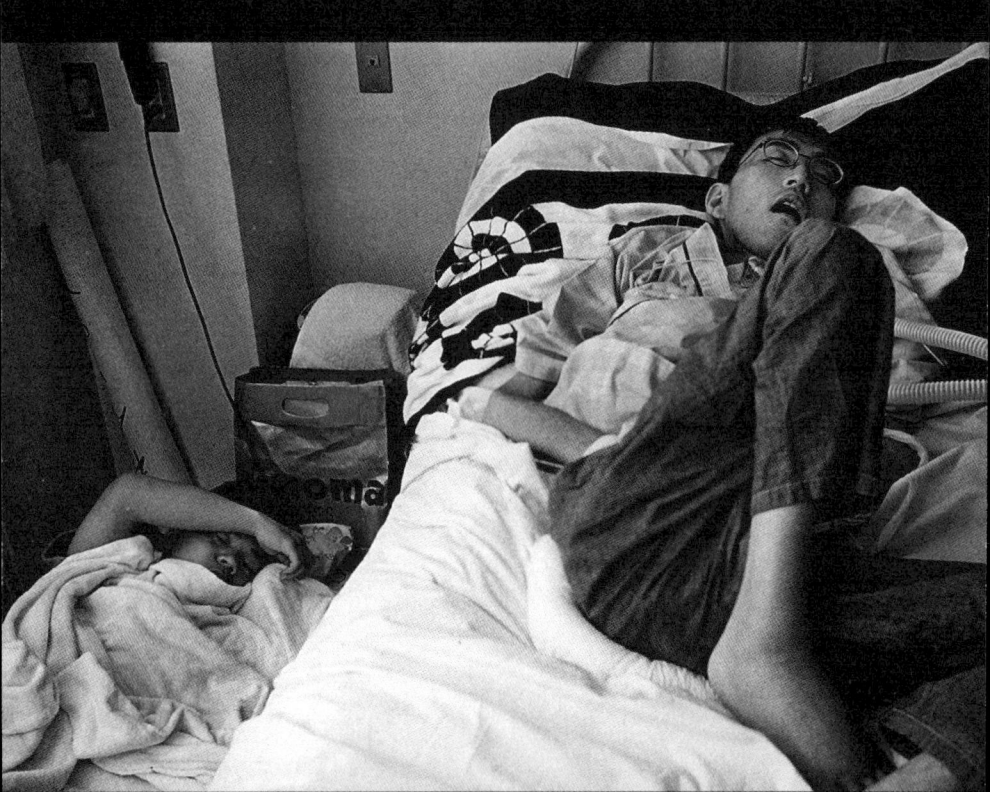

00/5/14（周日）母亲节 远藤

　　鹿野先生正翻着白眼，呼呼大睡。
　　我来这里快三年了。
　　怎么说呢，时间过得可真快。但实际上又觉得"才过了三年而已"。因为这三年真的相当充实。
　　成为鹿野志愿者的契机是社团晚辈的介绍，可我当时的想法是：居然愿意干志愿者这么麻烦的事情，厉害厉害。
　　我压根儿没想过要主动参与。
　　回过神来，却发现自己成了主力（？）成员。
　　为什么？！

1

面对"为什么要当志愿者"的提问,答案千奇百怪。

比如"凑巧看到了招人的传单""朋友(熟人)的介绍""想活用闲暇时间"……被问到的时候,谁都能爽快地说出理由。

不过,当我顺着"为什么会关注那张传单呢?""为什么答应了介绍呢?""为什么闲暇的时候要去当志愿者呢?"问下去时,明确的回答逐渐变得含糊不清。

说到底,要想了解这些,就得花时间耐心听本人讲述自己的处境,也就是说,我认为学生们当志愿者还有"另一个理由"。

为什么开始当志愿者呢?里面有什么原因?而且他们为什么会在意"残障者这一群体"呢——

我特别想知道学生志愿者们的"心声"。

2

北海道教育大学的内藤功一,在鹿野家初次与他见面时便给我留下了印象。

他是被鹿野下最后通牒的学生。因为学得太慢,鹿野说他:"你回去,从头学习了再来!"

"培训"了无数次也无法独当一面,据说鹿野也相当为难。对此,内藤坦言:"要是半途而废了,我恐怕会后悔一辈子。"

这个说法令我有些在意。

志愿者理应来去自由,他却有"放弃会后悔一辈子"的内在理由。

一天晚餐时间,在鹿野家附近的地铁西线琴似站不远处的饭店里,我俩一边吃着汉堡牛排,一边交谈。

黑肤色、高个子、戴眼镜的内藤像熊娃娃一样给人以呆萌可爱的印象。性格上,他是个认真、老实的学生。开始做志愿者,是因为他看到贴在宣传板上的"招募志愿者"的传单。

"我刚好在等人,发呆的时候一下看到了。当时直觉告诉我'就是这个了!',真的像有电流窜过身体。"

看到传单后的内藤,当即拨打了电话,周末就跑去了鹿野家。然而,"不擅长与人交流、对自己自卑到了极点"的内藤始终做不好吸痰。那些必须记住的东西,比如导管、气切套管等医疗器具的名称,他就是记不住。

且在此之前,内藤与鹿野的沟通就不太顺利。鹿野提出要求的时候,他还没听完就冲了出去。于是不出所料地搞砸了事情,被鹿野怒斥:"喂,把话听清楚啊!"

"我真的是胆战心惊,感觉把鹿野先生当成了易碎品,虽然心里想着该怎么做,可完全无法付诸行动……"

比如一开始的时候,内藤在《看护笔记》里的文章就是这种感觉。

99/4/19（周一）内藤

我是今天开始参与志愿者活动的内藤。

虽然第一次吸了痰，但脑子还没转过来，手也一直不听使唤。

我会全力以赴，不让鹿野先生觉得难受的。请大家多多指教。

99/5/10（周一）内藤

鹿野先生让我读教会演讲上的原稿。

残障者设施中竟有如此严重的歧视现象，简直难以置信。只要护工对残障者持有"施舍"的意识，我想设施的现状就不可能有所改变。

我要成为一个对他人珍视到底的人，为此还得向鹿野先生学习更多关于活着的知识。

99/5/24（周一）内藤

"心急吃不了热豆腐"。好好努力，不要着急。

常有人说"做志愿者的时候不能有'施舍'的念头""志愿者做着做着，想法就会从'帮你做'变为'让我做'"。

然而，内藤一开始就没有"施舍"的感觉。不如说，他那"让我做"的谦卑态度格外引人注目。他不仅没有看不起鹿野，反而把自己的姿态越降越低。

我也经历过这样的紧张状态，并非不能理解，但无论过多久，内藤似乎都没有变化。或许因为他"想派上用场"的想法过于强烈吧。

问题是，内藤这样的态度令鹿野浑身难受，他觉得实在无法把护理托付给内藤。鹿野说"滚蛋！"是在两个月后的某一天。

99/6/7（周一）内藤

我还不成熟，学得不够。我要脚踏实地地从头开始。请大家多多指教。

为焦急的内藤提供帮助的，是职业护工才木美奈子。她推迟了傍晚6点的回家时间，手把手地教内藤护理方法，一直教到很晚。

"总而言之，他是个笨拙又自卑的男孩。有心是有心，但心急了些，结果脑子一片混乱。呵呵，怪有意思的，他是头一次用水清洗蜜瓜呢。说起烤鱼，他还问'里面也要烤吗？'（笑）。真的，一个不会做饭、什么也不会的人，来这里后什么都会做了——这样的孩子还挺多呢。"

每当内藤着急时，才木都会说："内藤君，深呼吸！"

——被鹿野说"滚蛋"的时候，觉得受打击吗？

"当然了。特别受打击。我都怀疑自己能否真的喜欢上鹿野先生。感觉自己得更喜欢他才行。"

——喜欢？

"啊，说'喜欢'很奇怪吗？但如果我跟鹿野先生合不来，就不太想当志愿者了呀。"

——不过，当时也有"放弃"的选项吧？毕竟只是志愿者嘛。

"是吧？可是，怎么说呢，当时我心里觉得不能选择'放弃'。因为一旦放弃，我又会回到从前那个没用的自己。在我心里……"

美呗市位于札幌与旭川之间，内藤在当地的市营住宅里长大。

他是两兄弟中的哥哥，还有两个妹妹。从小父母的关系就不好，家中争执不断。大半原因在于父亲喜欢赌博。

在建筑行业操纵重型设备的父亲特别喜欢老虎机，下班后也迟迟不回家。工地明明是傍晚5点收工，可他半夜喝酒回来后，就开始跟母亲吵架。

内藤非常讨厌这样。父亲借钱的贷款公司还打来过催债电话，结果内藤对电话铃声也过敏了起来。母亲为了挣生活费和还债，干起了超市的收银员和保洁员，很少在家。

"我爸唯一让人庆幸的，是不会动用暴力。

"但是，他在赌博中迷失了自我……不管说多少次都不肯改正，还是会惹麻烦。为什么要害妈妈哭得这么伤心，我真的好恨他。之前在电视上看到过，假如父亲是个不值得尊敬的人，孩子也会变得没有自信。我当时心想：'啊，这说的不就是我吗？'……"

内藤无论如何都想考大学，也是出于对父亲的反抗心理——因为父亲平时一本书都不读，报纸也只看电视栏和体育栏。

然而，应届的时候内藤考砸了。他便以送报生*的身份住进宿舍，边送报纸边念札幌的预备学校，过了一段复读生活。上大学后，他仍在坚持这份兼职。他可能正是如今罕见的苦学生。

父母终于在他念预备学校的时候离婚了。

"早上，妈妈给卖报的地方打来了电话说'你爸爸又赌博了'。她以前就一直说要'离婚'，所以我也不怎么惊讶。感觉这下总算摆脱了老爸，简直神清气爽。"

落榜一年后，内藤考上了北海道教育大学。

可是，大学的课程一点意思也没有。首先，内藤清晨4点得起来送报纸，傍晚又得回卖报处工作，这样的生活让他每天疲惫不堪。虽

---

* 即新闻生，是一种报社与学校合作的半工半读的上学形式。

说大学加入了旅行社团，结交了不少朋友，但因为要送报纸，他几乎无法参加旅行。

"我自己就挺吊儿郎当的，上课听不进去，却觉得身边的同学'轻松真好''他们这样也算大学生吗'……有股莫名其妙的自尊心和自卑感。明明别人是别人，自己是自己，我却忍不住拿自己和周围比较。"

对自己的不满，对大学和周边的不满，以及"想做点什么，必须做点什么"的想法总是相互对立。

于是大二的时候，内藤索性休学一年，想着出国一趟。他在唯一感兴趣的"地球环境科学"课上了解到切尔诺贝利核事故、水俣病、流浪儿童及南北半球的差距后，开始密切关注起社会问题。

大学休学后，为了挣出国旅游的资金，他辞掉了送报的工作，跑去爱知县的汽车厂打工半年。

"虽然休学了吧，可一年转瞬即逝，我依然吊儿郎当，一点变化都没有。"

——存到了钱，却没有出国？

"关键就在这里。"他急忙补充，汉堡都从嘴里掉了出来。

"是啊……老实说，挺荒唐的，我打工存下了60万日元。可出国前我想先考个驾照，等拿到驾照了再出国。当我拿到驾照准备出发时，这次学校又让我'交学费'了。现在想来，就算拖一下学费，也不会被学校轻易开除，但我心里就是觉得非交不可。"

考完驾照，交完大学学费，存款几乎消失不见。

"又得打工存钱了……"

这次内藤又跑去千叶县做道路施工。可当他攒够了钱，休学却马上要结束了。他不得不重返大学。

——结果，他没能出成国。

我笑了，但也能理解他的优柔寡断。哪怕只有 10 万日元，有的人也会义无反顾地冲向国外。可是，他的性格就是难以不顾一切。脑袋总是含含糊糊的，自己给自己刹车。找不到想做的事，即便找到了，也会被其他的东西吸引注意力，于是把目的扔到以后。

"结果，我只是在做样子吗？难道我有虚荣心……之前，有人跟我讲得明明白白。去爱知的汽车厂时，我遇到了一个四处旅行的人，他去过美国、加拿大、新西兰，特别厉害。他很直白地告诉我，'你去不成国外的。'"

——其实你追求的不是出国吧？所以才一直绕远路。

"那会是什么呢？"他频频歪头沉思，"迷茫之中，我还加入了自己曾经最嫌弃的团体……名字叫折伏，虽然是被动加入的吧。"

"折伏？"我问道。

在汽车厂打完工的内藤，在预备学校的朋友的邀请下，加入了某个团体。原本讨厌团体的他在加入之后，发现每位成员都很活跃，这让他受到了刺激。团体活动与社会活动也非常愉快，每晚在自己房间一心一意地念经，令他体会到了一种不可思议的精神亢奋。姑且不论好坏，要是不这样做的话，"活不下去"的感觉恐怕会在他心中膨胀起来吧。

然而，4 月重返大学时，伴随着"重新开始"的想法，他心中也产生了强烈的悔恨：即使休了学，"自己依然一事无成"。

他看到志愿者的招募传单，正是在这个时候。

他说："我脑海里灵光乍现，像有电流窜过。"也许感觉到这是开始一件事的最后机会了吧。

正因如此，被鹿野放弃恐怕是比辞去志愿者更为严重的问题，即名副其实的"最后的通牒"。

翻开《看护笔记》，上面有内藤一年后的文字。

00/5/1（周一）内藤

这周算是过去了整整一年。在鹿野先生看来，我实在是个难搞的志愿者（老是掌握不了方法，无法独当一面），还听他找人商量过："那孩子真不好说啊。"我的学习能力确实糟糕，还容易心急，想到这里，我都佩服自己居然能坚持下来。

我现在也能回忆起鹿野先生让我滚蛋的时候，那是我继续做鹿野志愿者的决定性分歧点。要就此离开吗？还是硬着头皮继续来？全在一念之间。

最终我选择了后者，并坚持到了今天，真的很庆幸自己没有做出错误的选择。如果当时逃跑了，我恐怕还是从前那个吊儿郎当的自己，自卑感时常萦绕不去吧（虽然现在也有）。

在老家美呗的宫岛沼，水鸟们似乎将在5月3日左右起飞。不知明年的这个时候，我也能带着众多收获自立起飞吗？我突然陷入了这样的感慨。

（笔记的空白处，有人插入了"噢噢，内藤加油！"的字样。）

志愿者改变了他——我不想做出如此武断的结论，但对他而言，这的确是一次意义重大的体验。作为如今最靠谱的志愿者之一，有时"培训"的时候，他也会指导新人志愿者做护理。

通常人家是从"'帮你做'变为'让我做'"，他却经历了一个逆向的过程。

也就是说，通过发现、确认自己能够"帮人做"，他终于成为独当一面的志愿者。另外，他说开始做志愿者后，便没心思参与团体活动了。

可是，内藤对自己的自卑与焦虑后来也依然严重。

"我常常想自己为什么活着。

所以有时会感到空虚。我想找到活着的意义。既然如此，干脆去做点什么好了，可我什么都做不来。我也知道，有的观点认为意义根本无所谓……我好没用啊……总是嘴上抱怨。"

不过，鹿野也说："现在，健全者活着也不容易。"辛苦的不仅是残障者，身为健全者的志愿者也各有各的艰辛现实——如此理所当然的事实，我这时才注意到。

3

志愿者们都经历了什么？道出其真意的是性格与内藤截然不同的学生山内太郎。

在北海道大学教育部念研究生的山内是从大二的时候开始当志愿者的，原因是"反正留级了，日子清闲"。

据说，山内没打算在大学里认真学习。

"我一开始就想考研，觉得大学的时候起码该玩个痛快。所以我现在挺后悔的，当初应该更努力地学习才是。"

山内成长于相对富裕的家庭，父亲是大学老师，母亲是专职主妇。山内没有给人留下笨拙的印象。不过，看起来也不像坏心眼的"精明人"，是一名健康均衡的典型大学生。不管有没有说出口，这类大学生会有"起码学生时代得玩个痛快"的想法（不管是好是坏），我认为是当今日本大学与社会的现实。

山内在复读时便经历了"大学快乐生活"的洗礼。

从旭川市高中毕业后,山内在札幌一边独自生活一边上预备学校,但他的房间俨然像个聚会场地,挤满了考上札幌地区大学的高中同学。

念大学的朋友们天天搞联欢会。说"太郎,房间借给我"时,意思是要把联欢会上钓到的女友带进来。说"太棒了"时,意思是催山内快点买酒,布置房间。山内身为复读生,却早已在大学生的联欢会上抛头露面。

"大家经常大声傻笑。反正大学生看起来挺好玩的(笑)。念高中的时候,大家都只会参加社团活动,所以我觉得上了大学应该就能过上好玩有趣、如天堂般的生活。"

次年,山内顺利考上了北海道大学。他刚踏出北海道厚生年金会馆(现在的札幌艺术文化馆)——举行了开学仪式的会场,身边便接连传来"恭喜""万岁"的欢呼声,各种社团的招新活动蜂拥而至。

"我的春天终于来了——"山内高兴也是再自然不过的事情。

山内迅速加入了橄榄球社团。大学里有些社团打着运动社团的幌子,实际上总搞些联欢会、喝酒会,也就是所谓的"搭讪社团"。山内所属的社团并非如此,不过"社团的目标是快乐地玩橄榄球"。

他住进了民间宿舍。"那里的人也很有意思,每晚都闹翻了天。哪怕明天有考试,大家八成也是'算了,搓个麻将吧'的状态。"

北边红灯区"薄野"的娱乐大厦里有家咖啡店,山内在里面兼职做服务生。极度"正宗"的当代大学生活开始了。

但与说好的不同,山内老是交不到女朋友。

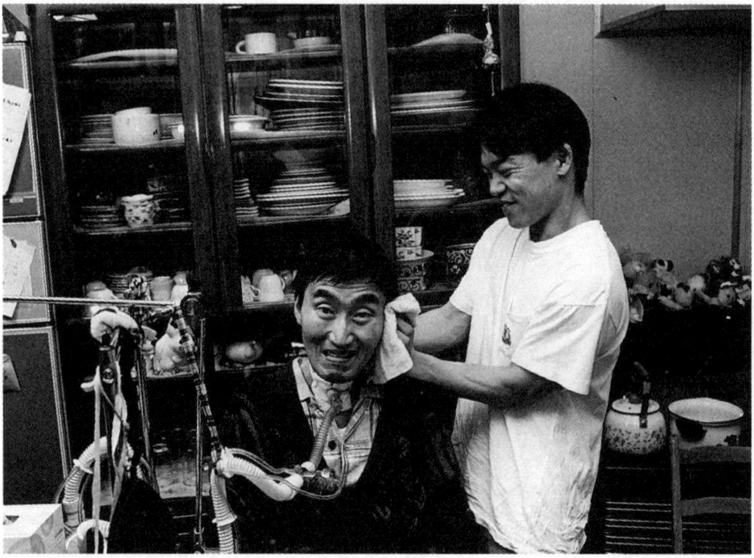

身边的朋友都陆续交到了女朋友，可山内在大一的时候，两次表白都失败了。第三次是在大二的时候，依旧遭到了拒绝。

"太伤心了。社团里的同期生都找到了女朋友，而且还秘而不宣……有一天，大家一起去吃烤肉时，他们才说，'太郎啊，其实我们吧……'我只得说，'什么嘛，这样啊！原来是这样啊！'（哭）"

对现代的年轻人来说，"没有女朋友"的现实简直令人生黯淡无光。

不仅如此，山内还因为玩过头而留级了。留级之后，父母首先让他辞去了兼职。还以学生宿舍不好为由，令他与刚好开始在札幌上预备校的弟弟一起租住公寓。然而，他留级只要拿到两个学分就行了。简直无聊透顶。

这次，山内又开始沉迷麻将。打麻将、吃饭、睡觉，打麻将、吃饭、睡觉……忽然间，他冒出了一股隐约的焦虑感："我在干些什么啊？"

于是，他想到了志愿者。听说高中前辈正在残障者设施里当志愿者，他有种"值得一做的感觉"。山内在教育专业里本就是主攻"社会福利方向"的学生。

"为什么会选择福利方向，我自己现在也记不清楚了。反正吧，我觉得这样下去不太好。而且志愿者不是给人一种'正派'的印象吗？"

或许能把自己从先前的堕落生活中拉回正轨。

"总之，这条路看起来不会有错，似乎有搞头。"

虽说志愿者是"为了他人"，但也许大家首先是为了改变自己。

两年后，山内在《看护笔记》上这样写道。

98/11/20（周五）山内

我纯粹是闲着没事做，才以随便试试的想法开始了志愿者，但不知从什么时候开始，自己竟变成了"为鹿野先生而去"，该说是为了自己吗?我说不太清楚,反正想通过鹿野先生来了解自己,从鹿野先生那里提升自己——现在好像是这种感觉(有种非常虚伪的味道,实际上我已经混乱到文章也写不好了)。

心胸狭窄的我如今会坚持做志愿者,大概也是想让自己产生这样的感受。

"反正闲着也是闲着,不如随便试一试"——始于这一想法的山内究竟发生了什么?

稍作了解后,"护理"的轮廓也逐渐明晰起来。

后来,考上研究生的山内活用了当志愿者的经验,以《身体残障者的居家生活与护理体制》为题撰写了硕士论文。此外,在现任的学生志愿者中,他资历最深,工作了四年。

"鹿野先生还是我正式接触的第一位残障者。"山内的经历与我在鹿野家的经历加起来,可以说非常有说服力。

首先是与"残障者"鹿野的初次见面。

"当然紧张啊。

我大概知道残障者很不容易,却不了解实际上他们哪里不容易。"

此前的山内只有一点抽象的认识,即残障者是"可怜人",志愿者得"帮助有困难的人"。

"第一次看到他的身体时,我自然大吃一惊。腿细得不得了,心想'这就是肌营养不良啊,确实蛮严重的'。"

初次与鹿野面对面时,我完全体会到了内藤功一所言的"易碎品",莫名地张皇失措。我纠结在本人面前该不该说出"疾病""残障"这些词,几乎没有问到自己想问的,谈话的内容始终不痛不痒——这便是我与鹿野的初次交流。

不过，让山内印象最深的是这种紧张状态所引发的自身行为。喂饭时看到鹿野滴下的口水，他不禁直接用手接住了。

"那件事我记得特别深。不是常说'施舍'的念头不好吗？所以我不能觉得口水脏，为了不冒犯他、不伤害他，我处处小心翼翼。"

我也有类似的经历。本想体贴地把床上的鹿野的尿垫（包住生殖器官的纸尿布）收拾干净，结果尿液从里面溢了出来。正确的做法是把手伸进塑料袋，再把尿垫翻过来。可我并不知道，只想着迎合眼前的鹿野，表现出"我不觉得你的尿液很脏"，仿佛"我就站在你的立场上"。

护理讲究巧妙"处理排泄"的技术，也无须强行压抑自己的抗拒感，可有时就是会情不自禁抑制住这种正常的感觉。

换言之，这大概类似于"过剩反应"。

且不提歧视"残障者"的人，今天反倒有许多人被"歧视是不对的""残障者与健全者都是人"等观念所束缚，为此紧张兮兮。心里想着要"若无其事地面对"，可哪里"若无其事"了。

不过"紧张"的另一方面，山内也说了这样的话。

"起初我完全不懂护理，一直挨鹿野先生的骂，比如'你不行！重做一次！'。其实我心里在嘀咕：过来当志愿者应该被感谢才对，没想到会挨骂（笑）。"

说起我个人的话，看到"培训"场面时我受到了小小的冲击。即使脑子里明白残障意味着身体有缺陷，可面对现场一副"老师"做派、嘴里念着"滚蛋！"的鹿野，我心里只有敬意，确实有种"眼前一亮"的感觉。

发觉残障者鹿野比自己还要高上一等时,我心中产生了小小的违和感,或者说是叛逆心理。

总之,我想表达的是:"帮你做"(优越感)、"让我做"和"老实巴交关怀过度"的想法在一个人心里是错综复杂的。

据鹿野说,志愿者形形色色,有"同情人的""鼓励人的""把残障者当小孩子的",也有"散发着施舍气场的人""想法简单的人""过于严肃的人""坚信'我比你更了解疾病'的护士",等等。也许从前的经验与"对残障者的看法""对病人的看法"造成了大家各不相同的态度吧。

不光对残障者,初次见面的人也会揣度彼此的位置与距离感,可一旦意识到"残障者"的社会标记,门槛就会抬高,事情也随之麻烦起来。

直到习惯前,即直到关系稳定前,恐怕谁都会耗上一定的时间。

另外,观察身边志愿者和鹿野的反应,认识到自己哪里普通、哪里不普通,做出相应的改正,思考自己为何会有如此感觉——对了解自己潜意识里的"对残障者的看法""对病人的看法"也非常重要。

护理志愿者的好处在于,通过"护理"这种具体的身体接触方式,生硬的关系中确实有东西变得和谐了起来。

脑子里想的与实际上的身体接触、相互感受有很大的区别。

吸痰、换纱布、体位更换、换衣、刷牙、擦鼻涕……起初山内做的每一件事都被鹿野说"太粗暴了",但是山内说:"每掌握一门,心里就有点开心,有种学到了技术的满足感。"

当逐渐看清鹿野背负的"残障"的真相后,便能学会"若无其事地面对"与"心理准备"——无须多余的顾虑,也明白在什么时候提供帮助。

今天的日本被称为洁癖社会，尤其讲究卫生，平日里也有抗拒与他人发生身体接触的倾向。然而，在看到主妇志愿者才木与荒川，以及护理站的高桥等人后，他们护理身体时的得心应手令我深感佩服。

擅于护理身体的人或许也擅于呵护心灵。至少，当他人需要帮助时，他们能在准确的时机及时伸出援助之手，这让经常袖手旁观的我觉得"很厉害"。

不过，问题也可能出现在习惯之后。

山内与鹿野关系加深后，发生了这样一件事。

一次，鹿野说："太郎，好久没抽烟了，我想抽烟。帮我买烟去吧。"

鹿野年轻时好像抽过烟，切开气管安装人工呼吸机后，自然是戒烟了。可山内认为佩戴呼吸机的鹿野抽烟明显"有害"。说得极端些，这相当于帮鹿野"自杀"。

于是山内劝道："还是别了吧。"

鹿野说："少废话。"

"我不太想干这种事。"

尽管内心犹豫"该不该说"，可山内认为"这也是一场巨大的赌博"。于是他明确地告诉鹿野："不行。"

"我本来就压力很大呀。太郎，让我抽吧。"

"不行。"

"太郎！"

"不行。"

"你这混蛋，让我抽烟啦！"

发了一阵脾气后，鹿野说："知道了。敌不过太郎啦——"

山内称当时的体验对后来坚持做志愿者产生了极为重要的影响。

"鹿野先生说'想抽烟'的话,让他抽就是了。虽说这就是'护理',但我现在觉得,如果自己一声不吭地照做,恐怕会因为压力大而辞去志愿者。况且,对鹿野先生来说,志愿者若只是一味地听从安排,大概也没什么意思吧。"

这其中存在着"护理"的难处。

基本来说,护理当然得以残障者为中心。但看护者也是人,有的事情能接受,有的则不能,大家各有各的判断标准。而且,这些标准并未白纸黑字地写下来,也无法一概定论。但假如看护者避免与残障者产生摩擦,只知道默默听安排,或只顾着顶撞对方,那么将很难从"看护者对残障者"深化为"个人对个人"。

因为允许什么、不允许什么,从中能体现一个人的"自我"。只有说清楚了,残障者才能了解看护者的"人品",比如"这个人非常可靠""这个人靠不住,还是找其他人吧"。

山内在《看护笔记》上写道:"通过鹿野先生来了解自己,从鹿野先生那里修炼自己。"我想正因为"护理"是在重复这些事情吧。

前面说过,山内最初对残障者只有抽象的概念,即"可怜人""要帮助有困难的人",但随着经历的增长,他如今的想法是"这毕竟是鹿野先生的人生,无论他抽不抽烟,支持他才是我该做的"。

另外,他也开始留心此前没听过的事情、压根儿没发现的事情,发展到了"个人对个人"的交往。比如"鹿野先生的小弟弟勃起得好好的""啊,这个大叔还有性欲的嘛",等等。

山内会想到这些,是因为之前鹿野深夜让他去租成人录像带。

对抽烟表示"抵触"的山内对这些事倒没有什么成见。

"太郎，今天看'人妻片'吧。"

鹿野说完，山内便欢腾地奔向了租片店。然后，他在床前摆好录影机，把鹿野的内裤脱掉，往他手里塞三四张纸巾，说完一句"剩下的你自己来"便撤退到客厅。

"人们似乎对'残障者'产生了一种神圣化的印象，一开始我压根儿没想过会有这些事。但仔细想想，便觉得情有可原。"

起初，我听说鹿野必须靠他人24小时的护理才能活下去时，心想："这个人有没有性欲呢？""要是有的话，该怎么办呢？"陷入了荒唐的情绪中。

毕竟对我这个单身汉来说，自慰是日常生活中必不可少的。

不过，要问出这些，还需要一定的时间。

"你的手能动吗？"一次，我这样惊讶地问道。

鹿野则有些得意地回答："这点程度还是能动的。"

房间架子的一角上，还设有色情录像带的专区。

鹿野像想起了什么似的说道："说起来，前妻和我交往之前都一直心存误会。她以为肌营养不良是一种小弟弟也无法勃起的疾病。其实小弟弟是海绵体，不是肌肉——所以你要写清楚了，肌营养不良也能勃起的。"

"好的。"

健全者身上会发生的事情，残障者也一样会发生。

有四年志愿者经验的山内在面对鹿野"做这做那"的指挥时，如今也会纠结不断。不过，纠结之后，他心中会涌起一股"柔情"，连自己都觉得不可思议。

"比如陪夜的晚上，我开始犯困了，鹿野先生也说'该睡觉了'。

结果10分钟过去，他却大喊，'不行啊，太郎，我还是睡不着。开电视吧，我要喝果汁！'

但这种情况下，我并没有觉得不耐烦，而是真心觉得鹿野先生很辛苦。每到这时，我会对他产生诚挚的感激之情……比如对他说'谢谢！''我要好好学习！'之类的话。"

既不是讽刺也不是埋怨，而是诚挚的谢意。

纠结过后，他的心中定会涌起感激之情。这也是山内没有辞去志愿者的最大原因。

4

"残障者稍微做点什么事，就有人不停地夸他们厉害吧？"

在北海道大学附近一家阳光甚好的咖啡店里，远藤贵子一边用吸管搅拌着冰淇淋欧蕾，一边以"本来就是这样子嘛""你不觉得吗？"的语气说道。

她是被鹿野介绍为"秘书"的女性，26岁，已经从北大理学部毕业，但为了拿到教师资格证，目前正以等学历生的身份上大学。

她做志愿者已经有三年了，既是募集志愿者的窗口，也相当于学生志愿者的中心人物。

然而，她所说的话，不知为何比常人冷漠多了。

在鹿野家初次见面的时候，她说："鹿野先生吗？就是个普通人啊。"还说当志愿者"只是出于惰性"。

我想进一步了解这些话的真意。

"你的意思是,我也是为了'夸厉害'才来采访鹿野先生的吗?"

"你来是要告诉世人鹿野先生与志愿者的美好回忆的吧?这种想法挺普遍的。"

即直面死亡的"残障者领袖"与围绕其身边的"迷茫的年轻人"。

诚然,我的确期待过这样的画面。而且我还觉得自己也能加入"迷茫的年轻人"之中。说起来实在惭愧。

"所以我特别警戒。鹿野先生本人偶尔也会误会,说些类似'我是领袖'的话。每次听到这样的发言,我就身子一颤,不禁想欺负他——我还弄哭过鹿野先生哦。"

我忍不住笑了。听起来她对鹿野毫不留情。

"最近他'老师架子'特别严重。反正我觉得,即使不了解呼吸机、急救措施这些专业问题,也不妨碍护理啊。就因为他做这些事,把时间花在'培训'上,志愿者才没法固定下来。"

对她而言,"护理"不是特别的技术,而是自然的道理。

"我觉得护理是建立在帮助不便的基础上,只要仔细观察对方,体位更换、换衣服都是很简单的事。"

对她来说也许如此,但依然有笨拙、学得慢的人。而鹿野必须把自己的性命交给这些护理者,从他的角度来看,通过"培训"来确保万无一失也情有可原。

不过,她认为鹿野先生的处境很艰难。

她会当面说出这些话,偶尔还会挫鹿野的锐气,惹得他大发雷霆。可以说,她是个令人头疼的志愿者,却也恰巧证明鹿野家的人际关系灵活可变。而且鹿野最依赖的是远藤,大概因为她有股奇妙的伟人气场吧。她的确是一名魅力四射、落落大方的女性。然而,接着她却说了这样一句话:

"我一看到自我意识过剩的人,就想告诉对方'你才不是那么特别的人呢!'"

聊天过程中,她比鹿野更加吸引我的注意力。

我明白她不是"充满善意的志愿者"或"迷茫的年轻人",但同时也感觉她坚持做志愿者并非"仅出于惰性"。

总而言之,远藤是个优秀的人,出生于道东地区的一个小镇里,听说她伯父是某大学教授,而且是媒体上的知名学者时,我大吃一惊。她父亲好像也很优秀,年轻时却因为身体不好而没能考大学,高中毕业后便在老家上班。或许是这个原因,他喝酒时经常对孩子们说:"我们家难道出不了靠学问吃饭的人吗?"

她有一个姐姐和两个弟弟,在四姐弟中名列老二,考上了钏路升学学校的她为了继承父亲的意志,选择进入了北大理学部。她的目标似乎是要成为物理学家。

然而,最后以挫折告终。因为开学后,她难以在竞争激烈的物理专业继续发展。况且在此之前,她已经看到了自己学术能力的极限。

"上课能听懂,教材能看懂,这样固然轻松,但我始终无法从数学的角度去想象今后的未知世界。我的理解能力和思考能力大概到了极限。当时,自己受到了严重的打击,还挺气馁的。"

据说有段时间远藤还想过退学。不过,后来她总算调整好了状态,重新整装出发,以成为老师为目标。尽管在读时已经拿到物理的教师资格证,但招聘人数不多,因此毕业后为了拿到数学的教师资格证,目前她依然在上大学。

她说:"当不了研究人员,又不会活不下去,自己的学习确实还可以,要用到实处的话,我想就是当老师了吧。"

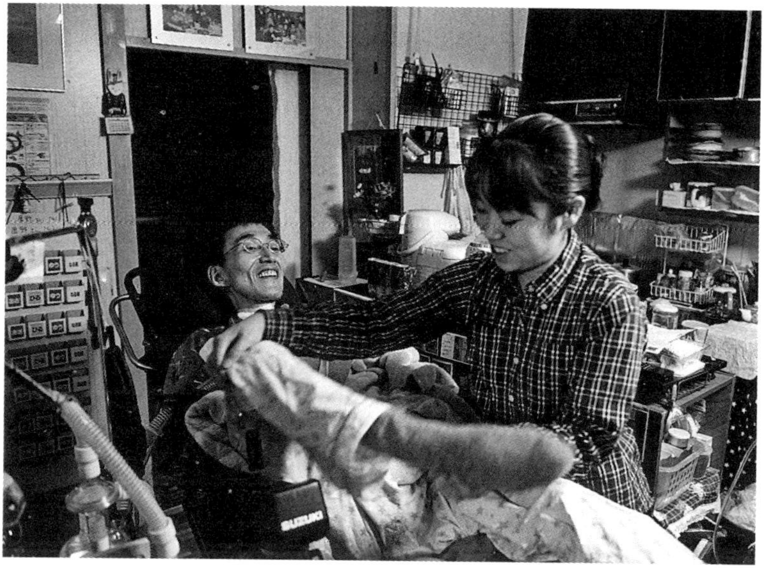
SUZUKI

她开始当志愿者是在三年前,来自好友的介绍。

"本来我不想做志愿者的。只是觉得朋友的请求不好拒绝……唉,既然做了,就得做好。

"所以说实在的,我也不是很懂自己为什么要当志愿者。"

当时鹿野家严重缺人,早已开始志愿者活动的朋友问她能否接受一晚5000日元的有偿志愿者(兼职)。

"为什么坚持了三年?"

"反正没有不干的理由啊。在鹿野先生的拜托下,我感觉答应下来也没什么的。不知何时起,这变成了习惯。"

不过,现在她不仅负责每周一次的护理,也是值得信赖的"秘书"。可能因为我问了太多次"为什么"让她觉得不耐烦,渐渐地,她开始说起了这些话。

"不好意思,这跟继续当志愿者有什么关系吗?老实说,我会坚持在鹿野先生那里做事,一半是因为无可奈何。"

"这样啊。"

"我有必须坚持下去的理由……唉,好烦啊。这样应该挺奇怪的吧……我能说说恋爱方面的事情吗?"

恋爱方面的事情就是所谓的"三角关系"。

做志愿者没多久的时候,远藤当时的男友被社团好友抢走了。起初以为只是出轨而已,她也考虑过要原谅男方。毕竟她是真的喜欢他。

然而有一天,她正准备去做志愿者时,男友突然打来了电话。两人在鹿野家前面的公园见面后,对方提出"咱们分手吧"。

他决定和她的朋友交往。

"确实挺受打击的。"远藤说,"结果我病了。"

"生病？"

"精神受创，我真的手足无措。渐渐地，我患上了抑郁症和失眠症……其实现在也在看医生。虽然我不是很懂。"

她的语气仿佛事不关己，于是我也跟着简短地回了句"这样啊"，内心却不知所措。因为完全看不出来，不如说，她看上去是个比常人更为冷静且稳重的人。

"你立刻去了精神科吗？通常会觉得只有自己不可能这样吧。"

"是啊。"

"你此前就是这么撑过来的吧？"

"但是，实在太难受了。整整三天睡不着觉，特别煎熬。身体也很痛苦，感觉这样下去人都会死掉。"

她似乎觉得随便辞掉志愿者会给鹿野造成麻烦。"一半是因为无可奈何"说的便是这个意思。

"可与其说不想添麻烦，我更像是为了自己的自尊心。

"应该说，不想让人看到自己变成废物了吧？可我还是废物得人尽皆知。"

"鹿野先生知道这事吗？"

"一开始去鹿野先生家时，不知怎么的发烧了。我猜应该是身体因为受到打击而出现的状况……我都这么痛苦了，要是鹿野先生一无所知，反而叫人窝火吧？于是我就告诉他，自己现在其实处境艰难，特别难受。"

然而，即使患上了抑郁症，她也仍坚持做志愿者。这种努力与强烈的责任感说不定正是疾病的原因吧。我已然搞不懂她究竟是个坚强的人，还是个脆弱的人。

"不过，我发现自己比想象中的更无能为力……我真的很软弱呢。"

问过大家后，发现都不容易。

虽说失恋了，但也是三年前的事。现在，她正与比自己大三岁的同专业研究生过着半同居生活。甚至鹿野家的志愿者名单上写的也是那个家的联系地址，关系早已得到身边朋友与父母的公认。

问对方是个什么样的人时，她回答："都29岁了，却超级孩子气。"

男方已经结束了博士课程，是个无业博士，每天论文也不写，在家无所事事。让他找工作，回复都是"没这个心思"。让他去打工，他也只是嘴上答应，生活依旧吊儿郎当……

"要是我抛弃了他，感觉他会活不下去的。最近他开始自己做饭了，也会洗衣服了，正在慢慢地成长呢，好像也还行。"

我笑道："说得跟老母亲似的。"

"我对废柴没有抵抗力。迄今交往的人当中，没一个能让我尊敬的。"

说的时候，她的表情有点不耐烦，却又洋溢着幸福。

"抑郁症的原因究竟是什么？弄清楚了吗？"

即使发病的导火索是失恋，应该也有更加根本的理由。

她似乎在认真地思索，一字一句地说道："我想知道自己的状态和想法，但到现在还是不太明白。分手之后，自己真的一团糟……无论对人还是对己。"

"对自己也是？"

我不知该如何反应，于是沉默了片刻。

"——精神科医生说了什么？"

"这个嘛……"

第一次去精神科时，医生说了类似"失个恋还能引发抑郁症？"的话，她一气之下便换了家医院。从此以后，她拿了药就走人，不再接受咨询。

"也不是没有靠谱的理论。

就算有人告诉你,你的深层心理是这个样子的,也无法马上接受嘛。所以,现在药量的增减我都无所谓。况且,明白了'自己'又有什么用?不是说想多了不好吗?"

我也觉得或许如此。

停下脚步思索出来的"自己"也不过是了解一下而已。如今的她,并没有什么问题,像这样上大学、参加志愿者,还受到了许多人的信赖。现代医学将抑郁症形容为"心灵的感冒",把它当作"老毛病"便也觉得没什么大不了。

"我完全没打算牵强附会——"
我再次问起了志愿者的事情。
"在鹿野先生身边做了三年的志愿者,也不是没有任何收获吧?"
"嗯……"
"给鹿野先生做志愿者时,有没有获得精神平衡的时候?"
她哈哈大笑:"基本上,鹿野先生是个渴望治愈的人,只会给人添麻烦。假如有人说'来这里后,人也变精神了',鹿野先生大概会高兴吧……所以这个边界很难掌握。稍微找他商量点事,反而有种为他服务的感觉,不过也挺好的。"

唔,服务的感觉很好吗?
"而且鹿野先生老说自己有多不容易。"
确实如此,我也笑了起来。
"刚见面的时候,你说鹿野先生是个普通人吧?"
她立即说道:"是个好色大叔!"
"前阵子他还高兴树理(后面将会介绍的学生志愿者)跟男朋友分

手了,真是无可救药。"

"不过,同样作为好色大叔——我不是在为鹿野先生辩解哦,只是一般情况下,烦恼越多,人就越容易绝望吧。假如我处在鹿野先生的立场,还不知自己能否贯彻好色大叔的作风。"

奇妙的是,和她聊天的时候,我不知为何总是在帮鹿野说话。

"说得也是。还让志愿者去租录像带,厉害厉害。"

原来她也知道啊。

听山内太郎提到色情录像带的时候,我还想女性志愿者知不知道这件事。要是知道的话,她们会做何感想。

"这些事,当然了——"她说,"我想老志愿者应该都知道。现在的女生才不会为这点事大惊小怪。"

"我也受托去租片店还过色情录像带。不过,接到这种要求的女生,估计只有我吧……"

"被要求的时候,有没有抵触感?"

"没,鹿野先生之前就在含沙射影了。像是'你自己也跟普通男人做这些事的吧'……诸如此类。听到这些话,我觉得也挺正常。

"完全没有抵触感。硬要说的话,被人信赖的喜悦占了上风。然后就是觉得有趣吧,原来他也会做这种事。"

恐怕鹿野是在仔细观察后才请求的吧。他曾说:"在与志愿者的交往中,我逐渐练出了看人的眼光。""看人的眼光"一定也包含了这类事情吧。

万一看错,志愿者当然不会再来了,即便继续过来,八成也会传出"性骚扰"的谣言,对鹿野来说,那将意味着"活不下去了"。他一边考量每位志愿者的心胸,一边踏实地构筑能实现自己需求的人际关系。大概这也是鹿野的"存活方式"吧。

这么写可能不太好，但我觉得挺有意思的。

残障者也好，志愿者也好，都不是只充满善意与纯粹的群体，这个世界建立在微妙无比的人际关系力学之上，时而摇摇欲坠。

如果说志愿者能让人成长，那绝非因为什么"感动"的体验，而是这个世界彻底揭露了人性的本质，你或多或少都会目击到它，不得不接触它。反过来说，有人因此成长，也有人因此受伤。"美谈"的背面，或许也存在着同样的无所事事。这不足为奇。

00/6/13（周二）远藤

很神奇的是，接到鹿野先生的电话赶来这里的时候我都觉得很麻烦，可陪夜到深夜时，不知为什么心情会变得柔和起来。窝火的感觉也莫名冷却了下来。

这时我都会想：自己其实意外的温柔？

不过，柔和的心情让我感觉非常惬意。

山内太郎也曾提到过这样的"柔情"。

说到底，他们寻求的难道不是"一对一"的交流吗？人类好的一面，坏的一面，坚强的一面，脆弱的一面，抑或是排泄、自慰——把这些统统囊括进去，他们寻求的难道不是这种坦诚相见的交流吗？

"说了半天，鹿野先生的立场果然很艰难啊。饱受疾病的煎熬，与志愿者也相处不顺，一想到以后就担心得夜不能寐，有时还觉得一切都没意思了。"

"这种时候该怎么办呢？"

"我的话，会摸摸他、安慰他（笑）。毕竟我也别无他法啊。这时感觉心情会变得十分柔和……连自己都觉得不可思议。"

然后,她语气诚恳地说道。

"想来想去,我觉得自己可能不是特别理性的人,其实感情上非常耿直,所以才经常感觉自己精神不稳定。"

5

如今在 NHK 从事报道记者的老志愿者国吉智宏,曾经在鹿野主持的人工呼吸机使用者友会的会报中写过这样一段话:

"我来鹿野先生这里,也是因为无法从先前的生活方式中获得满足,想要寻求些什么。来这里的人多少都是如此,大家都渴望着什么。"

内藤功一说:"想要活着的意义。"山内太郎在沉迷麻将的日子里,忽然产生了"我在干什么"的焦虑。以及,远藤贵子曾叹息:"我精神不稳定。"……

志愿者,或者说在帮助残障者的现场,是否有什么东西很契合这种情绪的起伏呢?

话说回来,采访志愿者的时候,我经常会陷入迷宫之中,不禁想说:"都分不清哪边是健全者,哪边是残障者了。"

庆应义塾大学的金子郁容教授有本书叫《志愿者——另一个信息社会》,里面写到志愿者即"一种程序,能带人发现充满了奇妙魅力的关系,其中'帮助'与'被帮助'融为一体,而谁付出、谁得到的区别都不再重要"。

确实,阅读志愿者的经验谈时,时常能看到类似"得到帮助的是我才对"的文章,在某些情况下完全可以这样说,我发现被志愿者帮助的鹿野，也能理解为"鹿野在从事志愿者"。

采访过三个人后，我也注意到了不少其他的事情，刷新了认识。
首先，残障者与健全者的"联系方式"及信赖关系的构筑方式，其实是多种多样的。

比如，内藤用仰视的目光与鹿野交流。与之相比，远藤有时就像女儿捅破父亲的缺点一样，与鹿野保持着称得上讽刺的亲密距离。山内则处于二者之间，从正面与鹿野进行朴实的交流。

这些关系自然诞生于鹿野与每个人的个性，可它们并不符合大众的想象，志愿者与残障者全然不是时刻充满了"善意""共情""温柔""同情"的团结关系。

硬要说的话，我心中的"志愿者"感觉难以接近（先入为主），即"特别的人做特别的事"，是令人想起"伪善""自我满足"等词语的源头。然而，听过他们的讲述后，我才明白完全没有这回事。

细细想来，除了需要他人的帮助，"残障者"其实也是极为寻常的普通人。多样的人际关系再自然不过，可对于过去没机会深入接触"残障者"的我来说，这无疑非常新鲜。

再说说我注意到的另一件事，那三个人的学生生活尽管各不相同，但也有些地方与我学生时期及现在的心情相同。
具体来说，就是"大家都很不容易"的想法。
我也是笨拙而拘谨地过完了理应随心所欲的学生时代。也不是没有开心的事，但总是没有自信，却又不肯承认，只顾着周围人的目光。经历了自由的学生时代，我切身感受到"自由"其实是个非常棘手的东西。

我曾参与过编辑校园杂志的社团活动，它是我从事现今工作的契机，但因为我沉迷爱好，对学业是半放弃的状态，所以我缺少一般的工作经验。因此，"自己是什么？自己能做到什么？"——这个没有出口的问题令我倍感懊恼。在某种意义上，年过30岁的我，现在依然是老样子。

或许正因如此，内藤的坐立不安、山内在自由的生活中突然产生的隐约焦虑感，以及远藤的抑郁症，都叫我深有同感。

志愿者于他们而言，是心底的焦虑与实现自我的渴望对偶然看到的传单、眼前鹿野艰辛的状况产生了反应，进而发展成了"志愿者"的形式，仅此而已。可以从"刚好是志愿者""刚好遇到了残障者"的角度来理解。

正如内藤想出国一样，不同的人也许想通过旅行、留学或是社团活动、兼职来实现社会化，消除自己的学生气。比如山内说："假如我交到了女朋友，大概就不会做志愿者了。"远藤则坦言："说实在的，我也不是很懂自己为什么要当志愿者。"

另一方面，他们看似充满矛盾，可我又非常疑惑，用一句"碰巧当了志愿者"来概括一切是否合适。

他们做志愿者，果然出于"应该来"的想法吧？

因为有一次，主妇志愿者荒川麻弥子说了这样的话。我前面也写过，荒川的本职是居家护理支援中心的护工。

"我觉得会注意到残障者，不仅是因为'偶然'。一般人看到鹿野可能不会放在心上，但在这里做志愿者的人很敏感，看到鹿野时能从他身上感受到什么。其实之前在福利学习会上讨论志愿者心理时，有人从书上引用了一节内容。'一位不幸的人在发现另一位不幸的人之后，就会变得幸福起来。'……你明白这句话的意思吗？"

——嗯，明白。

不知为何，我感觉突然接住了一团沉重的铅块。

荒川说："虽然只是听对方说吧，但当时这句话分外沉重。我也想了想，如果自己对工作和家庭没什么不满，因此而心满意足的话，还会来这里当志愿者吗……"

我陷入了沉思。可能确实有这部分的原因。想看到比自己更"不幸"的人，以此获得安心，再通过伸出援手来填补自己的不得志。

这类心理并不仅限于残障者和志愿者，还可以延伸到健全者的人际关系中。这应该是一种相当普遍的心理。

另一位社会志愿者以更开阔的视野露骨地描述了这类情况，他便是片桐真。

"志愿者渴求活着的意义其实特别好懂。

"尽管表面上看不出来，实际上，志愿者中也有些精神痛苦的人。很久以前，'Adult Children（问题家庭的孩子）'一词曾引发讨论，可环顾四周，志愿者中也能看到家庭环境复杂的人、纠结于自己的存在意义而想要自杀的人、去精神科看病的人。"

没过多久，我也听到了许多这样的事情。

和我同岁的片桐，在东京上学的时候就一直为患有脑性麻痹的残障者当护理志愿者，志愿者履历加起来超过十年。大学毕业后，他成了《社会新报》（旧日本社会党的机关报纸）的记者，赴任札幌，现在是民主党议会职员，每个月在鹿野家负责两次陪夜护理。他陪伴鹿野的时间比山内、远藤更久，不仅如此，他还与许多残障者、市民运动有联系，对这类情况十分熟悉。

"在从前的社会，按部就班地工作、结婚、赡养妻儿是件意义重大的事,女性则在家中相夫教子,可如今已经过了高度经济成长期,进入了一个成熟的社会,光是'普普通通地生活',还难以抓住活着的意义。要想在这个时代寻求'意义',志愿者工作、福利工作、医疗工作刚好能以肉眼可见的形式赋予'意义'吧?

"我一直靠做志愿者、参加市民运动而活,在工作、志愿者、市民运动中分别寻求一点点活着的意义,设法把不满足的人生糊弄过去。

"我试图用志愿者来填补空缺——尽管不必完全否定这样的自己,但我觉得在某些方面还是得保持客观的视角。把志愿者当作让自己放松精神的一门'工具'也未尝不可,毕竟在支持残障者方面,看护者如今承担着重要的作用。"

片桐特意说这些是有理由的。

"让状况变难的原因之一是,人们多少都抱有这样的印象:残障者就像'圣人君子',身心苦痛,身在逆境却依然努力向崇高的目标迈进。不提那种讨厌残障者的歧视,我觉得这类美化、圣人化也完全属于'残障者歧视'。

"而一些没什么助人经验的人,想通过志愿者来收获他人的感谢、治愈自己的心灵,他们可能会对残障者偏离'圣人君子'的形象感到失望,或者得知自己无法胜任志愿者后深受打击,又或者因为残障者一句严厉的话,伤口反而更深了——这些情况也不是没有。"

然而,残障者并不是心理咨询师。

如果健全者来当志愿者是为了寻求过量的"心灵治愈",这才叫人分不清谁是残障者、谁是健全者。另外说一点偏题的问题,如今到处都能听到"耗损综合征(Burnout)"这个词。不光是残障者护理,它在各种志愿者现场都成了话题。

本来志愿者也没有"做成这样即可"的基准,行事原则即"深入

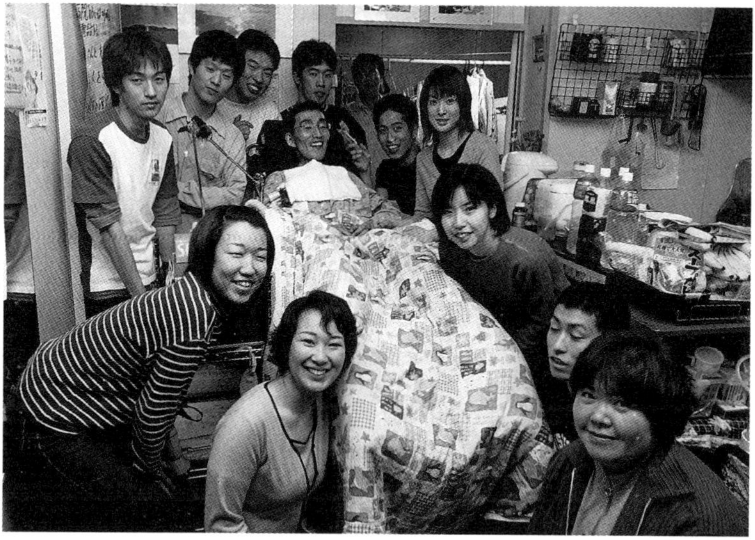

到什么地步",而这全看个人意思,并承担起相应的责任。其中,那些发现了对方(比如残障者)的严重问题,并深入了解的志愿者,更容易被巨大的负担压垮。面对残障者时,人会产生对方"比自己弱势"的想法,容易被"必须回应残障者所有要求"的强迫观念束缚,健全者之间可能出现"拒绝"与"对立",在残障者面前却容易逼着自己表演"温柔"与"同情"。

我想起了内藤最初在《看护笔记》写下的话:

"我要成为一个对他人珍视到底的人,为此还得向鹿野先生学习更多关于活着的知识。"

当初,内藤对无法回应鹿野要求的自己钻牛角尖,认为"得真情实感地喜欢鹿野先生"才行,这样的想法会如此迫切,也是因为它与"想改变吊儿郎当的自己"的内部问题互为表里。

"可是,残障者当然完全不必搞得跟圣人一样,也不必成为健全者心目中的形象。

"就像我有缺陷一样,鹿野先生也有缺陷,也会耍滑头、懒癌发作,而且还挺好色的(笑),他当然有很多面啦。等注意到这些后,有些东西才能第一次看清楚,关系也会慢慢打开。总而言之,残障者与健全者可以更无所顾忌、更坦诚地交流,相互碰撞。"

我也完全赞同。从结果上来说,内藤被鹿野说了"滚蛋!"后,产生了"幸好没有做错选择"的想法,正如山内在抽烟事件中表现出的"反抗",只有从"残障者对健全者"的关系迈向"个人对个人"的关系,才能初步看清一些东西。反过来说,如果健全者只会对"不幸""可怜"的残障者进行"牺牲式奉献",那二者是无法建立起"联系"的。

关键是不要被幻想和死板的想法束缚,而是与眼前的残障者——"活生生的现实"面对面。并且以自己身为健全者的直观看法、感受为基础，逐步同对方建立起相应的关系。

"话虽如此，精神消沉的人依然消沉，相反，也有人对残障者持以极端看法，认为残障者很过分，提出的要求十分任性。残障者迫切地需要帮助，而健全者对残障者心怀幻想，要消除二者间的分歧实在是困难。"

片桐心情复杂地叹了口气。

可即便如此，一旦涉及这类话题，"健全者"与"残障者"二词的意义在我看来其实相差无几。

另一方面，当我们把目光转向"志愿者"①一词时，会发现它如今已获得市民权，甚至可以加上"主要"的修辞了。

近年来，电视上经常播出有关志愿者的节目与特辑，志愿者的信息杂志也开始在街头巷尾流通。

这一功绩，无论如何都应归功于1995年志愿者们在阪神·淡路大地震中的活跃表现。据说当时共有130万志愿者参与其中，有识之士甚至把那一年称为"志愿者元年"。从那时起，"志愿者"一词的印象变得多样化，不仅是福利领域，环境、国际、文化、体育等领域也受到了瞩目，且参加者的范围也在扩大。

可是，片桐在东京念书的1980年代中期，"志愿者还只是少数"，而且隐约散发着"左翼的气质"。

"当年的大学，正是网球社团、搭讪社团的全盛期，不过上个时代残余的'社会变革'也勉强存活了下来，聚集起来当志愿者的学生，说得好听点，是关心社会问题，每个人都富有魅力；说得难听点，大多都是'魅力全无'的土包子，被搭讪社团的氛围所淘汰。我自己就是其中的一员，在暗无天日的环境中念书，不知何时遇到了'残障者问题'。残障者的处境非常恶劣,出于一起改变社会的想法,我选择成为护理志愿者。"

也可以说他们是"社会变革型志愿者",与被当作"社会弱者"的残障者携手完善福利制度、进行社会变革。在1970年代至1980年代的志愿者身上,这样的倾向或许比较强烈。

然而,在如今的鹿野家,几乎看不到这一类型的志愿者了。比起"社会变革型","寻找自我型"的志愿者成了主流,似乎对他们来说,做志愿者是与自己的内部纠葛有关,并非因为意识到了社会、制度的问题。从1980年代开始,世代相通的问题意识不再适用,个人与个人分断开来,而每个人的烦恼各不相同——"寻找自我型"志愿者恐怕与这样的时代变化不无关系吧。

1990年代以后,学生志愿者的性质愈发多元化。

"最近好像有很多淡然开朗的志愿者来鹿野家。我念书的时候,几乎没见过这种类型……"

片桐这么一说,我想起了几天前碰到的横山树理。可以说横山是鹿野志愿者中的现任"偶像",她正符合时下的感觉,是个茶色头发、活泼开朗的20岁学生。

我问她:"大学生活开心吗?"

"特别开心。我有信心全力度过每一秒!"

她有力地回答道。和我之前交流的志愿者有些区别,这位学生志愿者也许正活在不同的时间、不同的空气中。

6

"活力女孩"在今天几乎已是废词,可能很像猥琐中年男的用词,但北星学园大学大二的横山树理充满了活力,让我不禁想用这个词来形容她。她每天都过得开心快活,熠熠生辉。每次看到她这样的志愿者,我都会再次感觉到"志愿者文化已成为主流"。

有一次,鹿野对我说:"树理可是我的粉丝呢。"

"粉丝吗?"

"不是说我喜欢她,而是她,是我的粉丝。"

"这样啊。"我说道,还带着半分嫉妒。

某日的《看护笔记》上,横山写下了这样的内容。

99/9/16(周四)横山

鹿野先生吃了冷拉面和哈密瓜,看起来精力充沛。我量了体温,35.7℃,应该没问题。

话说,我觉得鹿野先生特别帅气。

大家怎么认为呢?(之类的……)

下周我会再来的。

(有人补充道:"唔,我认为萝卜青菜各有所爱。")

鹿野把横山称为"傍晚的核弹头"。

她负责每周四的"夜晚"(下午6点~晚上9点)段,总能让傍晚的鹿野家发出阵阵爆笑。据说前些日子,鹿野说:"能帮我挖一下鼻孔吗?"而她突然把食指插了进去,把众人吓了一大跳。

就算失败了,她也依旧快活。无论开心、为难还是惊讶,她都会把心里的想法直接表现在脸上,光是那丰富多变的表情就叫人百看不腻。

"挖鼻孔的时候,应该把纸巾揉成纸捻后往鼻孔里钻,可当时的我根本不知道,所以才会突然把手指插进去。结果,鹿野先生惊讶地大喊:'痛死了!'——体位更换我也做不好。上厕所倒是没问题,比如把鹿野先生送到便器旁,给他脱裤子。

"他第一次说'我要大便'的时候,我还不知所措呢。但我觉得千万不能表现在脸上。当时的大便刚好又特别臭,我感觉都要吐了。虽然心里不知如何是好,可比起自己,我更在意鹿野先生有没有抵触感……"

——当时鹿野先生怎么了?

"他看着我咧嘴一笑(笑)。那个笑容不是因为什么难为情,更像是在捉弄我。啊哈,太奇怪了。不过,我还没仔细看过鹿野先生的小弟弟。啊,倒是瞥过一眼来着。"

——约翰?

"啊哈。太奇怪了。"

8月,晴空澄澈的某个夏日。

在一家冷气效果好的咖啡店里,横山对我讲述自己在鹿野家的体验,同时忙着干活。

"我开始做志愿者时,心情真的很轻松。因为念的是福利专业,我觉得必须体验一把志愿者才行,干劲满满地想抢在别人前面。我参加'福利临床实习'的第一天便收到了传单,就想干脆去看看吧。"

——为什么选了福利专业呢?

"为什么呢……唔，嘿嘿，我不擅长回答'为什么'（笑）。

"单纯因为喜欢。我喜欢照顾人，帮人做这做那。我会有喜欢照顾人的习惯，大概是因为自己的家庭环境吧。

"我的家庭超级'古板'。总是父亲优先，我并不怕他，他人也很好，但感觉就是很强势。你懂吗？"

——比如"女孩子就该给妈妈帮忙"？

"没错。说得夸张点，还有诸如'妻子就该走在我后面，且保持三步远的距离'。

"所以妈妈一做兼职，爸爸就劝她别工作，待在家里就行。还有，父亲喝到半夜回家时，一般的母亲都是睡着等人吧？可我家是一直醒着等人，还觉得这样理所当然。平时爸爸说，'树理，给我拿威士忌——'我也只能照办。"

"啊，对哦！"她双手在胸前啪地一拍。

"我喜欢照顾人，是因为喜欢家人！

"我喜欢爸爸和妈妈，还有姐姐、奶奶。我特别喜欢人，感觉迄今还没遇到过坏人……所以鹿野先生才经常说我不谙世事。"

00/3/9（周四）横山
今天我认真地思考了人生。

对社会一无所知的我从鹿野先生那里受到了"爱的斥责"，心里又难过又开心……而且才木女士还给我描述了好母亲是个什么样子。

那么下周再见。真想快点到来。

一天在上学的路上，有辆车子突然逼近正在走路的横山，里面的男子搭话道：

"小姐姐,准备去哪儿呀?"

"学校。"横山刚一说完,男子便说,"那我载你过去吧。"

似乎横山觉得社会上都是好心人。然而,她上学坐地铁,也有月票。于是,她很礼貌地低头回答:"非常感谢你的好意。但我能坐地铁上学,不用了。"

男子"啧"了一声便走掉了。

"喂,这是搭讪啊,不可以无视啊!"

听说了此事的鹿野一脸愕然地把横山教育了一番。

还有一次,有个明显很恐怖的大叔问横山:"小姐姐,你学校在哪儿?"横山心里觉得"千万不能说!",可还是回答道:"是……是……是北星。"

男子又问:"学什么的呢?"

横山想着"千万不能说!",却又回答:"福……福……福利。"

"原来如此。"说着,男子把手搭在了横山的肩膀上。

"我对福利挺了解的,咱们可以慢慢聊。"

虽然最终逃了出来,可告诉鹿野后,又被他怒斥:"都说了!别理这种男人!"

"我觉得这个真的是自己的弱点。我有些地方很迟钝,所以经常被鹿野先生训斥。才木女士也说,'你啊,必须小心一些。'"

每年4月,都会有20多名福利大学、卫校的一年级新生,即新人志愿者来鹿野家"培训"。

从她们(他们)身上很难感受到"社会变革型"的问题意识,或是"寻找自我型"的气势。要说的话,她们有"社团活动型"的开朗与轻松,也有"学习技术型"的现实派志愿者,目的是为了习得护理、吸痰等技术。如果粗略概括这一类型的特征，大概便是"恋爱、兼职、志愿者一个不落"，志愿工作自然地融入了生活之中吧。

可是另一方面，每个月来一两次，且只在自己方便的时候享受志愿者活动的"不定期志愿者"增加了，与鹿野家的关系也是冷漠而僵硬。

虽然横山说："我喜欢照顾人，帮人做这做那。"但这句话脱离了"福利""护理"所包含的沉重印象。

我认为这种"轻松"十分有趣。没有了过度的关心与先入为主的观念，护理氛围也变得坦率而平等，极具魅力。

要把这些志愿者培养成才，鹿野需要付出巨大的代价。另外，明里暗里支持着鹿野的才木、荒川麻弥子等人也非常辛苦。

荒川说："讲些不太好的吧，怎么说呢，有的人明明是来当志愿者的，却若无其事地跟男友煲电话，大家聊得热火朝天，感觉鹿野家变得跟'活动室'一样吵吵闹闹。确实是我们提出了请求，他们才专程来当志愿者的，可这里不是休息厅啊——但是，年轻人总忍不住干这些呢。"

以前还有过这样的意外。

98/5/24（周日）鹿野
昨晚半夜突然有人找上门来，吓了我一跳。
是陪夜志愿者的男友跑了过来。
他怀疑自己的女友是不是以志愿者为借口，住在外面玩，于是过来确认她是否真的在做志愿者。而且因为不认识路，还让我把志愿者放出去接他。
结果，这个人来我家确认过真假后，居然住了一晚上。

我已经哑口无言了。

当然,横山树理没有丝毫的马虎与懈怠。

在"不定期志愿者"增加的情况下,作为每周护理一次的宝贵战斗力,她的性格开朗、向上又努力。因此,鹿野也愈发疼爱她,为了让"不谙世事的树理"变得独当一面,鹿野专心对她进行护理指导与教育。在旁人眼中,卧病在床的"40岁男人"——鹿野与横山等人的关系着实欢乐动人。

借用光枝的话,就是"我家儿子(鹿野)呀,和年轻人交流时就跟年轻人一样,和老年人交流时就跟老年人一样,会配合对方说话,有时我觉得他真是了不起"。

——福利学得怎么样?开心吗?

"一般般吧。这么说好像挺没感情的。

"但我觉得现在的福利真的不行。医疗也不行。还有生活保障的问题也是。鹿野先生总是抱怨个不停。"

——比如说?

"唔,我不记得了。"她爽朗地笑了,"不过,真希望大家来了解那些戴着呼吸机努力生存的人——"

横山仿佛伸了个大大的懒腰,用惬意的语气说道:"话说我喜欢坐小车,前阵子还开车去了丘珠机场。

"途中在百合之原公园休息了一下,晒着太阳,心里觉得真舒服。就在这时,不知哪家设施的轮椅患者成群结队地来公园玩耍了。

"看到这番情景,我觉得特别感动。

"啊,大家都是一样的啊。所有人都一样。谁都有这样的情绪,只是没说出来而已。"

——原来如此,感觉真好。

"所以,做志愿者的人肯定没有'为什么'的想法。志愿者在英语中不是有'自发'的意思吗?因此是没有理由的。仅仅类似'我想做,所以让我做吧!'——没有理由,都是发自内心。"

横山树理如此强调,还挺起了胸膛。

☺ **作者碎碎念**

①志愿者

据说"志愿者"(Volunteer)的语源是拉丁语中的"Volo"和"Voluntas"。

英语中则是"Will",意思是"意志、自由意志"。最早把17世纪参加英国"自卫团"的人、18～19世纪自愿参加美国独立战争与法国大革命的"义勇兵""志愿兵"称为志愿者。

让我自己来意译的话,志愿者是"不受已有的规矩和报酬限制,在个人自由意志的基础上进行社会活动",和日语中想象的"无偿行为""自我牺牲""献身"没什么关系。

在中央集权意识强烈、在意周边人脸色的日本,对"志愿"行为不作评价的倾向根深蒂固,这本就受到了许多有识之士的指责。"志愿者"一词被介绍到日本,相传是在明治后期或大正时期,主要还是因为日语中没有对应的词,在没找到合适翻译的情况下就固定成了舶来语,并成为主流,这一事实非常值得玩味。

第三章

我的身体，我的利害
"自立生活"与"残障者运动"

每天在设施里工作的我,为何想到要自立呢?契机是1983年,我参与了一项活动:邀请波士顿自立生活中心的埃德·隆(Ed. Long)先生来北海道。想要开始新事物、冲出自己蛋壳的念头在当时格外强烈。

在我开始自立生活的时候,护理保障还不够完善,所有人都是靠志愿者来度过走钢丝般的每一天。大家试图改变状况的决心带来了"呼吁照料式住宅"和"建立护理费补助制度"的运动。

要是没有参加一五会的活动,我也不会遇见残障者运动,说不定今天仍旧生活在设施里。在改变人生的层面上,一五会对我有着空前绝后的重大意义。

(摘自《活着的感觉——札幌一五会20周年纪念刊》)

1

如今回想起来，与鹿野第一次面对面的时候，我切实感受到了什么叫"动弹不得"。

一般说到"动弹不得"，脑海里浮现的多是没法挠痒、不好拿东西等状态。在遇到鹿野之前，我也是想得这么天真。然而，在真正见到鹿野后，我才深刻体会到"动弹不得"的其他不易之处。

比如说，我跟人初次见面的时候会特别紧张。

在把握与对方的距离和习惯场地前，我都很难与初次见面的人交流。这时，为了熬过这种不自在的感觉，我会做各种小动作，比如挠头、把双腿和双臂搭起来，又或者抽抽烟，通过身体的活动来缓解内心的不安。

然而，在床上一动不能动的鹿野没法做这些动作。不仅如此，他永远处在被人单方面注视的位置。当时的鹿野，鼻翼下面也一抽一抽的，正忍受着与我初次见面的紧张感。

不管是谁，要是被迫"绷紧精神"、一动不动地跟眼前人说话，恐怕都会觉得很煎熬吧。当时我感觉"动弹不得"不单是不方便，也会给精神造成巨大的焦虑与压力。

不过，我又想到，啊，这个人也会紧张啊。

在我初识鹿野的报纸文章里，记载了老志愿者馆野知己的一句话："鹿野有着'如白刃般的魄力'。"

鹿野的口头禅是："不管做什么都要活下去。我要活着。"他的确有股毫无保留的魄力。而且鹿野本人也在《看护笔记》写下了这样的内容。

97/1/1（周三）鹿野
我只能不断地战斗，向人展示自己生存的样子。我绝对不会死的。
佩戴呼吸机以后，我的精神变得空虚起来。没有什么害怕的，也没有要守护的东西。但我依然想为他人做点什么。

可鹿野本人给我的印象跟上面写的完全相反。

不如说，他有许多害怕的事物和想要守护的东西。面对他人时，他总想让自己显得大度些。然而，这样的自我意识有时也会与他人的评价不一致。说起来，他一点都不"自然"，面对蠢蠢欲动的自我意识和欲望显得不知所措。他偶尔宣泄压力、迁怒周边人也许是这个原因。

正因如此，我才对"与自己相似"的鹿野产生了特别亲切的感觉。

"像这样在众人面前演讲，或是在医学研究会上提问，对以前的他来说根本不可能。"

馆野知己回忆起从前的鹿野，说出了这样的话。

"他以前其实是个内向胆小的人。在札幌一五会的时候，他一直躲在后台做会计，即使偶尔有机会当众发言，也是僵硬地照着原稿念。可是，身体越不能动弹，他就越勇往直前，变得愈发有活力。"

现在的鹿野有时甚至想借自己的重度残障"摆架子"。前面也反复提到过，新人志愿者的"培训"现场会令我惊讶，是因为自己见证了颠覆印象的现场。

"做不到的事情无可奈何。只能让做得到的人去做。"尽管鹿野是这样说的，可他是如何练就把残障推给社会和他人的强势一面的呢？

鹿野既不靠设施，也不靠父母，23岁的时候过上了现在的"社区生活"。后面将提到，美国1970年代的"自立生活运动"以及20岁加入的著名残障者团体"札幌一五会"对他产生了巨大的影响。

那么，"残障者运动"到底是个什么样的运动？

此外，重度身体残障者的"自立"是什么意思？

而"内向胆小"的鹿野为何能踏上"自立生活"的冒险之路呢？接下来我们将一一探讨。

2

"是呢，我原先是个抗压能力弱的人。也挺神经质的。一到学校，从早上开始就紧张得跑厕所。我曾经是这样的性格。"

谈及初次见面的印象时，鹿野很干脆地承认了。

在养护学校的初高中时代，他在班里是个老实巴交的人。走廊上光是有几个女生站着聊天，他都会面红耳赤地绕远路，性格十分内向。

唯独毅力强于他人。在体育课上玩踢球运动*时，他都能滑上一垒。

---

* Kickball，规则与棒球相似。

踢足球的时候，他就跟守门专家似的，带着浑身淤青把球拦下。运动之后，他身上总是沾满沙尘，但斗志满满的表现令老师也鼓掌喝彩。

简单来说，鹿野是个内向的人，但是他不服输，也喜欢出风头。

从札幌市北海道真驹内养护学校的高中部毕业后，鹿野进入了砂川市的身体残障者职业培训学校（现在的北海道残障者职业能力开发学校），念的是会计专业，在那里学习了一年的记账、珠算、打字等。

因为腿部肌肉衰退，当时他就过上了轮椅生活。

关于肌营养不良，如果患者感冒后卧床不起，肌肉力量会急速下降。当时鹿野扭伤了。他在瓷砖上跌伤了脚，暂时过上了轮椅生活，肌肉力量转瞬下降，他再也无法站立。

"走不了路对我的打击不是很大。"鹿野说。

"因为之前都是逼着自己走路嘛，这下体力上反而更轻松了。只是，不能走路之后，找工作就变难了。这件事对我打击更大。"

于是，他想去札幌近郊的北广岛市工作，那里有身体残障者的福利工厂"北海道康复训练"。

福利工厂，即为有劳动能力的残障者予以就业支持的援护设施。福利工厂有国家或地方的补贴，能为难以在普通企业就职的残障者提供职场生活的机会，相当于"有保障的职场"。北海道康复训练经营了印刷厂、干洗厂等，在此工作的身体残障者、智力残障者、健全者共计500人以上，是北海道最大的企业型福利工厂。

1979年4月，19岁的鹿野以实习生的身份入职，在设施附带的四人间宿舍里开始了生活。

晚熟又内向的鹿野会把目光投向"外面的世界"，是因为遇见了和他同期加入的朋友——我妻武。

我妻14岁的时候，因为脊髓里的肿瘤而出现行走障碍，开始了轮椅生活，可他拥有"论实力不会输给任何人"的骄傲与自尊。然而，从札幌市立山手养护学校的高中部毕业后，他一直找不到工作，无处可去。

曾经拒绝去残障者培训学校的我妻，在学校的附属医院延长了一年的疗养，然后心不甘情不愿地进入了北海道康复训练。

入职仪式的当天，两人位置相邻，他们的父亲同为国铁职工，不仅名字都叫"清"，而且读音也相同，着实有着不解之缘。鹿野在会计部，我妻在印刷部，虽然工作的部门不同，但在10名同期生中，两人是关系要好的朋友。

我妻有种不可思议的光芒——服饰、发型都很时尚，熟悉电影与外国音乐，话题丰富。下班后，总是有许多同事自然而然地聚在我妻的房间里。

鹿野觉得"我妻是城里人，能说会道。脑子也比自己聪明好几倍"。

一个周六的晚上，我妻说："小鹿，咱们去看电影吧。"

"咦，怎么去？"

"跟我来就是了。"

我妻叫好了出租车，告诉司机："去狸小路"。

当时的日本还没有"无障碍"（Barrier Free）这个词。街上到处都是高低落差的建筑。影院也没有电梯，只有如墙壁般的楼梯堵在面前。

"不好意思，请把我们抬上去吧。"

我妻大大方方地对行人们说道，鹿野则缩在他身后。

"适当地麻烦别人也是咱们的工作。"

"咦，原来如此。"

鹿野看我妻的眼神中越发透出敬意。

第一次被拉进舞厅时，我妻也十分醒目。他头上绑着印花手帕，抬起前胎转动轮椅,饱受众人瞩目。周围的客人都瞠目结舌,不久他还收到了志愿者社团短大生(短期大学的学生)的情书。

"身为残障者,他却颇受女性欢迎!他的一切都与我截然相反。"

然而,按照鹿野的性子,他对我妻燃起了强烈的竞争意识。

鹿野总说:"阿武是我的对手!"

我妻却说:"我倒没把小鹿当对手呢。"

鹿野很快吃透了"薄野城情报"*,开始自己制定周末的计划。夜游逐渐升级,甚至周六晚上待在宿舍里,都有人奇怪"你们今天怎么了?"。在我妻的影响下,鹿野赶起了时髦,开始对便装有所讲究,比如当时流行的范斯(VANS)、肯特(KENT)、俊贸(JUN)等品牌。他还去爵士咖啡店和摇滚咖啡店。坐轮椅的客人不常见,从第二次起他就被当成了常客,快活得不得了。

"阿武,咱们下次去不穿内裤的咖啡店吧!"

只要有我妻在身边,鹿野就勇气百倍,去天涯海角仿佛都不成问题。在我妻看来,对凡事都紧咬不舍的鹿野就像个笨拙的弟弟。

"小鹿像鱿鱼干,是个越嚼越有味的人……搞不好是原子弹都炸不死的那种类型。"

宿舍的门禁是晚上 10 点。上锁之后,再次开门的时间是早上 5 点。在薄野的 24 小时咖啡店里等到早上 5 点,已成为两人周六晚上的习惯。

可是,沉迷嬉戏玩耍的同时,两人心中也笼罩着阴暗的焦虑感。具体来说,他们担心"我们这样真的好吗?"。

两人在一起时,经常讨论这些话题。

---

* 札幌"薄野欢乐街"的娱乐情报网站。

只要想开点，设施里的生活也没什么不自由。

从早上 8 点半工作到傍晚 5 点，一个月能拿到 1 万日元左右的"实习补贴"。一日三餐有保障，还有温暖的房间。而且年满 20 岁的两人，每月也能拿到约 5 万日元的"残障基础年金"。虽然大部分钱都用在了外出打车上，但两人第一次脱离了父母的资助，把年金和实习补贴一点点攒下来买了立体音响。

然而，设施里的生活很像住院。起床和熄灯都有固定的时间，四人间只有一片窗帘隔断，空间狭小。如果是因为疾病或受伤而住院，还有希望出院回到外界，可自己并没有这样的"希望"。

当时，两人一起看了美国电影《荣归》（*Coming Home*，1978 年，哈尔·阿什贝导演）。喜欢电影的我妻已经看过无数次，得知它将在狸小路的电影院重映时，心想一定得让鹿野也看看。

影片讲述了在越南战争中变得半身不遂的主角（乔恩·沃伊特）与来医院做志愿者的妇女（简·方达）坠入爱河的故事。

因缺陷而一时自暴自弃的男主角，在爱情和朋友之死的影响下开始反对越战，最后还亲自向社会控诉战争的虚空。床戏场景中，在洒落月光的房间里，导演用怜爱的镜头描绘了男主角无法动弹的下半身；海边场景中，男主角让爱人坐在轮椅的扶杆上一同在沙滩奔跑——这两幕尤其打动了他们。

男主角烦恼于与美丽女性的"婚外情"。眼前还有战斗的敌人与目标——里面有自己感觉不到的东西，就类似于活着的实感。

当时的两人也与社会有着深深的隔阂。可他们完全不懂该如何与之战斗。

鹿野觉得："都是资本主义社会的错！"

北海道康复训练是企业型福利工厂。

特别是它的印刷厂，以和大型印刷厂相媲美的接单量为傲，除了残障者，也有许多健全者作为职工一同工作。企业还准备了这样的发展道路：只要能像"健全者一样"工作，残障者也能转正为"职工"，成为"工薪劳动者"。如此一来，残障者便能实现经济独立，离开设施，靠自己的工资生活。而且这样才算得上独当一面的男人。这就是鹿野与我妻当时的"希望"。

然而，工作一年后，他们逐渐看清了真相。

一方面，即便是比自己经验丰富、工作能干的人，过了 10 年、20 年也依然是设施里的"实习生"。单是考虑自己的顺序，转正也得轮到几十年以后。另一方面，大学毕业的健全者从一开始就以"职工"的身份加入（就职）。鹿野等人的任务便是教他们工作。

"为什么不会工作的健全者是'职工'，而传授工作的我们是'实习生'？"

鹿野切身体会到了"残障者"的社会意义。残障者永远都是"实习生"，靠援助和年金生存，不过是"受保护的人"。

某种不满的念头开始在他的心底肆意流淌。

正是在这个时候，他开始与设施的指导部长西村秀夫有所交流。

西村是这里的管理职工，负责与残障者谈心、进行生活指导。但他平时穿着灰色的工作服，口袋上挂着日式手巾，在现场与残障者们一同挥洒汗水。在鹿野眼中，他散发着"好人大叔"的气质。

"我们工作起来明明比健全者更能干，为什么一直是实习生呢？"

当时已步入 60 岁的西村至今还清楚记得来指导室发牢骚的鹿野。

如果是其他职工，恐怕他一句"有怨言的话就出去！"便结束了对话，而即将无处可去的残障者大多只得闭口不言。此外，也有不少人认为自己有缺陷，所以"不如他人"，心如死灰地"认命"。不过，西村对前来抱怨的鹿野产生了浓厚的兴趣。

面对鹿野的牢骚，西村既没有肯定，也没有瞧不起，只是跟往常一样边点头边聆听。

那时鹿野啃完了马克思的《资本论》。他原本不爱看书，也差点要扔了这本书，但他内心坚持认为"资本主义是万恶的根源"，于是向西村激愤地道出了自己的感受。

"资本主义不好，真的是因为如此吗……"

西村认真地嘟哝了一句，接着问道："既然如此，鹿野君，你想怎么样？"

西村与其他多数职工不同，视线中透着温暖。此时与西村的相遇，对鹿野后来的人生意义重大。

西村秀夫住在东京都的八王子市（2005年逝世，享年86岁），夫人于多年前逝世，如今一个人生活。

他已是年过八旬的高龄，交谈的时候，虽然一直把助听器的接收器对着我，可目光依然炯炯有神，脸上沟壑纵横、历经沧桑——唯独吃过苦的人才有这样的面容。

西村秀夫在日本的教育、福利领域都称得上"传奇人物"。北海道及全国各地有许多人将他尊称为"人生导师"，感叹"多亏了西村老师才有了今天的自己"。

那段时期，西村为何会在北海道的身体残障者设施里呢？此事说来话长。

1918年，出生于千叶县的西村从旧制第一高等学校进入了东京帝国大学的理学部。学生时代，他遇见了未来的东大（东京大学）校长矢内原忠雄，在其影响下踏上了无教会主义的道路。矢内原是基督徒，受过内村鉴三的教诲，战时还因坚决反战而被赶出东大，是个意志坚定的自由主义者。

"成为让弱者开心、令强者憎恨的人——这是矢内原老师的口头禅。而我的生存方式就是执行这句话。"西村笑着说。

从东大毕业后，在老师矢内原的邀请下，西村成了东大的"学生部专任教官"。

学生部专任教官是矢内原在东大新设的职位。当时的东大生很穷，有的学生因为饥一顿饱一顿的生活而去卖血，也有许多学生因为生病而影响学业。而照顾他们、与他们"探讨"人生便是西村的任务。西村经常在新生面前高唱宿舍歌，是名不拘一格、平易近人的教员，在东大的学生中很有名气。

在全共斗运动*激化的1960年代后期，作为最理解学生感受的教员之一，他冲进路障内侧，为实现师生对话操碎了心。

特别是1969年，在荒废的校园里，他想方设法创造"学堂"，与折原浩（当时教养学部的副教授）、最首悟（当时教养学部的助教）等人一起主持了系列研讨会"斗争与学问"。高度经济成长的日本冒出了各种问题，如公害、在日朝鲜人、教育、残障者问题等，研讨会把为这些问题在现场奋斗的人请来做讲师——它也是一个学生、老师、市民共同学习的地方，影响了当年的许多东大学生。而西村也被自己举办的研讨会改变了人生。

西村会加深与身体残障者的交流，是因为横滨市发生的一起事件。

1970年，有位抚养了两个脑性麻痹孩子的母亲，她无奈之下掐死

---

* 全名为"全学共斗会议"，是1968年～1969年间发生在日本的学生运动。

了小女儿。事件发生后，这位母亲竟得到了许多民众的同情。

把母亲逼上杀人之路的是日本福利政策的不完善，母亲其实也是受害者——她的邻居与同样抚养残障儿童的母亲开始呼吁为杀人犯母亲"减刑"。

然而，脑性麻痹患者的团体青芝会①却坚决反对此次"减刑"。青芝会于1957年开始活动，以日本残障者团体的先驱而闻名。

青芝会理解母亲的艰难立场，但假如减刑通过，将会变成"脑性麻痹患者被杀也情有可原"。减刑意味着否定脑性麻痹患者的"生存权利"——

·我们清楚自己是CP（Cerebral Palsy，即脑性麻痹）患者。
·我们有强烈的自我主张。
·我们否定爱与正义（利己主义/同）。
·我们不选择解决问题的道路。
·我们否定健全者文明。

不久，青芝会公开了上述《行动纲领》。后来，青芝会展开了各种检举色彩浓厚的斗争，如代表性的"《优生保护法》修改反对运动"和"川崎巴士劫持事件"，此时的"减刑反对运动"足以称之为他们的历史转折点。

"他们的主张是什么？他们到底是什么样的人？"

出于这样的疑惑，西村把青芝会请来参加研讨会"斗争与学问"，从此与各种残障者开始了开诚布公的交流。

"因为当时的东大没有残障者。

我几乎无缘见到重度脑性麻痹患者和坐轮椅的人。因此，与他们的相遇让我受到了强烈的冲击。起初,面对他们摇头晃脑、面部扭曲、说话痛苦的样子,我不知该往哪里看才好。只是在倾听过程中,谈及残障问题、对人类的看法时,他们指出了我此前的视而不见、态度敷衍,经常令我如梦初醒。与此同时,我也强烈感觉到,其实自己也属于排斥他们的一方。说晚其实也非常晚了,但这成了我的下一个出发点。"

1975年,57岁的西村从东大辞职,加入了北海道身体残障者设施的活动。西村不是只会在嘴上说的人,而是习惯在实践中不断摸索自己的理想状态,这次举动或许充分体现了他的处世之道吧。

不过当时的鹿野和我妻压根儿不知道西村的这些经历。

西村很少谈及自己的事,后来在北海道的活动,他也是默默行动,暗中支持残障者精神自立。

西村常把自己的职责比喻为"产婆"。

"就算没有产婆,孩子还是会生下来。只是有产婆在的话,孩子的出生会更安全、更健康而已。"

最能体现这句话的,或许就是在与西村的往来中,发出了第一声啼哭的札幌一五会。

3

札幌一五会是由残障者运营的福利团体,一直以来饱受全国各地的瞩目。

团体的代表小山内美智子天生患有重度脑性麻痹,完全用不了双手。不过，她能用脚趾打字、拿画笔，有时还能用脚做饭，她不仅是代表日本的残障者运动领袖，同时以异色作家的身份闻名，笔下有诸多著作。

畅销书籍《在轮椅上送秋波》记述了她的出生、婚姻、努力分娩的经历，并于1989年被改编为电视剧（朝日电视台，黑木瞳主演），引发了热议。此外，著书《你愿意做我的左膀右臂吗？》中浓缩了小山内"身体残障越严重的人越能成为优秀的护理老师"的信念，成为一本学习"残障者需要什么样的护理"的珍贵教材，如今也是护理福利学生的"教科书"。

不过，令我震惊的还属《在轮椅上喝一杯通宵咖啡》，书中讲述了一直被视为"避讳"的"残障者的性"，融入了作者的幽默、毒舌与内心的呐喊。

在设施中，残障者的性是被禁止的。用窗帘隔断的大房间里没有隐私的性事，甚至没有相爱的空间，这令小山内产生了强烈的愤怒。青春期的小山内看到电视上的床戏只能咽咽口水，一直纠结"会有人愿意抱紧我如此丑陋的身体吗？"。不能用手的小山内在带有温水洗净功能的马桶上第一次尝到了自慰的滋味……每一页都充满了不同寻常的深度与存在感，牢牢抓住了读者的心。

"遇到好的人便能写出好的原稿，还能想出存钱的好主意。大家管我叫'魅力大妈'，这是我今后活下去的骄傲。"

"我认为本书就像残障者的裸体写真集。第一次看的时候会觉得震惊，可看过几遍后，内心也就波澜不惊了吧。我们也是这样的存在啊。"

小山内有时会从客观的角度审视自己的残障，还掌握了一门神奇的"本领"——即便是对"残障者问题"漠不关心的群体，她也能从人性的深度向他们肆意诉说。

札幌一五会位于北方的地方城市，影响力却覆盖全国，而且成立30余年，仍未失去分毫凝聚力，也许小山内正是一五会的力量之源吧。

对设施的强烈愤怒，以及实现自立的急切渴望——

这便是小山内美智子在残障者运动中的方向。

1953年，小山内出生于北海道和寒町的一个农村家庭，9岁时进入了札幌市的残障者设施，名叫道立整肢学院（现在的道立儿童综合医疗中心）。

然而，在设施里的生活给小山内留下的只有昏暗冰冷的回忆。

康复师以复健的名义扭动小山内的手脚，她每天都惨叫不断。由于不能自己小便，设施禁止她夜间喝水，她只能让同样患有脑性麻痹的朋友——泽口京子（后来是一五会的副会长）半夜悄悄给自己喂水喝。但腿脚不便的泽口身子摇摇晃晃，把杯子送到她嘴边时，里面只剩一点水了。可是，小山内至今也忘不了那一口水的甘美。

在养护学校，小山内被测为"IQ60* 智力迟缓"，因此进入了特殊班级。

小山内也曾坚信自己"智力迟缓"，她写道："12年的学校生活，我一直活在自暴自弃中。我开始相信，对残障者来说，老实温顺、百依百顺才是最轻松的生存之道。"（《脚趾写下的瑞典日记》）高中时代虽然遇到了值得尊敬的老师，但毕业后，她在父母身边过着安静的日子。

西村秀夫与小山内说上话，是在1976年，两人都参加了福利村推

---

* 指在智力（IQ）测验中得分为60分。

进委员会议，讨论关于"北海道立福利村"（现在的北海道社会福利事业团福利村）的建设。

被母亲带去参加会议的小山内当时23岁。

道立福利村是当时北海道厅民生部（现在的保健福利部）主持建设的大型福利设施。

他们计划在远离人烟的地带（北海道栗泽町的丘陵地带）建一片"疗养区"，把修得零零散散的更生设施、福利工厂、疗护设施[2]统合起来，在里面收容400余人的重度残障者。

1960年代到1970年代间，这类"疗养区建设"已成为日本残障者福利的一种流行趋势（1965年，由于《全国疗养网构想》的颁布，当时的厚劳省开始举办疗养区座谈会）。

把重度残障者收容在大型设施中进行"保护"。

当时，很少有人对这一"常识"提出疑问。由残障儿童家长组成的"家长会"也把自己的运动目标设为"建立这类设施"。

小山内听母亲说过许多次："等美智子长大了，那座幸福之村也就建成了。"不知不觉间，小山内把福利村想象成了游乐园或乌托邦，盼望自己早日长大成人。当时几乎没有残障儿童的居家福利服务，考虑到这样的社会状况，疗养区的建设自然也是父母们的心愿。

"要是我们死了，这些孩子该怎么办？求求你们了，请尽早建好福利村。"

然而，小山内参加委员会议时，对讨论现场失望不已。残障者只是一声不吭地坐在父母身后。重要的事项都由父母、官员、养护学校的老师做决定。看到父母们泪眼蒙眬地请求官员，她心里莫名地窝火。

西村是在回去路上向她搭的话。面对比自己小30多岁的小山内，西村用一如既往的诚恳语气问道：

"小山内女士，你认为这个计划是真的吗？你觉得这样就够了吗？"

这句话成了札幌一五会诞生的重大契机。

尽管只是偶然，西村在东京便读过小山内中学时代刊登在青芝会通讯稿上的文章，内容是关于双手不便的小山内与腿脚不便的泽口如何在设施里互助换睡衣——惊讶的设施人员问："你们怎么穿好的？"两人相视一笑，说："互相帮助呀！"

读完这篇轻松幽默甚至透露着点讽刺的文章，西村认为它"优秀得无可挑剔"。于是在搬到札幌后，他立即拜访了小山内家。

"你拥有了不起的潜能。尽管打起自信。"

从此，西村每次见到小山内时都对她说："读读这个吧。"每周他都会送一个厚厚的信封，里面装了各种文献资料。小山内写回信时，西村会用红字把信中的错字、漏字修正后给她寄回去。

小山内心想："真是个爱管闲事的怪大叔。"

"小山内女士，你觉得这样就够了吗？"

小山内也渐渐思考起了西村的提问。

经历了设施时代后，小山内亲身感受到"残障者成群生活是错误的"。不仅生活受人管理、没有主体性，她也见过无数残障者相互歧视的情景。说到底，她明白福利村并非乌托邦，和给自己留下了黑暗回忆的设施没多大区别。

"福利村不是父母住的地方，而是我们自己住的地方。自己生活的地区，得靠我们自己来思考——"

下定决心的小山内把泽口等学生时代的朋友召集起来，在1977年召开了"福利村倡议会"。

参加者大约10人，也包括了西村。他们还与札幌电视台（STV）

的制片人进行交涉，当时的福利节目《Sunday九》（由明星坂本九负责主持）采访了此次会议。

"希望不要根据残障程度来区分建筑物。"

"希望中央有客厅，每个人有自己的房间，设计得像家一样。"

"希望没有设施人员与残障者是上下关系或主从关系。"

残障者的口中道出了从未对亲人、官员说过的各种意见。

其中，泽口的提议成了整个会议上的欢快名言。

"希望想哭的时候，有可以独自哭泣的单人间！"

西村从口袋里掏出皱巴巴的5000日元纸币，说："一定要让大家听到你们的想法。"

小山内用脚打字，把大家的期望汇总后，做成了油印印刷品。本应是一次就结束的讨论，后来又举办了第二次、第三次。因为第一次是在1月15日举办的，于是西村将其命名为"一五会"。

皱巴巴的5000日元纸币成了札幌一五会的第一笔活动资金。

"希望想哭的时候，有可以独自哭泣的单人间！"

面对一五会"单人间的要求"，北海道民生部的回应是"太危险了，法律上行不通"，还称"如果是那些需要全面护理的人，单人间将消耗大量的劳动力"。这完全是行政机关的一贯态度。

"那我们自己来实验到底有没有危险。"

小山内、泽口等三名残障者租下了札幌市内的公寓，开始了为期四天的"同居实验"。这次实验几乎没有护理人员参与，而她们也证明了：只要残障情况不同的人齐心协力，也能离开护理人员的帮助，在普通住宅里过上安全的生活。

然而，道当局的回答是："因为只有四天。"于是她们又租下了札幌市内的住宅，进行了一个月的同居实验。

此次实验中，小山内、泽口等几名残障者均为短期参与，约有50名志愿者根据日程表来分工护理。每天的生活，尤其是护理的内容与时间都被详细记录下来。

因此，即便是"需要全面护理的残障者"，也只需一两名必须24小时待机的护理人员。此外，关于需要多少什么类型的护理，她们也把明确的数据报告给了道当局，对福利村的建设产生了巨大的影响。

在这次以"自己买，自己做，自己吃！"为口号的实验中，众人贯彻了"最大限度的自力更生与最小限度的护理"的原则，最重要的是，参与的残障者都沉浸在自立的喜悦中。而且，媒体对这场前所未闻的实验做出了反应，一五会一跃成为令人瞩目的存在。

于1979年建成的北海道福利村，最早的设计图被大幅度修改，设备方面几乎接受了一五会的意见。虽无法改变分类收容残障者的形式，但房间全部为单人间，还采用了重度残障者的自主运营方式，诞生出了一家全国罕见的设施。

"自己买，自己做，自己吃！"

在一个月的同居实验中，小山内体会到了"自立"的喜悦，此后，她开始为"去设施化"做起了新的尝试。

在当时的日本，残障者的生存方式只能从设施和父母之间二选一。

"为了让残障者能在地方过上安心的自立生活，现在最需要的是什么？"

这时大家看中的，是东京青芝会从1973年开始与东京都交涉的"照料式住宅"。

在需要的时候，残障者能委托公寓内待机的护工提供必要的护理——小山内认为这样的住宅系统才能扩宽残障者的生存方式，于社区生活而言必不可少。

西村为小山内引荐了日本大学理工部当时的副教授野村欢，他是福利住宅的专家，同时也在东京参与了交涉。从他那里，小山内了解到了照料式住宅的原型——在北欧的福利先进国瑞典，它们以"服务式住宅"的形式为残障者提供自立生活的环境。

小山内当即给哥德堡大学残障者研究所的斯文·奥洛夫·布拉特加德（Sven-Olof Brattgaord）教授写信求建议，此人正是以服务式住宅的创始人而闻名。欣然应允的布拉特加德寄来了激励的话语与数篇重要的论文。论文由西村等人陆续翻译了出来。

照料式住宅的建设成了一五会新的运动目标。

然而小山内写道，一五会在活动过程中遇到的最大阻碍，其实既不是社会，也不是政府，而是父母。

尤其在日本，"残障者与老年人首先得由父母兄弟或亲戚来照顾"的观念根深蒂固，对于期望从他人、社会获得护理的想法，很容易出现"任性""奢侈"的批判。

我不想再重复此前的方式了，即父母先替孩子表达意见。不管要多长时间，残障者自己发声都十分重要。可是，这样却有人说"一五会是个回避父母的组织"，一五会招来了被父母、老师讨厌的下场。也有朋友哭着打电话说："小美，我很想来一五会，可妈妈不同意。"出席者也在不断减少。（略）

父母也有当父母的尊严，希望孩子做一个温顺听话的残障者。但这样下去，残障者永远都无法自力更生。我希望残障者的父母能认真考虑一下，残障者也不要百依百顺，应该坦然说出真心话，该生气的时候就生气，这才是对西村先生的提问——"这样就够了吗？"的回答呀。

（摘自《脚趾写下的瑞典日记》）

1979年，小山内为寻求新的突破而来到了瑞典。

即使在作为福利先进国的北欧各国，1950年代以前也认为大型设施和疗养区是给残障者的最好待遇。

"正常化"的理念原本就诞生于对残障者"隔离收容政策"的严厉批判与深刻反省。

"应该为患有残障的人创造出与健全的人一样的生活条件。不是让残障者正常化，而是让残障者的'生活条件正常化'——"

1959年，丹麦政府的社会行政官N.E.班克·米克尔森（N.E. Bank-Mikkelsen）领先世界把这一理念法制化，为了"去机构化"（Deinstitutionalization）而进行地区系统与教育制度的改革。进入1960年代后，瑞典的本·那杰（Bengt Nirje）和美国的沃尔夫·沃尔芬斯伯格（Wolf Wolfensberger）把这一理念带到了其他国家，人们得以在更广阔的范围内对它进行具体讨论。

布拉特加德的论文中，有句话深深鼓舞了小山内。

即便在瑞典，当年开始"去机构化"的时候，专家和残障者也提出了许多反对意见。

"不能做任何事的残障者一个人很危险。万一出了什么事，谁来负责？"

"这种生活根本不可能，我们还是喜欢目前的设施。"

可是当服务式住宅建成后，就没人再想回到原先的设施和父母身边了。那句话也暗示着一五会当时所处的困境，以及未来的模样。

不过，福利先进国"从设施走向住宅"的过程，也不单单受到了人权意识的支持。从社会成本来看，"设施主义"得耗费巨大的建设费、维护费、人工费。与其把残障者收容在设施里统一开销，还不如促进每个人的自立，在必要的时候提供必要的服务，如此更为划算[③]。

在瑞典，小山内见到了布拉特加德，考察了服务式住宅。另外，她还与众多残障者进行交流，残障者们对自己的自立生活负责，享受生活（包括在日本被视为"禁忌"的恋爱和男女交往）的样子使她受到了冲击。

从1960年代起，服务式住宅在瑞典各地逐步建成，这种中高层住宅很像日本的住宅区和公寓。形态丰富多样，住宅中残障居民和普通居民各占一半，残障者与健全者过着完全混居的生活。另外，一层配备了有护工待机的"服务中心"，呼叫之后，短时间内即可接受护理。

"你不是这个国家的负担。"

听到此话，小山内惊讶地瞪圆了眼睛。

从瑞典回国后，小山内开始正式推进建设照料式住宅的运动。

在札幌市内的"Michi House"公寓里，小山内等3名残障者在100多名志愿者的支持下过上了自立生活，通过3人的具体案例（生活），他们在护理内容与时间方面积累了更为详细的数据。

此次尝试被命名为"实验研究生活"。

"残障者的每一天都在'挑战'生存，'研究'人类本身。"

这个名字便基于小山内的上述信念。此外，他们对札幌市和北海道提交了建设照料式住宅的申请书。他们积极地给行政机关做工作，表示只要兼具"护理"与"住宅"，重度残障者也能在社区生活。

一五会的运动，可以说是日本首次出现的"实践型"残障者运动[④]。

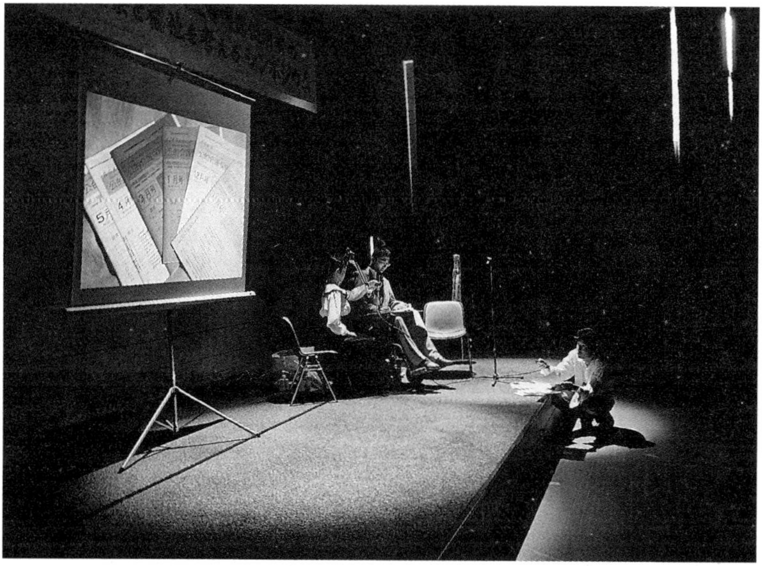

以青芝会为代表的运动，只能采取针对行政、社会的"检举型"运动形式，相比之下，一五会首先通过"做力所能及的事情"，把志愿者等众多健全者卷进来，扩大了共鸣的漩涡。

"就如我在瑞典所看到的，残障者与健全的人混居在一起，大家生活在同一座建筑物中。而且服务式住宅也混在普通住宅之间，一片地区有好几座——"

这就是小山内向往的照料式住宅。时值 1980 年。

4

"要不要把埃德·隆请来北海道？"

西村秀夫在 1982 年 5 月产生了这样的想法——一个与西村秀夫关系不错的社会福利调查员告诉他：为了与残障者进行日美交流，埃德·隆将在东京停留一年。

隆在世界闻名的美国麻省联邦波士顿的"自立生活中心"担任支援残障者的咨询师。他本人也患有肌营养不良，是生活在轮椅上的重度身体残障者。

西村想让北海道的残障者听听美国残障者运动的故事，最重要的是，他想让同样患有肌营养不良的鹿野见一见隆。

起源于北欧的"正常化"理念后来在 1960 年代的美国燃起火星，成了修改福利政策的重要原动力。

而且进入 1970 年代后，美国出现了新的残障者运动潮流，即"自立生活运动"。

起因是加利福尼亚大学伯克利分校的爱德华·V.罗伯茨（Edward Verne Roberts，他因为脊髓灰质炎病毒，脖子以下都处于麻痹状态）不满受校内医院管理、保护的生活，于是发起了维权运动。

"自立"不是指自己挣钱、万事靠自己，而是由自己决定人生。为此，向社会寻求必要的支援是残障者理所应当的权利——

罗伯茨的"自立观"是世人认为"无法自立"的残障者的"自立宣言"，给社会带来了巨大的冲击。当时黑人运动、女权运动等公民权利运动开展得如火如荼，在这种社会背景的刺激下，它迅速扩展至全美各地。

人们把"残障者不在设施、父母身边生活，而是在社区生活"的方式明确称为"自立生活"（Independent Living），是后来的事情了。

1972年，伯克利分校的首个"自立生活中心"（CIL, Center for Independent Living）启动了。

CIL能为生活在社区的残障者提供咨询，并为他们的自立生活给予各种支持。作为公益法人，它得到了国家的补贴，很多工作人员本身就是残障者。埃德·隆所在的波士顿CIL也是其中之一，与发源地伯克利分校同为CIL的据点，因而为人所知（现在全美有300多家CIL）。

"要把埃德·隆请来北海道，得由残障者自己建一个实行委员会吧？"于是，西村首先跟我妻武打了招呼。

联合国举办"国际残障者年"[5]的上一年9月，我妻在西村的推荐下，作为"残障者国际派遣团员"的一员前往了自立生活运动的美国现场。

研修旅行只有两个星期，但期间他访问了纽约、华盛顿、波士顿、旧金山四座城市。他还在旧金山参观了伯克利分校的CIL，受到了巨大的刺激。

"日本的残障者也可以活得更有朝气些啊——"

我妻回国后，对设施的同事这样说道。然而，没有一个人感兴趣。

"这里是日本，北海道，而且是深山里的设施，和美国不同。"

"我不是这个意思。美国也不是突然变成那样的啊，是在残障者的努力下逐渐实现的……"

他说得越起劲，身边的人就离他越远，慢慢地，他不再说美国的经历了。正是在这个时候，西村找到了他。

"亲耳听到埃德·隆的讲话后，周围人的认识也许能改变一些。"

于是我妻邀请鹿野"一起行动"。

"我做得到吗？"

"只顾着抱怨设施，是不会有任何开始的。这次或许能成为某个突破口。况且埃德·隆和小鹿一样，也患有肌营养不良。那更应该试试嘛。"

"既然阿武都这么说了，那行吧。"鹿野回答。

"小美，北海道康复训练有两个很好玩的人，名叫我妻和鹿野，相当有反抗精神……"

西村趁机向小山内美智子提起此事。

小山内与我妻在当年2月召开的"残障者海外交流座谈会"上初次见面，小山内讲述了在瑞典的体验，我妻则讲述了在美国的体验，二人有过一面之缘。

面对时髦、能言善辩的"花花公子"我妻，小山内觉得"他就是残障者的天然纪念物"。

另一方面，我妻觉得比自己大5岁的小山内是个"强势的大姐姐"。

当时，一五会已广为人知，我妻也对他们的活动颇感兴趣，但还没有参与残障者运动的合适机会。

不过，从那天开始，再加上鹿野，他们三个人经常一起看电影。那时我妻和鹿野的口头禅是"上街就是我们的运动！"。

"可是，光在街上玩还不算运动。离开设施，真正地靠自己生活，这样才叫运动。你们该从上街玩耍毕业了吧。"

从西村那里得知了埃德·隆一事的小山内寻思着能否以演讲会为契机，把他们俩带进残障者运动的现场。

11月，以3人为中心的10名成员成立了"邀请埃德·隆来北海道的实行委员会"。

委员长为我妻，副委员长为鹿野，小山内负责支援两人。让这两人站出来，也是小山内的策略。

"演讲会的谢礼、路费、住宿费、通讯费……"

他们估计了一下预算，竟高达200万日元。筹钱并不容易，但小山内巧妙地挑选出企业、工会、政党事务所、教会关系者等，三人四处向他们寻求赞助费和捐款，还坐着轮椅到街头进行募捐活动。

除了设施的工作，两人对演讲会的准备也满腔热忱。看到此情此景，西村发自内心地觉得他们靠谱。尤其让他惊讶的是，鹿野越来越积极了。

然而，在离演讲会只有三个月的时候，发生了一起对鹿野而言天翻地覆的"大事件"。

委员长我妻倒下了。我妻因为脊髓损伤，下半身无法动弹，一旦长时间坐在轮椅上，屁股就容易生褥疮。健全者的话一般会痛得惨叫，但他因为感觉麻痹而难以发觉。当时的过度活动致使伤口化脓，他不得不接受紧急手术。

"不好意思,剩下的就交给你了……"

听到我妻充满遗憾的呢喃,鹿野只觉得"事情麻烦了"。

在此之前,鹿野从未在众人面前做过正式发言。这下居然得代替缺席的我妻来主持委员会,他不禁捏了一把冷汗。

小山内叮嘱道:"鹿野君,一定要认真组织好呀!"

钱虽然凑齐了,可剩下的工作堆积如山——安排当天的翻译、召集志愿者,还要调整两周内在 7 个市町村*巡回演讲的日程表等。在札幌的演讲会上,鹿野得在会议上发言。在一堆人面前该说什么才好呢——光是想想,他就脸色发白。

一次,在设施的宿舍里,有个同事对鹿野说:"你后脑勺秃了耶。"

"什么?!"

他惊讶地照了照镜子,不禁后背一凉,是 100 日元硬币大小的圆形脱发症。

"不过,我总算完成了任务。是它让我有了自信——而且埃德的讲话改变了我的人生。当时觉得'我找到答案了!'。"

鹿野口中的埃德·隆演讲会,于 1982 年 6 月 4 日在涵馆举办了第一场后,随即在八云、北汤泽、札幌、旭川、本别、钏路这 7 座市町村的福利机构进行了为期 16 天的道内巡回演讲。

隆身穿格纹衬衫出现在涵馆机场,当时 45 岁。

"我唯一做不到的事情就是走路。"他是一名不失机智、开朗的绅士。

隆于 8 日进入札幌,在 340 名听众面前演讲。住院的我妻躺在担

---

* 日本基础地方行政单位市、町、村的总称。

架上，赶往北海道厅别馆的演讲会场。

"残障者要在日本自立，就必须成为超人或女超人，否则自立并不容易。但这是不对的。即便是普通的残障者，我也希望你们认真思考一下能够自立生活的意义。一个人过上自立的生活，也能影响他人开始自立，这个圈子会不断扩大。这场运动，可以说是属于每个人的运动。

"我们必须向国家呼吁：修建设施、医院的钱，拿一半出来让残障者在社区过上自立生活。残障者自立划算多了。大家可别忘记，美国曾经也是同样的状态。设施待人非常亲切，但他们过于亲切，这种亲切不允许我们做任何事。

"我觉得自己是一个使者，在这里把美国的状况告诉给大家，当我回到美国后，再把日本的现状报告给他们。印度、墨西哥、非洲、苏联、中国，不管在哪个国家或地区，残障者都在为改善生活而斗争。我想说，你们绝不是孤身一人。"

在前半段的行程中，鹿野一直陪在隆的身边，在乘车时、在演讲后的交流会上，他通过翻译与隆交谈了一次又一次。这对他产生了极大的影响。

"27岁以前，我一直闭门不出，过着暗无天日的生活。"隆向鹿野讲述了自己迈向自立生活的过程。

"那时候，我害怕周围人的视线，连电话铃声都怕。对人生没有任何期望，认为自己有缺陷，所以听天由命。但是在朋友的鼓励下，我30岁的时候终于开始了公寓生活。从此，活动范围也广阔了起来，我还去过印度旅游，在波士顿市找到了工作。"

"在美国，残障者也能就业吗？"

"这当然不容易。可是在美国，比起'有什么做不到'，我们更重视'有什么能做到'的问题。所以，面对主张'做得到'的人，不管提供什么样的援助，我们也要满足他们的需求。"

"意思是，提出需求便能得到满足，否则就没有？"

"没错。正因如此，我们不能畏惧提需求。上不了楼梯，就麻烦别人把桌子摆在一楼，或提议安装电梯。不能被'做不到'过分地蒙蔽双眼。"

"对埃德先生来说，自立是什么？"

"自立并不代表不需要任何人的帮助。而是自己决定想去哪里、想干什么。决定权在自己手中，为此去寻求他人的帮助。因此，我希望大家求助的时候别犹豫不决。就算是健康的人，生活中也离不开与众人的互相帮助。最重要的是，实现精神上的自立。"

有一种方式叫"Peer Counseling"（朋辈咨询）。

Peer是"朋辈"的意思，朋辈咨询即残障者以自己的生活经验为基础，为其他有烦恼的残障者提供咨询。这成了美国自立生活中心活动的重要支柱。

隆的每一句话，对鹿野而言正是难能可贵的朋辈咨询。

埃德·隆留下了新的"自立观"。

过去的自立观认为，"不依靠他人，全部靠自己"才是自立。

然而，患有重度残障的自立生活者注定得"与他人产生联系"。斩断与他人的联系，独自缩在房间里是活不下去的。而且，残障情况越严重，就得接触越多的人，如果关系不够丰富，就无法得到优质的护理。自立生活者，便是群肩负这些任务的人。

隆的自立观就没有拒绝他人、走向"孤立"，其中还包含了"共生"的含义，即必须与他人产生联系才能够自立。

比如说，小山内在著作中多次提及。

住在设施里的时候，小山内每次收到零食、蛋糕时，都会分给同室的六位朋友。如果能用手的话，其实可以自己全部吃掉，但不能用手的小山内通过分享给他人才终于吃到了东西。

我或许亲身体会到了，要让自己的生活过得丰富，就必须帮他人做些什么，否则无法称心如意。（略）正因为用不了手，我才能写这么多书、经历各种事情吧。现在，我终于可以说：不能用手对我来说绝不算什么缺陷。

（摘自《在轮椅上喝一杯通宵咖啡》）

美国的自立生活运动，此前也给一五会的活动提供了理念上的支撑。

后半段的行程由小山内陪伴隆，看到残障者对演讲会的反响后，她感觉"我再次体会到了大家想冲出设施的心情"。

"埃德为许多人开启了渴望自立的心窗。这次，我们必须去帮助这些残障者。另外，也得像 CIL 一样，大家合力开展寻找公寓、培养护理人才的活动。"

同年 3 月，美国的 10 名领导人受邀在东京、神奈川、爱知、大阪、京都、福冈等六座城市召开了"日美残障者自立生活研讨会"。

据说这场研讨会对一些自立生活运动的负责人产生了巨大的影响，他们效仿青芝会和一五会，早已在日本各地自发开展活动。

三年后的 1986 年，日本首家自立生活中心——"人类护理协会"（位于东京都八千子市）成立了。后来，全国各地也开设了以美国 CIL 为原型的自立生活中心（现在，全日本的自立生活中心超过了 100 所）。

一五会开始运营自立生活中心，是在 1990 年。

演讲会顺利结束后，鹿野想离开设施的决心已坚不可摧。

他的变化令我妻和小山内感到惊讶。

"因祸得福呢，"小山内笑着说，"要是你没住院，恐怕鹿野君也不会如此认真地参与实行委员会。多亏了你的褥疮。"

另一方面，我妻后来在医院的病床上过了一段纠结的日子。

"日本尚未脱离设施依存型福利吧？现在我该做的，不是离开设施，而是尽量把设施改善成一个有生气的地方。"

他放不下每天过得生无可恋的朋友们。

可出院回到设施后，我妻遭到了同伴的排挤，没有工作可干。他每天坐在打字机前，就是没有原稿安排给自己。

"他擅自搞运动，结果还住院了。搞什么嘛。"

在部门里失去容身之地后，我妻每天都过得很艰难。他觉得只能离开设施了。

后来，一起开送别会的一位同事说道：

"真羡慕你们。偶尔还能受到关注，身边有很多人给你们加油。像我这种不起眼的残障者，一辈子就只能待在这里了。"

我妻心想，即使离开了机构，自己也不会忘记朋友的这句话。

可说到鹿野，他已经自顾不暇了。

因为他发现手臂肌肉的力量在逐渐衰退。轮椅比以前更难摇动，早上起床转移到轮椅上时，手臂也使不上劲，得从床上滑下来。这样下去，迟早会被赶出北海道康复训练，要么去道立福利村，要么回父母身边。要想挑战自立生活，只能趁现在了。

"我决定离开设施。"

鹿野的话令母亲光枝十分诧异："什么，离开设施？别说傻话了。"

清也反对道："这种自立生活不就是给人添麻烦吗？"

但鹿野态度坚决："我已经决定了。"

"那谁来照顾你呢？""生活费要怎么办？"

关于这些问题，鹿野觉得总会有办法的。在演讲会上，他建立了熟识的志愿者网络。也有许多人为他加油。

而关于生活费，他以自己的名义创建了户口，去申请了低保。

刚开始，他独自坐着轮椅去区政府的保护科时，里面的人都一脸"你说啥"的表情。

"待在设施里，什么事都有人帮你做，干吗要特意出来呢？"

"你父母呢？和父母一起生活吧。"

鹿野几乎吃了闭门羹。于是窝火的鹿野委托在演讲会上认识的市会议员，他们一起找上了区政府。这下，鹿野顺利拿到了低保。

"你们看到了吧！"他特别骄傲。

1983年9月23日，鹿野和我妻一同离开了设施。

5

离开设施的鹿野，先花了半年时间为自立生活进行"训练"。

在小山内的建议下，他在一五会运营的小型福利工厂——"自立塾"（由残障者制作木工玩具等）的一楼借住了下来。二楼住着给福利工厂帮忙的学生，他们能在鹿野有需要的时候提供护理。

半年后，鹿野离开了这里，在札幌市白石区的木建公寓租了个房间，名正言顺地开始了完全的自立生活。

可不管怎么说，23岁都相当于毫无社会经验。

鹿野不仅没交过电费、燃气费，而且是第一次在垃圾回收的日子扔垃圾。刚开始连报纸推销都让他兴奋不已。

回想起来，从12岁进入国立疗养所开始，自己的起床时间、睡觉时间、用餐时间、学习和工作时间全都由别人决定。曾经的生活只能把这些当作理所当然。而窗帘的另一侧是同样循规蹈矩的同伴。

现在不管几点起床、几点睡觉，都不会有人责备。注意到这一点时，鹿野感觉新鲜得不得了。自由得超乎想象。

我妻也在同市的公寓内开始了自立生活，每天都过来玩。

两人聊到心满意足为止。到了夜里，他们尽情地喝酒抽烟、下黑白棋、打扑克牌。住在设施里的时候，他们唯独周六才有夜生活，而在这里每天都有可能。两人一起看电影、蹦迪，在薄野晃荡，放肆地嬉笑喧哗。这副样子和刚离开父母、开始独自生活的大学生没什么区别。

然而，有两个不同之处。第一，没有志愿者，鹿野就活不下去；第二，肌营养不良的恶化如阴影般挥之不去。

志愿者主要是在埃德·隆演讲会上结识的学生和主妇，约有10人负责护理。

当时的居家福利制度十分敷衍，每周只派出一次（几小时）家庭护工，别说什么帮助残障者自立生活了，顶多只能给家属的护理提供一点点援助。此外，"他人护理补贴"的费用只有3万日元（现在根据残障类型和居住地区，补贴大约为7万~19万日元），对于每天需要护理的残障者来说根本不够用。除此之外的一切护理都只能靠志愿者的无偿劳动。

可是，志愿者总让人担心什么时候会离开。因此，鹿野在各个大学分发"招募志愿者"的传单，跑遍教会，向基督教徒诉说现状：没有志愿者，自己就活不下去。

日本基督教会——札幌白石教会的古贺清敬当时特意为鹿野腾出了做完礼拜之后的时间。鹿野本以为自己会紧张得讲话结巴，可渐渐地，自己的话语仿佛被点燃了一般，语气变得激昂起来。

"国立疗养所给我留下了多么空虚乏味的回忆。"

"设施对隐私造成了多大的伤害。"

"照顾社会的'负担'——我无法容忍设施如此露骨的态度！"

……

鹿野年轻气盛，表达也不是很顺畅，听众中有一半表示同情，也有人不可思议地问道："你为何对设施如此不满？设施是个很恶劣的地方吗？""为什么不让父母照顾你呢？和父母发生了什么吗？"

这样的声音总是让古贺牧师听得不太舒服。

古贺不仅参与宗教活动，在市民运动方面也积极开展社会活动，并在一五会等团体中与年轻的残障者进行了深入的交流。另一方面，他是个特别爱喝酒唱歌的个性牧师，鹿野也在其人格魅力的感染下，于26岁接受了洗礼。

一方面，古贺觉得他们虽然叫"残障者"，但其实是一群和常人没什么区别的普通年轻人——会喝酒，也会打麻将；对异性与恋爱的向往也比常人强烈；想靠自己的力量度过人生也是再自然不过的事。而且那些因为有残障而一直对自己和社会钻牛角尖的年轻人打动了他，他想尽己所能地帮助他们。

说起1980年代，那是各种市民运动四处兴起的时代。

苏美正值冷战的紧张时刻，1979年因苏联入侵阿富汗，反战、反核运动变得活跃起来。另外还有以水俣病为代表的反公害运动，以清除合成洗剂*、知床砍伐问题**为代表的自然保护运动与环境运动……这些浪潮大大影响了1980年代后期的反原子弹运动。

而且在北海道1983年的知事选举中，革新派候选人横路孝弘（后来成为民主党众议院议员）出马，在全北海道掀起了一阵"横路热潮"。支持横路的人组成了市民联合组织"胜手连"，还出现了"学生胜手连""主妇胜手连""薄野胜手连"等，连普通的学生、主妇、酒吧老板都参与了选举运动。结果，横路击败了自民党的知名保守派候选人三上显一郎，打破了自民党20年来的统治。

而以札幌一五会为中心的北海道残障者运动，与1980年代的时代氛围并非毫无缘分。通过运动参与者的合作与交流，许多普通市民也加入了残障者运动，还有很多社会派的学生开始参加志愿者。

北海道大学法学部二年级学生的馆野知己也曾是其中的学生之一。

馆野隶属于北大社研（社会科学研究会的简称）的社会派社团，在参与反核、反原子弹、学生胜手连等各种运动时，他通过一五会认识了鹿野，从此成了常驻志愿者。

对馆野来说，与残障者的相遇是通往未知世界的大门。

上大学后，虽然原先的世界变得开阔起来，但大学只是一群生活在大学社会中的同类人的聚居地罢了。与之相比，残障者的成长、境遇明显与自己不同，似乎非常新鲜。尤其在小山内美智子身上，馆野

---

* 由于下水道在日本普及较晚，合成洗剂曾引发水质污染等社会问题（1960年代后），于是出现了反对使用合成洗剂的合成洗剂清除运动。

** 1987年，知床半岛的国有森林被政府大量砍伐，引发了自然保护协会的强烈反对。

感觉到了"活得脚踏实地的人的魄力"。她的一言一行都充满了深不可测的力量。与残障者走在一起时,自己能以截然不同的角度去观察熟悉的街道,十分有趣。

馆野与鹿野、我妻年龄相近,彼此更为亲近,容易交往。他背着他们去澡堂清洗身体,一起吃饭,是名副其实的坦诚相见,而且没有丝毫倦怠。

在那不久前,电视剧《我们的旅行》(1975年,日本电视台)播出,受到了观众的欢迎。这部青春剧描写了浩介(中村雅俊饰演)、伸六(秋野太作饰演)、隆夫(田中健饰演)三人曲折的反抗之路和满怀热情却最终白忙活一场的青春群像,生动描绘了1970年安保斗争*以后年轻人的心境,当时的他们曾冲进公园的喷泉,也曾在街上结队游行。

学生时代的馆野有点像那部电视剧里的"晚熟混混"。他高高的个子,有点粗野,算半个美男子——总穿着脏兮兮的牛仔裤,身上没几个钱,却超级嘴馋。鹿野邀馆野去看粉红电影时,他特别高兴地说:"你请客吗?"不过,对鹿野来说,和馆野在一起比任何人都要轻松。

每当有新志愿者加入时,鹿野总会感到期待与不安。

当然,每位志愿者的性格都不相同。鹿野时刻在摸索该以何种态度与他们交往。

对于志愿者,鹿野还是尽到了一起吃饭的礼数,但其中也有人随便开冰箱,乱吃里面的东西。馆野也是其中一人。起初,鹿野不好意思开口抱怨,心里积了一堆的压力。所以他弄到蛋糕、草莓、刺身后,

---

* 1970年日本发生的大规模游行运动,主要是反对《日美安保条约》。

149

会把它们藏在冰箱的最深处。另外，基督教徒的志愿者过来时，也因为饭前要不要"祈祷"而产生过纠纷。鹿野有时还会被主妇志愿者当成小孩子。不知为何，也有热心的主妇每天早上过来帮鹿野换内裤。要用"我自己能做"来干脆拒绝"他人的帮助"，果然需要一颗"自立心"。

"残障者在社区生活是怎么一回事？"

"自立生活运动是什么？"

"对残障者来说，恋爱是什么？"

社会派的学生成了鹿野谈天说地的对象。然而，身为残障者的鹿野总是在议论中败下阵来。

"你们太讲究理论了！光靠一张嘴根本做不了什么。"

鹿野十分不甘，不肯罢休。

"较真，一根筋。虽然喜欢撒娇，但内在格外坚强。"——这便是当时的志愿者对鹿野的评价。但如果残障者不够坚强，无法与志愿者较劲抗衡，就会弄不清"自立生活"的主人究竟是谁。

可另一方面，有时志愿者不会如约而来，鹿野只能一直睡在轮椅上，去不了厕所，心急如焚地尿在裤子上。他基本处于弱势的一方。

离开设施时，鹿野的手臂力量已经开始下降，可过上公寓生活后，他再也转不动轮椅了，于是换成了电轮椅。

吃饭、换衣、刷牙等事情，起初他还能一个人慢慢完成，可渐渐地，他睡觉时也没办法"翻身"了。

通常，人在睡觉时会无意识地翻身20次左右，但光是翻身就得调动全身的肌肉力量。如果翻不了身，身体的一部分便会受到压迫，产生疲惫感，容易因身体疲劳而清醒。再严重一些的话，身体还会窜过阵阵剧痛，仿佛睡在铁板上一样，有的人甚至会痛到惨叫。

从此,"陪夜"的志愿者变得必不可少。

鹿野的体位更换(睡觉时的翻身护理)大致有三种——"仰天、向右、向左"。体位更换讲究若干诀窍,比如换边时挪动腰部、注意膝盖的屈伸等。

鹿野睡得身体发痛时,会跟说梦话一样嘟哝"换……右边……",叫醒睡在旁边的志愿者下达指示。一个晚上必须换5至10次。鹿野的睡眠总体不深。他容易失眠,其实也有这个原因。

对鹿野来说,睡觉就是与身体的疼痛战斗。

随着手臂力量的下降,他也无法用力握住手里的厕纸。情况慢慢严重了起来。

自己能做的事情日渐减少。沙漏中的沙子不断落向"死亡"。不难想象,状况如此残酷,不是很容易迷失生活的希望吗?

然而,在鹿野看来,"我每天都忙着处理与志愿者的纠纷,根本没时间消沉。做不到的事情,只能认命了吧。做不到也没办法,只能让做得到的人去做。哪还顾得上什么不情愿、难为情。"

自立生活充满了压力与重负,却也给了鹿野面对肌营养不良恶化的勇气。哪怕失去了肌肉力量,自立生活中也总有什么东西来填补。

"关键是如何靠剩余的力量活下去。为失去的东西难过也无济于事。比方说,即便被女人甩了,只要立刻瞄上下一个就行了嘛。"

"是吗……"我说道。

"没错。这就是我很神奇的一个地方。"

151

6

1988年,小山内美智子出版的畅销书《在轮椅上送秋波》中,有这样一节内容。

鹿野先生刚一开始自立生活就变成了花花公子。他一次写好几封情书,让周围人慌了神。

我希望他多把精力用在运动方面,别只用在女生身上,可一想到许多残障者都放弃了与女性来往,躺在床上动也不动,我又忍不住想为鹿野先生打气:"你再多找一些!"

我想对鹿野先生来说,不屈不挠地追求女性也是一种自立生活运动。

"提出需求才能得到满足,所以不要害怕提需求。"——可能鹿野把埃德·隆的这句话首先用在了恋爱上。

他的恋爱几乎是从"误会"开始。离开设施后,眼前的世界突然开阔起来。女性志愿者对自己温柔一点,他就不禁以为对方对自己有好感。

当时,鹿野经常托馆野帮自己"送"情书。每到这时,馆野都会想"又来了",心情如同守护"阿寅"的爷爷、奶奶。

鹿野很快爱上了在隆演讲会上结识的女翻译。演讲会结束后,她在志愿者活动中教鹿野英语,偶尔一起吃个饭。有一天,馆野把附上了红玫瑰的情书放在了她的公寓门口。

"我挺为难的。"

关于这件事，女翻译其实找小山内商量过。

"我只想做志愿者而已，鹿野君却把我当成了异性和恋爱对象。该怎么办才好呀？"

小山内心里一阵叹息。

"你就把他当成普通男人一脚踹开，明明白白地说'我讨厌你！'就行了。这正是鹿野君期望的生活。事情就这么简单！"

结果鹿野被甩了。可他对失恋也坚强得令人惊异，一如他在争辩中的死不服输，又如他没有为肌肉力量的下降而消沉。

鹿野和我妻开始自立生活后，也同时成了札幌一五会的正式成员。

我妻以运营委员的身份立刻崭露头角，与小山内一起在道内外四处奔波。鹿野负责会计和会报编辑等幕后工作。许多成员都不擅长数字与计算，尽管鹿野的会计能力很平凡，却受到了重视，每天跟普通的上班族一样坐办公室。

此外，1985年，我妻成立了新团体"梅比乌斯会"，鹿野也加入其中。

两人开始了新型的残障者运动。编辑制作《福利情报网杂志·梅比乌斯》，提供独家信息"轮椅地图"。他们调查了残障者厕所的位置、方便轮椅入内的咖啡店和餐厅、出租车公司等信息后，制作了残障者的约会手册和路线示例。

这是一场紧贴生活的残障者运动，把二人所说的"上街就是我们的运动！"付诸实施。同时这也是我妻对设施残障者发出的信息："多上街！让世界更加开阔！"

鹿野负责连载恋爱咨询专栏《鹿野君的恋爱谈》，以风趣的口吻公开了自己的数次失恋经历。

"春天"降临在鹿野身上,是在他开始自立生活的一年半后。

一天,我妻带着一名圆脸蛋、眼睛水灵的可爱女性来鹿野家玩。她比鹿野大一岁,据说是我妻高中时代的女性朋友。因为刚好和鹿野家离得近,我妻就把她拽了过来。

我妻对她说:"反正住得近,你偶尔给他做做饭也行,能帮忙照顾一下吗?"

鹿野对她一见倾心。而她一直很文静,回去时说了句:"既然是我妻君的请求,偶尔做个饭也可以。"

她做的饭非常好吃,性格安静,给人以家的感觉。

不过,当以志愿者的身份同鹿野熟络起来后,会发现她也是个有很多烦恼的女性。

由于肾脏虚弱,她得一直去医院,短大毕业后也没勇气就业,对未来十分苦恼。上一年父亲去世,母亲待在老家九州。她在干洗店打工,与妹妹一起生活。

鹿野过上自立生活后,明白"健全者也有烦恼"是件很自然的事情。在设施生活的时候,他和其他残障者经常表示羡慕:"健全者真好。什么都能做。"

"其实我最近被甩了,是男方劈腿,很过分吧?"

"什么?这确实过分。"

以往,鹿野的爱意多类似于"憧憬",可这是第一个让他"想保护"的女性。而她也在努力理解身体残障的鹿野。

从"普通的志愿者"转变为"女朋友"并没有花太长时间。

有一天,我妻打开鹿野的家门后,鹿野一脸得意地对他说:"阿武!我们开始交往了。"

话虽如此，约会对两人来说都是一种冒险。

当时轮椅在街上还很罕见，有电梯的地铁站远少于今天。让车站人员帮忙搬轮椅上下楼梯时，他们一看到沉重的电轮椅便会露出明显的不情愿。

咖啡店和餐厅也是，入口的宽度、有无落差、桌子的高度——能完全满足这些条件的店屈指可数。下雨天的时候，轮椅会沾满泥泞，被大雪堵塞的冬天也不能外出，如何在家中消磨时间令二人很烦恼。

还有些其他的难题。鹿野在当时的《梅比乌斯》里写了篇文章。

约会没给我留下什么美好回忆。

我平时离厕所很近，外出时腿部会立刻变凉，这必然导致上厕所的次数增加。在稍微有点气氛的餐厅里、在电影的高潮时、在夜晚的大通公园中，我刚想说点浪漫的台词，尿意就来了。

"对不起，请带我上个厕所。"

女朋友把我推到有厕所的地方后，从包里掏出尿壶给我。假如入口挤满了人，还得让她把我推进去。有些年轻女孩应该很抵触进男厕吧。可随着上厕所次数的增加，她的表情越来越抽搐，最后回答："我再考虑一下交往的事情吧。"

不管是谁，都想给初次见面的人展现自己好的一面，更别说喜欢的人了。然而，像我这样身体残障的人，都无法隐瞒自己最想藏住的秘密。当然，这些问题也能通过个人魅力、理解、爱意来克服，但往往还没走到那一步，人就自己放弃了，一蹶不振，深受挫折。不光是厕所（排泄）的问题，发展到性行为的阶段时，也会产生同样的痛苦感受。

不过，怎能因为这种事而低落消沉呢，人生是用来享受的。被甩也要干脆利落。

"因为我是残障者……"我再也不会说这句话了!

（摘自《梅比乌斯 No.3》）

但是，恋爱实在不可思议，困难反而加深了两人的牵绊。

"今天去的咖啡店没有阶梯，桌子的高度也跟轮椅正合适！"

她开心地报告，对鹿野来说这是最为幸福的瞬间。

当时的鹿野，外出需要"七大工具"——吸管、雨衣、浴巾、钱包、福利乘车证、尿壶、正露丸。

前六种可能是坐轮椅的身体残障者普遍携带的物品，可最后的正露丸是鹿野专有的。鹿野从前就因为神经质而肠胃衰弱，出门都觉得压力山大，很容易腹泻。不过关于这件事，女朋友也只是有点操心地问："都带好了吗？"想隐瞒的事情曝光后，两人的距离反而缩短了。

"较真，一根筋。虽然喜欢撒娇，但内在格外坚强。"

而且神经质，气量小。但是，不肯轻言放弃——

鹿野给自己这样做工作：

"消沉也没用，人生是用来享受的。我再也不会说'因为我是残障者……'了！"

交往半年，两人迅速发展到了互定终身的地步。

鹿野向父母坦明"结婚"的时候，两人的表情十分复杂，既不像赞同也不像反对。他们早已知道两人交往的事。每次去鹿野的公寓时，看到她勇敢又努力地为鹿野做饭、护理，光枝既感激又惭愧。可如果两人结婚的话，光枝总觉得会给身体柔弱的她带去沉重的负担。

但最终，光枝和清都认为"靖明说出口的事情是不会反悔的"，于是选择在一旁温柔地守望两人。

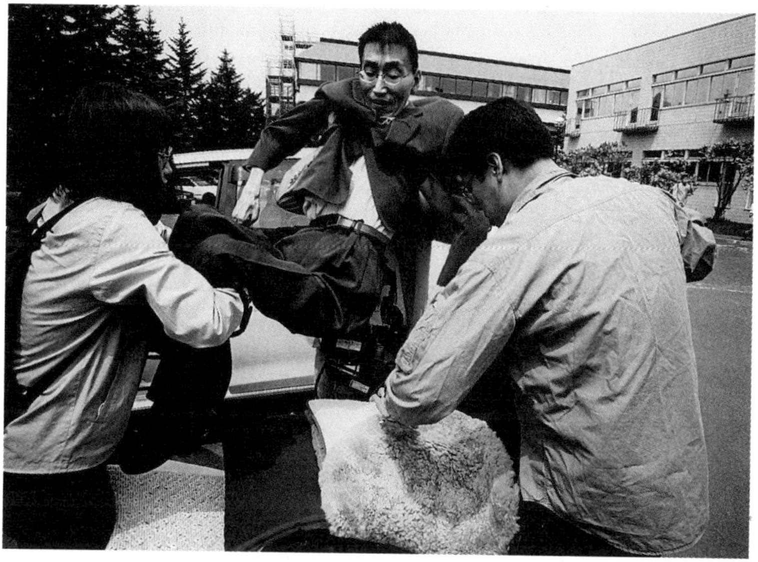

反对得最激烈的是女朋友身在九州的母亲。这也难怪。恋爱无所谓，可结婚就不是一回事了。

就算鹿野得意扬扬地说："我再也不会说'因为我是残障者……'了！"如果别人说他"不过是个靠低保和年金过活的残障者"，也是无可隐瞒的事实。即使告诉未来丈母娘自己在搞"自立生活运动"，也不可能得到她的理解。

听到女儿的话后，她专程飞来札幌哭着对鹿野说："我女儿以后可怎么办？""求你别骗我女儿了。"一个劲儿地大哭大闹。

别提什么说服了。作为男人，作为女儿的结婚对象，鹿野被彻底排除在外。鹿野充满了不甘与悲伤。不过，女朋友非常理解鹿野的不甘。

始终被反对的婚姻，竟以意想不到的契机迎来了"OK"。

由于一五会坚持不懈的建设运动，"照料式住宅"不久后即将建成，鹿野可以住进去。

这下可不用担心护理问题了，也能减轻女朋友的负担——即便有重度残障，也能过上普通生活。这样的梦想与希望成了最有说服力的证明。恰好同一时期，女朋友的妹妹订了婚，或许这也使母亲的反对有所缓和。

决定结婚是在一年后。两人携手迈出了新的一步。

7

小山内美智子与札幌一五会坚持多年的"照料式住宅建设运动"，

终于在1986年12月结出了果实。

纵观全国，这是继青芝会运动建成东京都神奈川县的住宅后，第二套属于残障者的照料式住宅。不过，北海道的照料式住宅最引人注目的地方在于，它是日本首座"基于《公营住宅法》的残障者住宅"（第二种公营住宅）。

这是怎么回事呢？

在日本的《公营住宅法》中有如下规定：

"身体或精神有明显残障而时刻需要护理的人，在入住公营住宅时，如果住宅条件不适合其实际情况，则不允许入住。"（《公营住宅法》施行令第五条）即《残障者不合格条例[5]》<把重度残障者排除在外的规定>）。

在正常化的时代，日本的公营住宅首先把"时刻需要护理的人"（重度残障者）拒之门外。

而北海道的照料式住宅，在筹建之初的会议上正式提出了这些问题点，包括法律的修改与解释，并尝试解决问题。

考虑到日本居家福利的未来，这也是一个重要的瞩目点。

为实现建设，小山内、泽口等一五会的成员收集了所有信息，还参与了政治活动。横路孝弘参选北海道知事时，她们在高举"支持横路"的同时，还在选举公约里成功塞入了"照料式住宅建设"一项。横路最后虽然当选了，任职后的北海道议会却落入了少数派手中。转为野党的自民党给公约挑刺，离公约实现还要3年时间。

期间，小山内依然向北海道厅等地积极请愿，为了寻求专家和普通市民的协助，其他成员也四处奔走于各种启蒙活动。

他们赌上青春岁月，终于赢得了照料式住宅。

然而不得不说，即将成为现实的照料式住宅与小山内的构想相去甚远。

当初,小山内在考察了瑞典的服务式住宅后,描绘了这样一番景象:

"残障者与健全者混居在同一座建筑物里,而且几座照料式住宅混杂在社区的普通公寓间。"

可是,尽管同一时期政府修建了普通的道营住宅(道营山之手住宅区),但共同住宅的外观、位置均与之不同,里面只有8户残障者。这样做的理由,据说是行政机关谨慎考虑到了残障者与附近居民的纠纷——如居委会的职责分担、参加扫雪活动的问题等。

让残障者集中在一个地方生活,这一点和"设施"没有太大的差别。

而且"不合格条例"的壁垒太高,重度残障者都受到了"入住限制"。一五会就有好几名成员因"重度残障"而在考核阶段落选。

正因为身体重度残障,才无处可去;正因为身体重度残障,才需要基于"降低随时护理成本"的照料式住宅。面对修建时就存在着巨大矛盾的照料式住宅,一时间,小山内甚至产生了"想回归白纸"的念头。不过,日大理工专业的野村欢和当时的道厅福利课长浅野史郎都说:"总之先开创先例吧,这样才会有下一步。"在两人的劝说下,她才勉强接受。

听说北海道将把这套住宅当作实验企业运营三年,聆听过残障者住户的意见后,再建设第2号、第3号住宅——这一方针的提出成了众人的一线希望。

然而,这个愿望也粉碎破灭了。

有关方面以公营住宅为由,用"抽选"的方式来决定住户,还美其名曰"为了公平而进行抽选",表面看上去没什么问题。

对此,小山内表示:"既然是实验企业,就更该让参与建设运动的残障者住进来，他们有强烈的问题意识，起码得占一半，还得让他们加入运营才行，否则第2号、第3号照料式住宅怎么可能有提升！"但对方对她的建议置若罔闻。

连一直支持一五会的西村秀夫等人也发出了声音：

"难道不该让已经召集好志愿者、过着艰苦自立生活的残障者先住进去吗？这样的抽选难道不是'披着公平外衣的、非人道的恶意平等'吗？"

可行政的冰冷墙壁厚不可摧。

最终，共有41人（31人单身，10人有家庭）申请仅有8个（6户单身，2户家庭）名额的照料式住宅，一五会成员全体落选。

这样的结局只能说很残酷了。

成功入住的只有勉强从候补中选出的鹿野（因为抽中者退掉了）。原本，鹿野也因为"重度残障"而无法申请，但他以结婚为前提去申请家庭住户的名额，于是成了候补。

其他成员为重新寻找志愿者，过上了每天电话不离手的生活。

在这种时候，看到当选的住户对着电视镜头说"这样的生活是我的梦想"时，小山内不禁想把电视踹飞。

如果做做梦就能轻松实现梦想，那还需要什么运动。

一五会赌上青春岁月，用血汗与泪水才实现了照料式住宅的梦想。然而，"平等"这个可恨的词把小山内的心撕得稀巴烂。

次年6月，鹿野的婚礼在札幌教会举行。

出席者有挚友我妻、支持鹿野的志愿者以及小山内、泽口，连回到东京的西村秀夫也在婚礼上露了面。婚宴约有150人参加。

以馆野为主的志愿者组成了实行委员会，一手包揽了婚宴。此外，志愿者还表演了我妻"自编自导"的小喜剧,以滑稽讽刺的风格表现出志愿者的日常奋斗,在婚礼上大受好评。

婚礼的第二天,两人去道东开始了为期一周的新婚旅行。他们租了一辆车,由馆野和另一位志愿者轮流开车。他们从带广穿过钏路,前往大雾笼罩的摩周湖。

对鹿野来说,这是有生以来的第一次长途旅行。

他还体验到了"向往已久的新婚初夜"。

新婚生活如梦一般美好。太太做的饭菜令人食欲大增,当时,鹿野的体重甚至涨到了50公斤。肚子胀鼓鼓的,可谓是人生中最快乐的幸福肥。

然而,这样的日子并不长久。次年,鹿野就在《一五通讯》(札幌一五会的会报)上刊登了这样的文章。

也许有人觉得鹿野的护理与家庭都很稳定,日子美满幸福,都不用太太照顾,过着一日三餐加午睡的悠闲生活。可是,我想在这里大声地说:

当今社会还没富裕到能让重度残障者和家属过上轻松的生活!

残障者的天堂根本不存在!!

(摘自《一五通讯 No.75》)

与预期相反,一五会中唯一住进了照料式住宅的鹿野开始发觉住在这里仿佛身在"地狱"。

这套住宅由8户完全独立的公寓组成,需要护理时按下对讲机或手中的蜂鸣器,便能呼叫隔壁护理站的护工(护理由北海道提供补贴,交给在道内经营设施的社会福利法人负责)。

然而，被雇来的护工全是些缺乏经验的新人。

最成问题的是睡觉时候的体位更换。

换边是为了睡得安稳，可护工老是念叨："怎么做来着？这样子吗？腿这样可以吗？"害得鹿野马上清醒。如果不能在黑暗中迅速换边，鹿野也睡不安稳。

假如残障情况不算严重，由新人操作倒也没什么，但鹿野的护理讲究技术。虽然鹿野习惯了教人怎样护理，可不知为何，这里的护工离职率很高。一年内就有十多名志愿者来来去去。

鹿野感觉人的"质量"也不行。按理说半夜进入房间时，应避免惊醒鹿野和太太，可护工开关门都十分粗鲁，其中还有深夜按门铃的护工，令鹿野特别头疼。而且睡觉时的鹿野处于毫无防备的状态，如果换边技术不行，可能会使腰部和腿部的肌肉恶化。

这套住宅原本计划把瑞典的福利住宅以先进的形式引入日本，但现在，只能让人认识到这里终归是日本。在制定社会工作者等福利类国家资格之前，这个国家对"护理"严重缺乏认识，护理的待遇与社会评价也不高。

来来去去的护工让运营陷入了招人的困境。

还有一个困难之处。

有护工抱怨："又不是没老婆，她为什么不多帮一帮丈夫呢？"

有时还会收到"太太都不照顾丈夫，在外面到处浪"等中伤之词。

残障者开展自立生活运动和照料式住宅的建设运动，本就因为"不想依赖家人的护理"。鹿野的意见是：由残障派生出来的护理不应该让妻子做，当然应该让护工来做。可如果运营方面没有这样的先进思想，事情就只能在原地踏步。

护理应该先由妻子和家人负责，然后再向他人（即便是护工）求助——要打破日本这种牺牲式的家庭护理信仰，绝非什么易事。

"既然是实验企业，就更该让参与建设运动的残障者住进来，他们有强烈的问题意识，起码得占一半，还得让他们加入运营才行，否则第2号、第3号照料式住宅怎么可能有提升！"——小山内的意见，现在想来果然正确。

除了鹿野，其他的住户都是对"残障者运动"没有兴趣的普通残障者。尽管住户们成立了"自治会"，但关于护理和自立的想法各不相同，难以统一方向。同时呼叫护工的时候，还会产生一种抢人的氛围。

鹿野的建议被当成了极端的北欧风格，大家认为他意见过激，加上他又是一五会的成员，更是被众人敬而远之，完全脱离了其他住户。

支持残障者"自立"的护理应该是什么样子呢？鹿野也直面了这一复杂的问题。

另一方面，一五会的成员经常对鹿野说：

"你真好啊。照料式住宅是瑞典式的，相比之下，咱们就是印度式了。"

"好羡慕哦——一五会的甜头尽归你了。"

鹿野孤立无援。

从入住照料式住宅起，鹿野在一五会里也开始负责照料式住宅的运动，经常在各种场合发言。

由于是日本首座公营的照料式住宅，鹿野还得应付媒体、接受视察。此外，鹿野还要以居民代表的身份在各种残障者的全国集会和报告会上发言，比如横滨召开的"照料式住宅研讨会"、札幌召开的"自立生活问题全国研究大会"等。

可是，每当听众指出照料式住宅的缺陷，问"为什么会这样？"时，鹿野就觉得那是对自己的批判，心里格外难受。

"我也不懂这些啊!"

在理想与现实的夹缝间,鹿野发出了悲鸣。

为推进第2号、第3号照料式住宅的建设,鹿野必须努力对外宣传照料式住宅的"优点",还得为更多的残障者创造自立生活的契机。然而,现实中的照料式住宅问题扎堆。

结婚第二年的夏天,鹿野突然心脏难受,无法呼吸,半夜呼叫救护车折腾了一番。自那以后,他不时出现发作性的焦虑。

焦虑在鹿野体内四处流窜,他几乎面如土色,还伴随心跳加速、呼吸不畅的症状。发作时仿佛突然遭遇激烈的沙暴,整个人被扔进了沙漠似的。

在古贺牧师的介绍下,鹿野去看了精神科门诊,被诊断为压力过大和睡眠不稳导致的"焦虑症"。

就是从这时候开始,鹿野特别担心夜里一旦睡着就"再也醒不过来了"。对死亡的恐惧总是令黑暗中试图入睡的鹿野"睡不着觉"。

"鹿野君,要记得第2号、第3号照料式住宅啊!"

每次被小山内用力鼓励时,鹿野就有种被推落地狱的感觉。

无论好与坏,照料式住宅的实现都迫使札幌一五会转变运动方向。

小山内深深感到:"一个小团体去修建一栋照料式住宅,根本是杯水车薪。"必须以更长远的目光,建立为全体残障者谋利益的制度。这时,她把运动目标从"建设照料式住宅"转为设立以美国CIL(自立生活中心)为原型的"自立生活基金"。

同时,市民开始对札幌市提出要求,目的是建立新的公共护理制度,以取代当时的家庭护工制度"全身性残障者护工派遣事业"和低保。1990年,东京都、大阪市等地接连争取到了这一制度。

2000年，小山内拿到了心心念念的社会福利法人资格，开始经营身体残障者复合设施"Ambitious"。

现在，小山内是这里的负责人。虽说是"设施"，但和以往的残障者设施全然不同，没有门限与规矩，喝酒、恋爱都可以。立志自立的残障者在这里"寄宿"4年,学习自立所需的生活能力,因此被称为"回归型福利之家"（"残障者的生活大学"）。

二十年前，札幌一五会的活动始于西村秀夫从口袋里掏出的5000日元皱纸币，而这家设施正是一五会的事业巅峰。

回顾残障者"自立生活运动"的历程，札幌一五会等残障者先驱团体向社会提出的第一个要求是希望"普通（Normal）地活着"。

就因为有缺陷，凭什么非得被剥夺"普通"生活的机会？

他们提出：残障者只能被隔离在设施或父母身边生活，这样的现实就是"歧视"。他们没有要求一点"残障者的特权"或"丰厚的低保"。

比如关于"普通地活着"，小山内从瑞典的福利制度中引用了一个例子。

在瑞典，即使残障者在护工的帮助下只能挣得10万日元的劳动收入,也得跟健全者缴纳同等的税金,而且据说护理费得支付100万日元。然而在日本，护理费只有低保户才付得起（生活保护中的他人护理补贴）。它暗示着"残障者等同于不工作和受保护"的观点，于是残障者也产生了"懒人受惠"的想法，认为领低保不工作更好。

"必须把生活费与护理费彻底分开，否则会出现不愿工作的人，因为有工作能力就得不到护理。此刻，我在借护工之手写原稿。这些原稿有时也能换钱。虽说是写原稿，但我也没法用自己的脑袋或屁股写（《轮椅上的瑞典亲子游》）。"

瑞典福利制度的根本是"不管花多少钱，都不能让残障者躺下"，但小山内说"日本人很难理解这样的想法"。

首先，我们得知道：只要有护理，有些残障者便能"靠自己的力量生存""靠自己的力量工作"。可日本的福利制度与社会现状完全埋没了这样的能力和人才。

其次，人们坚持向社会发起"自立生活运动"，是因为存在着"护理社会化"的大问题。

在父母身边及设施以外的地方，自己（残障者）该如何开辟容身之所呢？不把问题推给家属，也没有被设施隔离收容——在这种情况下，要如何促进护理的"社会化"呢？追求自立的重度残障者首次把上述问题明确摆在了日本社会与行政机关的面前。

在老龄化社会不断加深的现在，这些问题成了更为重要的课题。

比如想象一下自己老后的样子，既没有光靠家人的照顾，也没有被迫在养老院过集体生活，而是尽可能地继续过自立生活，或者在不麻烦家人的情况下接受他人的帮助——若能有如此完善的居家福利制度，当然再理想不过。

小山内一直主张"帮助残障者自立，建立相应的地方护理系统，不仅是为了残障者，更是为了社会"。

随着寿命的增长，不仅老龄人口的比例会急剧上升，此前因医疗落后而无法存活的人也能带着缺陷活下去了。此外，车祸幸存者与疑难杂症患者的存活率也在不断升高。要把所有人收容在医院或设施里，会消耗巨大的医疗成本和设施运营成本。我们必须在地方建立护理系统，否则未来会十分严峻，任谁都得承认提出这一问题的正当性。

在记者大熊由纪子的著作《改变福利，改变医疗》中，有一张"测量居住城市老后安心度100问"量表，其中一项是："在你所住的城市，残障者的自立生活中心活跃吗?"

也就是说,与没有自立生活中心的市町村相比,有自立生活中心的市町村福利服务更完善,这正是源于"自立生活运动是带动整体福利的拉车('残障者是老龄社会的引航员')"的观点。

照料式住宅是迈向理想社会的重要一步。

然而,鹿野被夹在心目中的理想与现实不断的矛盾间,吃尽了苦头。

照料式住宅建成时受到了大众的瞩目,可鹿野的奋斗却是白做工,别说三年的试验期了,十多年过去,札幌也没再修建同样的住宅。照料式住宅在它本身的问题与逐渐"完善"的居家福利制度之间被彻底淹没了。

对"较真、一根筋"的鹿野来说,照料式住宅的问题是他撞到的第一面高墙。

"这样实在对不起小山内女士他们。我太没用了……"

越是这样想,复杂的问题越是堆满身,鹿野只能横冲直撞,别无他法。而且关于照料式住宅,越是跟运营方对着干,每天的护理就越是让自己不好过。护理是决定身体与精神状态的关键因素。因此问题相当严峻。

鹿野甚至烦得想自杀。

"像你这样的重度残障者,连自杀都得让别人帮忙……自杀护理也太悲哀了……"

妻子寂寞地呢喃道:"你为了残障者运动而工作,即使为此自尽,我也早做好了心理准备。"

当初,她为支持鹿野付出了许多努力。鹿野在家做会计工作的时候,她片刻不离地给他打下手,闲暇时间得购物、扫除、洗衣服,还要打工补贴家计。她也经常替不熟练的护工做深夜的体位更换。

结果，鹿野开始恢复的时候，轮到她身体出问题，开始上医院了。

不得不说，两人婚姻生活的齿轮在逐渐偏离。

一天晚上，鹿野从一五会下班回家后，边看夜场棒球直播边用吸管喝啤酒，这时他发觉自己与身旁的太太几乎无话可说。在空气冰冷的房间里，他深深感受到"这不是自己梦想的婚姻生活"。

"不该是这样……"

两人的关系已经到了无法挽回的地步……

争吵也慢慢变多了。妻子开始出现严重的歇斯底里，鹿野在生活中得时刻留意她的脸色。

1989年1月，鹿野写下了这样的文章，吐露了自己痛苦的心情。

入住照料式住宅即将两年。可现在光是听到"照料式住宅"一词，我就想吐，想捂住耳朵。因为住在这里的两年间，不管是睡着还是醒来，我始终在独自烦恼照料式住宅中发生的各种问题。就算找一五会的伙伴商量，也效果有限。

面对小山内、我妻这样的英雄，我一直觉得很自卑，也很着急。即使我甘愿做无名英雄，可被嘴毒的人说"一五会只有小山内和我妻吗？"时，我也会陷入消沉。

再怎么努力，我也成不了小山内和我妻那样的英雄。

（摘自《一五会通讯 No.76》）

当时，我妻通过自己的主战场"梅比乌斯会"，以轮椅文化人的身份开始了引人注目的活跃。他与旅行社一同策划残障者的出国游，一年要参加几十场演讲会，不仅如此，他还给广播节目做主持人，经常上本地的人气节目《北海道视野》(札幌电视台)。

鹿野感觉很焦虑,仿佛自己一个人被丢下了。

他在一五会办公室上班的同时,继续去精神科看病。候诊室的窗户里可以看见藻岩山,有时他望着深绿的山峦,陷入沉思。

"自立……自立到底是什么……"

1991年以后,问题连篇的照料式住宅终于变成鹿野的惬意之"家",因为鹿野的朋友开始做残障者志愿者了,以前认识的高桥雅之成了陪夜的勤务人员。

当时,高桥被鹿野的深夜铃声叫来了房间,他眼里看到的,是不断诉说自己害怕入睡的鹿野。

8

1992年,鹿野离婚了。婚姻生活持续了五年。

四年后,他在《看护笔记》上写下了这样的内容。

96/10/10(周四)鹿野的日记。夜里。

我在听服部克久的歌曲《梦》。这张CD的前半段非常好,可后半段总叫人心情忧郁。这时我会想起迄今为止人生中最痛苦的时期。

那是四年前,前妻带着行李离开家的夜晚。

当时真的好痛苦啊。

一想到自己的寿命,我就觉得每天都特别珍贵。自己和大家不同,我会为此感到焦虑、着急。但出去玩的时候真的很开心。

大家一起活下去吧!

在一个有点感伤的夜晚。

鹿哞

妻子提出"离婚"的时候,鹿野十分"意外"。

"我真的很意外。尽管发生了许多事,但完全没想到她的心已经彻底离开了我。"

在深夜的鹿野家,鹿野的表情有些难受。

离婚的原因有很多,如照料式住宅的问题所造成的混乱、精神失调等,但最直接的原因是她爱上了男学生志愿者。

不过,这也是后来才知道的。有段时间,鹿野压根儿没注意到。她说想离婚,已经当不了夫妻了。鹿野只能接受她的决定。既因为自己有残障,也因为害怕深入询问理由。

鹿野察觉到真相,是发现离婚后她的住址,与突然辞去志愿者的男学生家离得很近。一阵战栗传遍身体,他提心吊胆地给学生家打去电话,接听的竟然就是她。

"感觉我像个小丑一样,特别空虚。既然变心了,那也没办法。但希望她起码跟我说一声啊。"

约她出来后,鹿野只拿到了10万日元的安慰费。这笔钱全被他用于在薄野喝酒买醉。

在感情开始倦怠的夫妻生活中,她的身体也出现了问题,最后一年总是郁闷地窝在房间里。她常干的事情便是更改房间的布局,鹿野下班后经常发现房间变了个样。

她恐怕也被逼上绝路了吧。我觉得房间或许正反映了她的心境。大概她也在想方设法地挣扎。

"离婚之后,我自暴自弃,吞了许多安眠药,结果被救护车送去了医院。

"我知道那点药量死不了人,只是希望得到大家的关心。爸妈和小高(高桥)都心急如焚地赶了过来。我真傻……竟干过这种事。"

可离婚之后,肌肉力量下降得更厉害了,令鹿野雪上加霜。

肺炎与心功能不全使得鹿野成了医院的常客。诊断的结果显示心脏肥大化,即"扩张型心肌病"(由肌营养不良造成的并发性心脏病)。

要爬出人生的泥淖,在真正意义上活出鹿野的风格,还需要越过一座高山才行……

☺ 作者碎碎念

① 什么是青芝会？

正式名称为日本脑性麻痹患者协会"全国青芝会"。在全国各地拥有众多分部与地方联合会，说到日本的"残障者运动"，就不得不提青芝会。

本书也提到过，从1970年的"减刑反对运动"开始，青芝会也正式以运动团体的身份活动。运动逐渐激进起来，1972年修改《优生保护法》（现在的《母体保护法》）时，青芝会展开激烈的运动以反对新的条例（《胎儿条例》），即"胎儿可能有重度身心残障时，允许人工流产"，并成功阻止了条例的通过。

1975年至1977年间，川崎市有公司以安全为由拒绝轮椅使用者乘车，为表反对，青芝会发起了强行乘车与占领巴士的抗议活动（俗称"川崎巴士劫持事件"）。这次活动甚至影响了许多普通市民的出行，青芝会的运动激进而不容妥协，令当时讲究"良知"的市民社会表示反感与批判。

不过，从运动中诞生出来的《行动纲领》（由5条项目组成）却超越了纯粹的社会运动（残障者运动），还带有一种文化运动的色彩，残障者从内部探寻自己的生存权利与存在价值，就人类及社会形态提出了尖锐的问题。

② 设施型福利与居家型福利，哪种更"划算"？

多个国家都有报告表明：从总体来看，推进居家型福利比设施收容型福利更"划算"；从结果来看，居家型福利也能减轻国家的财政负担。

例如本书中提到的"服务式公寓"创始人——瑞典的斯文·奥洛夫·布拉特加德教授，他在论文中写道：

"在服务式公寓的系统中，所有成本都能由一家机关进行统计，下一步要怎么做简直一目了然。让残障者住进附带24小时护理的公寓（服务式公寓），所需的全部经费为长期住院的二分之一，为住疗养设施的三分之二。"

"残障者从设施转移至服务式公共公寓，对社会来说也是在节约金钱"（《关于加利福尼亚州的重度残障者服务》《重度残障者的生活之地》，札幌一五会编《让心灵的双脚立足大地》收录）。

另外，在美国，这类调查报告加速了正常化的进程，伯克利自立生活中心的罗拉·赫尔希（Laura Hershey）在"日美残障者自立生活研讨会"（1983年）中做了如下发言：

"残障者生活在地方社会，明显比生活在设施里便宜多了，性价比也很高。在加利福尼亚州，一名残障者进入收容设施的花销是在地方过自立生活的两倍。（略）自立生活还有其他的长期效果。只要被收容在设施里，他们就成不了有工作的纳税人，也就是说（略）恐怕无法成为对社会有贡献的人。'支持自立生活对社会有好处吗？'——我想这一问题的答案或许就在其中"（《所得保障》，《日美残障者自立生活研讨会报告书》收录）。

　　福利的居家化不该单以"划算"为由来推进，但在正常化的初期，这类讨论开展得如火如荼。大家理应了解：推进福利的居家化，在经济效率方面也十分合理。

③ 札幌一五会与小山内美智子的活动相关文献
　　『心の足を大地につけて完全なる社会参加への道』札幌いちご会編　ノーム・ミニコミセンター　1981年
　　『自立生活・ETCETERA　札幌いちご会10周年記念誌』札幌いちご会編　1986年
　　『しなやかな自立へのプロローグ　札幌いちご会15周年記念誌』札幌いちご会編　1992年
　　『生きる手ごたえ　札幌いちご会20周年記念誌』札幌いちご会編　1997年
　　『シェア～共に生きる喜び　札幌いちご会30周年記念誌』札幌いちご会編　2007年
　　『「自立」への時は満ちて　エド・ロング氏来道記』エド・ロングさんを北海道に招く実行委員会編　1984年
　　『「自立生活センター」設立への道すじ――札幌いちご会の実践の検証』障害者自立生活問題研究会、自立生活センター問題研究委員会編　1991年
　　『足指でつづったスウェーデン日記』小山内美智子著　朝日新聞社　1981年
　　『車椅子からウィンク　脳性マヒのママがつづる愛と性』小山内美智子著　ネスコ/文藝春秋　1988年
　　『痛みの中からみつけた幸せ　女心と患者心にゆれるとき』小山内美智子著　ぶどう社　1994年
　　『車椅子で夜明けのコーヒー　障害者の性』小山内美智子著　ネスコ/

文藝春秋　1995年

『車椅子スウェーデン母子旅』小山内美智子著　北海道新聞社　1996年

『あなたは私の手になれますか　心地よいケアを受けるために』小山内美智子著　中央法規出版　1997年

『素肌で語り合いましょう　障害者の"生"と"性"を考えた』小山内美智子著　エンパワメント研究所　2002年

『私の手になってくれたあなたへ』小山内美智子著　中央法規出版　2007年

『わたし、生きるからね　重度障がいとガンを超えて』小山内美智子著　岩波書店　2009年

④ 国际残障者年

联合国把1981年定为"国际残障者年"，还把1983至1992年的十年间定为"联合国残障者十年"，以"完全参加与平等"为主题开展了国际活动。

或许因为无法忽视世界动向的"外压"，日本政府也只得积极展开各种事业，结果是大大推进了正常化。1982年，政府制定了《关于残障者对策的长期计划》，开始重新审视此前"设施一边倒"的福利政策与福利相关法律。普通市民经常听到"正常化""无障碍"等词，也是在此之后。

⑤ 什么是《残障者不合格条例》？

以身心残障为由，限制获得资格执照或业务许可的法律制度——我们通常称之为《残障者不合格条例》。本书提及的《公营住宅法》的"重度残障者除外规定"，便是残障者"制度化障壁"的代表案例之一。

后来，"DPI（残障者国际）日本会议"和"《残障者不合格条例》取消会"等会议都积极提出对《公营住宅法》的抗议，在2000年的内阁会议中，"限制重度残障者单身入住"的修正案如下：

"身体或精神有明显残障而时刻需要护理，且无法在家接受护理或在家有困难的人除外"（新施行令第6条第1项，仅摘抄关键段落）。

因此，即便在法律上属于时刻需要护理的人，能否入住也不再取决于"残障"，判断的依据是"能否接受护理"。紧接着，各个自治体都被要求努力加强在现实中的应用。

第四章

我不是戴锁链的狗

挑战佩戴呼吸机的自立生活

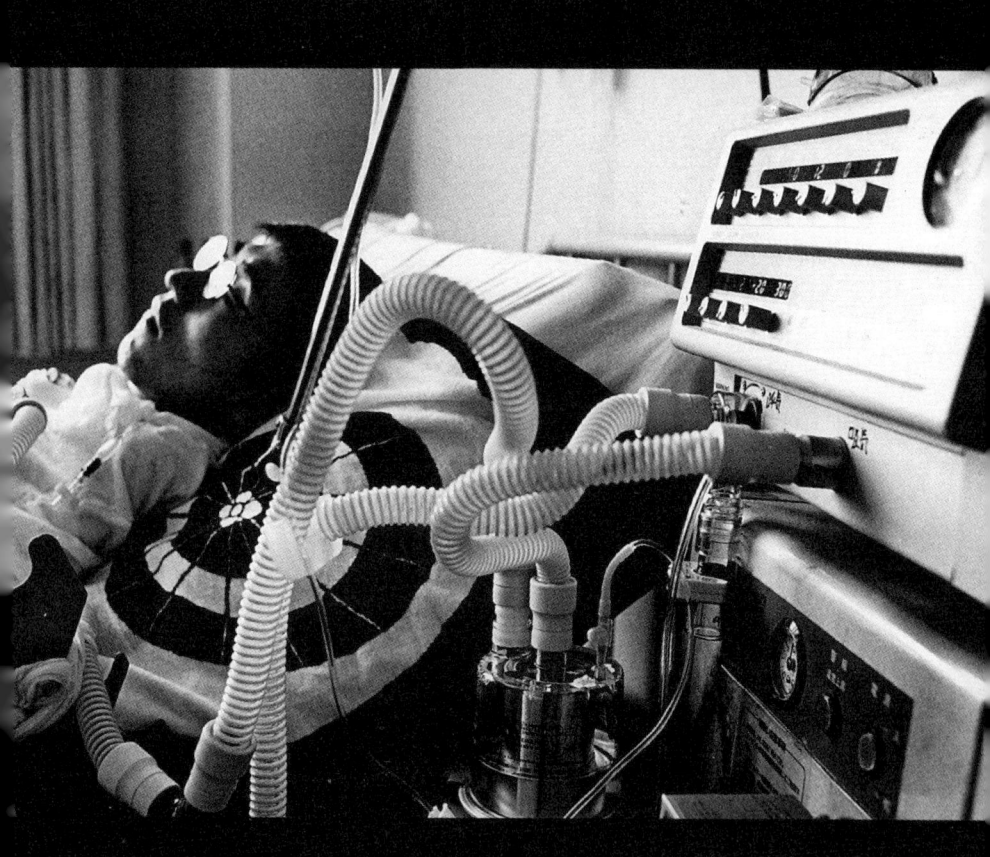

95/9/12（周二）致各位志愿者

　　医生说我必须佩戴人工呼吸机的时候，我以为再也回不到这个家了，原来肌营养不良已经如此严重。
　　我与健全者的距离越来越远。肉体正一步步走向死亡，这是无可逃避的现实。
　　如何撑过剩余的时间是我今后的课题。
　　每天都有志愿者过来，这让我心里非常踏实。看到大家努力生活的样子，我觉得自己也得加油才是。
　　我一定会再回到家里，出门去玩！以上。

鹿哔

1

"要是不佩戴人工呼吸机，你今后会很难活下去。"鹿野从医生那里得知这一消息是在 1995 年 4 月。

当时鹿野离了婚，心脏也不好，他心想"必须做点什么，这样下去不行"。为了让自己振作起来，他决定努力学习英语，利用广播讲座学习英语对话。为通过日本英语检定协会的英语 2 级考试，他每天勤学苦练四五个小时。

当时，鹿野的梦想是以后去美国，见一见曾经影响了自己的埃德·隆，学习美国的残障者福利制度。

然而，肺部周围的肌肉衰退使自主呼吸变得困难起来。即便处于安静状态，脉搏也跳得飞快，呼吸困难，仿佛登上了氧气稀薄的高山。

鹿野提心吊胆地问医生："戴上人工呼吸机后，我会怎么样呢……"

"由于要切开气管，恐怕会说不了话，吞咽也变得困难。"

戴上呼吸机就不能说话了，一辈子都无法离开医院。这在当时几乎是一种常识。鹿野难掩内心的不安。不仅手脚、心脏的肌肉力量在逐渐下降，这下连说话的能力也要被剥夺——鹿野陷入了深深的恐惧。

光枝也受到了打击，觉得"戴着那种东西，简直是活地狱"。

与其戴人工呼吸机，不如选择有尊严的死亡——据说今天也有许多人如是选择。他们没有戴着呼吸机生活的信心。而且这给家人造成的沉重负担也是他们选择死亡的重要原因。当时的鹿野与光枝都心怀类似的恐惧。

但两个月后,鹿野因为呼吸困难被救护车送去了札幌市西区的勤医协札幌西区医院。而英语考试就在三天后,即6月14日。

"鹿野住院"的消息令当时的志愿者产生了各种想法。

北海道大学文学部的大二学生俵山政人的感想是"鹿野先生又住院了啊"。除此之外,他没有别的感慨。鹿野住院几乎算得上家常便饭。

呼吸肌肉萎缩后,人会难以咳嗽,单纯的感染就容易引发支气管炎和肺炎。此外,呼吸不畅也会加重心脏的负担,易出现心功能不全。肺与心脏的关系便是如此密切。当时的鹿野经常感冒,总是在支气管炎和心功能不全间反反复复。上一年还多次短期住院,6月住了两次,9月、11月、12月各一次。

俵山总觉得"反正他会顽强活下来的"。

鹿野经常对他说:"三年前我差点死掉。"

鹿野因心功能不全而全身积水,医生说如果当晚再不排尿,恐怕人会死亡。护理站的高桥雅之哭着跑来医院。鹿野的父母也泪眼蒙眬地在一旁守着。不过,次日清晨,鹿野就像洒水一样排出了2升尿液,奇迹般地复活了。当时的事情,俵山听鹿野说了无数次。鹿野把"人工呼吸机"描述得很严重,俵山对此却不太了解。

俵山开始做志愿者是在考上北大后的不久,也就是上一年的5月。

他错失了加入社团的机会,正想着"要做点什么"的时候,恰巧看到"招募志愿者"的传单。他当即打电话过去,几天后成了负责陪夜护理的志愿者。

据说,第一天鹿野就十分热情地跟俵山讲话。

从"最近的大学生吊儿郎当"的话题开始,鹿野动情地讲到了残障者的生存困境。他愤怒地表示:"这样的社会太奇怪了!"话题最后又转移到自己的身世上,谈及在国立疗养所的经历时,鹿野还哭了起来。他虽然呜咽不止,却仍旧说个不停。

讲累之后,鹿野说:"差不多该睡了。"接着,他把轮椅掉了个头,"俵山,我挺喜欢你的。还要再来呀!"说完便笑着消失在了卧室里。

俵山心想这究竟是个什么样的人呢:一方面,他热情而坦诚,可另一方面,说的话又有点厚脸皮。说什么"最近的大学生"如何如何,可自己根本不是那样,才不想被初次见面的人说三道四呢——回过神来,俵山发现自己似乎在反驳鹿野。

北大农学部的研一学生国吉智宏也和俵山一样,是在鹿野住院的前一年开始做志愿者。

听闻鹿野"必须佩戴人工呼吸机",国吉觉得"鹿野先生真可怜"。

对鹿野而言,被夺去声音等于被夺去了"提出需求的手段"。鹿野的本领正是下达指挥,要是被剥夺了声音,他会怎么样呢——会不会越来越任性?不,说不定会变得意外圆滑……国吉不禁浮想联翩。

国吉的学生时代只加入过柔道部。决定考研离开社团后,他的生活突然多出了一片空白。为填补空白,他做起了志愿者。

起初,他是在鹿野的朋友,也就是另一名残障者的身边做护理志愿者,可有一天对方委托他:"鹿野君缺人,好像特别不容易,你能去那边吗?"

把自己的志愿者让给有困难的朋友——国吉被残障者的团结感所

打动,同时也有些在意:对方让自己去做鹿野的志愿者,是不是讨厌自己。

木讷而富有正义感的国吉不擅长与人相互打趣。他还有顽固的一面,遇到不合意的事就忍不住顶嘴。转移到鹿野身边后,鹿野也常说:"小国,你太固执了。"

鹿野被搬上救护车的傍晚,馆野知己正驱车赶往勤医协札幌西区医院。

馆野当时的公寓离医院约有1个小时的路程。高桥应该已经在病房里照顾鹿野了。馆野必须接替高桥在病房里陪夜。馆野辞去了新闻记者,离开了工作三年半的报社,为了成为医生,前一年他再次考入北大医学部。在30岁重新开始了学生生活,时隔许久接到鹿野发出的"SOS"后,他又回到了志愿者的岗位上。

从光枝那里得知鹿野住院的消息时,馆野忽然觉得他没骨气。鹿野此前放过话:"这次我要考英语检定。死也要考!"可这下他真的要死了,突然住进了医院。想到这里,馆野就觉得有点滑稽。

然而,去美国是鹿野的夙愿。鹿野身边最清楚这一点的人也是馆野。

即便有时因缺氧戴着氧气罩,鹿野也坚持学习英语。在北大法学部的时候,馆野去马萨诸塞州立大学当过交换生,语言能力了得。相比之下,鹿野的英语能力刚开始是"低于初中水平"。养护学校的课程比普通学校要少,尽管鹿野已从高中部毕业,可连be动词都不够了解。

不过,三十多岁重新开始学习的鹿野踏踏实实地考过了英检4级、3级和准2级,不断提升着自己的英语能力。

只有一次,鹿野的美国之行差点就成真了。他写信试探住在加利福尼亚州的埃德·隆,对方的回信令他深受鼓舞:"随时欢迎你来。就算在美国倒下了,这边的急救体制也十分完善。我给你做医疗费的保证人。"

可临近出发时,鹿野因为肺炎而住院。他只得哭着断掉了去美国的念想。那是上一年9月的事情。而现在,当他准备重整旗鼓再次出发时,又在考试前夕住进了医院——

馆野觉得万分遗憾。假如再戴上人工呼吸机的话,鹿野的梦想会变得愈发遥远。他应该很想让身体变得更健康,好尽情地学英语,去美国看看吧。

馆野开着车,心里难受极了。

札幌的街道即将迎来夏季,馆野踩油门的脚稍微加大了力度。

无论是谁,都把前途想得太简单了。

连鹿野本人也想避免切开气管、佩戴人工呼吸机,他以为自己能幸免于难。

因此,鹿野希望四天后能从勤医协札幌西区医院转移至市立札幌医院。他听说该医院可以尝试一种叫"BIPAP"的鼻罩式人工呼吸机。BIPAP虽需要时间习惯,但也有出院回家的案例,鹿野觉得如果成功,就能避免切开气管。

然而从那天起,鹿野与志愿者们开始了为期半年的艰苦奋斗。

2

后来坚持了很久的《看护笔记》,第一本便始于鹿野转到市立札幌医院的6月18日。笔记的发起人是馆野。

当时的成员加起来只有10人左右，包括以馆野、国吉、俵山等人为中心的学生志愿者，以及其他的社会人和主妇。但是，志愿者来陪护的日子各不相同，彼此不大熟悉。建一本笔记交代事项，可以让工作交接更顺利——馆野的提议便出于这一务实的理由。

笔记的第一页由馆野代笔，写下了鹿野致志愿者的病情说明。

鹿野

18号上午，动脉抽血，检查显示二氧化碳浓度*为110。有全身酸性化的危险，因此我从勤医协札幌西区医院紧急转移至市立札幌医院。

随后，我用了30分钟的鼻罩。二氧化碳浓度恢复到70，目前无须切开气管。

胸口有压迫感，脑袋恍恍惚惚的，缺乏注意力。总是焦虑不安。大便也比较多，一天4次。

身体感到疲惫时，和大家聊天也很累。

鼻罩"BIPAP"的外观跟防毒面具一模一样。用绳子固定在头部后，鼻罩内部就会开始输氧。感觉像正面迎着电扇的强风一样。

由于缺氧，注意力不够集中，鹿野一直为此心烦意乱。还有几个重要因素更是加重了他的焦躁。

刚开始带鼻罩时，鹿野会难受得冒冷汗。即便心里觉得奇怪，他也乖乖听从医生的指示，忍住了痛苦。可第二天医疗器械方面的人员过来后，发现医生的操作方法有误。

---

* 文中的"二氧化碳浓度"指血液中二氧化碳的分压。单位为"Torr"或"mm Hg"。30～40为正常值。若超过这一范围，人会感觉呼吸困难，仿佛跑了一整天马拉松。超过100将难以保持清醒。

鹿野对护理体制也十分担忧。哪怕在满足"基准看护"（完全看护）标准的医院里，对于万事需要护理的鹿野而言，护理人员也是不可欠缺的。可是在病房里，不仅难以召集志愿者、调整日程表，如果长期住院的话，还会出现一个大问题：此前领到的公共护理费会中断。于是高桥暂停了在照料式住宅的工作，专门照顾鹿野，由鹿野个人承担相应的工资。

话虽如此，光靠高桥一人根本不可能填满24小时，因此采用了高桥与其他志愿者轮班照顾的形式。

除了日常护理，志愿者还有一个重要的工作——为睡觉不能翻身的鹿野进行"体位更换"（换边）。医院的床铺硬邦邦的，不管鹿野是睡是醒，都得小心地抬起身体转换方向。

6/21（周三）馆野

看到鹿野先生特别精神，我暂且放心了。可是从傍晚到夜里，他一直咳个不停。咳嗽地狱后又是换边地狱，每20分钟就得换一次方向。

睡觉是不可能的。大家加油。

6/24（周六）北

鹿野先生一大早就非常精神，提了很多要求。一会儿要我买那个，一会儿想吃这个，简直为所欲为。食欲也不错，午餐转眼就把配菜和味增汤吃得精光。还让阿姨去买了香肠和通心粉沙拉。

服用利尿剂后，他在床上一直有尿意，虽然用了尿壶，可每次把尿壶接上去时，尿液都会漏出来，裤子（睡衣）换了两次。阿姨把衣物送去了投币洗衣店。

6/25（周日）卷岛

馆野先生的日记写得没错，换边就是地狱。我特意数了数，根本不是20分钟一次，而是12分钟一次。不过，看到鹿野先生比一周前精神多了，我也松了口气。希望他能早日回家。

然而，1995年，日本社会发生了一起大事件——
奥姆真理教引发的"地铁沙林事件"。
3月20日，东京的营团地铁（现在的东京地铁）丸之内线、千代田线和日比谷线的各班列车上被人散布了沙林毒气。5月16日，教团的教主麻原彰晃（松本智津夫）被警方抓获，执行者和教团干部也相继被捕。媒体连续多日都在报道奥姆真理教的事件。

病房里没有电视，所以鹿野急着看报纸。把买来的报纸在鹿野面前摊开，看完之前为他翻页成了志愿者们的每日功课。

6/25（周日）国吉

刚一来，鹿野先生就让我去一楼的小卖部买报纸。可那里卖光了，回来后我告诉他："鹿野先生，报纸没了。如果你实在想要，我可以去便利店买。"准备等他回复"好哇"，结果纸上已经写着"去一趟便利店吧"……真不客气啊。

最近，器材室似乎被鹿野先生占为己有了。虽说房间不大，但除了病房还能再占领一个房间，我觉得只有鹿野先生做得出这事。

鹿野严厉训斥志愿者的样子，与强迫信徒的"教主"重叠了起来，馆野等人经常把鹿野戏称为"尊师"。此外，鹿野的鼻罩很像奥姆教信徒佩戴的"装备"，这也成了开玩笑的一个梗。

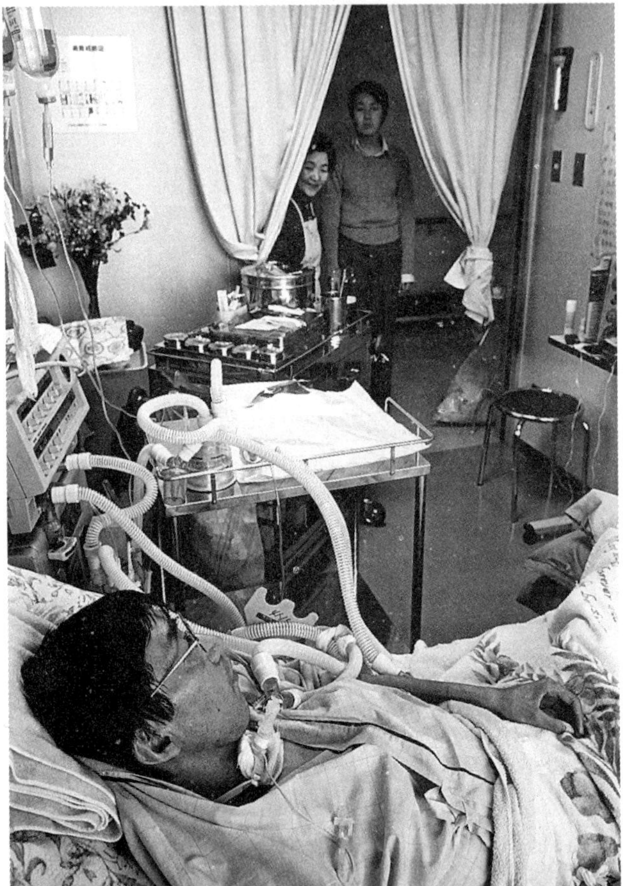

当时，志愿者收到鹿野的要求后也是干劲满满。由于戴着鼻罩说不了话，鹿野就用纸张和铅笔与大家笔谈，手里还握着铃铛用以呼叫志愿者。

鹿野每天的工作便是佩戴五六个小时的鼻罩。临近夏天，盯着天花板，汗流满面地长时间戴鼻罩是件苦差事，可鹿野熬了过来。

6月29日，鹿野迅速确定了出院日期，医生预计出院后租借鼻罩，在自家一天用6个小时，呼吸便能恢复正常。

7月3日，鹿野住院两周后出院。所有人都认为住院生活这下结束了。

然而，出院当晚情况突变。

凌晨2点，躺在自家床上的鹿野感到身体一阵阵恶寒。当日负责陪夜的俵山政人测量体温后，发现竟有39.4℃。显然哪里不对劲。

俵山打电话给鹿野住院的市立札幌医院，对方却以"已经没有空床位"为由拒绝了。接着他打给勤医协札幌西区医院，得知循环内科的主治医生铃木瞳是早上8点上班，医院让鹿野到时候坐救护车过来。

距离8点还有6个小时。俵山给鹿野的肛门股插入了退烧栓剂，可依然止不住恶寒。高桥慌忙赶来，鹿野抱紧他的身体，一直冷得发颤。

看到颤抖不止的鹿野，俵山打消了第二天去大学上课的念头。凌晨3点，清和光枝飞奔而来。

鹿野的意识越来越模糊，拼死撑过了漫长的6小时。

早上8点。救护车的警铃响起，顶着红色信号灯一路飞驰。父母与俵山也一同坐在车上，直奔勤医协札幌西区医院。据主治医生铃木称，鹿野当时的二氧化碳浓度为74，属于非常严重的缺氧状态，而且伴有炎症反应，X光片显示有肺炎的影子。

切开气管已无可避免。但鹿野就是不愿点头。

次日,二氧化碳浓度继续攀升,超过了100。在意识模糊的状态中,铃木医生再次呼唤鹿野:

"鹿野先生!怎么办?再不用呼吸机会死的!"

在此前的交往中,铃木明白鹿野比常人更了解自己的疾病,总能明确表达自己的意见。所以即使遇到这种情况,她也想尽量确认本人的意思。这正是二人间的信赖关系。

在铃木的呼唤下,鹿野一瞬恢复了意识:

"交给……医生了……救救我!"

说完,他再次陷入昏睡。

3

7/5(周三)馆野

鹿野先生偶尔会醒来,但基本上一直在睡。因为已经说不出话了,所以护理时如何领会他的需求非常关键。

他无法进食、饮水。排尿通过导管进行,需求也受到了限制。

"屁股?"→换边

"舌头?"→按呼叫铃

每当鹿野先生摇铃铛时,护理人员都得提问,观察他的回答。

我觉得今后的日程表最好以小高为中心来编排。尤其得考虑到考试、返乡的时期。

7月底到8月初我本打算去知床的,现在准备取消。也请大家尽早确定日程。

看到他安详的睡颜,我也就放心了。但愿人工呼吸机的过渡能够顺利。

7月7日下午2点,鹿野被送进勤医协中央医院,接受了气管切开手术。(病情稳定后,又再次回到勤医协札幌西区医院。)

手术顺利结束,1个小时都不到。术后状态极为稳定。只有护士进行吸痰的时候,鹿野才会露出有点难受的表情。除此之外,他一直都神色安详地躺着睡觉。

第二天,来到病房的土屋明美看见鹿野的样子后心里十分难过。

尽管他此前就是皮包骨的"难民"体型,可插在喉咙上的管子,她看着就觉得痛。土屋也重新认识到"这就是人工呼吸机啊"。

短大毕业后,土屋明美进入农协的联合团体Hokuren工作,在当时的鹿野志愿者中,她是唯一的女白领。"月底去冲绳旅行,下个月在薄野祭典上抬神轿"——自己在尽情地享受夏天,鹿野却在生死的边缘徘徊,光是活着就很不容易,一想到彼此的落差,她就心感愧疚。

不过,土屋待在病房里的时候,鹿野也恢复了精神。看到探病者带来的蛋糕,他连连做出"要吃"的反应,吃掉了三颗草莓。

"鹿野先生还是跟平常一样。"土屋稍微放了心。

7/8(周六)土屋
前些天,我接到馆野先生的电话,得知了气管切开的消息。

鹿野先生的呼吸状况似乎比我想象中的轻松,表情也很开朗,我可算松了口气。胃口还是跟以前一样好,吃了最喜欢的桃子和两块传说中(以前被馆野先生吃掉过,他当时气得瞪圆了眼睛)的草莓巧克力（这个我也喜欢），宝矿力水特*也喝了不少。我很欣慰。

他吃东西的时候看起来最开心。我过来才3个小时，就得频繁地进行体位更换（他的屁股好像很痛）。

简短的单词还能从嘴型看出来，但句子一长就有点看不懂了。鹿野先生，对不起，我没能看懂。现在是9点半。预计3点和高桥先生换班，我要准备睡了。

扯一点废话，因为高桥先生的鼾声很吵，鹿野先生好像会一个劲儿地摇铃。

那时的鹿野拼命与佩戴呼吸机的命运对抗。

病房里的呼吸机大小接近小型冰箱。从机器伸出的管子正连在自己的喉咙上。鹿野觉得自己"简直像戴锁链的狗"。

一想到这辈子都得连在这台机器上生活，有样东西他觉得实在难以忍受。那就是呼吸机"哔哔"叫个不停的警报声。

每隔5分钟便有痰冒出来。每次护士吸痰时，鹿野都冷汗直流。想到吸痰也要持续一辈子，他感到一阵寒意。

鹿野的鼻孔很痛。切开气管前，他先进行了气管内插管，而导管留下的伤痕肿了起来。由于床铺硬邦邦的，他的尾骨被擦得疼。不仅如此，他还因为心功能不全而全身积水，腿肿得跟象腿似的。

鼻子、喉咙、屁股、腿，鹿野身上到处都疼，饱受折磨。

"鼻子好痛！屁股好痛！"

即使想这么说，他也因为气管切开而无法出声。

气管切开是通过外科手术在喉咙上开洞，在气管中插入L形树脂

＊一种能量饮料。

器具"气切套管"。而且气切套管上有防止食物误入气管的气囊(气球)，使得空气无法传播到声带上。后来，鹿野通过自己调节气囊的膨胀度和呼吸机的换气量，熟练掌握了发声的方法，可医院担心会引发误咽性肺炎，视之为"危险的管理行为"，因此严令禁止。

就算想喝水、尿尿，鹿野也发不出声音，心里又急又恼。

馆野把"五十音图"和常用词（"喝茶""换边""呼叫"等）写在模造纸上，然后贴在墙上让鹿野用激光笔指。另外，便笺也夹在了纸板里，方便进行笔谈。

戴着呼吸机，上厕所也变得很麻烦。于是小便的时候用尿壶，大便则用摆在床边的便携马桶。

"注意！大号指南"

1. 准备

准备一个枕头、一条浴巾以及厕纸。把便携马桶摆在轮椅左侧，在便池里铺三张厕纸。拆下轮椅的单侧扶手。把浴巾挂在便携马桶的靠背上，再放好枕头。

2. 移动

叫两名女护士过来。护理者扶住后背，一名护士负责抬双膝，另一名拔掉呼吸机，并脱下裤子、内裤。然后把人移动到便携马桶上。此时要把双腿打开。护士把呼吸机接回去。

3. 排泄中、排泄后

护理者挤压左下腹，促进排便。结束之后，先让鹿野先生拿好"小便预防厕纸"，接着屁股擦三次。

然后从2至1，反过来操作。

用激光笔进行交流，着实需要耐心。

喉咙痛、屁股痛、吸痰很难受……在这种状况下，要一字一字地指出自己想说的话并不容易。根据当时的公共福利制度，其实可以给重度残障者购买辅助交流机器（电脑等），可当时这一消息并没在医疗工作者间传播开来。

然而，鹿野"希望他人理解自己的需求"的想法比常人更为强烈。被剥夺声音的鹿野，或许想通过表达自己的需求给生命之炉添柴加火。

鹿野的手臂活动迟缓，因此笔谈也存在着限制，大半还是由志愿者看"嘴型"。

当然，志愿者经常看错。比如把"人工呼吸机"看成"草莓味百奇"，把"胃药"看成"刮胡子"，把"消毒液"看成"奶油蛋糕"。一次，有一位志愿者竟把"称量饭菜后给我端过来"看成了"给我买饭菜过来"，挨了一顿批……

鹿野的表情仿佛在说"咋就不懂我说的话呢！"，志愿者却抱怨"虽然明白你内心焦急，可不好好写出来，我们怎么明白！"，双方火花四溅。

7/12（周三）馆野

护理人员要有耐心，心里再怎么想骂人，也得花时间应对鹿野先生。另外，鹿野先生的状况非常艰难，我再次认识到，他时而展露的幽默与笑容实在难能可贵。

7/15（周六）土屋

鹿野先生面无表情，一声不吭，一副烦躁的样子。刚进房间，我就感觉"啊，气氛不妙"，于是身体一颤。

据本人称，他很焦虑自己不能说话。也是，他很长一段时间没说话了呢。要是别人听不懂自己的话，的确会焦躁，还会出错，对本人来说相当痛苦。

下周，我计划穿着比基尼去冲绳的海边散步，为什么来这儿后变胖了呢？啊，难过死了。

不过，鹿野也很坚强。他让志愿者买来镜子，看着自己的嘴唇，开始练习五十音。

志愿者问："你在干什么呢？"鹿野嘴一张一合地回答："为了方便大家看懂我的嘴型。"

气管切开后的第五天，鹿野提出"屁股痛，要转移到轮椅上"。

光枝和护士纷纷阻止道："你喉咙才刚切开，要怎么坐呢？"可鹿野就是不听劝。刚坐上轮椅，鹿野就笑开了花，连连提出"给我买咖啡""我想看漫画"的要求。

护士也不由得惊奇地表示"第一次看到如此顽强的人"。

一辈子都离不开呼吸机的人很容易情绪失落，可这在鹿野身上很难见到。他依然喜欢看报纸，当时还通过交涉弄到了病房里需要许可才能看的电视机。总之，他顽强地扩张着领地，表达自己的意见。转移到轮椅上后，他又继续学习英语对话。虽然都是小事，但细细一想还是很惊人的。

7/26（周三）馆野

医生告知"可能会无法发声"后，鹿野先生说自己非常"低落"。不过他又说："自己肯定能恢复说话的。"现在他气色好，没有咳嗽，腿也不浮肿了，体重日渐上升，情况良好。

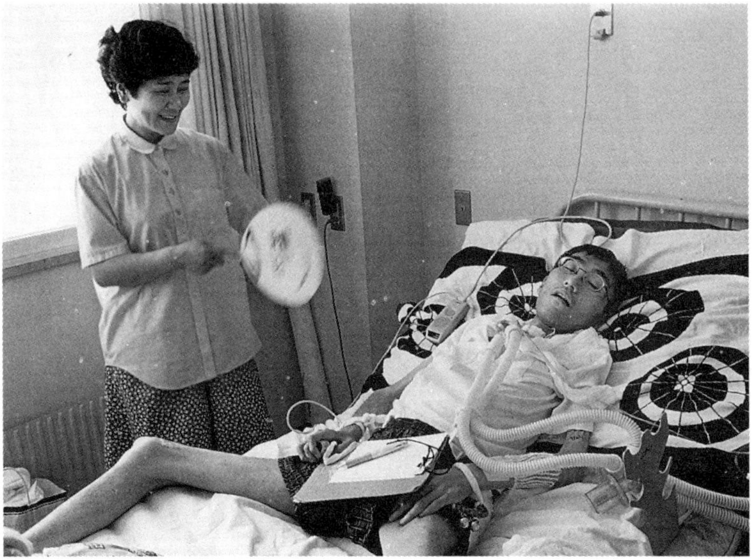

这时，鹿野开始频频写下"想回家"的字样。

医生和护士都表示好奇："咦，要怎么回去呢？""为什么想回去呢？"可在鹿野看来，他们说的这些话反而更奇怪。

"你们下班后不也会回家吗？所以我也要回家！"鹿野写道。

循环内科的医生兼鹿野的主治医生铃木瞳并没有把鹿野"想回家"的念头当回事。比起鹿野真正的想法，医生觉得这更像抱怨或不满。

她与鹿野已经认识了两年以上。

在铃木医生的眼中，鹿野是一名"权利意识特别强的患者"。他不仅没有重症患者常有的心灰意冷、自暴自弃的态度，关于自己的症状和医生的处理，还经常打破砂锅问到底。

印象最深的是一年前发生的一件事。

因为医院半夜注射利尿剂，鹿野闹别扭要从医院溜出去，引发了一场骚乱。心功能不全时，由于心脏泵血不足，身体容易积水，早晨常常出现病情恶化、呼吸停止的情况，因此必须隔一段时间就注射利尿剂，把多余的水分排出体外。

对此，鹿野反驳道："白天打利尿剂我能理解，可晚上注射的话，我会睡不着觉，我一睡不着觉，志愿者也跟着睡不着。你们这样做的根据是什么？快把医生、护士长叫过来。"铃木认为比起能否睡着，保命才是优先，可鹿野对模棱两可的解释十分窝火，一直嚷着"要回去"，不肯听劝。

鹿野经常这样干。

一次,因为偶然在医院碰到的护士很像国立疗养所八云医院的"坏护士"，鹿野就离开了医院。眼看着鹿野的眼睛越瞪越凶，脸色逐渐变化，陪同的光枝也无力阻止。

鹿野对ICU（重病监护室）的恐惧也强于常人。因为在八云医院的时候，他亲身了解到进ICU的朋友都危在旦夕。鹿野大喊道："进了这个房间就会死掉！"所以他拼命拒绝进ICU。

然后，在利尿剂风波的几天后，铃木收到了鹿野的道歉信。

（前略）前几天不仅给您添了麻烦，还引发了骚动，对此我表示深深的歉意。如果一开始就讲明我讨厌住院并且有焦虑症的话，就不会出这档子事了。

小学六年级第三学期到初中三年级的三年间，我一直在国立八云医院住院。里面住有一百多个身患肌营养不良的儿童。病情恶化迅速的孩子相继去世，我许多朋友都希望死在家里，因为从没吃过外卖，他们说死前想吃一次，于是死前都瞒着女护士偷偷去吃外卖。

善解人意的女护士倒是睁一只眼闭一只眼，可更多的还是不懂通融的女护士。

我总是在心底呐喊：我们不是小白鼠，是人类。也许医疗有时就得抛弃情感，也许这是医学的哲学，但有的医生不把患者当人，而是当物品来治疗。也因为这些缘故，我很讨厌医生与女护士。当然，铃木医生并非如此……

不过，这次我希望您能说清楚一些（很抱歉我无理取闹）。

回家后我的胃口也好了点，体重增加了1公斤。现在我可能又要去医院麻烦您了。请代我向护士长等人问好。

鹿野靖明
致铃木医生

此时，铃木才头一次知道鹿野的详细"经历"。

读完道歉信后,铃木只觉得"是医院说得不够明白,对不住鹿野"。

后来,鹿野每次住院时,铃木作为主治医生都尽可能地听取他的意见,在力所能及的范围内相互协调。

然而,在铃木看来,鹿野"想回家"的抱怨不可能轻易实现。原因有两个。

一是在当时的北海道勤医协医院,没有一例人工呼吸机患者出院的案例。还有"医疗护理"吸痰的问题,采取急救措施时,离不开整家医院的支援体制。何况,即使成功出院,像鹿野这种诸事都需要护理的患者,重压会全堆在母亲光枝的身上。铃木已目睹过状况悲惨的患者。

另一个原因是鹿野患有"扩张型心肌病"这种复杂的疾病。

医院经常通过生命体征(体温、血压、呼吸、脉搏)与尿液来计算心脏的负荷,并对药量做出相应的调整。另外还有管理呼吸机、更换导管、调整气囊等,鹿野时刻需要这些细微的护理。以医生的判断,他们绝不会容许鹿野在家生活,把这些事交给外行人处理。

况且,鹿野的心脏还能撑多久呢——当时,铃木认为鹿野的余寿顶多一两年。

4

在住院部里,鹿野是个"古怪的患者"。

熄灯时间是晚上 9 点,唯独鹿野的病房直到半夜依然灯火通明。鹿野的失眠症在住院后仍没有改善。

深夜的病房十分安静，轻微的声响都显得格外响亮。

一天，隔壁病房的患者生气地抱怨"太吵了"。尽管护士在走廊控制住了情况，但鹿野病房里传出的说话声与响声才是真正原因。

负责陪夜的国吉智宏慌忙冲出病房，向火冒三丈的患者低头道歉，总算平息了事件。国吉劝道："鹿野先生，你得早点睡才行！"鹿野却不服气地瞪圆了眼睛。

铃木医生对鹿野的失眠继续采取宽容的态度。睡不着也没办法，对于无法翻身、解决方便需求的鹿野，医院方面特别许可他"可以按自己的节奏生活"。然而，在病房里深夜工作的两名护士却怎么都无法包容鹿野。光是吸痰、排泄、体位变更等，鹿野的深夜按铃次数就很多了。而且他迟迟不睡容易肚子饿，一吃东西，又会分泌出痰，于是按铃的次数更多了。

一次，忍无可忍的护士要求鹿野提交一天的生活计划表，比如几点起床、几点睡觉，不做好日程表，她们就无法确定看护计划。在国吉看来，这个要求非常合理。

8/1（周二）国吉

鹿野先生昨晚一直睡不着，凌晨2点都还醒着。我已经困得不行了，于是和他商量以后能不能早点睡。

结果，第二天早上女护士就要求他提交一天的时间安排表。看来护士的耐心也到了极限啊。

表面说是配合鹿野先生的日程表，可真心话恐怕是"给我早睡早起"吧。虽然鹿野先生心不甘情不愿，但我个人非常赞成，还能重新审视自己的生活风气。希望我下次过来时，他能养成早睡早起的习惯……

可能很少有什么病像失眠症一样难以被人理解。

能轻松入眠的人根本不理解"睡不着"的苦恼。

国吉并非不明白鹿野失眠的原因，可深夜被铃铛叫醒并且"做这做那"时，理性无法抑制的怒火自然会喷涌而出。

当时，除了研究生的课程，国吉还要在便利店兼职，对他而言，陪护的夜晚通宵失眠是件很痛苦的事。而且刚开始的时候，一名看护就得从傍晚6点照顾到次日上午10点（有时是11点），实际上是15小时以上的超负荷工作。

国吉觉得："'正常化'并不是随心所欲。毕竟健全者也有许多不如意的事情。何况在医院这种共同生活的地方，不称心才是正常。"

可鹿野极度讨厌被医院这样管理。

他生气地说："小国，你是女护士那边的人吗？"然后把国吉做的笔记撕得粉碎。

鹿野是这样认为的：护士一看就知道很忙，她们也是人。自然有不开心的时候，如果呼叫次数太多，她们觉得不耐烦也是情有可原。可患者同样是人。大家各有苦衷。他并不希望护士把大家统统当作"患者"对待。应该承认每个患者的不同。

鹿野也明白，负责陪夜的志愿者非常辛苦。

所以他经常叫护士给自己"注射睡眠导入剂"。可这样的要求也令护士们不知所措。而且在失眠的夜晚，鹿野有时会心血来潮，向护士追问自己的症状和服用的药物。

"古怪的患者……"

当时在护士之间已然形成了远远围观鹿野的氛围。

况且每天都有志愿者耐心地来病房换班，还有人陪夜，这放在其他患者身上根本无法想象。

"为什么那个任性的鹿野身边……"

尽管没有说出口,可护士站充满了这样的疑惑。

有一次,俵山政人被一名护士叫到等候室问话。

"鹿野先生是个什么样的人?""他以前就失眠吗?""为什么鹿野先生身边会有这么多志愿者?"

于是俵山把从鹿野那里听来的八云医院的故事、离开设施后开始自立生活的故事、自己看到传单后开始做志愿者的事情都一五一十地告诉了护士。

不过,有件事俵山特别在意。

"与其问我,直接问鹿野先生本人不是更好吗?"

俵山问完,护士沉默了片刻,回答道:"是啊,你说得没错。"

铃木千鹤是鹿野所在的5楼病房的主任护士,从这时起,她开始经常在病房里同鹿野聊天。因为年轻护士常找她商量鹿野的事情。鹿野的许多提问只有医生才答得上来,包括睡眠导入剂的问题,而且年轻护士也不知如何应对他"想回家"的念头。

"为什么想回家呢?"

铃木主任再次问鹿野,他在笔记中这样写道:

"多年来,我一直参与残障者运动,即不管有什么残障,也能在社区理直气壮地生活。就算需要医疗上的支援,我的想法也不曾改变。

居家的确和住院不同,也需要承担风险。但是,究竟是在医院生活,还是在社区生活,选择权应该由本人掌握才是。为了创造出'戴着人工呼吸机也能在社区正常生活'的社会,我要努力才行。"

有件事情给铃木主任留下了极深的印象。

一次，鹿野写道："今后我就这样数着天花板的小孔数量，逐渐走向死亡吗？"病房的天花板是常见的白色板材，上面有许多小孔，与鹿野度过了少年时期的国立疗养所八云医院的天花板一模一样。

"待在这里，我会死。"

"我想回家。"

铃木主任开始觉得，鹿野的想法也情有可原。

生活各方面都离不开他人的护理，究竟是什么样的感受？他是否时刻被迫站在悬崖边上？或许正因如此，他才一直认真地活着，努力诉说自己的事情——

铃木主任疑惑：难道出院真的不可行吗？

然而，光凭一名护士的力量还做不了什么，必须有医院内部的通力协作，还得确定每位志愿者支援鹿野的决心。

所幸的是，其他护士也开始在会议上发出"鹿野先生一直说想回家""能想办法让他回家吗？"的声音。

主治医生铃木瞳认为：假如吸痰等人工呼吸机的管理工作、心脏管理工作能落实到位，出院也并非不可能。

他们建立了包含医生、护士、办事员、社工在内的项目团队，与管理部门召开会议，商讨如何应对紧急状况。

"既然你如此坚持，那就出院一周或是十天吧。不行的话，大不了再回医院嘛"——就这样，铃木医生有了尝试挑战的念头。而且考虑到鹿野的心脏状态，她也觉得"现在不回何时回"。

5

日落时间提前,季节进入秋天。一直进出同一间病房,自然便清楚季节的变化。

馆野知己在逐渐变冷的札幌街上开着车,突然感到一阵疲惫。随着住院时间拉长,他必须承认有股倦怠之气开始弥漫在自己和志愿者之间。

"两班轮流制"快撑不住24小时的护理了。馆野印好传单后,经常同俵山等志愿者去大学分发。因此从8月开始,新的志愿者慢慢变多了。

但是,俵山也有大学考试,考试期向鹿野请假时,鹿野却说:"阿俵,你完全不懂事情的严重性啊。"这令俵山十分恼火。住院没多久的时候,俵山还有"搞不好今天是最后一天"的紧迫感支撑他,但两三个月过后,绷紧的情绪也开始松弛下来。

此时,勉强支撑着志愿者情绪的是纯粹的"义务感",即"如果自己不来,鹿野会很困扰"。

陪夜确实辛苦。馆野也在深夜里被铃铛声叫醒过无数次,还忍不住揍过鹿野。连认识鹿野多年的自己都是这样,年轻志愿者觉得受够了也在情理之中。

但馆野也再次认识到了鹿野的"倔强",不管发生什么,他都坚持诉说自己的迫切需求。当馆野把这种感受告诉他后,他挂着鼻涕说道:

"那还用说!我跟鳖一样倔强。否则要怎么活下去。但是,我不可能一辈子都住在医院里。那样太难熬了。我失去精力的时候,也代表死到临头了吧。"

"这个人真是的,占领得越多,就越是倔强。"想到这里,馆野露出了苦笑。

连最能忍的高桥雅之也经常发飙。当动辄为一点小事而烦躁的鹿野大吼"滚蛋!""别来了!"时,他都心想:"可以不用来啦?太好喽。"尽管一半是玩笑,但另一半却是真心的。

9/10(周日)鹿野

今天为什么会对高喵(高桥)发火呢?因为我说喉咙痛,他却回答:"这点小痛忍忍便是!"我一下就怒了。

人工呼吸机的导管真的压得有点痛。

是我不懂体谅他人的痛苦。高喵,对不起。

高桥患有"脑下垂体肿瘤"的老毛病。虽然是良性肿瘤,既不会转移也不会危及性命,但必须动手术切除隔几年就会长大的肿瘤。从这时起,高桥的视野变暗了,渐渐感觉很难看清东西。这正是肿瘤再次长大并压迫到视觉神经的证据(当年11月30日住院)。

鹿野住院期间,有一名志愿者发生了摩托车事故。馆野也因私人事情受伤,脑袋缝了八针。护理人员接连倒下实在讽刺。

其实站在鹿野的立场,志愿者也出过不少差错,比如绊断了插在电视机上的耳机,弄碎了盘子、杯子,随便吃掉鹿野喜欢的食物……而且,也不知志愿者懂不懂鹿野的焦虑,居然有人在病房里悠闲地看漫画。有一位志愿者发现了这种情况,在《看护笔记》上写道:"当鹿野开始焦躁时,千万不要看漫画。"

这是病人与常人间的决定性差异,而"善意"与"同情"无法填补其间的沟壑。

下面的文章并非出自《看护笔记》,而是国吉给我的私人日记。那恐怕是当时志愿者的共同感受吧。

8/12(周六)

我好像又在《看护笔记》里写了不好的东西。可鹿野先生顽固地拒绝"早睡早起",这让我实在无法接受。所有人都只在心里抱怨,而嘴上不谈吗?好不容易燃起了火苗啊。哪怕只有自己一个人站出来,也应该坦白直言。可是大家相互耍性子。

8/16(周三)

陪夜果然辛苦。1个月的话还好,可长此以往,光是去护理就觉得十分煎熬。

鹿野先生倒是一如既往。他曾生气地说我们不懂别人的痛苦,其实他也不明白我们心里的苦处吧。把他人的痛苦当成自己的事,这真的可能吗?

10/13(周五)

我问鹿野先生能不能改成三班轮流制,结果他突然呼吸加速,我还是别刺激他了。

10/29(周日)

鹿野先生在医院里给我讲了一件很严肃的事,说自己命不久矣。当时我还觉得以后要加把劲,为他做力所能及的事,可一到半夜的换边地狱,这些天真的想法便烟消云散。总之,我能做的只有像往常那样面对鹿野先生,他应该也考虑过自己的结局。这就是现实啊。

11/4（周六）

鹿野先生彻夜未眠，我也只睡了一小会儿。回家后，我一直睡到兼职时间才醒。

不过，对鹿野感到窝火的同时，国吉也在反思自己。

半夜被叫醒时，自己会心情不爽，对鹿野不理不睬。鹿野越是诉说难处，自己越容易解读成"唉，他又想这样拉同情了"。

国吉发觉了自己的冷漠与软弱，并试图克服它们。对国吉来说，这样的经验前所未有。

所有人都走在摇摇欲坠的钢丝上，何时爆发都不奇怪。

但也有不少重要的分水岭因素使爆发得以避免。

一个是鹿野的母亲——光枝的态度，她每天都来病房，时刻关注着鹿野与志愿者的关系。即便二者间充满了剑拔弩张的气氛，她也从不因"可怜儿子"而站在鹿野身边。比如国吉在《看护笔记》里写了批评鹿野的文章。看完文章的鹿野则气冲冲地写下了反驳，光枝却把它撕掉了，绝不让国吉和志愿者们看到。

光枝反而训斥儿子："别因为自己是病人就撒娇。"

鹿野或许挺难受的，光枝对亲人总是很严厉，在志愿者面前，则是位举止开朗的"贴心人"。

鹿野住院期间，光枝因过度劳累病倒了两次。每到这时，志愿者间都弥漫着一股"必须想办法让阿姨好好休息"的氛围。国吉是其中想法最强烈的一人，高中时他的母亲死于白血病，他是最尊敬光枝的志愿者。无论是馆野还是俵山，"为阿姨着想"的念头一点也不亚于"为鹿野着想"的念头。

另一个因素是志愿者之间产生了一股奇妙的团结感，尽管他们的护理日期不同、未曾谋面。馆野随意发起的《看护笔记》变得越来越像《交流笔记》，扮演了不可或缺的重要角色。

志愿者进行护理时，会与鹿野结成一对一的关系。但是通过笔记，大家得以熟悉彼此，由此建立了牵绊。即使无法当面交流，大家也直面着相同的问题，并试图克服问题。

用小事来举例，假如有一位志愿者写自己在收集罐装咖啡的抽奖贴纸，大概所有人会一起帮忙收集，此外，馆野、高桥等男同胞间悄悄流行的"今日女护士鉴赏"也是其中之一。

8/10（周四）馆野

鹿野先生连续多日都疼痛不已，又是这里痛，又是那里痛，今晚却热火朝天地讨论黄色话题："哪位女护士更好看……"

小生指出："最近，那里是不是变大了？"尊师（鹿野）曰："不，我说的不是这个问题，是精神方面的。"不过，他还是列出了两位心仪护士的名字，露出了开心的表情。顺便一提，其中一位我也挺中意的，期待小高的闪光灯出击（虽然晚了，但谢谢小高的照片）。

如果全是严肃认真的内容，恐怕《看护笔记》转眼就会夭折，但馆野幽默的笔触贯穿整本笔记，拯救了所有人。

当时，大家对鹿野的"称呼"千奇百怪。既有"尊师"，也有"猫崽""鹿喵"等，志愿者都用自己喜欢的称呼，半开玩笑地代指鹿野。

一次，听见鹿野喃喃说："现在的我简直像被锁链捆住的狗。"有志愿者便打趣道："那就不是鹿喵了，是鹿汪呢。"写进《看护笔记》后，鹿野在笔记里的称呼从此变成了"鹿汪"。

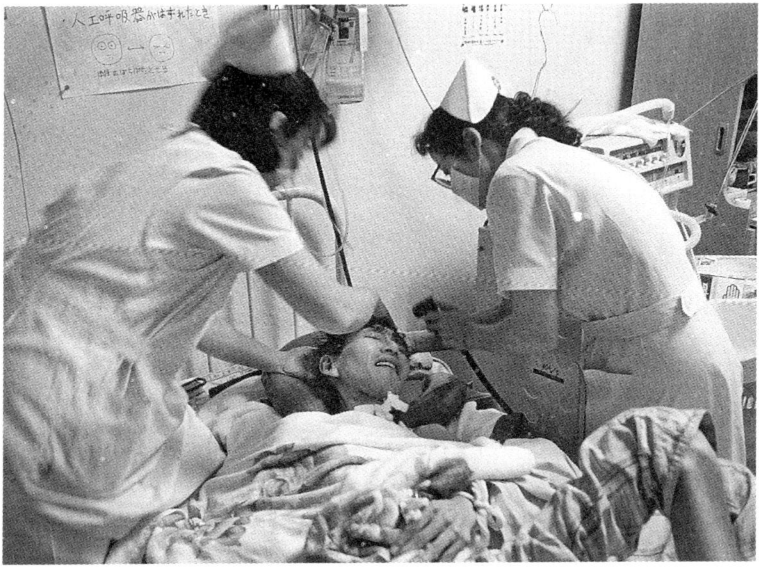
人工呼吸器がはずれたとき

8/8（周二）馆野

话说，按摩师林师傅的技术真厉害。按摩时，鹿汪痛起来的样子特别有趣，林师傅过来的时候，大家可以多多留意。

面对佩戴人工呼吸机的人，"鹿汪"这个绰号通常难以启齿。但鹿野是个神奇的人，能把这当作玩笑来包容。玩笑就是用幽默把艰难的现实裹起来，防止它变成大爆发的风洞。

馆野与土屋明美在鹿野住院的第二年开始交往，还定下了婚事，但长久以来，两人因为护理日期不同一次都没见过面。可他们依然通过笔记认识了对方，把奇妙的关系维持了很长一段时间。

不过，最大的因素还是大家拥有共同的终极目标——"出院"。

起初，所有人都对"能否出院"持半信半疑的态度。在当时，佩戴人工呼吸机的自立生活是任何人都想不到的尝试。何况，由外行的志愿者来进行吸痰，这真的可能吗——

但鹿野相信"能做到"，不听劝，坚持"要回家"——他的想法撼动了现实。鹿野的任性不仅让医生和护士疑惑，更令志愿者感到为难，可推动一切的似乎就是这种任性。

6

11月11日，勤医协札幌西区医院的会议室里，召开了关于鹿野出院的"人工呼吸机学习会"。

由医院进行的医疗护理,今后必须由鹿野本人和志愿者负责。因此,本次学习会的关键人物是5楼病房的主任护士铃木千鹤。

鹿野刚住院的时候,志愿者有10人左右,而此时增加到了23人。

面对会议室里神色严肃的志愿者,铃木主任说道:

"首先,你们要深刻认识到:鹿野先生的性命就在自己手中。"

学习会围绕40多页的提纲展开,从说明鹿野的心肺病情、脏器的生理解剖开始,到吸痰、换纱布、换气、清洗吸痰瓶的实践指导,再到如何应对紧急情况等。12月9日,医疗器械公司的负责人还讲解了呼吸机的构造与管理方法。

其他住院部的护士也参加了本次学习,以便鹿野被紧急送进医院时,所有护士都能应对。学习结束后,还举办了志愿者与护士的交流会。不知从什么时候起,二者间产生了奇妙的团结感。

让外行的志愿者学习"医疗行为"吸痰,对勤医协医院来说,也是一场巨大的赌博。院方与鹿野签订了协议:即使发生意外,也不会追究医院的责任。

可在此之前,铃木医生对鹿野说明了一件更为严峻的事情。

10/25(周三)馆野
24号,我们得知鹿汪的性命只剩一两年了。

选择突然摆在了他的面前:到底是冒险在家生活,还是在医院过完一生(尽管我无法想象……)。

他个人愿意承担风险在家生活,但也说"我还没做好心理准备"。

听到"自己的心脏顶多只能撑上一两年",鹿野受到了沉重的打击。不过,他振作得也比往常更快。

没时间消沉了。为做好出院准备，铃木医生教了鹿野许多东西，比如怎么保养心脏、所服药物的知识、人工呼吸机的构造、紧急处理方式等。而且今后他还得自己办"培训"，培养新的志愿者。不去依靠任何人。不过，这也是只有他自己才能做到的巨大挑战。

也有一些走运的事情。1990年建立了居家患者可用健康保险租借呼吸机的制度，而鹿野住院的前一年，健康保险的医疗费补贴大幅度增长，所以租借的时候自己几乎不用花钱。另外，若换成家用呼吸机，身体需要习惯一段时间，而且该制度有个缺陷：只有在家使用呼吸机，补贴才能批准下来。不过，机器也有医疗公司无偿赞助，没有花一分钱。

札幌开始下雪时，志愿者把名牌佩戴在胸前，在护士的指导下，每天在病房里练习吸痰。

时隔半年，鹿野的回家之日终于屈指可数。

12/10（周日）百岛

鹿野先生一听到"还有一周"，就笑开了花。现在他最喜欢的词大概是"一周"吧。

事后，国吉回顾这段住院生活时，在《看护笔记》上写道："如果没有这里的经历，我恐怕比现在更加懦弱，是个不顾他人感受的自私鬼。"

即使经常同鹿野争执，国吉依然把志愿者坚持到了1997年，对鹿野来说，国吉也是一名令他印象极深的志愿者。NHK的工作定下来后，在国吉来鹿野家的最后一天，鹿野给他写了这样一封信：

致小国

这次轮到你去跟年轻人打交道,向大家传播自己的声音了。刚开始可能会遇到瓶颈,还请找到属于自己的沟通方式,通过媒体工作向社会揭示各种各样的问题。听说媒体界的思维也很古板,在里面很难提出自己的想法。你一定要坚持战斗,直到自己满意为止。

在这里的两年半时间,你应该也收获了许多校园里体验不到的东西吧?

请和喜欢自己的女性结婚(爱人固然重要,但被爱也是一样……好像是这么回事)。

我想咱们还会再见的,两年半的时间留下了许多回忆,在我交往至今的人里面,你大概可以排进前十了。谢谢你给了我这么多回忆。

那就暂时再见啦!

国吉加油!

鹿哔

不过,说起国吉,住院时他与鹿野发生过一段插曲——"香蕉事件"。聊起住院时光的时候,这段著名插曲也经常成为志愿者之间的"谈资"。第一次见面时,国吉就给我讲了这起"香蕉事件"。

一次,鹿野三更半夜把国吉叫醒,说要吃香蕉,国吉特别恼火,可听到鹿野喊"小国,再来一根!"的瞬间,他的怒火莫名熄灭了,突然觉得"干脆什么都听这个人的吧"。

尽管不记得确切的时间,但根据记忆中的病房氛围,国吉推测事件发生在勤医协中央医院里,当时鹿野为做气管切开手术而转院了。

然而,翻阅国吉给我的私人日记就会发现,即使在回到札幌西区医院后,他与鹿野的争执以及内心的纠结依然没有停止。结果,我都怀疑这段插曲是不是国吉以现实事件为原型,在潜意识里创作出来的虚构故事(这并不影响它是住院期的代表性励志虚构情节)。

某一天、某一瞬间,人们突然开始相互理解了——这样的情况恐怕并不多见。在反反复复的争执与和解中,回头一看,发现彼此不知在何时变得惺惺相惜了——这才是现实吧;无论对象是志愿者,还是医院。

大概真正的"正常化"便是如此。

在鹿野住院时提供支持的志愿者们,许多人后来都受到了鹿野的影响。

有人从北大工学部毕业后重新考入弘前大学的医学部,有人从北大法学部毕业后重新考入日本福祉大学,另外,馆野从北大医学部毕业后,就职于鹿野住过的勤医协医院,现在是这里的医生。土屋明美后来也辞掉了办公室白领的工作,开始上培养针灸师的职业学校,俵山政人从北大文学部毕业后,成了神奈川县智力残障者设施的职工。

当然,这不过是肉眼可见的一小部分而已。

12/17(周一)国吉

鹿野先生的住院生活终于要结束了。

无论是鹿野先生、阿姨还是身边的志愿者,大家都太棒了。

曾以为前途未卜的护理体制也得到了新来志愿者的支持,不如说通过这次住院,我感觉护理体制变得更为完善,比以前有所进步。医院的体制似乎也在不断改进……

不过,真的发生了好多事啊。

夏去秋来,接着又是冬天。如今回头一看,发现时间其实不长,但鹿野先生以及与他密切接触的人恐怕觉得挺漫长吧。

明天可算要出院了。而且是个良辰吉日。保佑鹿野先生的居家生活能一帆风顺……我现在的心情仿佛即将往轨道上发射卫星一样。倒计时已经开始了。

7

12月18日。鹿野时隔半年回到了自己的家。

可能因为紧张,出院前一天他烧到了37.4℃。尽管让众人操心了一把,但当天还是在许多护士的目送下,他热泪盈眶地离开了医院。

为了方便鹿野回来,出院后的一周里,铃木医生一直留着他的床位。不过,一个月过去、一年过去,鹿野也没有回到医院。

五年过去了,鹿野比住院的时候更有精神,再也没出现过肺炎和心功能不全的状况,继续和志愿者们过着自立的生活。要是当初一直待在医院,或许会跟铃木说的一样"顶多只能撑一两年"。

鹿野也变得更强大了。他之所以开始自立生活,原本是受到了美国"自立生活运动"的影响,但通过这次的住院生活,他初次把外部的运动转化为自身的运动,并令其开花结果。年轻时一直感叹"我成不了小山内和我妻那样的英雄……"的鹿野,经过此次住院,也许终于找到了实现自我的方法。

从此,"与志愿者一起生活""尽可能地多活一天"成了只有鹿野才能做到的"运动"与"工作"。

第五章

人工呼吸机与我合而为一

肌营养不良治疗与人工呼吸疗法的最前线

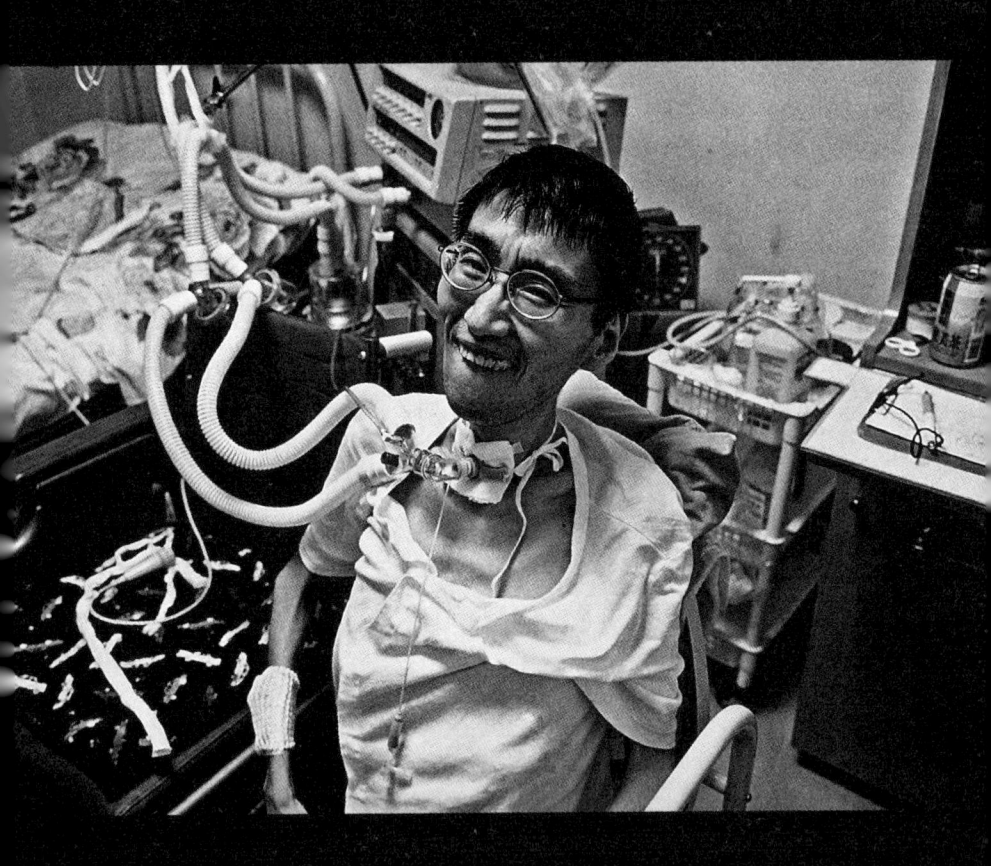

对我来说，人工呼吸机不是机器，而是身体的一部分。我根本没把呼吸机当作机器。

呼吸机使用者与呼吸机也讲究合拍与否。虽然血药浓度等科学数值正常，但我以前的呼吸机有时用着就很难受。换成现在的机器后，不仅有了食欲，体重也在一年内增加了10公斤。恐怕是无形的呼气波形或呼吸模式有什么差异吧。而且使用时，我可以调节气囊和换气量，在吃饭以外的时间说话。起初，我一说话就冒痰，感觉很不舒服，但后来我根据身体状况，慢慢延长了说话的时间。现在，说话对肺部的恢复有所帮助，我的肺活量比出院时更大，自主呼吸的时间也变长了。

（摘自第4次北海道居家人工呼吸研讨会中发表的原稿）

1

我觉得哪天一定要去趟八云。

八云是鹿野度过了少年时代的"心理阴影"之地。这里有"国立医疗机构八云医院",即曾经的国立疗养所八云医院,如今也有许多肌营养不良的患者在此过着疗养生活。

既为了探寻鹿野的根源,也为了了解"现代肌营养不良治疗"的前线状况,我想抽个时间好好探访这里。

季节即将入秋。

阴云密布的天空落着小雨,我与同行的编辑驱车沿着国道5号向南前行。从札幌到八云,路程约4个小时。

北海道八云町,位于函馆市与室兰市中间的这座城市,是日本唯一一座同时面朝太平洋与日本海的城市,牧歌般的恬静风景四处可见。主要产业为农业和渔业。乳畜业有道南第一的美名。此外,作为贝类的养殖基地,它也曾有过产量全国第一的时代。

城镇人口约1万8千人,几千人规模的村镇在北海道占了一大半,因此这里绝不算什么小城。国道两侧建有大型超市和建材超市,去涵馆方向时,我也经常顺路逛逛。

不过,对游客而言,这里可能没什么吸引力。介绍北海道的旅游杂志也鲜少提及这里。由于工作关系，我经常在北海道各地奔波取材，但这天也是第一次顺着国道进城。

JR八云站前的交叉路口停着几辆出租车，正悠闲地等待寥寥无几的客人。听说八云医院就在西南方向，可车站周边的小巷错综复杂，我们来来回回地寻找着目的地。

据《八云町史》记载，1878年（明治11年），作为德川御三家之一的尾张德川家藩主——德川庆胜为了保护在明治维新中被削减家禄的家臣，在当时名叫"游乐部"的原野上挥下了开拓的铁锹，八云町由此而来。

后来，随着1943年陆军航空队机场的建成，次年，旧德川农场庭院遗迹上建起了"陆军航空部队医院"。它便是现在的八云医院的前身。战后一再改名，如"国立札幌医院八云分院""国立八云医院"。作为地方的主要医院，它也是肺结核患者的疗养所。

八云医院被指定为肌营养不良患者的住院部，是在1964年，并且两年后还修建了重症身心残障儿童（者）的住院部，一直沿用到今天。

"被送进八云的时候，我整个人都吓傻了。黑黢黢的建筑物让人以为是鬼屋。"

虽然鹿野的往事已先入为主，可抵达医院时，只见白色的建筑物分布在宽阔的医院内，感觉像干净清洁的研究设施。

向接待处提出申请后，小儿科主任石川悠加医生随即从楼上下来了。在参观肌营养不良的住院部之前，我们决定先访问医务室。

石川从札幌医科大学毕业后，在美国杜兰大学医学部当过小儿科研究员，1990年就职于八云医院。关于神经肌肉病，新泽西医科和牙科大学的约翰·R.巴克教授（John R. Bach）是肺康复的世界权威，而石川与之往来密切，在这一领域是名副其实的活跃新人。

不过，石川的性格十分实诚，听到我说"鬼屋"也没有露出不悦的表情，而是笑着回应："院长很早以前就在这里了，听说从前地上铺的都是木条踏板，冬天的时候，雪花会从屋顶的缝隙落进来，堆出积雪，是座非常破烂的建筑物呢。"

鹿野在八云的时候，不巧碰上了重建的尴尬期。翻阅八云医院的《创立50周年纪念刊》也会发现，这里几年前才开始新建与改建，破旧的建筑是一点点消失的。但站在鹿野的角度，恐怕这不是一句"运气差"就能概括的吧。

话说回来，肌营养不良住院部开始在日本各地建立，是在1964年。当时的厚劳省发表了《进行性肌肉萎缩症对策纲要》，为实现研究与治疗的一体化，首先在宫城县和千叶县两地建立了肌营养不良住院部。同年，北海道（也就是八云）、广岛县、大阪府、德岛县等六个地方被指名建立（后来，全国建起了27栋肌营养不良住院部[①]）。

就跟八云一样，许多肌营养不良住院部都是用以前的肺结核疗养所直接充当。关于这一背景，长期任职国立医疗机构南九州医院的院长，同时也是国家肌营养不良研究会会长兼疑难杂症对策委员会委员的福永秀敏，在著作中如此写道：

发起的原因尽管众说纷纭，但可以认为是患者团体"肌营养不良协会"的热情，与肺结核患者减少后国家医疗政策的定位达成了一致。谈及肌营养不良住院部的发起，听说有不少知识分子因担忧心理方面的问题（住院期间必须看着身边的同胞接连死亡）而提出反对。不过，每每回忆起在当时的社会形势下，许多肌营养不良的患者的生活状况和住院部设立以来走过的三十五年，我就坚信建立肌营养不良住院部绝没有错。这样的住院部仅日本才有，美国等其他国家从未有过。来访的外国学者纷纷称赞这一系统的优秀。（略）

但是，从最近"想平凡而自由地生活"的正常化思想来看，它存在着诸多限制与问题也是不争的事实。

（摘自《与难病相伴为生》）

把肌营养不良的儿童集中在附带养护学校的医疗机关里，贯彻治疗与教育——考虑到日本1960年代的社会状况，这一系统还是功不可没的。可同时，它又把肌营养不良患者与社会隔离开来，逼迫他们待在一个残酷的环境里。

石川说："在孩子们看来，恐怕有一种被扔在这里的感觉吧。即使在今天，这些负面影响也没有完全消除，只是和过去相比，地方学校对他们更为包容，无论是住院、在家，还是进入特别支援学院，选择的范围变大了，可以考虑病情的发展和家庭环境。只要不是病情严重或家人放弃治疗，现在更建议尽量在家休养，然后定期来这里做疾病检查。"

不过，现在与鹿野那时相比，不仅设施和念书的情况不同了，还有一个更为重要的区别。

在过去，"杜氏肌营养不良"的患者被认为活不过20岁，如今平均寿命却得到了飞跃性提升。现在在佩戴人工呼吸机的情况下，活过40岁的案例并不罕见。

"如今即使是心肌病相当严重的人，一年就去世一人左右。如此一来，病房的氛围也变得截然不同，感觉大家有了活下去的信心。"

肌营养不良[2]包括"杜氏型""贝克型""埃-德型""福山型"等，

由于遗传、临床上的差异，以病型众多而闻名，但从少年期开始恶化的患者大部分为杜氏型。

肌肉细胞为何会出现问题，长期以来一直是个谜。

不过，1987年人们弄清了引发杜氏肌营养不良的遗传基因。美国研究者路易斯·M.孔克尔（Louis M. Kunkel）发现，当缺失形成肌肉细胞膜的蛋白质之一——"抗肌萎缩蛋白"（Dystrophin）时，肌肉细胞就会出现问题。

鹿野在小学六年级的时候被诊断为杜氏型，医生说"恐怕15岁时无法站立，活不过18岁"。现在鹿野被诊断为"贝克型"，我们也逐渐明白这两种类型是由同种基因的异常所引发的"相同疾病"。

也就是说，因完全缺乏抗肌萎缩蛋白而迅速恶化的是杜氏型，因部分缺乏而缓慢恶化的则是贝克型。

杜氏型患者在10岁左右就无法行走，与之相比，贝克型患者的发展速度和肌肉力量损伤会因人而异。有关于轻度病例的报告称，患者的手脚几乎没出现肌肉力量的损伤，到了中老年因心功能不全而住院时，才发现其实是贝克型肌营养不良。在这层意义上，鹿野算是贝克型的重症病例。

另一方面，分子生物学的进步也揭示了肌营养不良是一种"遗传疾病"的事实。

给抗肌萎缩蛋白编码的遗传信息（抗肌萎缩蛋白基因）位于X染色体上，当基因异常的女性（隐性基因携带者）产下男孩时，男孩有二分之一的概率出现"伴X染色体隐性遗传病"[3]。

今天，遗传咨询和产前检查成为可能，于是产生了一些复杂而微妙的问题。

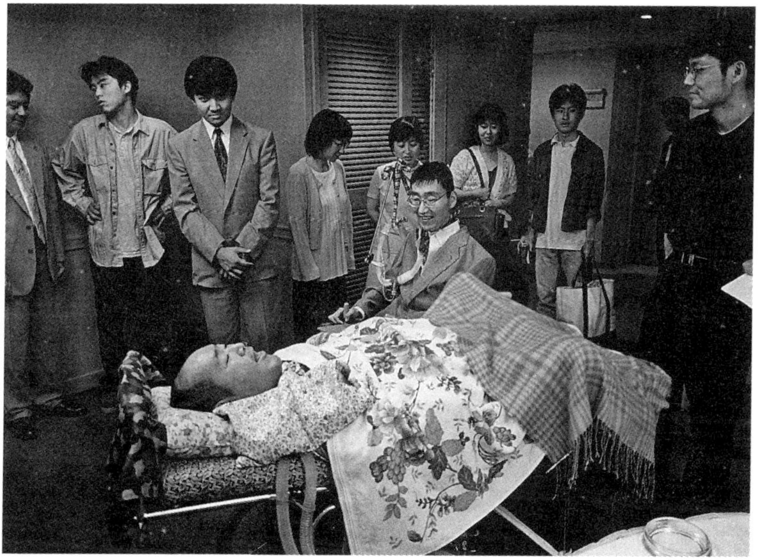

——孩子的母亲会有罪恶感吗？

"这个嘛，我觉得罪恶感会一直在母亲的心里。

交流的时候，她们也常说'变成这样都是我的错'。当然，我们完全没必要去责备母亲，但不知为什么，有挺多人都知道这些事情。有一次，我碰到一个孩子……说'我得这个病是妈妈的问题吧'，母亲听到这句话就哭了。身体不好的时候，人容易控制不住情绪呢。我还见过一个父亲在了解到这些知识后，突然指着妻子大骂'都怪你'……不过，那位父亲一直都是那种态度，孩子也说'我绝对不要变成爸爸这样'。"

——这种时候，医生是如何回应的呢……

"每到这种时候，我都有点无言以对。母亲坚持认为是自己的错，结果失踪不见的例子也挺多。这些案例中，母亲有点轻微的认知障碍，因此失踪的理由也不明不白。这些突然离开的母亲与时刻陪伴孩子的母亲形成了鲜明对比。凡事都存在着两面性啊。"

但必须补充的是，三分之一的杜氏型患者都是因"突然变异"而发病，遗传历史不够明确。而且杜氏型通常只有男孩才会患上，但也有关于女孩患病的病例，未解之谜仍有许多。

此外，病型不同，遗传形式也不同，在其他病型中，有的父母都是隐性基因携带者，发病的时候不分男女[④]。

人类的遗传信息本就庞大，受精后还要进行繁复的 DNA 复制，1 百万到 1 千万次的基因复制中，大约只会出现一次错误。有时，仅仅一个错误就会带来翻天覆地的变化；有时，哪怕缺失几十万的组成单位（核苷酸）也没有任何影响——遗传的原理如今依然谜团重重。考虑到地球上多样的生物原本来自同一位祖先——究竟该把这种变化视为"进化"，还是"多样性"，抑或是"疾病"，都因人而异，解释各有不同。

可无论如何，只要人类还存在，"遗传性疾病"就不会消失。

据说世界各地很早就开始了有关肌营养不良的研究。日本每年也会投入超过2亿日元的研究费用，除了癌症等大众疾病的研究，很少有一种疾病能被投入如此之多的人力、财力。

现在，通过甾体来治疗肌肉无力、运动能力低下的方法已成为国际标准，除此之外，各种治疗药物也正在全世界进行临床实验。最近在日本，神户大学研究利用添加化学合成的基因碎片使杜氏型转变为发展缓慢的贝克型（外显子跳读诱导治疗），并取得了研究成果，引发热议。此外，用到了iPS细胞（诱导性多能干细胞）的再生医疗也饱受大众期待。

在不久的将来，出现根本治疗法似乎也不再是梦。

不过，这一天其实是我第二次见到石川医生。

大约一个月前，札幌举办了人工呼吸机的研究会——"第4次北海道居家人工呼吸机研究会"（2000年8月20日），会议为小组讨论的形式，鹿野从患者的角度进行了发言。

石川为此次研究会的负责人，我前一天便在札幌见到了她，听她聊起了研究会的主题和居家人工呼吸疗法的现状。

今天，人工呼吸机的进步使众多患者的长期生存成为可能。

肌营养不良尚未发现根治方法，可患者的平均寿命能得到飞跃性提升，很大一部分也归功于这些医疗器械。因为在过去，肌营养不良的死因有八成是呼吸肌无力导致的"呼吸功能不全"。

除了肌营养不良，人工呼吸机也在许多其他疾病、障碍中发挥了强大的续命效果，如脑性麻痹、脑血管障碍、小儿麻痹症等，此外还有任何人都可能患上的肌萎缩侧索硬化症、多发性硬化症、脊髓小脑变性症等神经类疑难杂病，以及车祸损伤脊髓引发的呼吸麻痹等。

目前，石川正带头推进新的人工呼吸疗法"NPPV[⑤]"（无创正压通气）。这在当天的研究会上也是个重要主题。

此前说到人工呼吸机，标准方法都是做气管切开手术后安装气切套管，但NPPV的特征是无须手术，直接使用脱戴式鼻罩或鼻面罩。

与气管切开相比，它不仅能减少患者的焦虑和抵触感，对说话、进食的限制也不多，此外，还能大大减轻以吸痰为代表的护理负担。

"采用NPPV疗法时，大多情况下可以只靠家属的护理，如今它在欧美、新兴国家也成了人工呼吸疗法的主流。尽管排痰讲究特殊的窍门与技巧，但只要掌握方法，它比气管切开疗法更容易出院回家。"

在研究会上，鹿野报告了自己与志愿者的自立生活，就护理保障和上门看护的完善提出了诸多问题。其中，他强调了居家生活的难关——"医疗护理问题"。

今天，呼吸机使存活成为可能。尽管居家条件不够完善，但长期住院的患者会影响医院的营业，因此，让气管切开的患者半强制"出院"的情况在不断增加，这反而成了一个大问题。另外，也有些不用切开气管的患者，因医生缺乏知识、不够熟练以及医疗体制不完善而被切开了气管，这愈发加重了家属的护理负担，也使得社会出现缺少护理人员的情况。

NPPV为这些问题打开了解决之路，受到了众人的瞩目。

"首先要让鼻罩更加普及，对于用鼻罩就足矣的人，必须在二者间划清界限，这一点非常重要。然后，对于必须切开气管的人，得把鹿野先生开辟的道路发扬光大才行。我认为现在很有必要做好这种'交通管理'。"

八云医院有 3 栋供肌营养不良患者疗养的住院部，约有 120 名患者（其中 80 人为杜氏型，40 人为类似疾病）生活在里面，这里的人工呼吸疗法也是以 NPPV 为主。

2

我们参观了三栋住院部中的一栋。

"技术的进步与医疗工作者的努力让延长寿命成为可能。如此一来，剩下的问题就是生活了。在这里，如何才能实现梦想的生活呢……"

住院部的指导主任二川善昭如是说。他负责对患者进行生活指导等。

到了下午 3 点，窗外仍旧阴云密布，以白色为基调的住院部内部却十分明快。病房围绕着中央的护士站分布，分为四人间和重症患者专用的两人间。

从外面可以看到病房的墙壁上贴有明星深田恭子和优香的海报。先前坐着电轮椅四处活动的患者也已经坐在床上，悠闲地度过晚饭前的时光。

我遇到了一名令我印象深刻的患者。

今本岳宪，31 岁（采访时），与我年纪相仿。

4 岁时被诊断为杜氏型的今本已经过了 10 年的床上生活。现在只有指尖能稍微活动。

"以前有过放弃的念头。感觉躺在床上，活着没意思。我曾经真的很绝望。"

佩戴 NPPV 鼻罩的今本，鼻罩下面发出了略微含糊的声音。

肌肉无力每时每刻都在加重。能动的部分慢慢减少，以前做得到的事情也变得无能为力——翻不了书页、连呼叫铃也按不动……如何克服这些"丧失体验"也是肌营养不良医疗现场的一个大课题。

但听说有一天，今本偶然间看到的电视节目深深鼓励了他。那是一部 NHK 的纪录片，描述了轰木敏秀与畠山卓朗的交流，前者是在鹿儿岛县南九州医院住院的杜氏肌营养不良患者，而后者是在横滨康复中心工作的工程师（现为早稻田大学人类科学学术院教授）。

轰木的肌肉无力在不断加重，却毫不气馁，在节目中，他一直向畠山订购适合自己的电脑输入装置和电视遥控器等，且从使用者的角度提出了许多意见，坚持追寻自己的可能性。

"看到这个节目，我觉得自己还用不着放弃。不是还有很多可能性吗？"

轰木于 1998 年逝世，享年 35 岁。我前面引用过南九州医院院长福永秀敏的著作《与难病相伴为生》，该书中也提到了轰木的生活方式⑥。惊叹于轰木的生活方式，并予以他支持的朋友平时称他为"惊木君"。

就像有工程师支持轰木的生活一样，这家医院也有人在大力支持今本，那便是职业治疗师田中荣一。

田中应今本的需求，用支架在他头部固定了一块小型液晶屏幕，制作出了划时代的机器"Switch（打字装置）"，凭右手的一根拇指就能自如控制电脑。医院内部安装了局域网，病人可以在床上连接因特网。今本的世界由此开阔起来。

后来，今本还建了自己的主页，用幽默的文章与照片来记载医院的日常生活。

今本说："假如有人看到主页后能受到鼓舞，我会很开心的。电视给我的影响，也许我现在能提供给他人。"

职业治疗师田中向患者们打招呼，给我详细介绍了自己制作的Switch。

"即使无法避免能力丧失，但只要有剩余能力和一台Switch，便能开阔自己的世界。"

为操控PlayStation*、Game Boy**等复杂游戏机而制作的Switch，把短按与长按的信号长短组合起来，以进行选择与确定，也可以当作呼叫铃来使用。还有能进行电视录像的多功能Switch。

为配合人体剩余功能及手指变形等情况，田中制作出了各种各样的Switch，有的用手指按，有的用下巴按，有的用手指夹……

"人一旦心灰意冷，生活的其他方面也会受到波及，但如果想重新再来，又需要相当的努力。比如给电视录像，其实可以拜托护士，她们应该会帮忙的，可还是想自己来啊。我很重视他们的这些想法，想提供力所能及的支援。"

一般说到职业治疗师，大家想到的都是通过手工、文体活动来帮助患者康复，而田中热情的服务态度十分动人。

据说八云医院里有个住院者的自治会，叫"Harmony（和声）"。

会长泽原晃操控电轮椅来与我交谈。泽原患的不是肌营养不良，而是脊髓性肌肉萎缩症，现年46岁（采访时）。

泽原于1969年住进八云，比鹿野更早。他还隐约记得鹿野的事情。

"过去住院部也没什么交流，虽然还记得他的名字，但好像没怎么

---

* 由索尼互动娱乐创立并开发的电子游戏机。
** 由日本任天堂公司发售的第一代便携式掌上游戏机。

说过话。"

Harmony 改名自以前的"肌营养不良住院部协会（患者协会）"，成立于 1999 年。不仅开展有电脑、美术、业余无线电等协会活动，在决定医院设施的方针时，他们也积极参与各部门的会议——如今的患者自治意识也很高。

过去的肌营养不良住院部感觉就像"儿童住院部"。

恐怕是因为许多杜氏型患者年纪轻轻的就死了吧。

不过，现在住院部的平均年龄超过了 20 岁。可见，有许多人在这里生活了很长的时间。

据泽原称，把会名改成 Harmony 也是不想让自治会被"住院部""患者"等词语的负面印象束缚，出于成员"活得更积极向上""把这里当作自己的生活环境，让它更加丰富多彩"的想法。

指导部的二川主任一直密切地关注着 Harmony 的商议，他说：

"比如说，以前有人告诉我，'患者'这一称呼甚至打碎过他们的梦想。当然，他们现在不介意被外部人员叫'患者'，认为自身也完全不必被这个词困住—— 他们为自己孤独的战斗画下了休止符，努力与疾病、残障共同生存。我们的挑战刚刚开始。"

最近，患者内心的意识也变得愈发强烈，他们想更了解自己的疾病，寻思如何享受与疾病共存的生活。

"最近在自治会的主持下，悠加医生（石川）将以肌营养不良为主题发表讲话。这样的事情以前都没有过。现在大家都变得跃跃欲试。"

在住院部转了一圈后，我们最后参观了附属于医院的北海道八云养护学校。

依然由石川带路，我们进入了有长廊穿过的教学楼内。学生们已回到病房，所以无人的教学楼没有灯光，一片昏暗。石川按下电灯开关后，走廊瞬间灯火通明。

鹿野上学的时候，这所养护学校只有小学和初中。因此，鹿野初中毕业后进入了札幌市内的北海道真驹内养护学校的高中部。但是后来，八云也在1977年开设了高中部。

通往体育馆的长廊上贴满了布告。虽然季节有点不对，但贴着小学低年级学生以"春天"为主题创作的俳句[*]。

"因为是春天，我家的老爹，发酒疯。"

"明明是春天，却要搞学习，考生。"

看着透露出微妙幽默感的俳句，我与石川相视而笑，在不远处望着布告的编辑突然发出了"啊"的叫声。

"……你们看这个！"

走近一看，写有"昭和50年初中部毕业制作"的纸张下面，装饰着七个纸黏土做成的人脸雕像。其中之一贴着"Y. SHIKANO"的名牌。

这无疑是三十年前，鹿野初中毕业时制作的雕像。

随后听校长说，鹿野毕业那年教学楼进行了改建，雕像可能是为改建而制作的纪念品。不过，为什么一直粘贴了三十年呢？校长也疑惑地说："可能是贴的位置刚好合适……"

仔细一看，鹿野制作的雕像长得有点可怕，也分不清男女。但是看长及耳朵的头发，大概是母亲光枝的脸吧……

然而，从中看不出毕业制作的"希望"感。雕像嘴巴半张，面部扭曲，仿佛在呢喃些什么。

我脑海里浮现了以前鹿野写下的关于八云生活的文章。

"……结果，那一年升学的只有我一个。大家就算想升学也没有体

---

[*] 日本的一种古典短诗，由17个日文音组成。

力。一看到当时的毕业照片,我心里就特别难过。我这么说,也是因为大家几乎不在人世了。"

最后,我感觉突然被拉回了三十年前[7][8]。

回去的路上,又下起了雨。

车辆行驶在沿海公路上,当天的事情在我脑海里挥之不去。

淋湿的路面化作黑影,在眼前延绵不断。上午离开札幌时,我还跟编辑说"回去的时候咱们泡个温泉吧",但此刻完全没有这个心情。

在八云的经历对鹿野起到了巨大的反作用,以至于他后来逃离设施和医院,开始过自立生活。他憎恨每天饿肚子的折磨、束缚自己的规则,对医院、医生、护士产生了"我不是小白鼠"的想法。

现在的八云几乎没有了过去的影子。无论是鬼屋,还是朋友的死亡,都消失无踪,再难以见到。这当然是件值得高兴的事情。

然而,时间虽短,我所目击的现实却无比沉重。老实说,我不知该如何描述这种现实。

医学的进步延长了寿命。可这下,患者又不得不面对长期无法动弹的现实。也就是说,摆在面前的是"如何活下去"的沉重问题——不仅是肌营养不良的患者,目前还是个健全者的我也同样面对着这一难题……

雨越下越大,车辆沿着国道 5 号驶向札幌,我们一路沉默寡言。

☺ 作者碎碎念

① 什么是肌营养不良住院部?

本书提及了"肌营养不良住院部"的建立经过,过去全国 27 家国立疗养所都有过肌营养不良住院部,可随着时代的变迁,它们的名称与定位都发生了变化。

首先,日本的国立医院和国立疗养所从 2004 年 4 月开始向"独立行政法人国立医疗机构"过渡,本书中的国立疗养所八云医院也改名为国立医疗机构八云医院。

另外,在施行《残障者自立支援法》的 2006 年之后,"肌营养不良住院部"也改名为提供疗养护理的定点"疗养护理住院部"。

《残障者自立支援法》中的"疗养护理(医疗)"是针对因长期住院而需要医疗护理与日常护理的残障者——即肌营养不良患者、重度身心残障者、肌萎缩侧索硬化症患者等需要人工呼吸机进行呼吸管理的人——的残障福利服务(在 2013 年实施的《残障者综合支援法》中也是一样)。

② 什么是肌营养不良(Muscular Dystrophy)?

肌营养不良的定义是"一种遗传性疾病,主要病变表现为肌纤维的变性、坏死,临床上可观察到进行性的肌无力"。

此外,肌营养不良有超过数十种类型与相似的疾病,包括"杜氏型""贝克型""埃-德型""肢带型""福山型""乌尔里希型""面肩肱型""肌强直型""远端型肌病""眼咽型"等。不仅分类方式多种多样,随着基因研究的进步,疾病类型的概念也在时刻增加与改变。

③ 什么是伴 X 染色体隐性遗传?

无论男女都有 46 条染色体,包括 44 条"常染色体"和 2 条"性染色体"。其中,性染色体又包括"X 染色体"与"Y 染色体"两种,拥有"XY"两条染色体的为男性(继承了母亲的 X 染色体和父亲的 Y 染色体),拥有"XX"的则是女性(继承了母亲的 X 染色体和父亲的 X 染色体)。

伴 X 染色体隐性遗传是一种遗传形式,哪怕有一条 X 染色体异常,只要另一条 X 染色体正常就不会发病。男孩因为只有一条 X 染色体,所以有二分之一的发病概率;女孩有两条 X 染色体,因此不会发病(成为隐性基因携带者)。

④ 肌营养不良的其他遗传形式

杜氏型与贝克型均为"伴 X 染色体隐性遗传",可其他类型多为"常染色体显性遗传"(从父母的其中一方继承异常基因,发病概率为二分之一)或"常染色体隐性遗传"(父母都是隐性基因携带者,各继承一半后会发病),因此发病不分男女,而且很多病例的遗传性并不明显。

⑤ 什么是 NPPV?

以往切开气管的人工呼吸疗法简称为"TPPV(Tracheostomy Positive Pressure Ventilation)",而不切开气管直接使用鼻罩、口鼻罩的人工呼吸疗法称为"NPPV(无创正压通气,Noninvasive Positive Pressure Ventilation)"(不过,欧洲的主流简称为"NIV")。

"无创"是医学术语,意思是不用做手术,NPPV 确实不用把手术刀插入身体。不仅能避免在喉咙开洞的抵触感与风险,表面看上去也跟氧气疗法没什么差别,还能收获同样的效果。此外,患者可以聊天、进食,也不易出现 TPPV 带来的吸痰、缺乏护理人员的问题。对于长期需要人工呼吸的患者来说,NPPV 有着极大的优势。

据石川医生说,在欧美,NPPV 已成为居家人工呼吸的主流疗法,不仅如此,也开始常用于 ICU(重症监护室)等紧急情况中,NPPV 的有效性在逐步得到肯定。2006 年,日本呼吸机学会发表了《NPPV 使用指南》。此外,2010 年 4 月,NPPV 中使用的辅助排痰机(Cough Assist)的医疗保险也获得了批准。对患者来说,他们选择的范围越来越大,既可以是 NPPV,也可以是 TPPV。

・写给想详细了解的读者

『NPPVのすべて これからの人工呼吸』石川悠加編 医学書院 2008 年

『非侵襲的人工呼吸療法ケアマニュアル 神経筋疾患のための』石川悠加編 日本プランニングーセンター 2004 年

『神経筋疾患の評価とマネジメントガイド』ジョン・R・バック著、大澤真木子訳 診断と治療社

1999 年 NPPV 网络支援网站:nppv.org

⑥ 关于轰木敏秀

轰木敏秀逝世于鹿儿岛县南九州医院。2004 年 6 月，支持他的一位志愿者——住在鹿儿岛的作家清水哲男——把他的生平写进了《死亡出院：住院部也有活着的价值与梦想》，由南日本新闻社出版。

就如我遇到了鹿野靖明这位肌营养不良患者，做志愿者的同时把他的生活写成书籍，我们二者也碰巧有着奇妙的相似性与对比性，一边是鹿儿岛，一边是北海道。2005 年 11 月，我被邀请到鹿儿岛，举办了以本书为主题的演讲，并与清水进行交谈。

另外，因为本章的内容，我有幸结识了轰木的主治医生，也就是南九州医院的院长福永秀敏，不仅在疑难杂症的医疗方面，在生活上他也给了我许多启发与鼓励。福永在著作《与难病相伴为生》中写道：

"人死后继续存活的方法，有通过卵细胞或精子等生殖细胞把遗传信息留给子孙后代，或是在人们心中升华为实实在在的信息，他（轰木）可谓是后者的代表。"

我认为写得太对了。

由轰木的生活所散播的种子，在他死后开始生根发芽，不知不觉与许多人产生了联系，不断地影响着他人。

轰木生前建立的主页"活出自我"由福永继承了著作权，不仅得以永久保存下来，还可以在同一网站上阅读轰木生前自费出版的网络版书籍《光彩》。

网址：https://www.normanet.ne.jp/~hatakeyama/nif/todoroki/index.html

⑦ 重访八云医院

为了此次文库版的修订工作，2013 年 3 月，我时隔多年再次来到八云医院。

距离第一次取材已过去 12 年，距离旧版出版后的重访也有 7 年岁月。我与石川悠加医生、职业治疗师田中荣一以及住院者自治会"Harmony"的会长藤泽晃等人久别重逢，了解到期间的动向（我会尽量把最新消息放进本书与"作者碎碎念"里）。

除了以前的住院部指导部主任二川善昭已退休离开，其他醒目的变化则是 2005 年，附属于医院的八云养护学校翻新了。

从此，鹿野那顽强地贴了三十年的"可怕雕像"也消失无踪，我觉得十分惋惜，不过在石川和养护学校的原田稔教务主任的带领下，我刚好看到体育馆里上课的孩子们在玩"电轮椅版棒球"。如今，呼吸康复治疗也在积极推进体育运动，尤其是名叫"曲棍球"的"电轮椅版棒球"在孩子间大受欢迎，学校里还创立了俱乐部。

住院部的IT环境愈发完善，这一天，职业治疗室里有三位坐电轮椅的患者戴着附有话筒的耳机，利用网络电话服务"Skype"与人进行通话。

听田中荣一说，这三人正远程连接东京大学尖端科学技术研究中心的研究室，研究福利器械与企业产品，做着正儿八经的"工作（兼职）"。针对支持自己各生活方面的辅助机械和产品，他们从残障者的视角进行客观的分析与整理后提交报告，获取相应的报酬。这也是"只有肌营养不良患者才能完成的工作"。

田中说，八云医院在2005年开始着力引入这样的"就业支援（院内就业）"。

"起初我们问大家：'你们觉得怎样才能工作呢？'他们却回答：'我们不可能工作啦。患有肌营养不良，手脚都不能动，而且还住在医院里。'——既然如此，我们就来为大家准备工作，手脚不能动的问题也会想办法克服。于是开始了尝试。"

最初是从患者用电脑制作员工名牌、贺年卡开始，现在发展到制作插图、海报、台历、地图等，还接到了地方商店、居委会、企业的订单，形式多样的院内就业正在成形。当然，为患者工作环境提供支持的依然是田中等人制作 Switch 的卓越技术，他们可以根据每个人的肌肉力量和手足功能进行量身定做。

⑧ 关于今本岳宪

2013年3月，我拜访了躺在住院部病床上的泽原晃。

可能因为泽原剪短了头发、戴着鼻罩，看起来他比原本年轻了不少。

可他笑着说："都58岁了。"

——你还在参与 Harmony 的自治会活动吗？

"当然。我现在依旧是会长，但过了今年准备引退。到了这把年纪，还是会被大家嫌弃啊（笑），我总是固执己见。"

我们聊着聊着，话题自然转移到了今本岳宪身上。

"唉，真的很寂寞啊。"泽原的表情凝重了起来，"自治会每次开会，基本上就是我俩争得热火朝天，然后许多事情就泡汤了（笑）。毕竟谁都不肯退让嘛。虽然有过争吵，但我们也互相帮助过。"

今本逝世是在2009年2月14日，享年40岁。

说到八云医院，今本还是在我心里占了很大的分量。今本告诉我的事情以及由此展开的想象，构成了我心目中的"肌营养不良住院部"。

今本一天中的大半时间都躺在床上，安装在头上的电脑屏幕便是他的世界。身体无法动弹，面罩紧紧地勒在脸上，可以依靠的只有能略微动弹的右手拇指。然而，今本把那根右手拇指称为"黄金手指"，不断向外界传递只有他才能书写的文章。

在2000年11月建立的个人主页"My-Take"上，他用诙谐的笔触把每天的医院生活写成随笔，获得了好评，北海道报纸还刊登过他的随笔《今本岳宪的美好病床生活》（2002年6月5日~8月28日）。

此前，我也与今本多次互通邮件。

有一次，他写的文章评价不是很好，发邮件问我能不能看一遍。

"渡边先生，

我也让身边的医院员工看过了，可许多意见说这篇文章不行。我写得毫无掩饰、十分直白，可能确实有点阴暗，无法吸引人吧。"

"今本君，

你发来的文章，至少在我看来不是特别阴暗。不，我觉得比假装'有精神'好多了。自己写的文章如何被他人解读，我也经常因为搞不懂而头痛。但是，'亲近的人'因为有深厚的利害关系，经常会产生多余的担心。在某些方面这固然值得感激，可对于想要表达的人来说，这往往是一种阻碍。所以迷茫的时候，就直接写下自己的所感所想……虽说这才是最困难的地方吧。"

"看了渡边先生的邮件后，我放心了。确实应该坦诚地创作。当然，那篇文章也体现了我最真实的感受。"

他的主页有一页叫"Scribble"，意思是"涂鸦"，他会把每天的小事以短短几行的"小笑话"展现在这个栏目中，几乎每天都在更新。

今本的文章很有魅力。不仅幽默风趣，对自己的遭遇也没有失去客观性。另一方面，可能在医院的生活中，有许多我们无法想象的人际关系。他总是为身边人着想，似乎也有点强颜欢笑、局促不安的感觉。

但是通过网络，今本与众多网友交流，还与岛根县松江市的小学进行全校交流，甚至情人节有不少巧克力被寄来了医院。而且在2007年，他还在网上交到了女友。他也经常在邮件里跟我讲这些恋爱故事。

"渡边先生，

我就跟你说说，我越发感觉自己这样的人认真谈恋爱竟如此不被人理解。我女友是个外柔内刚的人，真希望不管周围的人怎么说，她都能坚持喜欢我。"

"今本君，

其实健全者也有不少烦心事，比如跟父母合不来、身边的朋友劝阻等。但是，人生仅此一次，请不要气馁，随心而活。医院的人表示担心，大概也是怕万一出了什么事，到时候各种责任问题会纠缠不清吧。当然，他们也是纯粹地担心你。面对试炼不要过于悲观，想要积极地品味就得静下心来。这正是人生的乐趣。请加油。"

没想到情况突然一变，与女友顺风顺水的关系似乎出现了阴霾，他又给我发来了这样的邮件。

"渡边先生，

俗话说恋爱使人盲目，很快就会发现自己没有了自我，但我再次认识到自己真的一无所有，什么都做不了。原先我觉得自己的卖点是'内心'，但在她的话语中我得知这根本算不上卖点。被别人这样说本来就很难过了，换成她，杀伤力就更大了。不好意思，跟你抱怨这些。"

"我对今本君的抱怨有百分之百的同感。男女开始交往后，受责备的几乎都是男方。再没有什么比女人的一句话更让人伤心，你这下遇上棘手的事了……彼此互勉。"

今本透过"Scribble"详细讲述了自己的日常生活与身体情况,"Scribble"的更新停止意味着他的身体状况出现恶化。

发件人:渡边一史
收件人:今本岳宪
时间:2009年1月24日,星期六傍晚 7:09
主题:保重身体

我是渡边。有点担心你。
相信你会康复的。

这是我发给今本的最后一封邮件。2月16日,我决定给石川悠加医生发邮件询问今本的情况。

今本于2月14日(周六)傍晚6点49分去世,享年40岁。他的母亲陪伴了一个月,父亲和哥哥也在身边陪伴了10天。离开时他似乎还在笑着说话。渡边先生好像一直都在关注吧,心思真敏锐。周日守夜,周一早上8点举办葬礼,棺材直接运回了老家,他父母和哥哥也一起回去了。

石川悠加

我并没有一直关注。虽然心想哪天一定要跟今本好好聊聊,结果迟到了一天,连葬礼都没能参加,后来去他老家时,我为这件事在他的遗像前合十道歉。

即使是现在,我有时半夜也会突然打开今本的主页。而主页再也没有更新过。

今本君。你身体有残障,却从未放弃用勉强能动的右拇指一字一字地把文字刻进电脑。对你来说,"写作"究竟是什么?你真正想写的又是什么呢?深夜里我突然思考起了这些问题。特别是在自己的原稿还没着落的晚上……

今本岳宪的主页"My-Take"如今由他的朋友保管,点击量已超过30万次。

网址:http://www.hakodate.gr.jp/maitake/

第六章

护理的女性们

志愿者们的故事（二）

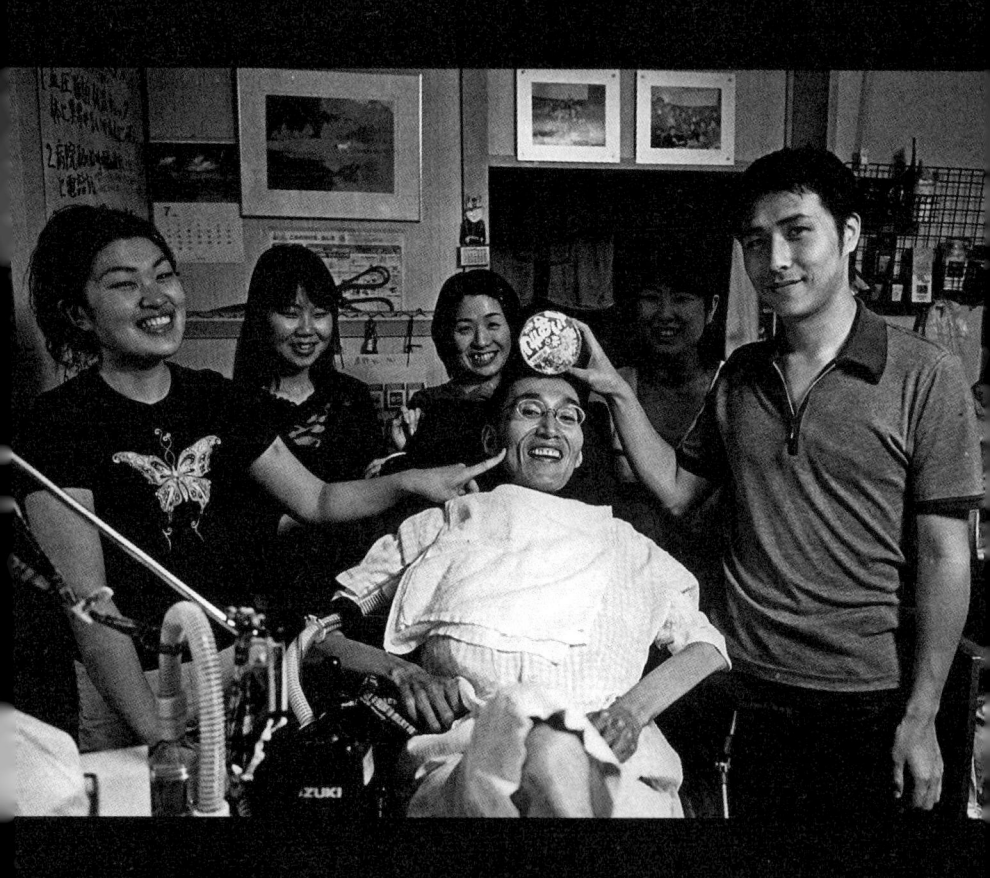

98/7/7（周二）才木

　　每天过来非常辛苦，但是，我从未产生过抗拒的情绪。每天都过得很开心。
　　一开始我在看护上努力过头了。可这样也让他非常担心。于是我改变了思路，决定以轻松愉快的态度跟他打交道。我对他说："一起活下去吧！"为此我会尽到自己的绵薄之力。
　　此前的他可能心事重重，心里总是装满了各种问题。他也在一步步成长吧。我也想和他一起活下去，克服重重困难。

1

札幌的手稻山下起了白雪，感觉早晚冷得刺骨。

我几乎每天给新志愿者培训。虽然心里想着"必须努力"，但无人问津的现实真叫人无可奈何。我都想放弃了。今天预计有上门护士来帮我洗澡，可我没这个心情。只有这时候老天爷才站在我身边，车子和外出的必要人手都已经安排好了。

最重要的是天气——秋高气爽！所以我执意要出门喝茶。

深煎咖啡飘香的店内，放着我喜欢的巴萨诺瓦甜美音乐。焦躁的心情瞬间舒缓下来。我就帮好心的店主宣传一波吧。

西友宫之泽店地下宫越屋咖啡。非常感谢。

（摘自人工呼吸机使用者友会会报 VOL.15《小鹿日记》）

电话另一端的鹿野问："怎么样，有进展吗？"

咻。咻。咻。

听筒传来了人工呼吸机熟悉的声音。尽管暂时远离了鹿野家充实而紧张的氛围，但此时它依然蔓延到了我的房间里。

时隔多日接到鹿野的电话，是在11月上旬某个寒冷的日子里。

距离初访鹿野家已过去半年之久。窗外渐渐变成了冬日景色，暖炉的红光在房间的角落里摇曳。

春夏之间我还频繁上鹿野家，秋天却一直没去过。在此期间，我见到了与鹿野、鹿野家有关的各种人，慢慢积累本书第2～5章的素材。

然而，在收集这些故事片段时，我突然有种寸步难行的感觉，仿佛碰到了厚厚的障壁。

"你在纠结什么啊？书大概什么时候能写完？"

鹿野询问的语气有点不耐烦。

鹿野又问书取什么名字，要不要办出版纪念会，用自己戴呼吸机的照片当封面会不会很震撼——他越想越远。

然而，我执笔的速度十分缓慢。

我深刻体会到，要把现实如实记录下来实在不易。同时也觉得，真正重要的难道不是将来吗？

"……我已经了解得差不多了，但还得花点时间。"

我也不清楚自己在纠结些什么，瞎找借口说自己有各种难处。

"话说你怎么样了呢？"我转移了话题。

"每天的培训可辛苦了。

"今年因为毕业，少了7名志愿者。现在全是职业护工。周日3个人，工作日4个人。傍晚也缺人……又到了紧急关头。你说压力？毕竟这阵子都没出过门，太艰难了。"

他照旧感叹了一阵缺人的问题，接着问我："你要来参加聚会吗？"

一到12月，鹿野就会举行每年的惯例——"出院纪念会"。

"哪怕有严重的残障，哪怕佩戴着人工呼吸机，也能在社区里昂首挺胸地生活——我要努力创造出这样的社会。"

为此，鹿野从北海道勤医协医院出院，并且已经过去了五年。虽然我口头说想参加，但因为杂事缠身，只得寄明信片告诉他自己去不成了。

"你来看看嘛,存活了五年之久的男人是个什么样子。"

听到鹿野说笑的语气,我的内心波澜微起。

"当然了,我会去的。"我笑着回答。

2

我在纠结些什么呢?我究竟在纠结些什么呢?

这还得从头讲起。

不过,我觉得健全者(我)在谈论残障者时,总存在着一些相当复杂的问题。首先,我能站在残障者的"立场"上谈论到什么地步?且令我愧疚的是,让残障者过得如此艰难的正是以健全者为中心运转的社会。再则,健全者对残障者的"善良"和"同情"究竟是什么?一旦追究起来,根本没完没了。

所有人都在扮演善良的自己,对生活条件艰苦的人的态度小心翼翼,既不敢批评讽刺,更不敢落井下石。

但是,目前我碰到的许多志愿者,在被问及"接触鹿野先生时,你有什么感觉?"时,感想首先如下:

"看到鹿野先生的艰难处境,就觉得自己的烦恼不值一提。"

"鹿野先生'求生'的执念与魄力,深深打动了我。"

"我觉得鹿野先生希望在社区生活的想法很正常。奇怪的是不能实现这一点的现今社会与制度。"

其他还有"来这里后,我人也精神了""收获了勇气""与鹿野先生面对面时,我总会忘记他是残障者""希望他能为居家福利和医疗的改善好好努力"……翻开《看护笔记》,也能随处见到这样的话语。

可以说,这是作为健全者的志愿者在接触有重度身体残障的鹿野时所产生的最直观的朴素感想吧。

的确,对健全者来说,"活着"理所当然,意义微不足道,可它在这个家中意义重大,而且还能经常促使健全者反思自我与社会形态。正因如此,大家才想尽己所能地帮助、支持鹿野。

希望读者能想想:吸痰、进食、排泄、翻身都需要他人帮助;一天24小时、一年365天得不停地编排看护日程表;每天的大半时间都在床上一动不动,早中晚和睡前得靠利尿剂和钾剂调节水分平衡,服用强心剂"地高辛(Digoxin)"来给微弱的心脏注入活力,用安眠药和精神安定剂来控制"睡着了就会死"的焦虑。鹿野在努力给自己的生命打气,与志愿者一同活下去。

客观来看,在随时可能断气的状况下,鹿野真的相当努力了——我也经常这样感叹。

可另一方面,我也不能只在"美好的范围"内讲述鹿野家中的人际关系。或许鹿野会不太乐意,但这样的想法在我心中日益强烈起来。

原本,"想见见这位踏实度日、全力生存的人"是我踏进鹿野家的一大原因。

直面死亡时,重度残障者纯洁而崇高的形象——

哪怕脑子里没有这样的刻板印象,现在想来,我可能也曾对"残障者""病人"抱有一定的幻想。

我在现实中见到的鹿野虽然跟老志愿者国吉智宏抱怨的不一样,

但"发号施令的鹿野先生"一点都没错。

"我要喝果汁！""我要看报纸！""哎哟，我尾骨痛，换边啦！"

"我要看电视！""我要吃哈密瓜！"

"这个药好苦！""我讨厌猪肉！"

看到鹿野时，压根儿不会联想到"行将就木之人"严肃面对死亡的形象。相比之下，鹿野坚持贯彻"自我"，为了满足需求和维持生命而调动身边人，仿佛世界是以鹿野为中心而旋转，瞬间把我卷入了他自我中心的漩涡里。

这种不协调正是鹿野与鹿野家好玩的地方之一，可实不相瞒，很长一段时间，我都不知该如何接受、理解这个现实。

鹿野的魅力究竟是什么？

对现任学生志愿者中资历最深的山内太郎来说，"鹿野先生的魅力在于他的弱点非常好懂"。

"护理人手不够时，鹿野先生就容易发脾气，真的经常在人面前'进退两难'地挣扎。他以前会哭着说'太郎，我已经不行了！'，最近倒很少了吧。

"说这是魅力，可能有点奇怪，他会把一般不愿让人看到的地方也展现出来，是个特别坦诚的人。他也有精明的地方，可撒谎的时候一眼就能看出来。有女性护理时看起来特别开心，好像还撑过了几次鬼门关，但由他本人来说就有些怪怪的。

"因为他偶尔会问我'太郎，我其实是个伟人吧？'（笑）。这个大叔真的很让人头疼，却又觉得他开心就好。"

与鹿野交往时间更长的馆野说得更加直白："通常这般为所欲为，估计身边的人早被烦走了吧（笑）。"

"我也常觉得神奇,为什么就没有人离开他呢?"

馆野自问自答地说出了"鹿野的性格",跟以前一样用"阿寅与'寅屋'*的关系"来说明鹿野与志愿者的关系。

"即使亲人说'阿寅真是无可救药',他们也依然喜爱阿寅。阿寅老是惹麻烦,害得周围人提心吊胆。他的梦中女神也变来变去的——但是,阿寅一直是寅屋的热门话题,连章鱼厂长**都出来说:'什么什么?阿寅怎么了?'

"我不清楚现在的志愿者是什么样啦,但我那时候,只要一提到鹿野先生,酒桌就会变得热闹非凡。大家一起聊鹿野先生的各种事情,偶尔还能说他的坏话,我觉得这也是个有趣的地方。大家看似在说鹿野先生,其实也在聊自己的事情吧。

"光靠我或渡边先生的话题,能让气氛活跃一整晚吗?一般不可能吧。"

我问:"那什么样的人能让气氛活跃一整晚呢?"

"当然是任性的人啊!"

说完,馆野大笑起来。我想起鹿野不懂事的侧脸,也跟着哈哈大笑。

"对寅屋来说,阿寅是个'任性的人'。只是,众人从他的任性中感悟到了人生……反过来说,要是鹿野先生的性格变了,他好玩的感觉也就减少了一半。"

对此,鹿野家的志愿者大概都深有同感吧。

"另外补充一下。假如身体没有残障,鹿野先生也不会是这种性格,心情好复杂啊。没有残障的话,他就不会是如今的鹿野先生,这么说

---

* 日剧《寅次郎的故事》中阿寅的老家。

** 剧中人物。

可能有语病，但他的魅力正源于'身体残障的鹿野先生'。"

这个说法有点激进，但和我想的一样。

说得极端些，鹿野的人格已经与肌营养不良融为了一体。可以说，他在不知不觉中把无法动弹、必须借他人之手才能生存的现实变成了"个人风格"。而且他上一秒还在逞强、虚张声势、耍性子，转眼就发起了烧，一副憔悴的样子让周围人操碎了心。无论是谁，都有"想帮助他人""想友善待人""想发挥作用"的保护本能，而鹿野直接向这种本能倾诉需求，这构成了他令人无法抗拒的魅力。只能说他叫人"恨不起来"。

有种说法是"残障即个性"，在这层意义上，鹿野完全符合。肌营养不良是鹿野的个性，也是他的一大魅力。但这不代表"残障""肌营养不良"是一开始就无条件具备的个性，而是鹿野通过迄今为止的自立生活，由血肉经验建立起来的个性——或许这是他无心形成的战略吧。

反过来说，因为鹿野的这股魅力，众人才有了两极化的感情，经常感觉"受够了"，却又"放不下这个人"。与鹿野交往越深的志愿者，其内心越纠结。

这种情况仅限于鹿野，还是说比较普遍呢？

纪实作家柳田邦男在《"死亡医学"的序章》一书中写到了人类的"矛盾感情"。

虽然不是演歌*的歌词，但它指的就是"想见又不想见""又爱又恨"的感情。著名的精神分析学创始人弗洛伊德认为这类感情是"人类感情的本质"，正反矛盾的感情并非毫无关系，二者其实有着共同的根源。

---

* 日本颇具代表性的传统歌曲类别，又有在日语中同音的艳歌、怨歌等称呼。

无论亲子、夫妻还是朋友，在亲密关系中，任何人都会对另一方产生既非肯定亦非否定的复杂感情，如果再在其中加入"残障"或"疾病"，情况将变得更为复杂。

在描绘这个家的过程中，我也跟着体会到了这种感情上的左右矛盾。

不过，我开始觉得，与"残障者"或"病人"面对面，或许也是在直面自己心中的复杂情绪。

3

根本问题还是每位志愿者多少都会感觉到的"任性"。

与鹿野当面交流几次后，任性的感觉逐渐在我心里挥之不去。然而，在我已知的范围内，残障者的任性、以自我为中心恐怕不符合"残障者故事"的情节，些微的任性尚能理解为"重度残障情有可原"，也可能是健全者（我）的共情能力有问题。

但通过取材，我见到了其他几位残障者，在思考"残障者运动"时，我渐渐觉得事实也许并非如此。

在描述重度身体残障者的自立生活时，"任性"是个无法回避的问题，或许关键核心是"感觉鹿野任性"既不该归于好坏等伦理问题，也不该归于鹿野固有的性格。

为什么看护者容易产生"任性"等负面的感想呢？

首先，对于24小时需要他人护理、在床上不能动弹的鹿野来说，"生存"即是向看护者提出自己的需求,这几乎是他宣示自我存在的唯一手段。

不仅是鹿野,一天24小时全靠照顾的人要如何确保自己的主体性,其实是个超乎想象的难题。假如保持沉默,父母、亲属、看护者便会把生存必需的事项统统摆在优先位置。如果是生来患有残障的人,则意味着从小就受到如此对待。

如何清楚意识到周围人的期望与自己的需求存在差异,是残障者觉醒"自我"的关键点,而要开始自立生活,这样的自主判断能力将成为一条重要的边界线。

"不对,其实我希望这样做。"

"不对,其实我想要的是这样。"

残障者的这些想法通常以自我主张的形式表现出来,违背了健全者的"好心"举动,或是他们廉价的"善意"与"同情"。而在看护者看来,自己的好心总是被辜负,这种体验无疑残酷而意外。

还有一点需要我们深入思考:自立生活的基础之所以能诞生,是因为向往自立的重度残障者不仅在人际交往中主张自我,还把需求向社会推广,以此强调居家福利制度的必要性。且从历史的角度来看,残障者所逃离的设施正是健全者廉价又死板的"善意"与"同情"的产物——通过对残障者的隔离收容来实现安全统一的"保护"。

"我讨厌设施和医院,想生活在社区里!"

"我想过普通的生活。这是我的正当权利!"

上述要求总是被"任性""奢侈"等偏见所阻拦,如此想来,或许在健全者的眼中,尝试自立的重度残障者本质上即是"任性"的存在。若不认清这一点,我们就无法改变任何事情。

前面也写到过,从鹿野身上难以感觉到"麻烦人""难为情"的态度,

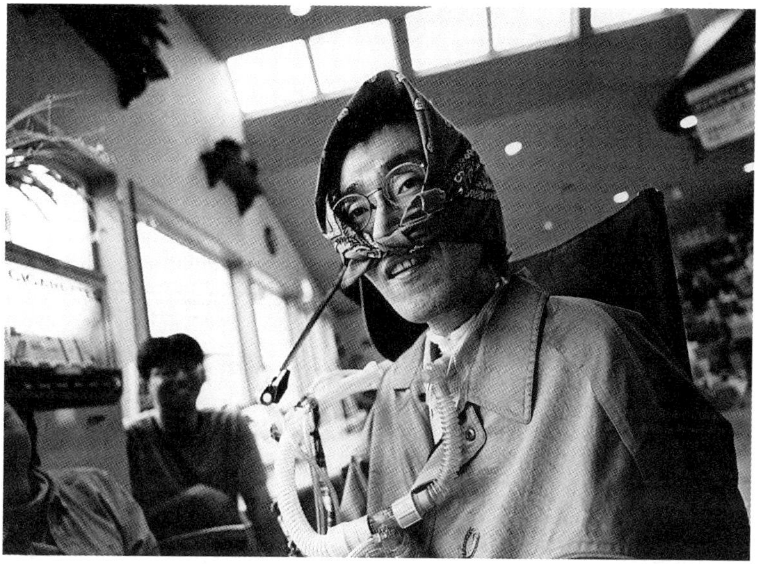

但是，在与看护者的关系中逐渐养成这样的态度（理所应当的态度），既是鹿野对自立的挑战，也是他每天的战斗。而他身后是那些只能小心翼翼地生活在设施或医院中的残障者，他们不敢对看护者"任性"，总是把自己的想法和感受压在心底。

也就是说，他们的"任性"并非单纯的任性，里面往往包含了对社会及全人类都很重要的理想与信息。

话虽如此……

然而，在哪儿都有人常说"残障者和健全者一样是人"。

狭隘的社会使残障者成为"残障者"，是它在社会上、制度上、精神上制造了"障碍"（Barrier），如果今后各方面都能推进无障碍化，那么"残障"也能被当作"个性"之一，就如身高、体重、鼻梁高度一样，届时"残障者""健全者"等词语也会随之消失。它经常被当作"梦想"来讲述。

不过，这句话说的是真的吗？

从制度上来看，残障者、健全者"一样是人"，普通生活的权利应该得到保障——即便这个大原则没有问题，但光靠它也无法轻易解决问题，这样的现实在护理现场随处可见。

根本问题还是如何解决"任性"，即自我与自我、立场与立场的碰撞。

不管无障碍化如何发展、社会条件如何完善，"需要护理的人"（残障者）与"不需要护理的人"（健全者）始终存在着身体上的差异。

而如何通过护理去克服"差异"中产生的精神矛盾与纠葛——或许也将成为一门永久的课题。

4

95/8/16（周三）国吉

鹿野先生倒是一如既往。他曾生气地说我们不懂别人的痛苦，其实他也不明白我们心里的苦处吧。把他人的痛苦当成自己的事，这真的可能吗？

（摘自国吉智宏的日记）

"其实对本人也说过，一开始我觉得他太任性了。"

说到最熟悉鹿野与鹿野家的看护者，无人能及才木美奈子。才木与鹿野年纪相同，是三个孩子的母亲，一周负责五次"白天"的护理，已经当了三年的有偿职业护工。她和鹿野接触的时间也是其他志愿者无法比拟的。

对才木而言，鹿野的"任性"是什么呢？

"但想想人类啊，没有人不任性嘛，只有控制好它，生活才过得下去。

"那为什么鹿野会变成这样呢？

"听鹿野讲起八云的故事时，谁都会掉眼泪，内心表示理解吧？当时，就算他想肆意妄为，身边的朋友也相继死去，医院里还有态度敷衍的人，'自己只能待在这里了吗？'——他烦恼了半天，结果必须任人摆布地活着。

"人大多是在小学和初中里，通过与朋友的吵架、争执来学习人际交往和社会性的吧。而鹿野未能充分经历这些。因此在某种程度上，他的任性也情有可原。

"我刚来这里时，鹿野的性格要暴躁、叛逆多了。鹿野想一直处于领导地位，因为身体不能动，他的脑袋才转得快，所以一旦行动起来，他几乎就停不下来。

"他也不听劝，想到的事情非得马上干完。但现在的鹿野彻底变圆滑了，甚至有人说他跟佛祖一样（笑）。

"所以，我经常打趣说：'鹿野，恭喜！现在你终于从初高中毕业，变成大学生了呢。'然后他会生气地说：'才木小姐是个混蛋，真是岂有此理！'"

才木奈美子的护理彻底贯彻了实用主义，很难感觉到肉麻的"福利式着想"和"人道主义"。

起初，模仿泡泡浴*女郎的入浴护理和"约翰·谢泼德"令我目瞪口呆，却也十分佩服才木超强的谈话能力。她活力四射，以至于鹿野经常咋舌地表示"因为才木是机关枪啊"，甚至想抱怨"要是一醒来就见到她，估计会相当难熬"。

才木当过很长一段时间的保育员，护理的时候反应极快。她能迅速发现鹿野脸色的变化、眼屎分泌量、长出的小湿疹等情况，时刻为他的身体着想，注意到其他看护者敷衍了事的小细节，比如"喂鹿野吃东西时，一定要在他胸脯上铺好毛巾"等，发挥了令人惊叹的专家级水平。不过，在《护理教科书》里可能被禁止的事项——奚落鹿野、把他当小孩子看、捉弄人等行为总是与护理常在。对此，鹿野自然是超级窝火了。

鹿野与应聘志愿者的护士针锋相对的场面在鹿野家已是司空见惯。熟悉看护与护理的职业意识反而容易同鹿野的自尊起冲突。其实比起"职业意识"，鹿野最讨厌这类表面装出"善意"与"同情"，实际上

---

* 日本一种洗澡类的性服务。

却在侵犯自己主体性的感觉（即"你的事情只管包在我身上"的态度）。

才木也被鹿野说过"你别来了！"。据说在鹿野消沉、懊恼的时候，假如对他进行过分的鼓励，反而会把他激怒。才木是"机关枪"，鹿野又是个"不听劝的人"，所以两人经常因言行举止而摩擦出火花，令周围人担惊受怕几乎是家常便饭。

不过，正因为两人时常进行容易发展为争执的亲密"对话"，我们才能从才木与鹿野的关系中感受到"平等"。

"过去我们也吵过不少次，每次我也会反省自己，但现在倒是会放松了。刚开始每天过来的时候，头三个月我真的累得筋疲力尽。

"回家后得做饭，要抚养三个孩子，周六得给孩子的少年棒球赛加油，一大早就起来做便当，根本没时间休息。当时身体也吃不消，都没力气做家务了。

"我觉得这样做不下去，于是换了个思路。

"即把思路换成了'一起活下去吧！'。避免操心过度，而是以轻松愉快的心情进行护理。这些我也跟他说了。

"有话直说，我也会开诚布公的。

"总而言之，我需要向鹿野学习，而我也能慢慢教育他。'一起活下去'不就是这么回事吗？

"毕竟护理没法照搬教科书。随机应变、伸缩自如才是最重要的。虽然教科书那样写，可很多东西在这个人身上行不通。

"另一方面，我觉得护理并不是一味地听从对方的要求——我也常跟其他志愿者这样说。自己做不到的话就直说'做不到'或'请稍等'嘛，这也是件很重要的事。

"今年春天，也有人突然辞去了志愿者——是个拼命三郎。但是，如果对鹿野的盼咐全部照办，那鹿野也会期待起来，接二连三地提出要求。如此一来，双方很容易发生冲突。

"不过，争吵爆发的时候，也特别容易体会到对方的感受。

"可一直憋在心里的人会觉得疲惫，进而辞去志愿者。年轻人似乎觉得鹿野是个'厉害人'，而这种期待让鹿野压力山大。说到底，能耐心沟通的人才待得长久。"

首先得想到的一点是，在自立生活中，残障者时刻都在经营"日常生活"。

吸痰、体位更换、喂饭、换纱布、帮忙刷牙……鹿野要求这些护理自然不算什么任性。如果这都叫任性，那鹿野还有何立场可言？支持他本就是志愿者的工作。

而随意调台、换CD、沉迷电子游戏、半夜饿了就吃东西——任何健全者都能自力完成这些事情，看护者当然得帮忙了。假如是追求效率与合理的看护者，对这点事可能已经有话要说了（不过在这一阶段，他们尚觉得"默默护理才对"）。此外，就像山内先前讲到的香烟事件一样，有时人们心知肚明，却仍然渴望有害品和危险品，或者说残障者也有做坏事、自杀的自由，如此思考下去，感觉要弄不清"支持自立的护理究竟是什么"了。

同理，暴饮暴食是否该阻止，听到别人在电话里对讨厌的人骂脏话又该说些什么……造成这种表现的，是残障、性格、身体还是暂时性的呢？日常生活中往往难以分辨。另外，若深入到恋爱、自慰、性爱护理等更为私密的领域时，"残障者和健全者一样是人"的大原则还能无条件适用到什么地步呢——作为看护者的真正纠结也会由此开始。自己是看护者、任人使唤的仆人、监护人还是单纯的旁观者呢……各种不满与压力彼此交织。

到底该怎么办才好？

如果让我来解释才木所说的话，那么意思大致如下。

如果看护者顾虑鹿野，一味地对他言听计从，那作为主体的看护者就无法与鹿野建立起牢固的"关系"。同时，还会漏听鹿野"任性"要求中可能包含的重要信息。

也就是说，健全者把自己的生活感情和信条当作基础，觉得"奇怪"的时候固然可以直说，但也不能放弃另一种视角，即"奇怪"的或许是自己。健全者当然可以靠常识去对待残障者，可怀疑常识也同样重要。

要找出二者间的中和点、一致点、妥协点，必须通过坚持不懈的对话，有时还得彼此争吵，用言语和身体的碰撞来寻找。

如何维持这种双面意识，在护理中非常重要。

接下来的内容可能听着像单纯的正确理论，但在思考残障者与健全者"应有的关系"时，却是个异常深刻的关键问题。

残障者当然有各种各样的人。残障的程度不同，需要的护理也不同，如成熟的人、不成熟的人、客气的人、依赖心强的人，等等。假如有一个不成熟的残障者，当我们追究其中理由时，大可以说错的是当今的社会与健全者，是他们剥夺了残障者参加普通教育和获取社会经验的机会，总之责任不在于残障者本人。

然而，在思考现实问题——双方如何面对彼此时，责任主体应该是当事人，某一方的主张不可能永远正确。

况且，即使出于善意，如果看护者过度干涉残障者的生活，二者的关系就会变得跟残障者设施里的"指导员与残障者"一样。残障者只能永远是特别群体，被人当作"弱者"和"受保护的人"。

参与自立生活的残障者与健全者,必须反复探寻其他形式的关系才行。

而且在社会上谈论"残障者"和"福利"时,此前多次提到的"将残障者神圣化"也是一个经常出现的问题。

即健全者必须更深入了解残障者的痛苦。他们背负着巨大的残障负担,却能如此努力地生活。错的是社会跟健全者的不理解,残障者永远是正确的(此刻,我也感到了不这样写就写不下去的压力)。

但是,"神圣化"最大的问题在于:它是在评价残障者,并非因为想和残障者一起活下去,反而想尽量回避(漠不关心)与残障者的直接接触,毕竟摩擦与争执不可避免。此外,作为"正当存在""可怜人"兼"弱者"的残障者虽然招人同情、引人共鸣,但被这些"残障者印象""弱者印象"束缚的健全者总会对"任性的残障者""有主见的残障者""强势的残障者"态度冷淡。

没有摩擦与争执、残障者和健全者能一直友好相处当然最好不过,但"不同"的人交往时,摩擦与争执总是不可避免,而且也没必要避免——我们应该更加深入地了解这一现实。

"别止步于单纯的'想帮助残障者',相逢总是缘,要往大家一起活下去、一起成长的方向去想才好。

"难得过来做志愿者,别只顾着听他吩咐或跟他吵架。

"大家很少有相互理解的概念。动辄就变成'被说了好难受,我做不到,不干了'。

"鹿野会付我薪水,所以我不算志愿者,但不管拿多少钱,如果把话全闷在心里不说,压力还是会越积越多呀。而且那种关系也假惺惺的,不可能长久。因此,别完全被他牵着鼻子走,做不到的事情就直说'我做不到',觉得不对就直说'那样不对'。

"要是能多些沟通，少些争执就好了。

"无论如何，反正我的习惯就是多跟人交流，所以才能一直关注着他，我和阿姨也经常聊天，还掉过不少眼泪。我们聊过去、聊疾病……我也说了许多自己的事。

"就这样，我在不知不觉间跨越了界限（笑）。

"现在我倒是挺理解鹿野的感受。如果换作自己，又会怎么样呢？——我想想……精明又任性，物尽其用，人尽其才，不择手段也要活下去。即便普通人觉得这是任性，但如果换作是自己，这些一点都不任性啊。

"再说，我养了三个孩子，要是做什么都尽善尽美，身体哪儿吃得消，肯定会有敷衍的地方啊。

"不管发生什么，我基本上都不会惊讶。因为有时我也觉得鹿野实在太任性了！"

才木口中的"一同活下去"，是指重视"对话"的双向关系，里面自然包含了摩擦与争执。

这大概也是"对等"的意思吧。

不过，回顾自身时我也会想到，日本把"不给人添麻烦""默默为对方着想""体察他人的痛苦"视为美德，性格上习惯回避摩擦与争执。谦虚与顾虑占上了风，该说的话憋着不说，认为"说了也没什么用"——社会被这样的心理所支配，看护者对残障者小心翼翼，残障者对看护者客客气气，结果双方无法形成坦诚相对、真心交流的关系，只得无可奈何地选择放弃。

前面的章节列举了一些北欧、美国等福利先进国的例子，可是在日本，残障者的自立生活与居家福利之所以落后，并非完全因为根深蒂固的歧视和偏见，反而与日本的习俗及国民性格不无关系——大家一味地为对方着想,彼此不愿开诚布公,且不习惯靠"沟通"来解决摩擦与争执。

究竟对残障者无微不至(设施),还是置之不理(父母身边)?我们的社会实在难以找出二者间恰到好处的中间点。

如此说来,重度残障者的自立生活或许蕴藏着一种可能性,即打破以往的习惯,找出重视沟通的崭新人际关系形式。

为什么不多多交流呢?为什么不对眼前人更坦诚一些呢?听完才木的话,我也产生了同样的想法。

5

99/9/4(周六)鹿野

有的人辞去志愿者后就不再联系我了。这让我非常寂寞。即使不做志愿者了,我也希望大家一直是朋友。结束志愿者后就再也不见,这样真的很寂寞。

话虽如此,我还是得强调:挑战自立生活的重度残障者都立场严峻,要活下去就得时刻经历上述的人际关系摩擦。

"我与志愿者的关系是在反复失败中逐步建立起来的,并非一蹴而就。"

鹿野也在《看护笔记》中这样写道,但实际上,他用电话与很多志愿者保持联系,而且不知疲倦地坚持了许多年。看到这样的生活方式,我真心认为他实在"了不起"。

细细想来，即使是如今对鹿野家了如指掌的才木美奈子，几年前也不过是毫无关系的陌生人。想到这里，我再次对鹿野的尝试深感敬佩。

"直到教满1000人如何吸痰之前，我都不会死的！"

出院以后，这成了鹿野的口号。可不管怎么培训，志愿者还是会接连离去。鹿野继续培训，他们继续离开。

这场战斗没有尽头。

98/3/16（周一）矢部

我还是第一次在离别季的时候陪在鹿野先生旁边，每到春天，他就会反复地说"再见"和"初次见面"，感觉好厉害呀。

这里聚集了如此多的人，大家都通过"生存"与鹿野先生紧密联系在一起。在坦诚相见的层面同鹿野先生交流。即使能拒绝鹿野先生，感觉也无法离开他呢。

然而，8月下旬，"秘书"远藤贵子突然提出要辞去志愿者。

因为要结婚了。

因为要去加拿大了。

"啥？你说什么？"

面对远藤突如其来的"退伍宣言"，当晚的鹿野就如同"死掉的张口蛤蜊"（据当时在身边的志愿者称）。

00/8/21（周一）远藤

我突然结婚的消息令鹿野先生的情绪变得起伏不定。对不起。

我即将结婚去加拿大。和男方大概交往了三个星期，不过我们是在三年前认识的。下周肯定就领证了。

人生真是变幻莫测呢（笑）。

鹿野真正开始发脾气是在第二天夜里。

熟悉的志愿者突然离开，会对鹿野的精神造成极大的压力。不巧的是，护理站的高桥雅之由于老毛病脑肿瘤，上个月不得不住院做手术。而在他即将出院回归护理之际，偏偏又出了摩托车事故，导致右腿骨折。康复得花半年多的时间。

此时，靠谱的远藤突然宣布"退伍"，给鹿野的精神打击简直远超填不满的护理日程表。

那天晚上，我因为旅游杂志的取材而住在函馆市的酒店里。就在我取材完毕，准备歇口气时，手机突然响了起来。一看，"来电：鹿野靖明"几个字忽闪忽灭。时间刚过晚上 8 点。

"渡边先生啊……"

我把手机贴在耳边，只听见呼吸机的响声间，鹿野的声音夹带着激动的喘气声。

"远藤说她不干志愿者，要去结婚了。还要去加拿大呢……"

结婚？加拿大？我完全一头雾水。由于信号不稳定，鹿野的声音听起来断断续续的，再加上呼吸机的咻咻声，总之我只能听到一些片段。

"9 月，○○、○○和○○因为实习没法过来了。12 月，○○和○○又要离开……这该如何是好？"

他反复说着这些，嘟哝着"大家都是混蛋""……我发出灵魂的呐喊""自暴自弃啦"，等等。反正，我只听出事情非同小可。

挂断电话后，鹿野似乎还动摇了一阵，开始觉得："我已经不行了，死了一了百了。"

当晚，负责护理的是社会志愿者岛崎惠，她判断自己无法处理此事，于是给已经回家的才木美奈子打电话求救。

了解到情况的才木，刚做好晚饭就立刻折了回来。

但是，当那天负责陪夜的主妇志愿者佐藤重乃过来时，鹿野正气冲冲地大喊："让我去死吧！"

00/8/22（周二）佐藤重乃

我到这里时，鹿野先生正大吼大叫。

慢慢地我才听懂了内容……那么，该怎么办才好呢……就在我这样想的时候，才木女士闪亮登场。啊，最最靠谱的人来了。

"什么！怎么啦！我来了呀！"

尽管态度粗鲁了些，但我深刻感受到了她的一片好心。随后，我们一起给鹿野先生按摩手脚，靠身体接触来进行三人间的交流……话虽如此，其实是鹿野先生一直听我们两位女性絮叨。

多要耍性子也无妨。痛苦的时候说出来就好。我和才木女士的双眼都湿润了。人生必定会经历许多风雨。我们会尽到自己的全力，你大可放心地依靠我们。大家生活都不容易，但总会熬过去的。

把我们两人的想法告诉鹿野先生后，才木女士冒着雷雨交加的天气回去了。时间静静地过去，鹿野先生于12点15分安然入睡。

活着是为了什么？社会真的需要自己吗——

鹿野平时的口头禅是"我可不会死"，但偶尔也会语气坚决地说"我想死！"，就好像左右摇晃的钟摆。老志愿者称鹿野以前常说自己想死，而那天晚上是我头一次亲耳听到。

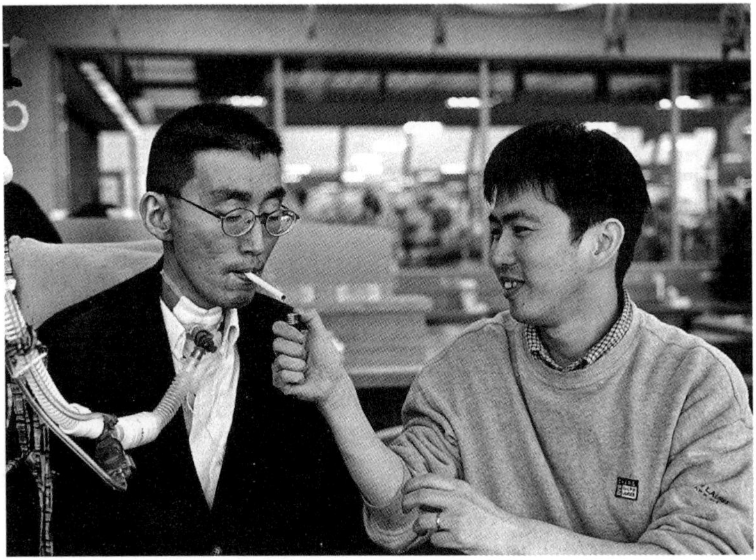

不过，才木的出现让久违的骚动圆满收场。

折回来的才木爬到床上说："鹿野，不好意思呀。"然后她一边给鹿野按揉右脚底，一边开玩笑说，"啊，你的脚碰到我的关键部位了。"陪夜的佐藤重乃则负责左脚。就这样，让鹿野把情绪都宣泄出来，不久他便筋疲力尽地睡着了。

"就是这些吧——"

次日早晨，给荒川麻弥子打电话后，她把当晚的详细情况都告诉了我。

"幸亏有才木在，问题可算解决了，请你不要担心啦。"

据说荒川接到了鹿野的电话，称"我要关掉呼吸机的总开关！"。鹿野一有什么事就习惯到处打电话，向他人诉说自己的凄凉心境，否则就无法平静。这时既不能惊慌失措，更不能漠不关心，而是要正面倾听、思考解决方法——鹿野家似乎形成了这样的规矩。反过来说，才木、荒川和当时缺席的高桥，这三人通过紧密的联系沟通，建立了周到的支援体制，使鹿野的精神状态远比从前稳定。

"——可能鹿野在考验我们吧。"

荒川以前说过："对鹿野来说，周围的志愿者都是对手，是敌人。他坚信自己的性命只有自己才能保护好，甚至有些神经质了，但另一方面，他也在冷静地观察，看有谁设身处地地为自己着想。"

鹿野在健全者的包围下度过每一天，内心的孤独也许超乎我们的想象。

不过，我又认真思考了鹿野的事。

曾几何时他对我说："把想说的全都说出来——自从这么做了以后，我精神上轻松多了。"

"向他人求助并没有什么不对。无论如何我都要活下去，而且会继续活下去的。我要改变日本的福利状况——"

可我始终不明白,鹿野的言语和思想究竟是源于他的"坚强",还是源于"软弱"。鹿野未曾有过"一个人默默忍受困境"的"坚强"。他总是试图把别人卷入、扯进自己的问题里。然而,正是这种看起来"软弱"的性格,使全国罕见的佩戴人工呼吸机的"完全自立生活"步入了轨道。

鹿野冒死尝试自立,向社会提出质问,面对人手不足也毫不气馁,假如没有他的这种"坚强",试验或许无从开始。因此,鹿野的坚强与软弱表里如一,让人分不清他是坚强还是软弱,是倔强还是爱撒娇。总之,他是个不可思议的人。

"——话说回来,远藤是认真的吗?"

荒川在电话里嘟哝道:"结婚其实也没什么,但我还是忍不住想问'没问题吗?'。真是太吓人了。"

听说了远藤的婚事,我一时也难以相信。

毕竟一个月前才和她当面聊过天。

几天后,我试着打电话向本人了解结婚的真相。

"没错呀,我马上要结婚啦!"

远藤贵子发出咯咯的爽朗笑声。

前面写到过,她与同校的研究生处于半同居的状态,但结婚对象并不是他,而是另一位研究生。

"我们谈了三个星期。三个星期就定了下来。唉,怎么说呢,他是个特别聪明的人。"

而且男方将于10月去加拿大的国立研究所从事研究工作,所以远藤也会跟着去加拿大。她在短时间内做了一个相当干脆的决定。

这就是所谓的闪婚吧。不过,她曾抱怨"迄今为止交往的人全都不行",而现在终于遇到了不同的男性。我当然应该祝贺她了。

"你已经和同居的男友分手了?"

"当然啊。不过,鹿野先生超同情他的,说得特别夸张。什么甩人必须干脆、男人是一种容易受伤的生物……"

"想起过去的自己,会不会觉得同情?"

"好像会呢。感觉自己彻底成了坏人。

"但是,大家都没有表示吗?我要结婚了耶,即将收获个人幸福了,好歹对我说一声'恭喜'嘛。"

"没一个人跟你说吗?"

"没有啊。大家说我的婚事特别不靠谱。等维持了一年以上再跟我道喜——都这么说的呢。"

"哈哈哈,说明大家很担心你啊。"

"没,鹿野先生就不是这样。感觉他只担心自己:要是志愿者走了,可该怎么办。喜多小姐结婚的时候,鹿野先生不也受到了沉重的打击吗?"

说起来,护士喜多弘美也是在一个月前突然结婚了。

虽然事出"突然",但喜多的婚事好歹经过了深思熟虑,只是以前被鹿野表过白,使得她难以启齿。我听说鹿野因为"受隐瞒"而闹变扭,心情糟糕了一段时间。结果没过多久,远藤又要结婚了。这次是名副其实的闪婚。鹿野大概受到了双重打击——信赖的志愿者突然离去,以及作为男人被抛弃。

"鹿野先生无法为他人的幸福而高兴,实在太可怜了。反过来,要是有学生因留级等状况而无法毕业的话,他就会庆幸志愿者不用减少了。"

远藤的话语依然辛辣,我不禁笑道:"你说得太贴切了。"

"但再怎么说,他也依靠了你三年时间吧。突然辞去志愿者,与鹿野先生告别,不会觉得寂寞吗?"

我有点期待她给出一个可爱点的回答。

"多少有一点吧。

"可怎么说呢。虽然待在那里的时候,心情会变得温柔起来,但平时……倒也没怎么想过鹿野先生的事情。"

她的说法一如既往的冷漠。

"感觉好冷淡啊。"

"哈哈哈,但我起码是找到能接班的志愿者后再考虑离开的。鹿野先生确实不容易,可他一定会撑过去的——迄今为止,他不就是这样过来的吗?"

听说她下周就会领证,一个月后去加拿大。

我也莫名地感到寂寞。挂断电话后,我才发现自己忘了向她贺喜。

6

12月9日,举办了鹿野出院五周年的庆祝会。

那年的10月中旬下起了第一场雪,比往年要早两个星期。次月,札幌的街道变得银装素裹,在零度以下的严冬中,12月的路面结了一层光滑的冰。

我小心翼翼地走在滑溜溜的结冰路面上,向东前行。鹿野挑选的会场,是薄野尽头的一家时尚西餐厅。

没过多久,戴着围巾的荒川麻弥子便到了,脸有点红红的。片桐真、内藤功一、横山树理等人也陆续到来。

在摩托车事故中右腿骨折的高桥雅之仍在住院。因为在家中做肾透析的父亲状况不好，才木也缺席了。尽管有点寂寞，但依然聚集了近30人。

男女各占一半。有学生、社会人士、主妇、护士、老师等，聚会上充斥着各色面孔。

过了6点，鹿野坐着升降巴士，在3名志愿者的陪同下慌忙登场。

为抵御寒冷，鹿野的毛线帽戴到了眼眉上方，被厚厚的毛毯裹得跟木乃伊似的，但在店内摘掉毛毯后，只见他身着茶色衬衣，连接呼吸机的喉咙上缠着围巾，打扮得非常时髦。

12月也是鹿野出生的月份。12月26日，鹿野即将46岁。

大家都手举酒杯。

由札幌白石教会的古贺清敬牧师带头敬酒。

"今天是鹿野的第五次出院庆祝会，但比起出院，更像是回归自由的出狱庆祝会吧（笑）。这次还顺带了鹿野的生日宴、鹿野志愿者的圣诞晚会以及忘年会，大家一起来庆祝这意义丰富的晚会吧，干杯！"

烘肉卷、烤小牛肉、法式酱糜、白酱意面……料理被接连端上餐桌。

众人围着大餐桌站着用餐。

晚会的主持是医学生川堀真志，最近他除了志愿者，也在以协调者的身份帮助鹿野。人还是那么开朗、爽快，突然甩一个冷笑话出来，惹得大家忍俊不禁。

鹿野坐在大大的电轮椅上发言。

"光阴飞逝，我出院已经五年了。

"每天都在同自己战斗。我觉得日本的居家福利和居家医疗，真的只是说说而已。我凭什么非得费尽心力地找志愿者、一天安排四个人护理呢？但是，领路人若不跨越这些障碍，社会就不会有什么改变。"

说着说着，句末变得越来越有力，语气充满了激情。

"真的，我能走到今天，全因为有大家的支持。我常觉得自己是按照'上帝的剧本'而活。

"我不是自己活着，而是大家让我活了下来。越是陷入危机，大家越是像这样自发地聚集起来，齐心协力共渡难关，这已经超出了我的力量，是上帝大发慈悲呀。今天真的很感谢各位的到场。"

餐厅里响起了出席者的热烈掌声。我感觉身心都有点暖洋洋的。

出院以后，鹿野经常把"上帝"挂在嘴边。

鹿野是基督教徒，20多岁时接受过洗礼，所以这也没什么奇怪的，但平时的鹿野看起来完全不像虔诚的教徒。何况，鹿野的性格就是忠于自己的欲望，不像被信仰支撑的人。但是从20多岁开始，教会的人脉帮鹿野招到了许多志愿者，在住院时期，古贺牧师也是经常参与志愿者活动的一个人。或许是这个缘故，母亲光枝笑着说：

"你说靖明？他是真正的伪教徒。"

不过，以前我向古贺牧师打听鹿野的"信仰"时，他说了句"这不过是我个人的解释吧"，然后这样说道：

"我觉得鹿野君的信仰，或许就是尽可能地活下去，决不放弃。

"也就是说，不管状况如何绝望，他都相信一定存在着可能性，并不断思考各种方法。或许可以说，这种坚强正是来自他对死亡的恐惧。

"在面临严酷的试炼时，人往往意识不到信仰。但往后回顾人生时，就会发觉还存在着其他的外界力量，不是吗？

"比如说，鹿野君戴上呼吸机开始自立生活后，他先前建立的人际关系就发挥了出色的作用。一般情况下，根本无法想象二三十名志愿者在医院听课,况且也想不到能戴着呼吸机与志愿者过自立生活吧。想到这些,你会发现他以前的经历都得到了充分的发挥。

"这不光靠他自己的力量,恐怕也包含了上帝的力量,他大概没想过这是上帝给自己的任务吧。"

庆祝会惬意而温暖。分发料理时,出席者也会做自我介绍,向鹿野表示祝贺。

"咦,要我说吗?"学生志愿者内藤功一开始说话了。

"鹿野先生。我忘不了和你的初次见面,那是在1999年7月27日。"

"厉害,连日期都记得这么清楚。"荒川刚说完,内藤便笑道:"其实是我随便编的啦。"

众人笑了起来。

"起初我老是搞砸,感觉空气中都弥漫着'我不需要你了!没用!'的氛围,鹿野先生要我'滚!'的时候,我还真的哭了(笑)。不过,鹿野志愿者中最差劲的我,即使一路上跌跌撞撞,如今也依然站在这里。今后可能还会相处很长一段时间,请多多指教。"

来年即将毕业的内藤早早做出了留学的决定。另外,前些日子的教育实习不如想象中的顺利,他又用自责的语气说:"唉,感觉吧,自己真没用。"看来青春的烦恼实在不浅。

不过,在鹿野家的志愿者里,至少内藤是不可或缺的存在,看起来朝气蓬勃。在上一年的大学祭上,他还主动召集伙伴,举办捐款活动以支援鹿野的自立生活。

他的目的似乎是"学习鹿野先生的积极进取,冲破自己的壳",这对他来说也是一次有意义的挑战。

说到朝气蓬勃,横山树理也还是那么开朗,而且他比以前见面时

269

显得更加成熟。

"我是横山树理！"她大声说道,"鹿野先生活得全力以赴,所以我也要努力活着！"

横山做志愿者已经整整两年。鹿野也曾笑眯眯地说："你说树理?她每周可努力了。"看上去开朗无忧,实际上通情达理、内心坚强。

找她聊天时,她说："啊,我绝对不会离开的。工作后恐怕就没办法做志愿者了,但我还是会随时过来玩的！"

比横山低一个年级的坂肋加奈是一名刚加入不久的志愿者。

"初次见面,请叫我加奈吧。我经常对鹿野先生喊：'我想要男朋友,给我介绍一下嘛！'希望能和大家成为朋友。本来是我给鹿野先生做志愿者,但他耐心倾听了我的许多烦恼。今后也想跟鹿野先生分享各种各样的事情。"她大声说道。

社会志愿者片桐真用沉稳的语气说道：

"虽说是出院五周年,可我觉得在当今社会,活得艰难的不只是残障者（笑）。

"不过,我今天来是想随便讲点下酒的段子。我一个月只参加两次志愿者,每次去鹿野先生家时,反而睡得更香,几乎没怎么帮上忙。可回头一看,时间都过去了三四年,我已彻底成为老志愿者。今后也请多多指教。"

片桐在东京念书时就在给残障者做护理志愿者,资历超过十年,我想起先前见面时他说过这样的话：

"在东京的时候,我发现帮助残障者能结交到许多有趣的朋友,我来照顾鹿野先生,其实也是出于这一企图。"

这一天,老志愿者们都没怎么露面,但鹿野住院时期的志愿者土屋明美来了。

"我叫土屋,给鹿野先生做志愿者的时候才20多岁。

"当时,他即将佩戴呼吸机,正徘徊在生死的边缘,我们共度了一段欢乐时光(笑)。

"其实明年春天,我要开始上针灸的培训学校了。为了成为针灸师,我将在那里努力学习三年,毕业后,我还会再回到鹿野先生身边工作的!"

"她还要回来做志愿者呢,大家听到了吗?!"荒川当即泼了盆冷水。

鹿野说:"难道想拿我当实验台?"

"没错,就是!"

"我好怕啊!"

庆祝会全程气氛热闹。

才木、高桥等支撑着鹿野家的老前辈不在场,荒川一个人便瞄准时机适当插话,悄悄地炒热了晚会的氛围。

说起土屋,她的丈夫馆野知己也没有到场,似乎是当天抽不出时间。作为实习医生,他每天都忙得不可开交。

庆祝会在9点结束,随即又进入了下一场聚会。先前没能参加的志愿者也汇合了,最后一场聚会大家一起去了KTV。川堀真志和内藤功一接连嗨唱南方之星*、乡裕美**的歌曲,腰还扭来扭去的。他们的唱歌表演实在非同寻常。

---

* 日本知名乐团,灵魂人物是担任团长和主唱的桑田佳祐。
** 日本的一名男性歌手和演员。

7

在最后一场聚会上，岛崎惠高唱着小泉今日子的《学园天国》，当天碰巧是她28岁的生日。

远藤引发"结婚风波"的当晚，负责护理的志愿者正是她，可我第一次见到本人是在聚会这天。她是一名社会志愿者，正在札幌市内的养老院里当护工。

不过我已经从才木美奈子那里听说了她先前的经历，其实在庆祝会上看到她的时候，我就立刻察觉"应该是她了"。

轮廓分明的容貌从远处一眼就能分辨出来，因为她身上汇聚了一股纯洁的美感。

为了在家庭餐厅进行采访，我们约在圣诞节的第二天晚上见面。

暴风雪中，身着白色长大衣的她依然美丽。

"我不记得亲生父亲的长相了。3岁的时候，我跟着妈妈和哥哥连夜逃离家中。晚上逃跑的具体原因我也不清楚。大概是为了逃离父亲吧……是个什么样的父亲？人好像挺过分的。"

从此，她的母亲一直以揽客为生，独自抚养两个孩子，40多岁时再婚，她现在跟着继父姓。

初中时的岛崎是个恶名昭著的不良少女。头发染得通红，年轻气盛，被警察找过许多次。从定时制高中*毕业后，她当了两年的实习护士，接着和母亲一样进入了揽客的世界。从咖啡店的服务员到赌场的兔女郎、宴会的礼仪小姐、夜总会的女招待……因此，她与"志愿者"

---

* 日本的高中根据授课方式和时间的不同，可分为全日制、定时制、通信制（函授制）三种类型。

的形象着实不符,有种华丽闪耀的气质。

岛崎金盆洗手,考虑从事"正经职业"也是因为年龄大了。当时她即将27岁。

揽客世界的更新换代异常激烈。与19岁、20岁的女孩们竞争也非常疲惫,而且今后不可能一直以"女人"为武器活下去。

然而一旦开始找工作,面试官就对岛崎揽客的经历说三道四,不仅面试不成功,还被人各种指责"想法简单""这不是你能胜任的工作"。岛崎不甘极了,难过得几乎一蹶不振。可不知怎的,她突然想到去献血。

"不知为什么自己想到了献血。或许我也想为他人做点贡献吧……也可能想通过献血找到活着的真实感。"

于是当天在献血中心的大厅里,岛崎遇到了鹿野招募志愿者的传单。

"其实20岁的时候,我就一直想尝试这类志愿者工作。但晚上忙于工作,始终没有机会。当时我莫名觉得,要打电话就只有现在了。"

不过,这样的事我似乎在哪里听过,接着想起主妇志愿者荒川麻弥子也是一模一样的过程。荒川也在护工工作中遇挫辞职,突然就想到了"献血"。于是她在献血中心的大厅里看到了传单,仿佛被吸引了似的开始当起了志愿者。通过与鹿野的相遇,荒川得到了重归工作的勇气,而岛崎后来也再次向求职发起挑战,如今在老年医院找到了护工的工作。

一般认为人在时间、生活有闲余的情况下才会开始做志愿者,却也不尽然如此。献血也好,志愿者也好,对人类来说,"支持他人"比"被他人支持"更加重要。

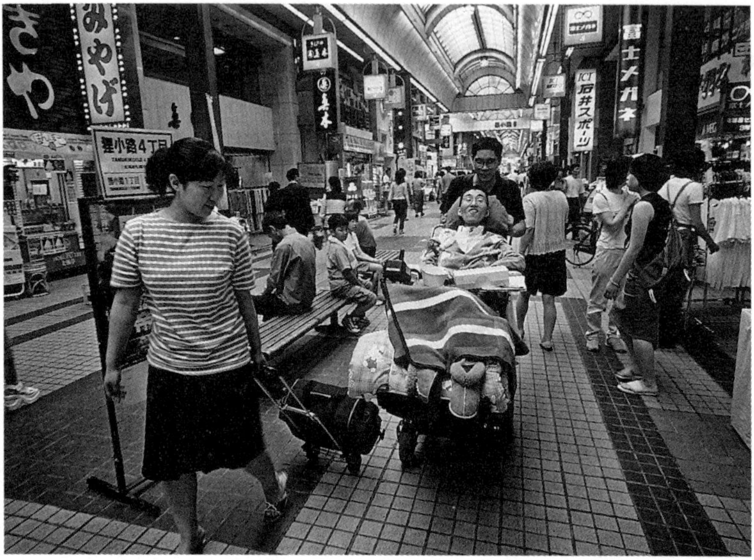
みやげ
狸小路4丁目
富士メガネ
ICI
石井スポーツ

"可能也有自我满足的因素吧……老实说，如果能大大帮助到鹿野先生，我也会感觉自己得到了回报。毕竟原先过得不怎么光彩……而且鹿野先生家有不同形式的'爱'。以前我从未考虑过这些。"

然而，回忆起鹿野发脾气的"结婚风波"之夜，她这样说道："前阵子鹿野先生发脾气，可能是我的问题。"

这其实在美女身上很常见，她经常被人说"不作声的时候看起来冷冰冰的"。

"鹿野先生突然说'想死'的时候，我心想'这个人是认真的？'，一直默默地盯着他的脸。"

于是鹿野越来越激动，大喊："不行了，我不行了！我想死啊！"不过，折回鹿野家的才木美奈子的处理方式与岛崎简直天差地别。

"她突然砰砰砰地冲进房间，大喊：'鹿野！你也是人，想哭就哭吧！'好像还抱住了鹿野先生。

"我被吓到了。与其说惊讶，不如说觉得她很厉害。心里很感动。

"总感觉鹿野先生这副样子被我看到不太好，我就一直待在客厅里。鹿野先生在哭，才木女士在哭，重乃也在哭，我则一直听着三个人的哭声。"

接着，她略有不甘地叹息道："……这些举动很重要吧。"

我也这样认为。

才木说的"护理没法照着教科书来"或许也有这层意思。比起口头上的"善意"和"同情"，护理更需要的是用心。不仅是护理，人生亦是如此，我们心里明白，却难以做到。但关键是，我们不能只顾着说"做不到"。

才木从保育士走上了如今的护理之路，心胸十分宽广，让人觉得不管对方是孩子、老人、残障者、健全者或是外国人、醉汉，她都能真心以待。遇到才木后，我感受到了中年女性不可动摇的魅力。

"才木女士，我觉得她人挺好的，热情又温暖，是个厉害的成年人。"

"你想变成那样吗？"

"嗯，想啊。"说完，岛崎惠笑了。

"结婚风波"的当晚，在场的另一个人——主妇志愿者佐藤重乃，或许也是从志愿活动中得到救赎的人之一。

在五周年庆祝会上做自我介绍时，佐藤这样说道：

"我离婚了，现在单身——我本来是个机器白痴，当志愿者之前，在家都不会按录像机的定时开关。

最近，在鹿野先生的教导下，我还会查看电脑上的邮件了。从他身上我得到了努力的力量，希望我们能一直保持联系。与鹿野先生的相遇，是我人生的转机。今后也请多多指教。"

佐藤重乃是那类能使人放松的女性。她体型丰满，特别爱笑，散发出由内而外的开朗感；46岁，有三个孩子（分别是大学生、高中生和初中生）。

"关于要不要做志愿者，我其实纠结了两年。因为我觉得自己肯定做不来。"

佐藤把鹿野在报纸上招募有偿的陪夜志愿者（护理费5000日元）的广告剪了下来，一直夹在手账里随身携带。

佐藤一直没勇气打电话，是因为"自己对什么事都没有自信"。她还经常被孩子说。

"他们说我是小孩子。尤其是大儿子，说什么'妈妈太不谙世事了''简直跟笼中鸟一样'——"

我问："你是千金小姐吗？"佐藤笑着说："算是吧。"

佐藤出生于道东的北见市，在当地为数不多的富裕家庭里长大。从有名的地方女子高中毕业后，她进入了大型保险公司的分公司。23岁结婚并离开了职场。

"丈夫是我交往的第一个人，就这么结婚了。我在不谙世事、对外界一无所知的情况下步入了家庭。我特别喜欢小孩子，完全不觉得养孩子累。所以，三个孩子都是我的骄傲。可是呢，心底始终有种不满足的感觉。"

佐藤决心做志愿者，既因为养孩子已经告一段落，与丈夫间冷淡了十年的关系也占了大部分原因。

"我丈夫本来就是个怪人。"佐藤说道，对教育孩子和家庭都漠不关心，沉默寡言，不知道脑子里想些什么。

而她的丈夫前一年突然被公司解雇了。

"他被炒的时候，老实说我还有点高兴呢。这下夫妻俩总算能面对面，好好过今后的生活了。他收到了不少安抚费，靠这笔钱应该也能过下去。"

结果丈夫冷冰冰地回了一句："安抚费的金额，你知道了想干吗？"

佐藤不禁想到，对这个人来说，自己到底算什么。

迄今为止的人生，到底算什么。

第一天参加鹿野家的新人志愿者培训时，佐藤泪流满面地向鹿野倾诉了自己的经历。

"我明明是过来帮忙的，怎么自己哭了起来。鹿野先生说'如果不介意，说给我听也无妨'。然后他告诉我'重乃女士，积极乐观地活下去吧。人生只有一次呀！要多想想自己今后怎么活'。"

结果，当了一个半月的志愿者后，佐藤决定离婚。

幸好三个孩子没有选择丈夫，而是站在了自己这边。诚如她所言，

"与鹿野先生的相遇,是我人生的转机"。

"对凡事都没有自信"的佐藤,在护理方面要比常人厉害。

"大小便都是从人体排出来的东西,我完全不觉得脏。虽然以前没做过体位更换,但我没有问题。鹿野先生也夸赞'重乃你挺能干的嘛',这也让我非常开心。"

想想也不奇怪。佐藤有抚养三个孩子的经验,她自然懂得怎样让对方舒适,避免让对方觉得不舒服。

通过志愿者获得了自信的佐藤后来参加了面向单亲妈妈家庭的资格培训班,挑战了家庭护工的2级资格证(现在的护工新人实习)。今后,她想以职业护工的身份去从事护理工作。

以前的佐藤没什么机会了解外面的世界,除了老公和孩子,恐怕也没有其他的标准来衡量自己。有段时间,她曾为阴郁的情绪所困扰,怀疑自己"是不是有精神病""是不是因为得了抑郁症才会恨丈夫",但是志愿者工作为她开启了一条宽敞的活路。

8

99/4/25(周日)鹿P

健全者选择升学、就职时,说不定比我们残障者更加迷茫、痛苦。

4月份就业的志愿者们,有些给我打来了电话或登门拜访,真的挺不容易。大家加油,不要气馁。

这个家是"社会的缩影"。

我不是指家中主张的正常化、人权意识等原则，而是在更深的层次上，健全者离不开残障者。

"一个不幸的人发现了另一个不幸的人之后，就会变得幸福。"

我又想起了以前荒川麻弥子告诉我的这句话。

它从消极的角度（讽刺）阐释了志愿者的心理，本身是值得我们深思的重要解释。不过，这种人类心理的构造，我们应该从社会的角度稍微挖掘一下。

社会志愿者片桐真曾说："如今已经过了高度经济成长期，进入了一个成熟的社会，光是'普普通通地生活'，还难以抓住活着的意义。"我也这样认为。

对生活在现代社会的健全者来说，"光是活着"还不够。如今，意识到"自己普通"都能给自己带来痛苦，每天通过多媒体，华丽绚烂的画面令人目不暇接，我们也进入了高度信息化的社会。我等健全者总是被这样的念头穷追不舍：一定要过上更有个性、更有魅力的"特殊生活"。"普通生活"出现了严重的通货膨胀，早已一文不值。

然而，接触到重度身体残障者的自立生活后，任何人都能感觉到："普通生活"还是充满了积极生动的意义。再进一步地说，与健全者相比，残障者并非始终处于"不幸"的位置。

鹿野刚开始自立生活时，了解到"健全者也有烦恼"，决心"再也不说'因为我是残障者……'这句话了"，正因为二者能交叉在一起生活，才使得残障者收获了"残障算不了什么"的强烈希望。

既是札幌一五会的创始人，也是鹿野恩师的西村秀夫说：

"1980年代，他们初次踏入自立生活的时候，每一个困难都要靠自己去克服、跨越。这个尝试异常残酷，大家也吃尽了苦头。

"但唯一的救赎是，他们的人生有了'活着的实感'。大家看起来熠熠生辉。这副模样也令我十分感动。

"反观健全者的社会,当代年轻人很少有'活着的实感'吧。快乐当然也有,但感悟人生深度的机会却变得很少了。"

"残障等于不便,但不等于不幸。"海伦·凯勒的这句话广为人知,其实说的也是残障者与健全者在幸福与不幸上的颠倒现象吧。

的确,人类为了体会到自己的"幸福",他人的"不幸"必不可少。可并不是说"这样不对"。

我们其实不清楚什么让人幸福,什么让人不幸。无拘无束的健全者感到不幸,抽了一手烂牌的重度残障者反而更幸福,人生就是可能发生这样的事情。"幸福与不幸无法靠某一方面来衡量"的现实认知,也只有在这样的地方才能得到,即肩负着不同生存条件的人也能"共存"的地方。

我们必须创建一个开放性的环境,即便经常出现摩擦与争执,不同的人也能相互支撑,一起活下去。如此一来,"普通生活"的平衡或许会比现在更加稳定。

我觉得首先得建立扎实而基本的社会保障制度,让残障者想要自立的"任性"不再是任性。

一如第三章所述,"残障者的自立,以及创建支持自立的地方护理系统,不仅是为了残障者,也是为了社会"。

然而,除此之外,还有东西值得我们去思考。

我在鹿野的处境中,发现了一种非常神奇的关系。

为了活下去,用自己的身体当教材,让亲自培养的看护者照顾自己——单看这一部分,可以说鹿野的生存形式是"自给自足"(自己种的蔬菜自己吃)。

不过，考虑到鹿野一手培养的许多志愿者都成了福利、医疗领域的专家，鹿野的行为其实也算正儿八经的"教育活动"。而且向曾经与福利无缘的志愿者传授护理方法，也能让他们了解到残障者的现状和自立生活的意义，就这点而言，这也是一场普及正常化的"社会运动"。

假如待在设施或医院里，容易被置于一味"接受护理"的被动处境，但选择自立生活的时候，"接受护理"才实现了一种真正的社会连接。

这种关系只能在自立生活中诞生。来到这个家，我才第一次知道原来还存在着这样的人际关系。

更进一步地说，像鹿野这样的重度残障者难以从事一般意义上的"劳动"，其"社会职责"与"生存价值"究竟是什么呢？这个家中发生的一切也是思考这些问题的重要实践。

鹿野佩戴呼吸机后，"人生的主角是自己"的意识变得越来越强烈。他不惜冒着生命危险，也要实现自立生活，还得辛辛苦苦地率领志愿者集团，这或许和"与人接触""传递给他人""改变他人"有着直接的关系吧。以前，馆野说过："身体越不能动弹，他就越勇往直前。"我想和这些也并非毫无关系。

按照现在的经济系统，鹿野在家中的活动还不能定位为"劳动"，但是，这些活动打破了以往福利观念、残障者观念对残障者与健全者的关系（被看护者—看护者／弱者—强者）的束缚，形成了双向的人际关系。

如今，为了在社会各地构建残障者与健全者的"联系"，残障者也不会只生活在万事安排妥当的福利服务中，他们凭借顽强的意志去培养志愿者、带领新人集团，越来越渴望自己做决定。就跟鹿野一样，"护理高手"与"专家"其实正是接受护理的残障者本人，身在当今时代，人们应该拥有这种强烈的自觉。

志愿者中有未来的专家，也有和福利无缘的学生，有作为主力的中年女性，也有染茶色头发的女大学生，这就是鹿野家的感染力。

在努力向社会坦诚自己的残障时，任何人都会看到"社会的缩影"，任何人都有成为"社会开拓者"的潜能。

这些也是鹿野及鹿野家的运营方式所教给我的。

9

远藤贵子小姐

你突然说自己要结婚去加拿大的时候，我震惊得几乎一蹶不振。所以，我没法坦然说出"恭喜你"。但是，能在幸福中欢欣雀跃地离开这里，你可以排进鹿野志愿者的三巨头了！

我们的关系无关男女，半夜大脑陷入恐慌时，你过来抚摸我的头，真的让我感激不尽。你是个心胸大度、包容力超强的女孩！但是，你已经不是女孩了呢——是女性啦。

幸福是等不来的。

我们都要努力，否则幸福是不会来敲门的！

一直以来，谢谢你了。

★不要一开始就宠溺老公，这一点很重要。在加拿大有着落以后，一定要写邮件或明信片告诉我地址。保重身体。

鹿野靖明

我时隔许久再访鹿野家，是在临近除夕夜的晚上。

黑黢黢的天空时而飘着雪花。照料式住宅前的公园里，白杨和春榆树也覆上了一层白雪，看起来要被冻死了。

　　不过，当我搓着手进入玄关时，发现寒冬的鹿野家开着暖气，暖和得都有点冒汗了。鹿野也一反常态，已经安静地躺在了睡床上。

　　床边贴着远藤贵子的婚纱照。

　　远藤只领了证，没有举办仪式，但还是租来衣服拍了纪念照，罩着面纱的远藤张开右手，摆出了"Hi"的姿势。

　　那双大眼睛显得愈发有神。

　　"……远藤小姐真的走了啊。"我对床上的鹿野说。

　　他用困倦的声音叹息道："真是个让人头疼的孩子。"

　　"不知道她现在幸福吗？"

　　"我哪晓得。嗨，亲亲热热的好时光也只有现在吧——男女关系就是这么回事。反正今后也能猜到。"

　　"哈哈，你在闹别扭吗？"

　　"也不是。离开的人我都会立刻忘掉，虽然这样很冷漠吧。我就是个薄情寡义的人啦。"

　　说完，他扭开了头。

　　会报的编辑工作目前由远藤带来的社团学弟接手。这一天，他在客厅对着电脑工作到深夜——是个做事认真的男孩。

　　"已经五年了啊。"

　　鹿野用感慨颇深的语气说道。

　　"那个架子上有心脏方面的书籍。你能帮我拿一下吗？"

　　我有点不明白他说这句话的意图，但还是按照他的吩咐，从书架上取出了厚厚的书籍。书名叫《系统看护学讲座：如何看护循环系统疾病患者》，是一本看护学的专业书。

"打开目录。有一页说的是'扩张型心肌病'，你读一下吧。"

我翻动书页。

关于扩张型心肌病（DCM），"基本症状表现为心室收缩功能减退与心室扩大，可以观察到心肌细胞的变性和同质的纤维化"。

心脏也是肌肉团。随着肌营养不良的恶化，心脏的肌肉也会慢慢变质，最终纤维化。书中还有一张"心脏病存活率"的表格，写着"扩张型心肌病治疗后并不乐观，五年后的存活率约为50%"（十年后的存活率为36%）。

据统计，五年之内，两名患者中的一名就会死去。

"也就是说，我活了五年，相当于从五五分的概率中存活了下来。还是托人工呼吸机的福。假如世上没有呼吸机，当时我可能就死了——The end。"

他的语气很平淡，我的内心却波澜四起。

"总之你顺利活过了五年呢。"

"是啊，医院说我只能活一两年。还说住在家里也不行。可我撑过来了，对此我很骄傲。

"自立生活意味着能得到自由。但自由的背后，总是需要自己承担责任。离开医院时，我也写过保证书。哪怕志愿者失手造成了我的死亡，我也不会怪罪医院和他人。

"不过，还是家里最好啊。没有什么地方比这里更好了。拼命留在这里才是我的工作，而不是什么医院。"

"是呀。"

深夜的鹿野，语气比平日要坦然一点，讲起了真正不能让步的事情。

鹿野每说一次"你说是吧？"，我都会回答"是呀"。

284

护理只有跟前的我负责,接受护理的鹿野也放下了警戒心。此时此刻,我感觉自己和鹿野正处于真正的"一对一"状态。

以前远藤贵子在《看护笔记》上写过:"来这里的时候我觉得很麻烦,可陪夜到深夜时,不知为什么心情会变得柔和起来。这让我感觉非常惬意。"我觉得真的是这样。

鹿野说:"帮我吸痰。"

我回答:"好好好。"

吸痰机的马达嗡嗡地震动起来。

歇过一口气后,鹿野又聊起了远藤。

"起初,她真的很容易发烧。"

"原因好像是失恋吧。"

"没错。毕竟人生有起有伏,痛苦的事情也很多。

"别看她那副样子,其实人挺温柔的。而且母性本能也挺强烈的……我受了她不少帮助。半夜突然焦虑时,还有前阵子精神恐慌时,给她打电话后,她都会过来呢。"

"然后,她会摸你的头吧?"

"哈哈,是的。是有过这样的事。"

咻。咻。咻。

呼吸机的声音依然响亮。

黎明前的护理
共同生存的喜悦与悲伤

97/10/30（周四）齐藤大介

　　实际上，做志愿者并不代表能无条件地建立起优质的人际关系。
　　合得来的人就合得来，合不来的人始终合不来。
　　另外，最近我觉得在鹿野先生的生活中，志愿者不必成为浓墨重彩的存在。也就是说，日常点、普通点就好。虽然有点理想化，但我真的这样想。

1

爱上女志愿者，然后被甩，继续爱上，继续被甩……

不知从什么时候起，连这些失恋故事都成了鹿野性格的一部分，在佩戴人工呼吸机后的自立生活中，只有一次是双方"两情相悦"。

一开始编辑找我执笔本书的时候，我会心动也是因为对这件事有一丝好奇。

"这个人一直躺在床上，还交过女朋友？"

当时我这样问编辑。

1996 年，鹿野成立了人工呼吸机使用者友会，同时开始发行会报《呼吸机使用者的碎碎念》。帮忙编辑第一期会报的人便是鹿野交往过的女性志愿者。而且当时她还担任了志愿者的协调人，在精神上给予了鹿野极大的支持。

我肆意放飞想象。那里或许有自己未曾了解的男女关系，或者说爱的形式。

然而现实远比我想象中的沉重。按照鹿野家的状况，要与女性志愿者谈恋爱着实是一大难题。为此，少不了周围志愿者的助攻。

我准备先向鹿野打听。然而，鹿野的嘴巴非常严。

除此之外，无论被甩、离婚还是差点死去的经历，鹿野都把那些当作自己的功绩大谈特谈，可唯独这件事他闭口不提。

"那个人是什么时候的志愿者呢？"

"唔，记不太清了，大概是三年前吧。"

他的语气明显不想提。

"你们交往过吧？"

"与其说我喜欢对方，不如说对方喜欢上了我。"

"这样啊。"

"对啊。所以我们轻松愉快地开始了交往。结果对方越陷越深——还挺让人头疼的。"

"咦？"

"我有很多事要忙，还有必须考虑的事情。"

"鹿野先生不喜欢那个人？"

"不，应该是喜欢的吧？毕竟她特别拼命，还担任了志愿者的协调人。但是，她精神有点脆弱，很依赖我，让我挺为难的。因为我自己的事情都顾不过来了。"

"精神有点脆弱"，听到这句话我畏缩了，感觉要深入这个话题，就得做好心理准备，因为它可能相当沉重。

"对她来说，是个很大的问题吗？"

"是啊。所以我劝过很多次，让她去医院。

"真是的，我好像挺受这类有点内向的女生欢迎。说起来，前妻也是这种类型。怎么说呢——"

鹿野问自己，然后说出了似乎早已准备好的答案。

"感觉是我在给她们能量。

"勇气应该是每个人都有的吧？"

接着，他哈哈大笑，说："我累了，要喝咖啡。"

我把床边的咖啡杯递过去,用吸管喂他喝。

"肉体关系当然也有过吧?"

"就很正常吧。和普通男女一样啦。"

听到"普通"一词,我不知该如何接话了。"普通"就是普通吗……然后,鹿野开始惦记迟到的轮班志愿者:"阿滋好慢啊!喂,德田!给阿滋打个电话。"

话题暂时中断。我决定改变提问的角度。

"与女性志愿者发展成男女关系后,会不会难以顾及与其他志愿者的关系呢?"

"这不是一回事。还挺麻烦的。

"第一,一旦发生关系,志愿者就不会过来了吧?所以是二者选其一,要么发生关系,要么留住志愿者。而我选择留住志愿者。"

接着,鹿野用到此为止的语气说:

"比起这些,对我来说,生死问题可重要多了。我有很多要做的。渡边先生,你明白吗?"

"哦……"

不管是谁,都有不愿被人探寻的过去。

不愿公开的过去就更多了吧。

然而,我之所以觉得最后必须触及这件事,是感觉其中包含了人与人之间的本质问题。

什么是护理?什么是支撑?

在此次取材中,我一直思考着这些问题。途中,还遇到了另一位"鹿野靖明"。

2

为了联络以前的老志愿者,我借来了陈旧的"志愿者名簿"。从抽屉里拿出名簿后,我拨通了这个人的号码。

从打电话申请采访的阶段开始,她就说:"非常难以启齿。"

"你跟我见面,鹿野先生会怎么说呢?"

她的语气十分坚决,从中能感觉到内心的坚强。我实在不觉得她"精神有点脆弱"。

"其实我是瞒着鹿野先生给你打的电话。"

且不说要不要把两人的故事写下来,我问她能否先聊一聊。

其中确实有个很大的问题——

出版之前,本书的原稿要不要先给鹿野过目一遍。

假如对方是名人或权势者,自然没这个必要。作者只要遵从自己的信念与责任,把想写的东西出版成书即可。但是,鹿野又如何呢?

我觉得既然如此深入私人生活,出版前当然得获得本人的许可,但如此一来,要是我写了些过分的事情,鹿野自然会做出反驳。比如"你写这些让我很为难""这与事实不符""我可能这样说过,但其实心里没这么想"……

不管是谁,都有好的一面和坏的一面,有软弱的一面和丑陋的一面。即使我觉得有些部分必不可少,本人却觉得没必要、想隐藏、不愿被触及,而且双方的观点也存在差异。若非要把二者协调一致,便会生出麻烦。

何况鹿野把本书当作了"自传"。

"我也不会只写鹿野先生的优点。"

随着交往的深入，我会故意说这些话以牵制鹿野，可并不清楚他会如何接受。

不过，我觉得要思考这些，还是等全部写完了再说。交流过后，如果实在无法协调，那也无须强行出版。届时，就把这份原稿当作我写给鹿野的超长篇《看护笔记》。

这么一想，我的心情也放松了下来。只管去见想见的人，问想问的问题，写到自己认同为止。

结果，从开始取材的那年到次年间，我和那个人见了两次。

两次都是在札幌市内的家庭餐厅。她在附近的老人康复之家做护工，下班后骑着自行车过来了。

她42岁，比鹿野大1岁。

见到本人后，感觉与电话中的印象不同。她个子娇小，脸蛋略圆，是一名气质姣好的女性。不过她素面朝天，穿着T恤加牛仔裤，看起来不常打扮自己。既能感受到她内心的坚强，也能感觉到她有一股面对外界的倔强感。

"那个人只会说自己的好话。要是我稍微写一点不好的，就会被他随便删改掉。"

她以写会报文章时的经验来提醒我。

似乎她本就喜欢做同人志、写小说。与残障者交往时，她想到能否为他发挥写作的能力。

事实上，她刊登在会报上的文章都写得很棒。

特别是描写了鹿野住院时期的文章，笔触动人，对初入鹿野家的我起到了重要的指南作用，在写第四章的时候我也参考了不少。

她写的文章不是本书采用的"第三人称叙事"，而是鹿野的第一人

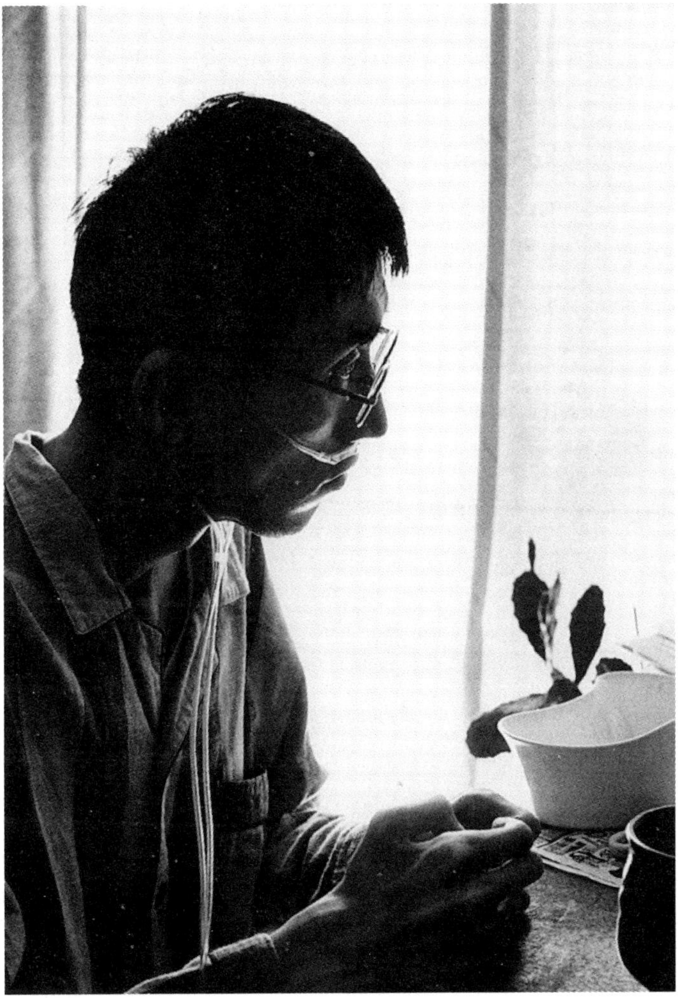

称（听写的形式）。不过，她并非单纯地把鹿野的录音写成文字，文章结构非常讲究，替鹿野完整表达了他的心情。

只是，若要列出唯一不好的地方，便是她笔下的内容全部建立在鹿野口述上。如此一来，鹿野要性子为难志愿者、被隔壁病房怒斥太吵的情节就很难塞进去了。鹿野的主张和信息是"善"，而社会和医院是"恶"——无论如何，文章都强调了这样的构图，从中，我们看到的是"弱者"鹿野，因为社会和医院的不理解而痛苦，同时也能看到顽强斗争的残障者鹿野。

对会报的文章如此要求有些过分，况且也没这个必要，可现实建立在更为多元的要素上。鹿野是一名残障者，更是一个人。志愿者和医院的工作人员亦是如此。每个人的个性都不同。还有许多偶然因素交织其中，所以写作必须保持谦虚的态度，不能扭曲读者对是非的判断。

不过这样说的话，也等于我掐住了自己的脖子，什么都没法写了。

她加入鹿野家的志愿者是在鹿野出院的次年夏天。

当时，报纸、电视上经常报道鹿野的尝试，鹿野靖明的名字逐渐在该领域"出名"起来。

她的父亲是公务员，经常调职，从道北名寄市的女子高中毕业后，她进入了札幌的职业学校。后来，从事保险推销员的工作时，与鹿野的朋友我妻相识，以此为契机，她开始为一名脑性麻痹残障者做志愿者。

"那个人住院后佩戴了人工呼吸机，结果才过了一年半就在医院里去世了。当时，病房的墙壁上一直贴着新闻报道，介绍鹿野先生的自立生活。于是我得知了他的存在。"

当我问她为什么要做残障者的志愿者时，她这样回答：

"我念书的时候经常受人欺负，家庭和学校都没有我的容身之所。

自己开始工作时，才终于觉得'原来我可以活得如此随心所欲'。

"这时，我凑巧遇到了残障者们，感觉与过去的自己有些相似。我的嘴也特别笨，内心各种自卑，而身体残障的人恐怕有更多的难处和自卑情结，但如果能化劣势为能量，他们定能展现出自我。所以，我想助他们一臂之力。"

刚开始做志愿者的时候，她觉得"鹿野先生是年轻志愿者的谈心对象，品格高尚"。而且即使因重度残障而佩戴呼吸机，鹿野仍选择过困难的自立生活，因此她对鹿野也产生了一种类似憧憬的情感。

两人开始交往，是在另一名陪夜志愿者熟睡的深夜里。她甚至清楚记得那天的日期。

她说："一旦认识我妻先生和鹿野先生这种充满魅力的男性，就无法再同差劲的男性交往了。"

于是鹿野说："你把我和我妻相提并论，真开心呀。"

"那要不和我交往试试？"

"也行啊。"

鹿野告诉我："所以我们轻松愉快地开始了交往。结果对方越陷越深。"似乎确实有这种感觉。

我很犹豫到底哪些能问。

"虽说我们交往了，但鹿野先生存在着限制呢。毕竟人基本躺在床上，还戴着人工呼吸机。而且身边时刻有志愿者围绕。"

"是啊。在这些限制中交往，你没有一点犹豫吗？"

"完全没有。"

"是吗？"

"因为我把残障看作鹿野先生的一部分。他身上包括了残障。因此就不存在这些限制了。来鹿野家的志愿者都很有意思,当时我想做的,就是和大家一同支撑鹿野先生。"

所有人都承认:残障是鹿野性格的一部分,也是他的魅力之一。

"假如他是健全者,自己也就不会同他交往了。不过,我有点难以想象没有残障的鹿野先生(笑)。

"我也喜欢志愿者们,感觉与鹿野先生交往的时候,我把那个家也算了进来。所以,刚开始的三个月真的很开心。两人处于热恋期……虽然我不知道他是怎么跟你说的。"

可是,恋爱一般不是建立在"一对一"的关系上吗?她那句"感觉与鹿野先生交往的时候,我把那个家也算了进来"令我相当震惊。

难道在任何状况下,恋爱都能成立?

"那问题是什么呢?"

"首先是,他有焦虑症,情况不好时,他每隔三小时就会打来电话,半夜也一样。所以我睡眠不足,还过度劳累,整个人都精疲力竭。

"但是,怎么说呢。他打电话过来想跟我聊天时,就算问我'睡了吗?',我也只能回答'还醒着'。我不喜欢敷衍了事,所以还挺投入的。"

电话中的话题几乎都关于护理体制。自己的身体状况、新人培训的情况、与志愿者的意见分歧……当时,她辞去了保险推销员的工作,在健康中心从事专门的陪夜职工,还得一边做志愿者。

"人还是越来越吃不消了。但如果不小心不接电话,他会发电报过来的。"

"电报?"

"写着'鹿野危笃了'。"

我"哈哈哈"地笑了起来,可空气中飘荡着一股不容玩笑的氛围。

"真的吓我一跳。

"可冲过去一看,发现本人还生龙活虎的。当时,我睡眠不足加过度劳累。一周做三次志愿者,有时值完夜班还会被叫过去,我精神上也慢慢撑不住了。"

她也有问题。听当时的志愿者说,她做不好身体护理,总是笨手笨脚的,处理呼吸机的时候也经常花上很长时间。

"我本来就很笨拙啦,从小便是如此。所以刚开始的时候,鹿野先生经常跟我发脾气。"

然而,鹿野与她交往后,开始希望她成为一名完美的看护。后来我从其他志愿者那里得知鹿野曾说过类似"我要好好教育她"的话。

就这样,不久后她还担任了鹿野家志愿者的协调人,坠入了无间地狱。

不过在此之前,我必须讲讲两人交往期间(1997年~1999年)鹿野家的状况。

出院第三年的自立生活对鹿野而言十分痛苦。

那是与他人一起生活所带来的痛苦。

而且这段故事没有"完美结局"。

3

前面也提到过,五年前从北海道勤医协医院出院的鹿野,此时才第一次直面"医疗护理"的问题。

鹿野所住的"道营照料式住宅",是一座有护工24小时照料的福利住宅。然而,这里不允许职工帮患者吸痰。

因此,鹿野必须直面严峻的现实,另行建立一套由外行人志愿者组成的24小时护理体制,否则他就无法活下去。

出院后不久,鹿野身边都是在医院接受过扎实培训的馆野知己、国吉智宏、俵山政人、土屋明美等人,与志愿者们的团队合作也十分出色。

但当迎来毕业季、就业期后,靠谱的志愿者自然会逐渐离开。这件事首先就让鹿野深感不安。

97/1/6(周一)致各位志愿者
今天我脑子很混乱,特别不安。
若问我为何突然如此慌张,还是因为今后的陪夜护理。
志愿者越来越忙,没法再过来了,这超乎了我的想象。吸痰护理需要练习时间。最后当然得自己做决定。
我光想想就觉得万分痛苦。我也不知道自己为什么会这样。
我会忍不住想,为什么自己的身体会变得不自由。不知为何,心里乱糟糟的。消极的想法对心脏也不好。
我为什么不能更乐观点呢……平日的活力跑哪儿去了……总之我现在累了。决定也只能自己来做。还请大家多多支持。

鹿野

由专业护工才木美奈子填满一周五次的"白天"护理——此时,距离这一体制的建立还有很长一段时间。必须靠"纯志愿者体制"来填满一天3人、一周21人的护理日程表("白天""夜晚""陪夜"各需 1 人，从 1999 年开始，变为 2 人负责"陪夜"的轮班制）。

也就是说，每隔几小时就会迅速更换看护。

有一位志愿者曾写下这样的内容。

97/4/22（周三）大贯

鹿野先生问我："我表情疲惫吗？"我回答："没有啊。"结果他吼了一句："明明很累啊！"

即使一件事给鹿野留下了不好的回忆，半天过后，对此一无所知的其他志愿者也会过来。每到这时，鹿野不得不大费周章地解释自己为什么疲惫。

由于要填补人手的空缺，志愿者从出院时的 20 人增加到了 40 多人。新人培训的负担也随之加重，与每个人的沟通也变得麻烦起来。另外，鹿野与学生志愿者的年龄差距越来越大，难以习惯与年轻志愿者的交流。

到了第二年，鹿野的脖子到后背一片开始阵阵作痛。

颈部的肌肉力量在慢慢下降。当时，鹿野坐电轮椅的频率比现在高，可因为肌肉力量下降，只好购买能牢固支撑颈部的躺椅式电轮椅。然而，即便向厚劳省（当时的）提交文件，申请补贴的手续也十分繁杂，等了几个月才安排下来。

时间越久，鹿野躺在床上的时间便越长，颈部的肌肉力量也下降得更厉害。

他唯一的安慰就是看电视剧《古畑任三郎》。

那段时期的鹿野会因为志愿者的一句话而瞬间炸毛，把不喜欢的志愿者统统辞退了。可这么做，越来越痛苦的终归是自己。

"晚上睡不着"的老问题也在新加入的志愿者间再度燃起，下面的文字摘自第二年的《看护笔记》，有一位志愿者因为写了如下批评，把鹿野惹生气了，于是次月辞去了志愿者。

98/2/21（周六）
人的生活是"昼型"还是"夜型"——假如完全是一个人生活，那确实是个人自由。但"不是一个人"的话，我认为必须顾及他人的感受。

"自由"按照字典解释，意思是"随心所欲"，可我们决不能误会这个意思。人与人接触时，起码不能麻烦别人、强迫他人牺牲，必须尊重他人，如此才能获得真正意义上的"自由"。

就像住院时期的国吉智宏，批评鹿野恰恰证明了志愿者的认真，对鹿野十分用心。

通过耐心的沟通，这些摩擦与争执，许多都能培养成更深入的信赖关系。然而，那段时期的鹿野缺少这样的忍耐力。

变成夜型生活后，鹿野也跟按摩师和上门护士发生了冲突。虽然他明白出门晒太阳对失眠有好处，可出门需要更多的志愿者，还得进行大量的培训，以传授他们呼吸机的装卸方法和吸痰瓶的用法等。

97/1/8（周三）鹿野
我不想当残障者了。心里觉得想死，真的，就有这么极端。

我现在每天失眠到天明，真的要神经衰弱了。再不出门，感觉人都要疯了。我对不住大家。

要是社会的精神生活更丰富些就好了。现在我的心灵就很空虚。精神摇摇欲坠。很抱歉每天都写这样的文章。

人活着是为什么呢？活着就是走向死亡。任何人都会死。活着究竟是什么？人是为了什么而与自己战斗？

要熬过艰难的人生与社会，感觉真的很累。

那一年的秋天，鹿野终于向神经科的医生发出了求救信号。

20多岁时，鹿野因为照料式住宅的建设运动，焦虑症恶化，从此以后，他必须坚持服用安定药以维持精神稳定。

据神经科的医生说，首先"不能动弹就造成了巨大的压力"，再加上"出门困难，晒不到太阳""周围时刻有人，致使副交感神经出现问题"，于是鹿野陷入了"越来越睡不着"的恶性循环里。

97/10/25（周六）鹿哞

让各位担心了。自从我写了要请神经科的医生过来后，大家纷纷表示担心。但你们误会了。恢复靠的是本人，咨询的意义不是为了让人依靠或者撒娇。你们对咨询的认识太落后了。咨询不等于救人。它只是为你点亮了一道光而已。我现在压力很大，24小时完全没有自己的空间。但我可以向毫无关系的专业精神科医生倾诉。医生的任务是从医学角度分析我现在的烦恼，并与我一同思考。

各位，请千万不要把自己的想法强加在我身上。请不要擅闯我的内心。同时，也别对我夸大评价。我活着是为了享受在家的生活。睡前小酌也是我的生活方式，神经质是我的性格，我活着不是为了迎合大家的价值观。我就是个固执的人。我烦恼也是因为有自己的一套哲学。大家各有各的压力，与你们发生冲突的时候真的很抱歉。

然而，鹿野的这篇文章在志愿者间又掀起了新的波澜。志愿者相继在笔记上写了这样的内容。

97/10/26（周日）草岛

我看完了鹿野先生的说明。我明白鹿野先生说的话，鹿野先生脑子里想什么、想如何生活全都是自己的自由。但是，一时冲动给志愿者留下难受的回忆，这又该怎么说呢？这也算强加想法吧？不是说什么让你迎合大家的价值观，只是希望你的心胸能宽广一些，把大家的话当耳边风就好。这也叫落后？

我觉得鹿野先生太较真了（笑）。

97/12/23（周二）坂本

只要有一点挂心的事情，鹿野先生就会因此乱了节奏。我基本上是个乐观的人，所以觉得有必要如此在意吗？

当然，也有些志愿者很同情鹿野的立场，表示会努力理解鹿野。

97/11/29（周六）今井

我想说一句：鹿野先生希望的生活才是自己的生活！

大家在家里都会随意做满足自己的事情吧，哪怕在他人眼中那些事情奇怪得难以置信。即使自己的价值观无法认同鹿野先生的所作所为，也不妨敞开心灵去包容吧！

97/10/28（周二）白鸟

看到鹿野先生的那一页，我特别心痛。

一定是大家的想法在鹿野先生身上积压了太多太多。那样一定很难受吧。就算鹿野先生哪天心情不好，挨骂后心里难受，其实我们也只是一周内会碰到几小时而已，所以也没什么嘛。不管是谁，都有厌恶自己的时候，我觉得这是正常的日常生活。大家也设身处地地思考一下吧。

哪怕完全暴露自己的糟糕情绪，也仍能维持住人际关系——这样的环境才能提高生活质量。

鹿野并非一般意义上的"高尚人士"，他有许许多多的弱点。

注意到这些弱点后，志愿者会产生"施舍"的心理。而且人在同情、体贴他人的时候，有时会变得居高临下——向鹿野建议"你应该这样做"。如此一来，志愿者已经站在了鹿野的头上，还会把自己的理想强加给他。

然而，在鹿野眼中，这些强人所难简直烦不胜烦。

于是鹿野忍不住大喊："快停止'施舍'的想法！"甚至说出"我可能会烦躁地爆出危险内容""你睡觉时我可能会大喊大叫"等危险发言。第二年，鹿野时常在《看护笔记》里写下这样的文字。

98/6/3（周三）来自鹿野的一句话
精神状态不稳定。就算我乱发脾气，也请不要生气。

99/2/23（周二）鹿野
最近我精神极度不稳定，请不要刺激我。只管回答我的问题就好，反驳意见会让我神经衰弱，所以请不要这样做。

99/3/2（周二）鹿野

致各位，我精神上很疲惫。在我渴望聆听的时候，请大家听我好好说话。可以不发表意见。

不过，对志愿者而言，这些话语是个巨大的考验。

志愿者不辞辛苦地过来，却被告知：就算他乱发脾气也别生气；只管回答他的问题，不准反驳。难怪许多人产生了不想做志愿者的想法。这些地方正是对他们的考验。

98/4/15（周三）大贯

在这世界上，人们的价值观多种多样，有很多自己无能为力的事情。什么是对的？常识又是什么？

在我的人际关系中，我选择的都是能理解自己的人，可鹿野先生的立场不允许他这样做……

即使有时会感情冲动，我认为身体残障的人也应该把自己的现状（包括偏见）如实讲出来。我最无法容忍对真相一无所知的人，凭自己的想象与偏见就说三道四。

那些长期做志愿者的人越是想掏心掏肺，就越容易碰到这类恼人的经历，为矛盾而动摇。

矛盾，即自己与眼前的鹿野产生了巨大的分歧。自己出于"好心"为鹿野做事，却惊讶地发现事与愿违。善意适得其反，建议也适得其反，双方的想法与感受碰撞出激烈的火花。

此时，人不由得意识到"他人"的存在。他人与自己不同，绝不会顺从自己的想法。

于是，人会不由自主地把自己正当化，或批评对方，或责备对方，或鄙视对方，或撇清关系，又或者试图去理解他人……

97/11/7（周五）荒川
不管是谁，有时都会没缘由地想独自静静，也不想看到别人。
每到这时，我都会在丰平川沿岸没有人的地方发呆。望着狗尾草随风摇曳，不知不觉间心情就会平静下来，也会涌起重归生活的动力……对我来说，这是最有效的心情转换方式。
想到鹿野先生既没地方也没时间一个人发呆，我觉得很难受。

4

24小时与他人一起生活，意味着自己时刻处于被人肆意指责的立场。鹿野会半夜打电话向女友抱怨这些严峻的状况。他睡不着时打电话，脖子痛时打电话，被志愿者说了什么时也会打电话。
"你现在在干吗？"
"下周又缺人手了。"
"我跟那个志愿者的性格实在合不来……"
"就这样，他在用自己的方式维持精神上的平衡。我觉得自己必须理解他才行。无论是听抱怨，还是被怒吼，只要能让鹿野先生精神稳定就好，我认为这也是一种护理。"
然而，鹿野的怨愤就如积埋已久的岩浆终于找到了爆发口一样，朝她喷涌而出。渐渐地，鹿野反而利用起她的善意，对她肆意谩骂。

吸痰的时候，会以她手脚笨拙为由而发火。体位更换的时候，稍不小心他就会破口大骂。出门后，鹿野还会打电话嚷嚷："刚才的护理像什么话！"

"慢死了，笨蛋！"

"快点啊，混蛋！"

"我若死了，都是你的错！"

鹿野谩骂知根知底的人，并不仅限于她。他有时也对高桥雅之说过分的话，令我感到很震惊。这可能是一种撒娇，也可能是信赖感与亲密之情的另一种表现。

高桥偶尔被鹿野大吼或突然吃头槌，他内心强大，能把吵架看作一种"消遣"并淡然以对，但她做不到"收放自如"，没法对两人的关系时而维护、时而破坏，在势均力敌中互占上下风。

她阻止不了鹿野的谩骂，却也无法不理不睬，只能听之任之。而她的性格可能也容易陷进这种角色中。

"现在想起来，那个人其实一直'看不起'我。他非得贬低看护者，否则就无法忍受。

"鹿野先生内心的绝望和焦虑特别严重。虽然我们生活在和平年代，但他觉得自己仍活在战国时代。在交往过程中，他不断暴露出自己的真心话。"

每一名残障者多少会有负面的认知，如"我是不是不如健全者""我是不是社会的包袱"。这也是社会的问题，很难说全是个人的错。

然而，这两人的关系颠倒了常人口中的"残障者＝弱者／健全者＝强者"，她被鹿野的严重残障所影响，精神状态也慢慢变得不稳定。仿佛她的整个生活都被鹿野给掌控了。

回顾过去，她说："那时真的没一件开心的事情。"当时她的精神状况糟糕到连鹿野都说："不会是抑郁症吧？要不去医院？"周围的人也开始用同情的眼神看她，这让她更难退出志愿者队伍了。

"我是为了你才这么拼命！"

她总是把这句话咽进肚子里。可有一次，鹿野突然发烧示弱了。

"你会一直在我身边吧……"

"如果你不在，我会活不下去的。"

发烧的鹿野躺在床上，气息奄奄，听他这么一说，她又产生了"我必须支撑这个人"的想法。

鹿野的找茬后来仍在继续，已经称得上欺负人了——把她做的煎茶吐出来，嫌难喝；半夜用传真发送"混蛋"两个大字，而那封传真成了她离开鹿野家的间接原因。二人不到两年的关系，就这样画下了休止符。

我问："鹿野先生究竟哪里有魅力？为什么不早点抽身呢？"

说话的时候，她一直努力保持镇定。

"我想想……"她思考片刻后说，"应该是他强烈的求生欲吧，这是我所没有的……我现在也觉得喜欢。

"其实我也是个怪人，被人依赖就觉得开心。一有人麻烦我，我就会努力到底。

"不过，我或许不该凡事都对他言听计从。这也是另一种自卑，只要能让对方打起精神，自己什么都听，不管是拍马屁还是别的什么事，都愿意为他做，这也使得鹿野先生越来越骄傲。也许这就是我与众不同的示爱吧。"

她待人处事的根本态度是"默默接受一切"。但是，为鹿野奉献得越多，就越发激起鹿野的优越感，反而不利于他的自立。人际关系中不乏这样的案例。

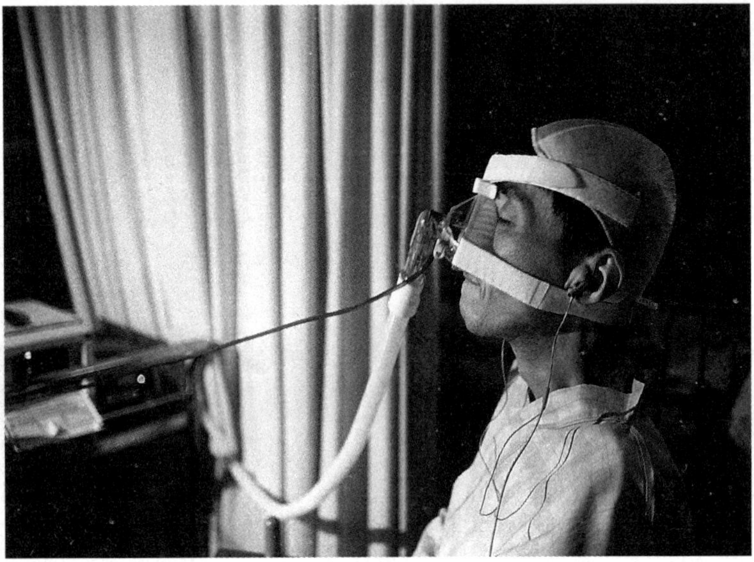

在采访众多志愿者时，我也逐渐发现了一件事——

健全者"依赖于当志愿者""依赖于帮助残障者"的心理。恐怕谁都有这样的心理，正常与异常仅仅一纸之隔。

当然，要不是鹿野对所有的志愿者都怀有优越感，她也不会被动地面对所有残障者。完全是搭配出了错。人际关系中恐怕有不少这类只能认命的情况吧。

那段时期，有许多志愿者同情她的立场，为抗议鹿野而选择离开。

远藤贵子也大声斥责："你老是说自己不容易，鹿野先生！你这样做，就不会再有人帮你了，志愿者都要走光了！"不过，自然也有支持鹿野的志愿者。当时的鹿野家一时陷入了混乱状态。

"那时候简直乱七八糟，但我并未因此讨厌做志愿者，个人也有不少收获。所以，后来我拿到了家庭护工的资格，转行为现在的工作，目前也在给其他残障者做志愿者。"

之后，她帮助的残障者和自己一样是名女性，所以两人关系不错。而且在老人康复中心里，她要做的不光是身体护理，还有画涂色画、做粘贴画等，充分发挥了她善于表达的才能。现在还交到了比自己小18岁的男朋友，工作跟日常生活都比从前快乐多了。

可话说回来，支撑是什么？

支撑的人与被支撑的人"关系平等"，是怎么一回事呢？

和我告别时，她说："老实说，整理这段故事还挺辛苦的。他一定很期待自己的书……干脆别管我了，请尽量把鹿野先生写好点吧。"

309

5

只有彼此的想法没有分歧、人人关系和谐时，人才可以把自己的想象和臆想袒露给对方——而对方不过是自己的投影罢了。

你既可以相信人类一定能相互理解，也可以把充斥着不理解、分歧、蔑视、偏见、歧视的社会归为别人的错。

然而，你一旦在他人面前暴露自我，就会发现尽是些无法解决的事情。你会因对方不理解自己的感受而受伤、生气，会不小心对他人露出自己不好的一面，会发现心中也有自己无法控制的感情。不过，当睁大眼睛看清这些现实后，人才会知道"自我"的边界，也会注意到真正的"他人"——他人与自己合不来，而自己也容不下他人。此时，才会有什么新东西开始萌芽。

我从各种各样的志愿者那里听说了各种各样的事情，也把《看护笔记》上的各种文章对照我自身来进行思考。可是，我有时不知该如何处理自己或他人对鹿野的阴暗感情，几乎找不出继续写这本书的意义。

这个故事在哪里收尾才好？

我把没写完的原稿扔在一边，每天四处神游，终日闷闷不乐。

这个问题是不是该放在"人际关系"的大角度去阐释？可如此一来，问题又太大了，超过了我的能力范围。但是，如果过分纠结于"残障者VS健全者"的问题，我就只能从正面去否定护理和志愿者了。但是，该写的东西必须写。可是要怎么写呢……我在无数个"但是""可是"间摇摆，找不到结论，季节就这样在我彷徨不定的时候流转了。

结果，我最后抵达的终点，我认为自己所抵达的终点，还是《看护笔记》里的现实。

97/10/30（周四）齐藤大介

看了前面的许多文字后，我决定写一写很久都没有写过的感想。

实际上，做志愿者并不代表能无条件地建立起优质的人际关系。

合得来的人就合得来，合不来的人始终合不来。

所以，如果过于纠结一个人的性格深层，你会发现完全搞不懂，还不如多关注现实中的表面部分。然后，认真对待自己能理解的，并负起责任。

另外，最近我觉得在鹿野先生的生活中，志愿者不必成为浓墨重彩的存在。也就是说，日常点、普通点就好。虽然有点理想化，但我真的这样想。

这篇文章写于鹿野和志愿者吵得最激烈的时候。

作者齐藤大介是撑起那段时期的重要学生志愿者之一。对鹿野来说，齐藤也是令他印象深刻的志愿者，和馆野、国吉等人一样，是鹿野经常提到的老志愿者之一。

开始取材的那年夏天，我便已经同齐藤当面交谈过。

然而，当时的我欲望特别强烈，想把志愿活动与护理中的人际关系写得比现实更"理想"。虽然见了面，我却没认真揣摩笔记中的文字含义，向他说明想法。

重新读过后，我想齐藤主要说的是下面两件事。

第一，即便是志愿者，也是"合得来的人就合得来，合不来的人始终合不来"，所以不必深入解读他人的内心与性格，认真对待自己能理解的部分，负起责任就好。

第二，人与人的交往停止在"现实中的表面部分"即可，必须努力让护理贴近更日常、更普通的状态。

齐藤的话很有道理，一点情面也不留，但他深刻的疑问令我感慨万千。

当时的齐藤写这些的时候心里在想什么呢？

而且现实中，要如何面对暴躁的鹿野呢？

2002年的初夏，我带着《看护笔记》和未完成的原稿驱车前往北海道日高地区的穗别町（现在的鹉川町）。

当年齐藤做志愿者的时候，还是私立大学北海学园大学二部（夜校）的学生。从大二春季到毕业的三年间，他坚持做每周一次的陪夜护理。大学毕业后，他当上了本市高中的英语老师。

"这里非常'乡下'。"

正如齐藤在电话中强调的那样，穗别町随处可见闲适的田园风景，是个4000人左右的小城镇。市中心也只有为数不多的商店并排而列，长度不过几百米。我进入了市内仅有的两家咖啡厅之一。

睽违已久的齐藤看上去精悍有神。高中时他是棒球部的成员，在现在任教的高中里，他担任棒球部的顾问老师。他身体结实，透着一股狂野的气息，就像馆野一样，充满了令男性也着迷的男人味。

"那无疑是与他人的碰撞——

"在那之前，'残障者'和'志愿者'对我来说非常遥远，但当过志愿者后我明白了，漂亮话在这个社会上根本没用，有时得靠胆识。"

回忆起做志愿者时鹿野家的状况，齐藤笑了。

"我们学校里有外国助教，在我的认知中，残障者在某种意义上挺像外国人的。

"大家只是没习惯而已。正如我们对外国人的态度,双方想法稍有偏差时,就立刻说外国人难交流、很任性,觉得他们'明明在日本,为什么不配合我们呢'。在感觉上,我觉得二者是一样的。都是与他人的碰撞。

"在那段时期,对志愿者来说,鹿野先生是令自己有心无力的他人。

"自己的想法绝不一定是善意,可有时心里想的东西就是会被一扫而空。诸如我都这么努力了,你不能多表扬一下吗?我也累了,你不能早点睡吗?……

"因为这些在鹿野先生身上根本行不通。

"鹿野先生是'以自我为中心'吧?我才刚见到他,就觉得自己'输了'。所以,如何在认输的状态中与之交往,是我一直思考的问题。"

齐藤开始出现《看护笔记》中所写的心境,是在做了一年的志愿者后。

"当时鹿野先生的精神状态相当糟糕,我们的压力也大了起来……都在纠结鹿野先生到底在想些什么,而无法消化的人便接连离开了。

"不过,我一直觉得周围的志愿者干吗如此夸张。"

"夸张是指……"

"总之吧,大家把事情弄得太夸张了。鹿野先生也一样,觉得自己做的事情很厉害。看护的人也十分骄傲,认为自己的所作所为是有社会意义的。虽然没一个人嘴上说出来,但心里就是这么想的吧。

"不过是帮助了一名残障者而已,大家却老喜欢讨论什么是真正的善意、同情。我特别讨厌这样,所以一点都不想写《看护笔记》。"

在那三年间,齐藤的文章确实寥寥可数。还以为当时齐藤铁定是志愿者的中心人物,但他并未融入周围,立场上是个"目无法纪的人"。

313

"只有那些喜欢写夸张话的人才容易辞去志愿者,比如写自己人生观、残障者和健全者该如何如何、鹿野先生跟自己说了什么,等等。我对这些人挺恼火的,所以在这方面(拒绝写《看护笔记》)基本上非常固执。"

然而,志愿者对鹿野的批评越来越激烈,齐藤忍无可忍地在笔记中写下了前面的文章。

"大家想太多了。其实现在我对学生也是这样,但还是避免过度追究他们的家庭和性格深层等方面的原因。其中,既有惹麻烦的学生,也有家庭复杂的学生,可比起看资料,我更想与现实中的学生面对面,在判断、交流时尽量只靠现实中所看到的。我可能挺顽固的吧,但就是觉得人际交往理应如此。"

"不过,鹿野先生自己也经常讲八云时期的'心理阴影'吧?"

"他编出了一个超厉害的故事啊。

"感觉就像'是过去的心理创伤让我变成了这种性格,你们要理解'。像这种精神分析、过度解读,我也不喜欢。虽然听过之后还是能理解吧。

"不管是残障者还是别的什么人,交往的时候只管眼中所见就好了,尽量避免深入解读与同情,也不抬高对方——我一直努力贯彻这种态度。否则,肯定会被卷进去的。"

齐藤的话扎根于对现实的深刻认知上,同时,感觉也是在批评我此前所写的内容。

然而,在努力把眼前的"现实"理解为事物的"本质"时,若要问挖掘过去的事件经历、研究人的心理与事物的深层有没有意义,我觉得还是很有意义的。不过,要是做过火了,可能会意识到一些没必要的地方,使关系变得拘谨,开始"颠倒是非",认为过去的经历和隐情才是真相。任何事情,最重要的都是适可而止。

明显能感觉到,那段时期,齐藤在鹿野家是不可或缺的重要人物。齐藤尽量排除了护理行为中的"多余意义"(如夸张的善意、同情、围绕护理的戏剧性……),努力让护理更接近"平凡日常",并付诸实践。

"这无疑是一种理想。'帮助残障者'如果不能跟在自动贩卖机买果汁、在咖啡店喝咖啡一样,就还不算实现。

"鹿野先生想做的正是这些吧。

"在初期,鹿野先生不得不怒斥看护,只要频繁见面习惯后,也就没什么了。"

"没什么"的意思也就是"不值得大做文章""理所当然"吧。

普通的健全者普通地帮助普通的残障者,而没什么"特别的"——要是真能迎来这样一天,那该多好啊。

虽然嘴上说着简单,但这才是最难实现的事情吧。

"面对当时的鹿野先生,你会觉得这个大叔已经无可救药了吗?"

"会啊。毕竟他动不动就发飙生气,说那个人如何如何、这个人如何如何,我一直盼着他能成熟点。

"但是,我没法中途辞去志愿者。我自己也很清楚,那么做对我来说并不好。

"实际上,我也想过要慢慢离开的。前一天晚上取消志愿者的安排时,鹿野先生还发脾气了。因为我大学上的是夜校,白天要打工赚学费,还要准备教师招考,有时任务真的很繁重……这时鹿野先生也会说我不容易,感觉就像'我知道了,好啦'——你要去也没办法。"

"这也是鹿野先生神奇的地方吧。"

"其实有一半的志愿者都做得很不情愿吧(笑)。我觉得志愿者大概就是这样。

"当时,报纸、电视经常过来采访,还说我们是'开朗的志愿者'。每次听到这些话,我都直起鸡皮疙瘩,觉得好假啊。"

"但是,你为什么没有放弃,坚持到了最后呢?"

"最后还不是对鹿野先生产生感情了。

"我只能这么说了。在动摇的时候,我觉得自己对鹿野先生可能有感情了。

"而且当时鹿野先生的妈妈经常过来,给志愿者们做饭,我一看到阿姨那样,就不禁觉得自己必须闭上嘴巴,认真干活。"

齐藤笔直地盯着我问:"那渡边先生呢?为什么要写这本书?"

我心里一惊。原本这是随便开始的工作。我也跟齐藤一样,曾以为"残障者""福利""志愿者"的世界离自己很远。

"……但是,去鹿野先生家的过程中,我感觉自己已经逃不开了。我也觉得很不可思议。"

"那个家就是那样。"齐藤笑了。

让人无法离开。

会让人产生闭嘴干活的想法。

或许我也是如此。

"人活着究竟是为了什么?人活着为什么要与自己战斗呢——"

或许我的目光离不开鹿野使尽浑身解数发出的这条信息。

在看见、了解、感觉到一切后,会情不自禁地嘟哝一句"真没办法"。我感觉必须负起责任,用自己的方式思考出与他"一起活下去"的方法。

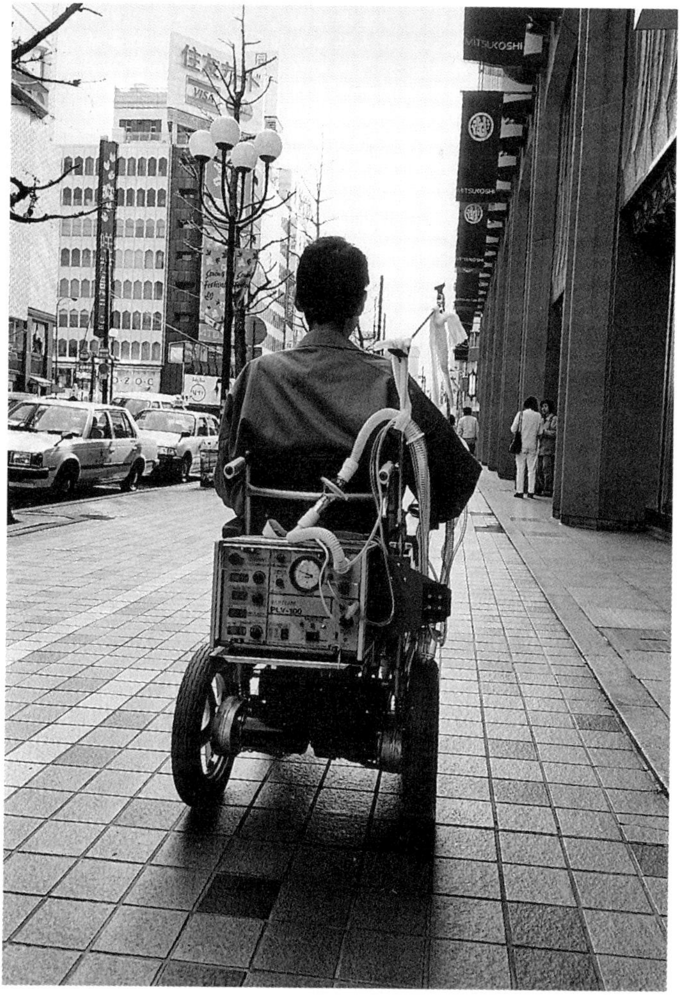
MITSUKOSHI
VISA
PLV-100

6

讽刺的是，状况越是混乱，《看护笔记》就越是有趣，从住院开始便是如此。那段时期的笔记在齐藤眼中显得"过于夸张"，我却觉得很好玩。

因为如何对待、描绘眼前发飙的鹿野，都鲜明地体现了每一位志愿者的个性，在笔记中掀起阵阵漩涡。先前"鹿野 VS 志愿者"的争执就是这样，那段时期，上面记录了鹿野与志愿者的种种"对话"。

"假如得知自己不戴呼吸机就会死掉，你会怎么办？""说说你的婚姻观、恋爱观？"……诸如此类，既有闲谈，也有深奥的人生问题。

下面，我摘抄一些志愿者对鹿野"假如得知自己只有一年性命时，你会怎么办？"的问题的回答。年龄、性别、职业迥异的志愿者们，在这个家中度过了各自的充实时光。

98/4/18（周六）中村（20多岁的男性，学生）

假如得知自己只有一年性命，我想尽量维持现在的生活。

要么向女友坦白一切，要么想办法让她讨厌自己，然后分手（这种情况下我不会说原因）。仔细想想，感觉这比突然死于事故要好（但是也感觉不好）。

98/4/19（周日）桥本（20多岁的女性，学生）

如果只能活一年……我猜自己会先大闹一场，对人乱发脾气，等等。唔，最后还是会告诉男友吧。

大概前半年照常生活，剩下的半年则住在医院里（随便猜的）。

在逐渐衰弱、走向死亡的过程中，我可能会幡然醒悟，开始努力？最近看到祖父去世，我有了这样的想法。

98/4/19（周日）高坂（20多岁的男性，学生）

假如只有一年性命了，我会怎么办？平时就没怎么想过死亡，所以应该会悠然度过吧。

我喜欢"享受人生"这句话，好像是哪位作家说的。我觉得它的意思并不是活得潇洒肆意，而是找到自己真正想做的事情，为之付出努力。即使没能实现目标，向着目标前进也是件好事。不过，像浪子一样四处游玩也是一种生活方式。

结果，我感觉自己会在左思右想、顾影自怜中死去。

98/4/20（周一）酒井（30多岁的女性，主妇）

如果我只有一年生命了……感觉要考虑的事情有很多，我非常担心自己死后家人的生活要怎么办，一年中会一直想自己不能死。

我没法把这个问题当作现实来思考，只有真的到了那时候才会明白，不过，我也许会做好心理准备与死神决斗吧……

98/4/21（周二）松下（20多岁的女性，学生）

假如只有一年性命了……一开始我会哭个不停吧。但是，一年里我想做自己喜欢的事。做想做的事，或许只会光说不做，或许无法称心如意。但我还是想那样做。

98/4/21（周二）远藤（20多岁的女性，学生）

假如只有一年生命……我想生孩子。

还有一年的话，应该能生出来。可之后孩子会怎么样呢……想想就感觉很艰难（啊，在这之前还有对象的问题）。

但是，生孩子好像挺好玩的。应该说人类出生就挺好玩的。毕竟从自己身体里生出了另外一个人……

98/4/22（周三）大贯（20多岁的女性，学生）

如果我只剩一年生命……当然想尽量跟喜欢的人（男朋友、朋友、家人等）一起度过。

去从未去过的美景胜地和一些好玩的地方，为了把此刻看到的（听到的、感受到的，等等）东西全部记下来，而沉浸在其中。啊，光是想想，心情就雀跃不已。

98/4/22（周三）片桐（30多岁的男性，团体职工）

如果得知只剩一年生命……好尖锐的问题啊，仿佛要把人性和价值观给赤裸裸地剥出来。

我思考的问题大概有两个。一是，如何调节死亡带来的焦虑、孤独和恐惧。二是，重新规划时间的优先事项。

无论是哪个问题，首要的主题都是处理与他人的关系吧。增加与好友、熟人相处的时间，互相表达痛苦、悲伤、愤怒及喜悦等情绪。

彼此分享能量，感受对方的重要性。这么一想，会发现跟讨厌的人共度时光简直是最浪费时间的事。

……立即辞职可能比较好……

上高中的时候，有两个老师让我挺想杀了他们的。如果只有一年生命，我或许会认真思考有没有想杀的人。虽然感觉自己没勇气实行。

我还想尝试各种娱乐方式。不过，作为一个解决问题的对策，也许根本起不到什么作用。

即便没人告诉我寿命还剩多少,上述内容(除了杀人)也是我活着的课题。

98/4/24(周五)荒川(40多岁的女性,护工)

要是知道自己只有一年生命……毕竟我已婚,还有两个孩子,人生观和学生们差别挺大的。

感觉自己已经尽到了作为生物的职责。

剩下的就是作为一个人、一名女性的职责了,我想趁自己还有精力时,尽量多见见人,在心中跟他们一一道别。我也想原谅那些恨到想杀死的人。由于工作关系,我见过许多人的死亡,因此并不害怕,感觉还挺淡定的,毕竟每个人终将走上这条路。哪怕死亡即将到来,我的心愿也和现在一样,想平静而安详地活着……

98/4/24(周五)小林(20多岁的女性,学生)

一年后究竟是远是近,我并不太清楚。

我首先要去旅行,去了解世界(也不是非要环游世界一周)。希望能遇见各种各样的人,并在他们心中留下"属于小林的印象"。我肯定会又哭又悔,大闹一场,但最后还是会向喜爱的人们说声谢谢。

无论是我讨厌的人,还是讨厌我的人,我会对他们说:"反正死了以后,我们都会变成宇宙嘛。"希望大家能相互包容(其实我不是很懂"宇宙"这个词,但感觉人死后都会变成宇宙)。

写着写着,我重新意识到自己还不想死。想到给深爱的人生下孩子时他那高兴的样子,我就觉得自己"不能死"。"何时都死而无憾"与"活到死为止",哪种更潇洒呢?我更喜欢后者吧("活到死为止")。

98/4/29（周三）喜多（30多岁的女性，护士）

鹿野先生的问题好难，只有一年生命的话……唉，可能是我在工作中见过太多的"死亡"，心中并不觉得害怕。

只不过走得比父母早，所以我想好好孝敬他们，带他们去旅行。再就是见见朋友跟熟人（比如有段时间没见过的）。虽然要亲身经历才会明白，但人迟早都会迎来死亡吧。区别只是早晚罢了。或许我太清醒了些……即使一时悲观，悲观过后我也想积极地生活。

（说得这么洒脱，现实中可能狼狈不堪……）

7

不过，在"生命对话"讨论得热火朝天时，齐藤大介也很少加入志愿者的圈子。

"我不太擅长这些。一旦说出来，就莫名感觉不舒服。"

在这一点上我也感觉到了他的强大意志，即尽量避免夸张，维持"普通"的状态。

那段时期，投身于志愿者的齐藤究竟在想些什么呢？

"不想去的时候，不是会给自己讲各种道理吗？

"比如自己为什么要做志愿者，为什么要跟这个人打交道。想到最后，我认为这是一场实验。"

"实验？"

"因为我觉得人既不会轻易付出善意，也无法把自己置身于残障者的立场。我想尝试从别的角度做志愿者。

"所以直到最后,我也没怎么认真听过鹿野先生说的话。我是在积极的意义上对他置若罔闻,随便点点头。"

"随便吗?"

"可是,做的时间长了,我觉得自己还是付出了全力。从总体上看,我与鹿野先生建立了深刻的关系,感觉一切都被改变了。"

"一切都被改变了?"

"唔——"沉思片刻后,他说道:

"如今想来,我觉得挺可怕的。现在的我不知还能否做到。

"假如认真聆听鹿野先生的话,事情会变得难以想象。

"因为他总是让你思考,思考了大概也没有答案。不管提出多少问题,也尽叫人难以回答。长此以往,人还是挺难受的。"

"比方说残障的问题、志愿者的问题?"

"算是吧。还有制度问题和他当时的女朋友,假如我是残障者的话会怎么办?死了就解脱了、缺人缺钱、那个人说了什么、这个人又做了什么……你会看到越来越多的人性黑暗面,如此一来,几乎就无话可说了吧。

"反正一到晚上,鹿野先生就开始滔滔不绝地发表演讲。我心想他到底几点才睡觉,结果到早上8点也没睡着。有时觉得夜晚长得出奇,似乎漫无尽头。我只好睡眼蒙眬地回应着'哦哦',一个劲儿地点头。"

齐藤称自己对鹿野的话"置若罔闻",其实一直在认真地倾听吧。正因如此,虽然他"避免深入解读与同情,也不抬高对方",却与鹿野建立了深刻的信赖关系。在与齐藤的交往中,我认为鹿野也确实有所改变。

不过,齐藤在倾听鹿野的同时,却始终没有被拉进他的圈子里,而是坚守自己的立场与之交往。比如说,与鹿野和女友的关系相比,二者的区别究竟在哪里？两人都接纳了鹿野，但接纳的方式截然不同。

接纳对方却保持了一定的距离；保持距离的同时却依然相信对方。

"与人交往"和"支撑他人"其实存在着微妙而危险的界线，一不小心就会发展出上下级关系。他们用自己的人生经验和人生观坦诚地面对鹿野，并向我们亲身示范了这条微妙的界线。

"那么对你来说，护理成为普通的日常了吗？"

"这个很难啊。可惜的是，我觉得自己没能做到。因为我拼命想'贯彻普通'。那是一种理想的状态，我努力过了。"

"也就是说你一直在努力装普通？"

"可现在想来，普通、日常或许就那么回事吧。像我们这样在咖啡店里喝咖啡，其实也付出了努力。'普通'正是建立在无数的实践与积累之上吧。"

这么一想，究竟什么是"普通"呢？

"正常化"这个词，其实没人能准确描述出构成它的根基，即"正常＝普通"的含义。

身在当今时代，虽说要让残障者的生活"普通"化，但健全者"过普通生活"的价值已然在动摇，迷失了它的意义。在普通人有问题、普通人脱离常轨、普通人最危险的今天，这个词的含义到底是什么？究竟怎样才算"普通"？

此刻我重新认识到，"正常化"是一个包含了多种问题的深刻词汇。

而普通的护理——假如将来有一天大家能对它平常以待，不再当作"特别的事"，那我们现在或许尚处于黎明来临之前。

"不过挺好的，虽然到最后我也没认真听过鹿野先生的话，但就如刚才所说，等回过神来时，我已经变了。"

"我本来没怎么想过'要改变自己',可从结果上来看,我被改变了不少——更有耐心了,也能聆听他人的倾诉了,感觉有了基本的抗压能力。这完全是鹿晔的功劳。因此,我现在才能做好老师的工作吧。"

"你有想过,为什么能和鹿野先生建立这样的关系吗?"

"应该是因为他能坦率对待所有人吧。

"可能有些人就是做不到,像他那样坦率的人还是相当罕见的。这种坦率不是什么本事或技巧。

"起初我也不知如何是好。我本就不擅长和他这种类型的人相处,也不喜欢跟人交流意见。

"但是,我对鹿野先生并非如此。这一点太神奇了。在交往的过程中,我见到了形形色色的人,尽管心里会抱怨'这个人真是的……',却依然被迫思考、被迫行动,我还是头一次跟一个人交往得如此深入。回顾过去,我想那段经历是独一无二的。"

"很大的原因还是因为鹿野先生是残障者?"

"是啊。如果是健全者,估计在交往前我就拒绝他了。

"我觉得自己是个特别固执的人,竟然还能接纳他,简直不可思议。实不相瞒,有时我也会想,其实是他接纳了我。"

"这不算深入解读吗?"

"我也说不清(笑)。但应该不是吧。

"通常当一个人经历了无数次生死边缘后,我们会想象他无论遇到什么事都像个笑眯眯的'老婆婆',待人和蔼可亲,无欲无求,也没有什么愤愤不平吧。

"可鹿野先生几次险些死去,现在却依然活力四射、倔强得很呢。这究竟——是怎么回事呢(笑)?感觉生命力比你、我都要强上一百倍。"

我和齐藤相视而笑,交流十分愉快。

躺在床上的鹿野无论跨越多少次生死边缘，仍然是生机勃勃的"自我聚合物"，像横在砧板上的一大块生肉。

然而，鹿野的存在感可能会捅破人与人之间的距离。

然后把人带入"他人的世界"，那里有欢喜，也有悲伤，有时还充满了棘手的麻烦。这些无可避免——

黎明前的鹿野家。

即将大学毕业的齐藤最后一次去做志愿者是在一个冬日，雪下得比往常更大。鹿野终于入睡了，而齐藤在他身边写下了有点夸张的告别话语，完全不像平常的他。

99/1/7（周四）齐藤

今天是我来这里护理的最后一天。

要说感想的话，满满的都是自我满足。

做志愿者对我来说是一次实验。结果，我相当满意。我也很骄傲自己干了一件有意思的事情。

鹿野先生此刻正拼命做一场艰难的实验，而我的实验根本无法与之相比。

尽管我没怎么说过这句话，但很庆幸遇见了你。

真的很谢谢你。

鹿野先生今天吃了安眠药，开始慢慢打盹，我目送鹿野先生进入沉睡的世界，心里想着：

"前进吧，鹿野！你的未来一片光明。"

鹿野先生，最后我也只写得出这些，对不起。

尾　声
燃烧后的余烬

1

太遗憾了。

原本计划在这里收尾，然后接上标题叫"鹿野迈过了坎坷之年"的后记。

2001年年末，举办完第六次"出院纪念晚会"的鹿野，在12月26日生日那天迎来了42岁。也就是说，他"虚岁"43岁。到了这个岁数，似乎代表着一个人平安度过了"前厄、本厄、后厄"[*]。

42岁的鹿野依然活力四射，我想尽量以轻松的"漫谈风格"结束本书，顺便提一提书中的志愿者的近况。

然而，就在本书的创作终于有了眉目，我正打算把上述内容写进"后记"的一个夏天——

2002年8月11日傍晚。

---

[*] 日本人普遍认为，男性25岁、42岁和61岁时，女性19岁、33岁和37岁时是"厄年"，又称为"本厄"，"本厄"之前的一年和之后的一年则分别称为"前厄"和"后厄"，统称为"厄三年"。

"鹿野陷入昏迷,刚才被送进了市立医院!救护车上做了心肺复苏,叔叔说他可能快不行了!"

手机中传来了才木美奈子急切的声音,我努力厘清内容却不知如何回答。

"我马上过来!"说完,我挂断了电话。

天空乌云密布。

那年夏天经常下雨。北海道的夏天好就好在万里无云的蓝天,可那年夏天的7月和8月却显得无精打采,离开了本州的梅雨直接转移至北海道。当天我匆忙坐上车后,果不其然又开始下雨了。一股强烈的悔恨突然涌上心头。

几天前,鹿野还精神满满地给我打来了电话。

因为月底的护理缺人,他问我能否过去做临时的救急志愿者。从取材开始,已过去两年。这本书一直未能完成,但不知从什么时候起,我时不时地就被编进鹿野的志愿者日程表中。

当时,我二话没说答应了护理的请求。我问:"你身体怎么样?"

"嗯,还好。感觉胃口特别好,挺能吃的。"

呼吸机发出了响声,他说完这句话应该是笑了。

离护理尚有两个星期,我打算在那天前写完全部原稿,然后跟鹿野先生认真商量今后的出版活动。

鹿野一心期盼着本书的完成。他曾说过自己最开心的事情就是"出名",本书似乎承载着他生存的价值,况且出书也能在世上留下他活过的证明。我对此心知肚明,可鹿野每次问进展情况时,我都回答"嗯,在写呢"。每次他问几时能完成,我都说"马上"——就这样,我对他的催稿含糊其辞,依然想坚持自己的任性,即"该写的东西得全部写下来"。

"真拿你没辙啊。"

鹿野既没有责备我,也没有厌烦我,只是打电话告诉我志愿者不够,让我去帮忙。他的这一举动令我很是感激。

我留意着鹿野的生命时限。进入2002年后,鹿野的衰弱几乎肉眼可见。开始取材的两年前,鹿野的手还能自如活动,此时却难以动弹。3月因为心功能不全、5月因为肺炎和气胸而反复短期住院。尤其是在3月住院的时候,他还一度陷入了昏迷,从十分危险的状态中活了下来。然而,我心里还是隐约相信志愿者讲过无数次的鹿野的"不死之身传说"。

"书该完成的时候自然会完成的。在此之前你千万别死!"

我感觉自己说这句话的时候带着开玩笑的口气。眼看着鹿野日渐虚弱,我也没怎么当回事,认为总有办法的人应该没那么容易死。

如果鹿野就此死去,那我跟他的约定将永远都无法兑现。

街上车辆拥堵,每次遇到红灯,我心中都会涌起对自己的强烈愤怒。

傍晚时分,市立札幌医院急救中心门口的椅子上坐着鹿野的父母——清与光枝、荒川麻弥子以及当天的两名志愿者,大家都神色担忧地在外等候着。

这天下午,鹿野似乎准备跟志愿者一起去附近的租片店。然而,刚坐上电轮椅准备外出时,鹿野突然说胸口难受。恰巧光枝跟清也过来了,一量脉搏,居然超过了140。光枝急忙呼叫救护车,把鹿野送进了常去的勤医协西区医院,可鹿野转眼便失去了意识。

"鹿野先生!鹿野先生!"医生一遍又一遍地呼唤,反复做心肺复苏,但鹿野没有反应。由于勤医协的设备跟不上,下午4点,鹿野被紧急转移到了市立札幌医院急救中心。

后来我们得知，当时鹿野出现了"心室颤动"这种致命性的心律失常。据说一旦发作，几分钟内人就会昏迷不醒，如果短时间内无法令心跳恢复正常，死亡将无可避免。唯一的方法便是用除颤器进行电击。

"如果意识仍无法恢复，可能就没救了……"

光枝的脸上并没有出现悲观的神色。那透露着觉悟的平淡语气反而鼓励了周围的人。不过，当我们心情沉痛地听光枝说这些话时，医生快步走了过来。

"脉搏恢复正常了。"

"咦，恢复了吗？"

清不禁大喊道。似乎他马上便能恢复意识。医生接着说："可以看望病人了，请往这边来。"

所有人都喜不自禁，差点笑了起来。

"不好意思，吓到你们了吧。"光枝安慰着两名志愿者，"看吧，他肯定会说'哎呀，我还以为自己要死了呢'。"

或许因为心中的石头终于落地了，她笑的语气有点轻快。

我们也纷纷说着"不愧是鹿野先生……""果然是老一套嘛"，一同走向鹿野所在的急救中心 HCU（特护治疗室）。

哔。哔。哔。

病房里摆放着几台显示屏，各种电子音交织在一起，而鹿野正躺在房间深处由帘布隔断的床铺上，表情十分安详，仿佛刚从深睡中醒来一般。认出是我们后，他立刻用清醒的声音说：

"我要戴眼镜！""枕头太高了！换一个！""屁股好痛，换边！"

尽管意识还有点模糊，鹿野依然接二连三地向周围人提出了自己的需求，简直跟平时一模一样。

不仅如此，他还跟医生和护士提起了要求——医院的人工呼吸机不方便说话，能否用自己的呼吸机。他对不知所措的医生们做出口型：

"我很熟悉这台机器，没事的。我来做指示。"

看到他这副模样，我再次发自内心地感到敬佩。

"给我买橙汁去，要果汁含量100%的！"

"好的。"我笑着回答，然后奔向了走廊的自动贩卖机。

果然，鹿野永远都死不了。回想起来，从小学时医生说"这孩子活不过18岁"开始，鹿野就这样跨越了无数次生死边缘。我也亲身感受到了鹿野的"不死之身传说"。这又是一次小插曲罢了。

当父母以及荒川、迟来的才木美奈子、高桥雅之等鹿野身边的老成员来齐之后，鹿野说：

"我已经没事了。

"大家回去吧。回去慢慢休息，都累了吧。

"我也累啦，要好好睡一觉了。"

起初，光枝打算住进家属陪护房，但鹿野坚持让她回家，于是所有人都回去了，只留下一名当天负责陪夜的看护人员。

说起来，这是今年的第三次住院。

"俗话说'有了第二次就会有第三次'，鹿野却是'有了第二次就会一直有'——"

"等病情稳定后，又会转到勤医协医院吗？"

"啊，得赶紧联系明天的志愿者。"

听着荒川与才木的讨论，我离开医院，当时已是深夜12点多了。

然而，鹿野的努力也到此为止了。

331

在 24 小时营业的家庭餐厅吃过饭后，我于凌晨 2 点多到家。我从口袋里掏出钥匙，手才刚伸向大门的把手，手机就突然响了起来。

看到"来电：才木美奈子"几个字在黑暗中一闪一灭时，我不禁慌了神。该来的时刻还是来了。我又开车折了回去，当我把车子停进医院宽敞的停车场时，雨水变成了拍打地面的强度。下车后，我狂奔在倾盆大雨中，可心中连愤怒也无力涌起。

进入夜间入口后，我转过了几条迷宫般的走廊。

昏暗走廊的尽头，并排站着两位身着丧服的殡仪馆男性。我不禁屏住了呼吸，是不是弄错了，那不是鹿野的，不久前好像有别的患者去世了。唯独大厅亮着灯，疑似患者家属的几个人在里面放声大哭。

我穿过人群，看见深处的沙发上坐着清、光枝以及才木。待我靠近后，清看着我慢慢站起身来。

"靖明在刚才 2 点 45 分……走了。"

仿佛有一把铁锤静静地打碎了一切。

"我们也没赶上。他一直劝我们回去，我们也就回去了，没想到随后情况又恶化了……接到消息后我们慌忙赶了过来，可没能赶上。"

我僵硬地鞠了一躬后，也坐在了沙发上。

手机铃声突然大声响了起来。是维瓦尔第的小提琴协奏曲《春》，旋律明亮而轻快，从我身旁的光枝的手提包里传出来。光枝急忙把手伸进去摸寻，可手机似乎在包的深处，半天也找不到。一看，原来光枝一直在啜泣。

"阿姨，你怎么啦？"才木拿过手提包，找出了手机。她温柔地说："想哭的时候，就尽情地哭吧。"然后搂住了光枝的肩膀。

荒川和高桥也赶了过来。光枝的电话似乎是亲戚打来的，没过多久，鹿野的伯父、伯母也相继赶到。

"我现在给我妻打个电话……"

恍惚地瘫坐在沙发上的高桥无力地站起身来,走向旁边的公共电话。

"喂,我是高桥。刚才鹿野走了。傍晚送进来的,虽然清醒了一会儿,但刚刚好像病情骤变……已经走了,嗯。"

他一边说,一边默默地擦拭着泪水。

而我只是茫然地看着眼前的情景。

2

死因是扩张型心肌病(肌营养不良引发的二次性心肌病)造成的心律不齐。

我走近鹿野的病床,好帮忙把床边的行李搬出来。鹿野的遗体就躺在没有灯光的黑暗中。直到不久前,我们还在同一个地方、同一张床上,与鹿野交谈、喂他喝橙汁。

鹿野真的死了吗?

这样想着,我揭开了盖在脸上的白纱,只见下面是鹿野一如往常的睡颜。跟平时一样眼睛微眯,嘴巴半开,看起来睡得很香。我碰了碰他的脸颊,手掌感受到了微长胡须的粗糙。

我既不难过也不痛苦。鹿野刚才还活着跟我们说话。

我默默无言地把旁边的呼吸机搬进了大厅。

光是允许我待在现场,我就必须感谢大家了。我向清提出,如果需要人手的话,能否让我帮忙。不是上班族的我,唯独时间总能挤出来。

希望他能让我做点什么,为此我甘心粉身碎骨。

清晨,天空下着濛濛细雨。

离开医院的灵车在位于西区高地的照料式住宅前停了一会儿,仿佛为了让鹿野的遗体最后感受一下自己的家,接着便开向了鹿野父母居住的石狩市老家。

为了跟殡仪馆商量相关事宜,鹿野的父母、亲戚和高桥带着鹿野一起回到老家,而我跟才木、荒川直接留在了照料式住宅里。

接下来有一项艰巨的任务等着我们三人。

我们必须把鹿野的讣告通知给全国各地的老志愿者、朋友、熟人、福利医疗相关人员,以及鹿野主持的人工呼吸机使用者友会的会员。人数确实庞大,但难以想象究竟能联系上多少人。

我们等着葬礼的日期定下来,从早上7点开始联系众人。

大半时间我们三人都是在谈笑中轻松工作。话题基本围绕鹿野和志愿者在这个家中的回忆。才木跟平时一样健谈,荒川从大量按年份标记的名单中准确找出该联系的人,工作得有条不紊,发现令人怀念的志愿者的名字时,还能聊一段往事。不过,我们本打算愉快地聊天,有时也会突然声音颤抖、泪水盈眶。

"喂,不好意思,我是在札幌过居家生活的鹿野靖明的志愿者……其实,今天凌晨鹿野先生走了。"

听筒那头,有的人说了一声"什么"便哑然无声,有的人询问去世的原因和具体情况,也有的人严肃面对突如其来的讣告,说了许多连我们都觉得惭愧的话。

"今天凌晨,鹿野先生走了。"……在不断重复这句话的过程中,"鹿野真的去世了"的实感才铺天盖地地向我袭来,我打电话的语气也没那么干脆了。

靠电话挨个通知葬礼的日期和地点，时间根本不够用。于是，我们决定把"讣告"印出来发传真。三人中唯一懂电脑的我用鹿野编辑会报的心爱电脑制作了讣告。

讣告

很抱歉冒昧打扰了，必须通知您一件难过的事情。

今天，8月12日，鹿野靖明陷入永眠。

昨天傍晚，鹿野因心律不齐而昏迷不醒，在市立札幌医院急救中心的努力抢救下，曾短暂恢复意识，然而深夜病情骤变，凌晨2点45分，鹿野安详地离开了人世。

葬礼安排如下：
8月13日（周二）18点 守夜
8月14日（周三）10点 追悼会
地点〇〇〇〇〇〇

最后，鹿野靖明及人工呼吸机使用者友会能在生前得到您的大力支持，真的非常感谢。

鹿野清，鹿野光枝
全体志愿者

"真好，鹿野都给你安排好工作了。你被鹿野叫来这个家，说不定就是为了这一天。"

荒川开玩笑地说道。

真是做梦也没想到，会由我来给鹿野写讣告。假如这就是鹿野给我的任务，那对于没能写完本书的我真是讽刺极了。而且是我亲自向馆野知己、国吉智宏、远藤贵子、齐藤大介传达鹿野的讣告。此前，我只是以采访者的身份向他们提问，回过神来，却发展成了如此奇妙的状况。

客厅桌上的电视机前摆着收纳《看护笔记》的文件夹。

我突然停下手里的工作，翻开了笔记。

最后一页记载了鹿野去世的大前天与前天，上面写着这样的内容。

02/8/9（周五）21点~次日11点 后藤

我才刚到，鹿野先生就大喊："今天我要早点睡！不，我已经困了！"他应该相当疲惫吧！尽管12点半就睡着了，但似乎呼吸困难，氧饱和度91[*]，脉搏140，情况有点不对劲，找高桥先生商量后，我给他输了1.5L的氧气，人这才安静了下来。最近，他晚上似乎睡不好觉。今天也只睡了4个小时左右。真头疼啊……

02/8/10（周六）11点~18点 才木

11点半的检查：氧饱和度93~95，脉搏140。输氧1L后，13点的检查：氧饱和度98，脉搏140。情况稳定了点。13点40分入睡。

02/8/10（周六）18点~21点 六土

好久没来做志愿者了。今天可能因为湿度高，鹿野先生的痰很浓稠，

---

[*] 文中的"氧饱和度"是氧气在体内循环的指标，可以用指甲式血氧仪夹住指尖进行测量。——引用者注

黏糊糊的完全吸不动。如果痰很难被吸出来，就得用听诊器找出痰的位置并进行相应处理。位置偏上的痰，只要把管子插上面一点就能轻松吸出来。做好得多研究研究。

02/8/10（周六）21点～次日11点 北

鹿野先生的舌头有点转不过来，我听不清他说的话。输入1.5L的氧气有一定风险，但氧气浓度为99，直接安稳地迎来了早晨。就像他本人也明白：自己的身体状况并非毫无问题，不过没有异常。

积累起来的"生命日程表"，至此戛然而止。

1995年6月18日至2002年8月10日，坚持了七年零两个月的笔记，在第95本画下了句号。

那天直到晚上8点，我们仍忙着打电话、发传真。

有好几位收到消息的志愿者赶来帮忙。光是传真就发了110张。3部手机不知打了多少电话，我估计超过了200或300通。鹿野在42年间建立了广阔的朋友圈。那些为鹿野的死亡而哀叹、难过的人，每当我直面他们的声音与反应时，都不禁觉得自己过去是不是小看了鹿野这个人。

在次日和后天的葬礼中，这样的想法愈发强烈。

3

次日和后天,守夜(前夜祈祷会)跟告别仪式(追悼会)在老家附近的石狩市殡仪馆里举行,仪式尊重鹿野的基督教徒身份,采用了基督教的形式。

葬礼由鹿野的老友——札幌白石教会的古贺清敬牧师主持。

古贺深沉的低音如同镇静剂一般,缓缓渗入了殡仪馆的墙壁。

"……我一直相信,无论是死亡、生命、天使、统治者、现在的人、未来的人、权力者、高贵的人、低微的人,还是其他任何一种被造物,都无法把我们同耶稣的上帝之爱分开。"

祭坛上装饰着数百支白色百合,格外美丽。在美丽花朵的环绕下,遗像中的鹿野笑得十分灿烂。

会场挤满了参加葬礼的人。

守夜约有300人,追悼仪式约有170人。这个人数是多是少,我并不清楚判断的标准,但不算狭窄的200人场地至少挤满了人,不少人都悲伤得肩膀颤抖,处处有人泣不成声,我不由得深刻感受到真的有很多人喜爱着鹿野。

到场的每一个人,心里都有与鹿野间的回忆和故事。

尽管身体残障限制了鹿野的生存方式与活动范围,但他仍然坚持与每个人面对面地交流,有时是在电轮椅上,有时是一动不动地躺在床上,和众人建立了真诚坦荡的关系。想到这里,他的无限潜力就深深打动了我。

过去我沾沾自喜地认为"该写的东西就得写下来""必须想出能与他'一同活下去'的方法",现在只觉得自己蠢得无可救药。

"是我能力不够,没能为你做点什么。"

想到这里,我再也控制不住夺眶而出的眼泪了。

古贺牧师的声音慢慢响起。

"为他献上祈祷……面对这位亲爱的兄弟,我们本应表现得更诚实、更亲密,与他多进行丰富的交流才是,请原谅我们的罪恶。还请您原谅这个被召上天堂的人在您面前犯下的罪行……奉主耶稣的名祷告。"

在会场里,齐藤大介拍了拍我的肩。

一看到他的脸,我突然想起了一段话。

"……我觉得自己是个特别固执的人,竟然还能接纳他,简直不可思议。实不相瞒,有时我也会想,其实是他接纳了我。"

此刻,我把这段话带入了自己。

"没错,其实是他接纳了我……"

我很想把这句话告诉齐藤,却又说不出口。

守夜那天依然在下雨,追悼会的天气却是多日未见的蔚蓝夏空,令人心情舒畅。我妻武等人作为鹿野的朋友代表,宣读悼词。

靖明君。你一直与疑难杂病做斗争,多次死里逃生,可现在还是走了啊。我从未想过,自己得以这样的方式向你诉说最后的话语。

1979年,你我相遇在同一家设施里,意气相投,一起策划并开办了埃德·隆的演讲会,他跟你一样正与相同的疾病战斗,我们还和同样身体残障的同伴一起看电影、喝酒。在设施里的时候,我们经常诉说彼此的梦想。

这几年,因为都有各自的家庭,我没能当面与你好好交流,这令我悔恨万分,我现在也很后悔没能对你说出各种感激的话语。

你洋溢着生命力，用自己的生命告诉了众人一些宝贵的事情。这正是上帝赋予你的使命吧。

小鹿，永别了，真的很谢谢你——

2002 年 8 月 14 日
你的狐朋狗友，我妻武

此外，住在东京的恩师西村秀夫也发来了吊唁电报，由荒川麻弥子朗读。

"鹿野君，辛苦了。上帝选中你，给你添了特别沉重的负担。但你出色地坚持到了最后……小鹿，再见了。愿我们再会。"

刻有白色十字架的黑色棺木打开后，众人纷纷上前献花，作最后的道别。

"靖明，你做得很棒了！"在鹿野面前，清始终是"顽固老爹"和严父的形象，此刻他声嘶力竭地对鹿野的遗体大喊出这句话。

"谢谢鹿野先生！"在志愿者们的啜泣声与道谢声的包围下，棺材被搬到了午后的烈日下。

葬礼结束后，仍有40多名志愿者跟到了火葬场。他们分坐在自己的车上，跟着家属乘坐的面包车开去了火葬场。拾骨房里的人多到摩肩接踵，大家依次接过筷子，仔细地捡骨头*。

回想起来，这四天真是跌宕起伏。我见到了从昏迷中苏醒的鹿野，几小时后又见到了变成遗体的鹿野，而此时此刻，我正在触碰被烧成了骨头的鹿野。如果可以这样说的话，我想这是我终生难忘的四天吧。

---

* "拾骨"为日本葬礼习俗，指在遗体火化后，死者家属或关系亲近的人将遗骨放入骨灰坛的过程。

"我见证了你的一切。"

在残留着火化炉热气的拾骨房里,我静静地合起手掌,在心里这样默念道。

4

葬礼的几天后,我又开始四处采访志愿者们。

我想再问一次。听到突如其来的讣告时,他们做何感想。他们如何理解鹿野的死亡。对他们来说,鹿野究竟是什么。

"葬礼现场挤满了人呢。我知道鹿野先生认识许多志愿者,可护理的时候我们基本是一对一的状态,所以并不清楚实际情况如何。真的好多人啊。"

学生志愿者内藤功一说这番话的时候声音有点颤抖,他号称是"鹿野志愿者中最差劲的一个"。内藤曾经说:"我一直在想自己为什么活着。我想找到自己活着的意义。"而鹿野的葬礼仿佛为他揭示了答案。

"鹿野先生42年人生的意义。那场葬礼是一次集大成,鹿野先生令到场的每个人都认识到了他在人们心中的分量……正因为他选择了自立生活,才有了这些联系,假如一直待在设施或医院里,是不可能建立起这么多联系的。感觉在葬礼现场,真的能看到人类力量的强大。如果这就是葬礼,那还挺讽刺的……"

出殡的时候,内藤一边献花,一边号泣:"鹿野先生,谢谢你!"那副模样至今仍浮现在我的眼前。

那年3月,内藤花了6年时间终于从北海道教育大学毕业了,但还没找到工作。等鹿野的葬礼全部结束、参加者散场之后，他恰巧接到了"录用"电话。当时我们正站着聊有关就业的话题，他的电话响得太是时候，令我也感到惊讶，仿佛是天堂里的鹿野为他带来了这份工作。

对毕业后的发展深思熟虑后，他找到的答案是在道东地区的私人协同农场就职。他打算在那里认真学习农业，也想了解农业与自己好奇已久的环境问题、反核弹问题、南北问题等社会问题之间有何关联。"农业"这条路有点出乎我的意料，但说不定很适合认真又努力的他。他将用农业给自己打好基础，重新去面对社会与世界，再次摸索自己"活着的意义"，这或许得花上三年，也可能是五年。我真心觉得这样很好。

山内太郎仍在继续学生生活，结束了北大的研究生课程后，他又开始了博士课程，志愿者活动也进入了第六个年头。对鹿野来说，他是位真正不可或缺的志愿者。

"什么嘛，一点都不像鹿野！"

葬礼上看到躺在棺材中的鹿野，山内心里闪过了这个念头。

"看到遗体的时候，我很失落。我明白他已经走了，可还是不住地想'他其实还活着吧'。但人确实已经不在了。

"好寂寞啊。我想起了许多他生前的事情。鹿野先生骂我、在我眼前发脾气……一想到他再也不能动了，我就好生气啊。什么嘛，一点都不像鹿野！（哭）"

开始了博士课程的山内立志成为专攻"残障者福利"的研究者。他的研究主题是"重度残障者的居家生活"，为了调查研究，他拜访了不少残障者，阅读相关文献，还积极参与到残障者运动的现场。

"现在我所做的一切,都受到了鹿野先生的深刻影响。这一点毋庸置疑。不光是升学,他对我的人格也产生了巨大的影响。"不过,与其说受到了鹿野的话语、信息的影响,不如说这些都是他从"鹿野先生接地气的生活方式"中学来的。

"鹿野先生本人肯定没这个意思,但身边的不少人都是主动发现,主动向他学习的。他总是慌慌张张、爱发脾气、一会儿哭一会儿笑的,把喜怒哀乐毫无保留地摆在我们面前,想到这里,我心中又涌起了对他的感激之情。"

远藤贵子曾经靠冷不防的"结婚→加拿大→退伍宣言"令鹿野陷入恐慌,如今她依然住在加拿大的首都温哥华。

我打给她老家,传达了鹿野的讣告。在与日本有 13 小时时差的温哥华家中,她早上 6 点从老家得知了这个消息。

她当然没办法参加葬礼,但当天现场收到了写有"加拿大·远藤贵子"的美丽花篮。葬礼的两周后,我发邮件过去,想了解一下她的感受,结果当晚便接到了她的国际长途。

我和她已经整整两年没说过话了。她听起来很精神。

"听说鹿野去世的消息后,我马上给鹿野先生的母亲打了电话。我当时哭得什么也说不出来。他去世的事实让我格外悲伤。"

"是吗?"我的声音或许有点意外。

"当然啦。毕竟重要的人走了啊。"她有点抗议地说道,"不过,告诉朋友我哭了的时候,不知为何大家都说我骗人(笑)。为什么会这么想呢?"

我也笑着说:"你不是喜欢讽刺鹿野先生吗,说他是色大叔,还经常惹他哭。"

"现在想起来,我觉得自己可能没有理解鹿野先生活得有多努力。所以,我会哭也有这个原因。但是,我的感受完全没有传达出去吗?"

"不,我觉得传达到了。所以,鹿野先生才那么信赖你啊。"

"也是。我这个人挺害羞的,内心其实充满了热情,可嘴上就是说不出口。但是,我打心底里觉得,能遇到鹿野先生真好。"

她顺便说道:"说点完全没关系的话吧,我现在开设了自己的主页。"我们聊了很久的国际长途,她希望我上主页看看详情,于是我迅速在电脑里输入了她给出的主页网址。

在得知鹿野讣告的8月12日,远藤的"日记"中这样写道:

8月12日(周日)

今天早上六点,被老家打来的电话叫醒了。得知朋友走了。我本打算趁他还活着的时候再见一面,真是天命已尽啊……我以为他能活得更长一些。安息吧……能与你共度人生中的一段时光,我很开心。真的很谢谢你。

远藤的婚姻生活步入了第二年,虽然不是一直都甜甜蜜蜜,但丈夫白天去研究所工作时,她就在朋友家兼职做保姆,在国外过着充实的主妇生活。

期间开设的个人主页风格独特,记录了国外生活的故事、在加拿大的见闻,"赤裸裸"地公开了自己的抑郁症经历。网页上还有"护理志愿者"的内容,点开之后,可以看到里面回顾了在鹿野家做志愿者的经历。

"从一开始我就对志愿者没有兴趣,更没有'帮助困难人士'的奉献精神。单纯因为朋友在做志愿者,刚好缺人,问我能不能过去,我便吊儿郎当地开始了志愿者工作。随随便便开始的志愿者,却收获巨大,如今它已经成为我的一部分。

"通过此次经历,我发现护理和残障离我们格外近。世界上发生的各种事情,或许和自己并非毫无关系。不管是车祸、犯罪、疾病还是战争,只要自己还活着,就不是事不关己。我开始有了这样的想法。

"志愿者教会了我:此前自己知道的东西,不过是世上的一小部分而已。顺便一提,加拿大的街上也能看到坐轮椅的人,且数量惊人。我居住的温哥华人口数量约30万,而札幌的人口有180万,街上坐轮椅的人却远低于温哥华。日本真过分啊。"*

以前的她曾说"做志愿者只是出于惰性",但网页上陈列着她对志愿者真挚而肯定的话语,这是她过去很少说过的。

也有许多老志愿者从本州赶来参加葬礼。

其中,从神奈川县过来参加葬礼的俵山政人,情况就有点神奇了。

俵山是鹿野刚戴上人工呼吸机时的老志愿者,目前在神奈川的智力残障者设施工作,他两个月前计划来札幌旅行,与鹿野的葬礼日期正好重合。

札幌是俵山度过了学生时代的回忆之地。他此次过来的目的是拜访志愿者时代和学生时期的朋友,还提前打电话跟鹿野约在12日见面。

然而,俵山抵达新千岁机场的11日傍晚,鹿野被送进了市立札幌医院。接到光枝的电话后,他匆忙赶去医院,恰巧鹿野躺在急救中心

---

* 关于各城市的人口,后来的温哥华约为90万人,札幌约为190万人(数据引用时间为2013年)。

的病床上，正处于最后的清醒状态。两人终于实现了时隔四年的重逢。后面的三天我都与俵山一同度过。非常神奇的是，他提前订好的回程机票刚好是葬礼结束后的"14日17点"的班次，仿佛"未卜先知"。

"真的很神奇呢。鹿野先生等到了我……在回程飞机上看着窗外，我的心情十分沉重。直到最后，鹿野先生都在说'我已经没事了''我死不了的'。结果，哪里没事了？不过，最后，我觉得那些话还是挺符合鹿野先生的性格的。"

俵山在话筒的另一端感慨颇深地说道：

"我一直在想，是鹿野先生把大家联系了起来。葬礼上，不是有很多熟悉的面孔从本州赶了过来吗？大家都有工作，应该挺忙的，可接到讣告后，我想他们可能立刻决定了要过来。这让我很开心，也再次体会到了人际关系的宝贵。大家一起跨越苦难，接触到了鹿野先生最真实的样子，与我共同拥有这些回忆的人，感觉真的就像自己的兄弟姐妹一样。今后大概也会一直联系在一起吧。"

不过，同一时期的志愿者国吉智宏跟俵山完全相反。

葬礼撞上了国吉休假去中国旅游的日期。国吉乘坐11日的航班飞往中国，跟俵山正好相反，因此他没能参加葬礼。我拨打了手机留言里的紧急联系方式，传达了鹿野的讣告，他深叹一口气，用低沉的声音说："谢谢你的通知。"

国吉回国是在葬礼的一周后。我们在札幌站附近的啤酒餐厅碰面，他从上班的地方赶了过来。

他笑着说："没能去成葬礼真的很遗憾。我有段时间没见过鹿野先生了，突然收到他的死讯也没什么实感。所以我现在脑子里仍是一片混乱。"

国吉比以前见面的时候胖了点，作为报道记者，工资应该也涨了一级。后来，他从带广转到了札幌的电视台，每天依然忙得不可开交。到了晚上8点，工作的电话仍旧响个不停。"不好意思，太忙了。"说着，国吉喝完了杯子里的啤酒。

实际上，他去中国旅游的目的不是观光。他最近打算结婚，对象是学日语的23岁中国留学生，去中国是为了到她东北吉林省的老家向她父母提亲。

我问："订婚去的？"

他不好意思地笑着说："唉，算是吧。"

这一喜讯随着迟到一周的奠仪送到了光枝和清的身旁，他也在鹿野的灵前做了报告。

"阿姨有点无精打采的……恐怕这段时间都会这样吧。等心情平静下来后，我一定要把女朋友介绍给他们。"

国吉、俵山、馆野知己等老志愿者也相当于鹿野家的"儿子"。收到结婚的喜讯，光枝和清怎么可能不开心。

我们谈天说地，聊了快一个小时。国吉还是老样子，回忆过与鹿野共度的时光后，他试图给死亡赋予意义。

"鹿野先生给人的印象真的很任性。那股任性劲儿，于我而言太强烈了。

"但是，'厚脸皮'对人来说非常重要。做现在的工作时，我越来越感觉到了它的重要性。哪怕一开始被嫌弃、被驱赶、被蔑视，只要有热情，最终还是能打动对方，得到理解的。

"总之，鹿野先生对人从不敷衍，无论对方是谁，他都认真以待。而且他活得全力以赴。尽管人生中伴随着重度残障，但他戴着脚铐拼尽全力地活过了。"

走出啤酒餐厅，我目送着回去上班的国吉，心里想到：

每个人心里都有一个"鹿野",对"鹿野之死"的理解也各不相同。所有人都在回味与鹿野的相遇和别离,从中领悟到自己的意义,继续过今后的人生。

5

本书一直把道营照料式住宅里的鹿野房间称作"鹿野家",在葬礼后的两周内,它慢慢被志愿者收拾干净了。

整理、搬运行李、打扫卫生等,每天都有人过来帮忙。

时间刚好在暑假,学生志愿者陆续到来,屋子里十分热闹。自由人和社会志愿者也在下班后过来帮忙。到了晚上,大家还从附近的超市买来饭团、配菜、鹿野喜欢的日式煎饼和烤鸡,摆在行李杂乱的地板上一起吃。那段日子特别开心,期间我也频繁去鹿野家,一边闲聊一边帮忙。

片桐真也经常在下班后过来露个面。他与鹿野相识了七年之久。

"我觉得他应该是幸福的吧……有这么多人围绕在身边。"

"他的人际关系真的很牢固。"我点头说道。

"过去我们半开玩笑地说过,各种年轻女性在家里进进出出,'健全者可没有这样的经历''你应该也有点赚到的感觉吧?'……而鹿野先生笑着说'嗯,是有点'。"

"是啊。"

然而,一般人会为此高兴吗?我觉得有点微妙。毕竟自己的身体不能动。可年轻有活力的女性却陆续来到身边。

这究竟是幸福还是不幸呢——

不过，鹿野没有用"我是残障者"来局限自己，不顾将来地接连爱上他人，甚至还跟人告白，在旁人看来简直是"有勇无谋"。在重度残障面前，他毫不气馁，甚至叫人怀疑："他难道忘了自己是个残障者？"可"不能动弹"仿佛已成为他人格的一部分，他也一直背负着无法摆脱的残障者身份。

这是鹿野神奇的地方，是他的魅力，也是他惹人喜爱的"可恨之处"。

片桐缓缓说道：

"想想自己的人生，我会不知不觉地寻思这辈子遇见、认识了多少人，而他们又是什么样的人。当个有出息的人，或者当个有钱的人其实并不重要，归根结底，关键还是与什么样的人相遇相知——

"回顾人生时，想到自己跟许多人一同欢笑过、一同哭泣过，感觉还是幸福的，鹿野先生知道自己的沙漏漏孔比别人大，所以才拼命地充实自己的人际关系……不过，他不是'圣人君子'，当然会跟人吵架了，也伤害过许多人。"

"没错，这么一想，感觉他真是过分。"

在一旁聆听的高桥雅之仿佛要故意破坏略微伤感的气氛：

"人一死，就会被逐渐美化、神化。这样是很危险的。因为最后所有人都说'没有人像他一样好——'。"

在场的人都放声大笑起来。然而，最消沉的人无疑正是高桥。他在照料式住宅附带的护理站做护工，每天都协助陪夜护理，和鹿野既是好搭档，也是好对手。

"突然想起来的时候，还是会泪水盈眶。其实，我们以前也没那么亲密，只是刚好认识了十年……情谊深厚。所以我才受到了巨大的打击，感觉就像失去了亲人一样。"

349

他高大的身体倚靠在紧贴墙壁的书架上,语气悲痛。

鹿野用过的电轮椅、书架等物品,均由其他残障者、组织回收。

鹿野剩下的遗物,则在光枝与清的好意下,以"分赠遗物"的形式送给了志愿者们。大家各自挑选了满载回忆的杯盘、和鹿野一起听过的CD。此外,男学生们当场试穿裤子、衬衣等,并开心地带了回去。

其中一位志愿者提出想要一套鹿野喜欢的蓝色睡衣。她正是横山树理。初次见面时,横山还是个20岁的活力少女,现在已是22岁的大四学生。

"我现在穿着它睡觉呢……感觉特别不可思议,仿佛是鹿哔在守护我!"

活泼欢快的语气还是跟以前一样。虽然"睡衣树理"的搭配令人忍俊不禁,可一说到鹿野的事,她的表情瞬间阴沉了下来。

"无论是听到死讯,还是葬礼中看到祭坛上的照片,我都一直在想这是怎么回事,为什么会变成这样。说实在的,我还处于一种迷迷糊糊的状态。但是,有时会突然想起他已经不在了。好寂寞啊。

"我们其实吵过很多次。找他商量毕业论文的时候,他说'写不出来是因为你缺乏问题意识,再说你对福利也不感兴趣吧'。当时我超级生气,反驳道'怎么可能没有。否则,我每周也不会过来了吧!'。

"反驳是反驳了,我却哭了起来(笑)。

"你知道'烟灰缸事件'吗?鹿野先生生日那天,我送了一只烟灰缸。结果他说不喜欢,还说'把它退掉,换更好的东西回来!',简直忍无可忍,这家伙太让人火大了!于是我直接对鹿哔说'你好烦!',当时我就哭了……还有过类似的事呢。真的发生了好多好多次。"

横山从刚进大学的春天开始做志愿者,至此已经有三年半的经验了。假如鹿野还活着,她打算一直做到毕业为止。我再次感叹,树理真的很努力。

目前,横山在道内的知名汽车销售公司找到了工作,临近毕业,每天都忙着写毕业论文。可有时,她也会突然难过起来:"鹿哗,空出来的星期三,我该做些什么才好?"

照料式住宅的房间经过大扫除后,一切痕迹都被抹去,月底变成了空荡荡的房间,还给了管理方北海道。

这是一座悲喜交织的照料式住宅……每天整理房间,心情愈发复杂,我莫名地感到寂寞。直到最后,荒川麻弥子作为志愿者的带头指挥人,她说:

"每个人都有自己的作用,与人相遇后才能第一次发挥出来。鹿野令我们发挥了自己的作用,我们也让鹿野发挥了他的作用。说到底,如果孤身一人地活着,其实很难把握活着的实感吧……

"不过,做志愿者也不全是好事。特别矛盾,特别复杂,对方会命令你,对你说一些难以置信的话,即使心中火冒三丈,也要考虑自己该如何反应、如何应对——收获当然很多,但失去的也很多。而且还有许多志愿者走不到那一步。

"可是,在经历的过程中,我明白了有些东西可以靠自己的力量去争取,我觉得与他相遇是件美好的事情。它很美好,但不是一开始就能无偿得到。"

6

我再次陷入沉思。

鹿野为什么死了？

鹿野的死究竟意味着什么？

对我来说，这场死亡完全是个意外。虽然我隐约觉得"死亡迟早会来"，但它来得太突兀了。而且太轻而易举，根本无力回天。鹿野之死，让我深刻体会到了死亡的沉重。

恐怕每个志愿者都有同样的感受，鹿野本人或许也是如此。去世不久前，鹿野还说"我没事的"。

"我已经没事了。

"大家回去吧。回去慢慢休息，都累了吧。

"我也累啦，要好好睡一觉了。"

然而，当我细细回顾鹿野的死亡时，又产生了一种完全相反的感觉。最后，鹿野没有给父母、志愿者送终的机会，更没有经历漫长的住院生活，生命之火在一夜间忽然熄灭。

说不定这是因为鹿野的意志。

实际上，在市立札幌医院急救中心的最后一晚，当我们全体回去后，在鹿野身边负责护理的人不是志愿者。鹿野的自立生活是由众多志愿者支撑起来的，他与志愿者一同生存，可最后照顾他的，是札幌市民间居家护理支援服务中心派来的有偿看护（家庭护工）。

"为什么是我呢？给鹿野先生送终的为什么是我呢？这让我感觉非常沉重……后来也一直在想这件事。"

我来到了由老民宅改建而成的居家护理支援服务中心的办公室。

最后负责护理的是一名30多岁的女性,她气质柔和而温暖,与鹿野往来了两年左右。这两年间,因为志愿者人手不足,鹿野委托这家公司提供每周一两次的陪夜护理。虽然一晚必须挤出6000日元的服务费,但接受过培训的工作人员能触及法律的灰色地带,进行"医疗护理"(吸痰),因此鹿野像信任志愿者一样信任他们。

"大家好像是在12点左右回去的吧?我问鹿野先生'情况这么严重,让大家回去真的好吗?',他说'没事儿,大家都累了'……

"每次陪夜的时候,我都会帮他揉脚底。那天我给他揉了20分钟,然后他说'不用啦,我累了,今天似乎能睡个好觉'。这便是他的最后一句话。"

"今天想好好睡一觉,我困了。"——确实,我在的时候,他也频频说这句话。"

"平时鹿野先生总说'睡不了''睡不着',还鲜少听他说'似乎能睡个好觉'。

"或许是我事后诸葛亮吧,鹿野先生那天好像说了很多稀奇的话。他本来就是个怕寂寞的人,希望大家能尽量陪在自己身边,如此顽固地让人回去也不正常……阿姨看我一个人可怜,准备一起留下来,他却说'不要紧。这个人是专业的,一个人没问题。老妈你快点回去啦!'。

"鹿野先生对'专业人士'一直很严厉。他说志愿者是两人轮班陪夜,睡觉也没什么,但你们是专业的,就算困了也不能睡,这就是你们的工作。

"可那天大家回去后,他对我也说'你去睡吧'。

"我回复'说什么呢,我怎么能在你睡着前躺下呢'。他就说'我也要睡了,你睡吧'。还说'幸好你今天过来了,真的很谢谢'……我还是头一次听他这么说。"

12点半入睡的鹿野此后再也没醒过来。当时，鹿野心跳迟缓，冒了许多汗。那天夜里，她帮鹿野擦拭额头上的汗水，换了两次衣服，可鹿野依然没有醒。

只有一次，凌晨1点的值班护士在换班时说了句"鹿野先生，我回去啦"，然后他应了声"嗯"。她也稍微松了口气，躺在旁边的小床上准备稍作小憩。突然，通知心跳停止的警报"哔"地响彻房间。

她吓得立刻跳了起来，只见屏幕上的心电图走平了，护士和医生纷纷赶来，急忙开始做心肺复苏。然而，这次没能像傍晚一般顺利。到了极限状态的心脏，无法再恢复跳动。

这便是鹿野的最后时刻。

或许他不想让任何人为自己送终。或许他当天隐约感觉到了自己的死期，心想"今天就死在这里吧，时辰已到"。

我这样想，也是因为鹿野如果不是死在急救中心，而是死在自己家，那事态将更为复杂。

"假如发生在自己家里，肯定会追究志愿者的处理方式。看护的处理方式是否正确，大概会成为一个问题，如果在场的是年轻志愿者，他们很可能会觉得这是自己的责任。而急救中心汇集了全札幌最新的设备，还有护士、医生在旁边，这么一想，也许鹿野先生打算在这种没人需要自责的状况下走吧……"

鹿野在生前明确表示过"即使发生万一，也不会追究志愿者的责任"，但志愿者进行医疗护理的过程中，并非没有任何失误或事故，也出现过致命的情况。就算没有出任何差错，如果鹿野在自家停止了呼吸，在场的志愿者恐怕也会受到沉重的打击。

虽然在医院，虽然是专业人士，她也感觉自己有很大的责任。为什么自己听鹿野的话去睡了呢……为什么不跟医生和护士强调出汗量大的情况呢……我接到才木的电话赶来时，她正和居家护理支援中心的负责人不停地向光枝与清低头道歉，眼睛都哭肿了。

"阿姨一过来就跟我道歉，说把辛苦的事推给了我。她哭了一会儿，说'啊，靖明走了啊'，然后非常冷静地跟医生打招呼，说对不起我。

"她说这是靖明希望的，让我不要放在心上。本来就心律不齐，今天明天都说不准，只是碰巧撞上了今天而已，自己早已做好心理准备。直到最后，靖明的死亡都贯彻了他的个人意志……"

护理临终病人的居家医疗该何去何从呢——

这恐怕是今后得认真思考的一个大课题吧。医疗护理的问题、急救处理的问题、地方居家护理支援网的问题，等等，需要追究、需要重新整备的东西有很多。

然而，鹿野在未经开拓的居家福利医疗界冲破了"责任自负"的限制，最后没有让任何人负责，而是自己负责到底。仿佛是鹿野自己决定了这样的死法，做好了心理准备，实在很像他的性格——

在偶然与必然的夹缝间，我对比鹿野此前的生存方式，开始思考他的死亡。

"感觉是一段很精彩的人生。

"换作是我的话，又会如何呢？有没有想过，自己死的时候会怎么样？"

馆野知己笑着问。我去勤医协札幌北区医院的医务室见他时，只见他身体修长，穿了一件套头式白衣，表情比平时要紧绷一点。

"像鹿野先生那样的重度残障者，且心脏几乎没怎么跳动过的晚期心肌病患者，在医院里也很少见呢。

"一般当身体变得那般脆弱时,人的内心都会恐慌不已,老老实实地听从医院的安排。所以鹿野先生真的是个很厉害的人。"

以志愿者为契机,30岁的馆野以医生的身份重新整装出发,在这家医院当了三年的实习医生。在这里,通过国家医师考试后,必须进行为期五年的"临床进修"(北海道民医连),在勤医协中央医院结束进修后,他现在转移到了中等规模的医院,今后还将在地方的小诊所进行实地研修。

馆野一直希望在乡村做医生。

"以后我想在乡村的诊所当医生。与一片地区紧密相连,和当地人打成一片是我的愿望。"

这也是馆野在此前的20年以及与鹿野的长期交往中摸索出的"活着的意义"吧。这似乎与鹿野的生存方式有相同之处。

"听到他去世的消息,我当然感觉惋惜,还掉了眼泪,毕竟从年轻的时候起,我就从他那里得到了许多有形乃至无形的东西。

"我已经学到了很多很多……他的生死固然是个大问题,但他现在依然鲜明地活在我心中,我想今后也是如此。"

应该不止是馆野吧,还有不少当过志愿者的医学生、卫校学生、因为志愿者而投身于医疗福利的人,又或者是普通的志愿者——鹿野的主张和生存方式都实实在在地活在他们心中,尽管缓慢,但这些影响会慢慢把社会转向鹿野所期望的方向。

这一年4月,馆野与鹿野的老志愿者土屋明美有了一个女儿。去世不久前,鹿野还把"馆野穗乃香"的名牌和土屋抱婴儿的照片贴在床边墙壁上,看得喜滋滋的。

鹿野没能见到小宝宝,葬礼上二人用婴儿车推着出生四个月的穗乃香,一家三口前来吊唁。

不仅是他们。就我所知,结婚的志愿者还有一对,他们也带着小孩一起参加了葬礼。说起来,鹿野曾经的女神——护士喜多弘美后来也结婚生子了,她与丈夫推着婴儿车出席了葬礼。

在葬礼现场,可以听到来宾们的啜泣声,四处还有婴儿的哭闹声,与葬礼的氛围莫名契合,令我印象深刻。死亡或许能让一个人消失,但也有留下的东西,还会有许多新事物诞生——婴儿的啼哭声仿佛象征了这句话。

7

"想过自己死的时候会怎么样吗?"

鹿野死后,日子依然没有停歇,我心里突然产生了这样的疑问。

当我离开人世后,到底会留下些什么?

我是个迟钝的人,许多事情总是事后才发觉。鹿野的事情我反复思考过许多遍,却完全没料到他的死亡。我实在愚蠢,同时也感到惭愧,可我就是这样一个人。

不过,在鹿野家发生的、见到的、感受到的,肯定也会发生在我今后的人生中吧。真到那时,我应该会想起鹿野以及鹿野家的人,并把我自己带进去,过好接下来的人生。相比现在明白的东西,今后我一定会慢慢懂得更多,在这层意义上,鹿野将在我心中一直活下去吧。

与鹿野认识的两年零四个月——

我在各种人之间来来往往,采访他们,把故事带回去并糅合起来,不知何时,我自然而然地得出了一个非常简单的信息。

不要放弃活着。

不要放弃去接触他人。

我开始觉得，人的生死恐怕不过如此。

后　记

真是一段漫长的故事。

可回过头一看，我似乎在反复思考同一个问题，最终才得以坚持写下来。说白了，就是"与他人共同生活的喜悦和悲伤"。

渴望在社区生活的重度身体残障者，身上都铭刻着"与他人生活的宿命"。如果斩断与人的联系、独自缩在房间里，是活不下去的，残障越严重，就得结交越多的人，人脉广才能得到护理。

他们的生活中时刻浓缩着"自我与他人"的问题，而这是每个人活着的时候都离不开的问题。尤其是本书的主题——鹿野家和鹿野靖明的生存方式，这个问题浓密得如同经过茶斗过滤后的浓茶。

正如"序言"所述，我原本与"残障者""福利""志愿者"等领域几乎无缘。

然而，一旦踏进去，就与这个世界产生了深刻的联系。任性也好，自我也好，人与人之间的摩擦争执也好，一直思考横在自己与他人之间的普遍而根源的问题，虽是件辛苦的工作，却也趣味无穷。

话说回来，本书的取材和执笔花了两年半的时间，期间我真的遇到了很多有人情味、有魅力的人。鹿野先生自不用说，特别是那些关键人物，百忙之中仍一次次地接受我的采访。面对迟迟未能拿出实绩的失职作家,大家都予以了耐心的配合。那个人自称"自由作家",但这是真的吗?老是说"我正在写""我在努力""马上就好了",简直跟"拖稿鬼"一样不靠谱(高桥雅之先生说的)……估计许多人都有这样的疑问吧。我发自内心地表示歉意。

不过,当我回过神时,发现自己收获了一众友人,对我来说那也是一段幸福的时光。这句话可能都说烂了,但在这里的相遇是我一生的财富。

除了本书的"尾声",鹿野先生的生平至此全部写完。他死后的故事追加在了"尾声"和这篇"后记"里。

然而,出版之前又是一番苦战。尤其是书中出现的各位残障者,向他们申请公开许可非常麻烦,我东奔西走,为这一难题苦思焦虑。我再次认识到自己的不成熟,与此同时,也切实体会到把残障者问题以纪实的方式写下来着实不易。

遗憾的是,鹿野先生还没看到本书完成便已离开人世,但其父母鹿野清、鹿野光枝看过全部原稿,并同意出版,在此我表示诚挚的谢意。另外,馆野知己与土屋明美夫妇、片桐真、才木美奈子、荒川麻弥子、高桥雅之等人也读完了原稿,并从专家或读者的角度给出了宝贵的感想、建议以及鼓励。高桥先生还提供了许多以鹿野为拍摄主题的照片。

在最后的一年间,我完全接不到别的工作,根本没饭吃。对我这个贫困作家时常伸出援手的坪井圭子女士、高桥淑子女士,以及总是从远方寄来鼓励信的小泽绫子女士,真的很感谢你们。

事到如今,我觉得完成一本书,离不开众人的帮助、时间、劳力、耐心、金钱,以及面对孤独时光的厚脸皮。

这个漫长的故事究竟有多少人能读到最后呢？我一边寻思着，一边把与鹿野先生相识的两年零四个月时光写成了这本书。

最后，谨将本书献给已逝的鹿野靖明先生。

渡边一史

2003 年 2 月

文库版后记

十年过去了。

如今,事物的发展速度令人目不暇接,甚至用不着"十年前"这个词,有时得用三年或是一年作单位,然而在鹿野家的那些日子,却一点变化也没有。除了鹿野已经不在——

后来我也同书中出现的人们保持着密切的往来,他们的话题成了我日常话题的一部分。因此,这篇后记虽然是后日谈,但我也不知道能说些什么,并没有"鹿野志愿者十年后重聚——"这类戏剧性的发展。

"听说馆野他们会来。"

鹿野的老家依然在札幌市旁边的石狩市,母亲光枝一个人生活在那里,每当光枝发来这样的消息时,我都会过去一趟。

基本上每隔一两个月,在带广市当医生的馆野知己就会抽一个周末,带上家人一起住在光枝家。馆野的妻子明美(旧姓土屋)曾经同为志愿者,后来拿到了针灸师的资格证,在带广的家中开了间针灸馆,由于她得参加札幌同流派针灸师举办的研究会,所以会顺便来石狩过夜。馆野家2002年有了大女儿,2008年小女儿出生,现在是四口之家。

每次馆野一家过来时,我、高桥雅之、荒川麻弥子和其他志愿者也经常来露面,一起吃光枝做的晚饭。这里不是鹿野家,而是位于石狩的鹿妈妈家（别名"鹿婆婆家"），它成了鹿野志愿者们的"老家"，这种奇妙的关系如今也在继续。

2013年5月，母亲节——

为了写这篇后记，我再次来到鹿妈妈家，询问光枝"这十年来"（准确来说，鹿野已过世十一年）的感慨。即将79岁的光枝说：

"过了十年，志愿者一般都不会过来了吧？我儿子（鹿野）去世的时候，按理说也就结束了吧？"

"嗯，果然是因为鹿婆婆的人品吧？"

"不过，如今志愿者们也能聚集起来，还是因为鹿野离开机构，选择了自立吧。要是他一直待在机构里，大家肯定只是陌生人了。"

"呵呵，什么都鹿野、鹿野的。想把一切都推给他吗？"

"啊，作为母亲，有没有什么难以坦言的话呢？"

"你就写：我现在拥有的一切，全是托儿子的福。"

"不，不要说让我写，我想知道您当母亲的真实感受。"

"没有啦。我得到了志愿者的许多帮助，真的。要是没有他们，说不定我们早就死了。"

说东时偏要说西的光枝，凡事都讲得云淡风轻，但她没有屈服于"两个孩子都是残障者"的困难，讲情义、会照顾人、开朗又积极、坚强而贴心、百折不挠，大家都十分敬爱她，叫她"妈妈""鹿妈妈""鹿婆婆"。事到如今，我觉得鹿野志愿者的凝聚力或许来自光枝，而不是鹿野。

而在这个"老家"受惠最多的，也许是我。

2002年8月，光枝送走鹿野后，在次年10月失去了丈夫清。比鹿野小 6 岁的妹妹美和,目前仍待在智力残障者设施里。

美和同时患有重度智力残障和身体残障,也就是重度身心残障者,但由于"婴儿痉挛",她难以在家生活。

不过,接连失去儿子与丈夫,光枝是如何跨越这种苦难的呢?

"因为你没时间消沉啊。

"儿子刚一走,下一年就是老公了。而且第二年美和的状况也越来越严重。状况一个接一个,我根本没时间颓废。不过,美和总算好转了,现在稳定了不少。我不会扔下美和先走的。如今我能这么精神,是多亏了美和。"

"腰痛,腿也痛,我已经不行了,要走了。"光枝最近叫苦连天,但依然每周去探望设施里的美和。因此,高桥雅之负责每月两次的接送,剩下的两次由光枝的弟弟接送。而高桥没空的时候,便由我来代替。

2003 年出版本书后,我理应有了一本光彩亮丽的出道作。可后来的八年时间里,我也没写出第二本书,过着默默无闻的生活。这种不成体统的日子就像走一步退两步一样,可支撑我熬下来的,正是鹿野去世后的鹿野志愿者们。

"活着吗?还是死啦?"

接到光枝的消息后,我过去了一趟。

"不行啊,真头疼。"我瘫坐在客厅的沙发上。

"什么,遇到麻烦事啦?阿姨可不想听这些。还以为你会说'写完啦!',结果又是麻烦。"

光枝说话毫不留情,我本来已经结婚,但后来离了婚,仍是个无依无靠的光棍。那天光枝把配菜、蔬菜、冻鱼块和其他各种食物塞进袋子里,让我带回家。这十年来,我都不知从光枝、高桥那里收到了多少袋米。还有荒川和馆野家也是,收到的援助简直多不胜数,如米券、商品券、罐头等。

我问："鹿婆婆，您现在有多少个孙子啦？"

"孙子？

"都数不过来了。馆野家就有两个吧。阿俵（俵山）家一个，卷岛君家一个。还有，岸田（旧姓喜多）那儿一个。绘理（旧姓今井）和理抄（旧姓大贯）都有两个……还有谁来着？"

特别是馆野家的两个女儿，都让人怀疑她们是不是真的把鹿婆婆当成了自己的奶奶。当然，本书中出现的志愿者，许多都已就业结婚，也有不少生完孩子后关系就变得疏远了，但至今仍有近50名志愿者会用贺年卡告诉光枝自己的近况。因此，只要问光枝，基本上就能够知道鹿野志愿者们的近况。

十年过去，让人分不清究竟是谁在支撑、谁被支撑的鹿野志愿者大家庭，如今依然健在。

因此，我将简要提及书中主要出场人物的后日谈。

高桥雅之、荒川麻弥子、才木美奈子三人后来不断跳槽，但始终在札幌从事护理工作。另外，鹿野住院时期的老志愿者俵山政人，成了神奈川县特别支援学校的老师；与鹿野相遇后决心离婚的主妇志愿者佐藤重乃，后来也拿到了社会工作者的资格，再婚前一直继续护理的工作。

另一方面，在第二章出场的学生志愿者中，山内太郎当鹿野志愿者的时间最长，足足六年，后来，他从博士后课程退学，目前在札幌国际大学短期大学部担任讲师。"太郎居然当上了大学老师……"不仅是我，熟悉他的鹿野志愿者们也发出了这样的感慨，并为此感到自豪。

远藤贵子曾用突然的"结婚→加拿大→退伍宣言"令鹿野家陷入混乱，回国后，她成了埼玉县私立高中的老师，目前在道立高中担任理科老师。

而内藤功一的动向最令人瞩目（担心）——我曾好奇他能否成为一个有出息的社会人。后来他结了婚，如今是三个孩子的父亲。在工作方面，他转到了有机农产品食品公司的销售岗位，两年前被提升为室兰市连锁店的店长，这正是"男人有了要守护的东西后会变强大"吧。此后，他只身去室兰赴任，很少在鹿妈妈家露面了，但学生志愿者中成长最大的或许就是内藤了吧。

活泼女孩横山树理与汽车销售公司的上司结了婚，现在是家庭主妇，两个孩子的母亲。横山了不起的地方在于，每到鹿野的忌日，她都会带着孩子一起去扫墓，从未缺席。她昔日的"活泼"已经消失，高亢的声调也低沉了下来，如今莫名散发出人妻的魅力，实在有些滑稽。

不过，在这里我想详细说说彻底远离了鹿妈妈家的两名志愿者——"香蕉事件"中的国吉智宏和第七章中认为必须让护理变得"更日常、更普通"的齐藤大介。

两人都与鹿野关系深刻，发言却形成了鲜明的对比。在这层意义上，我也颇感兴趣。

成了NHK记者的国吉智宏后来又在札幌、东京、松江等地的电视台工作，如今在NHK冈山电视台从事新闻编辑。新闻编辑是带领采访团队的职位，主要向记者们下达采访和报道方面的指示。

国吉42岁了，刚好是鹿野去世时的年龄。从记者升职为新闻编辑，就这个年龄而言"不早也不晚"。国吉笑着说自己没能成为东京政治部或社会部等"当红部门"（NHK内部似乎称之为"出稿部"）的记者，虽然现在平凡不起眼，却也还算顺风顺水。

去冈山见国吉还是太麻烦了，我提前问他哪个时间段方便慢慢聊，他说："晚上10点多是我歇口气的时候，你可以打电话过来。"据说他每天早上9点上班，晚上12点才到家，工作依然繁忙。

"抱歉在休息时间打扰你。你现在还会想起鹿野先生或者当鹿野志愿者的经历吗？"我在电话里问道。

国吉回答："哎呀，几乎没有呢。"

"我这个人比较无情，当年在现场还是挺投入的，可一旦离开，我的重心就立即转移到下一个现场了。现在，我只会给阿姨寄贺年卡，已经好久没见过啦。"

"但在历代的鹿野志愿者中，你是与鹿野先生冲突最激烈的代表选手呢。"

"唉，可我在公司里从没顶撞过人。"

"这样啊，你开始讲究处世之道啦？"

"哈哈哈。好歹也42岁了嘛。不能接受的时候其实也可以顶撞，但弄得不好，公司的氛围会尴尬起来，特别麻烦（笑）。"

过去的国吉正直、死板，面对鹿野"任性"的举止，他不顾周围的气氛果断斥责。因此，虽然鹿野很生气地说："小国，你是女护士那边的人吗？"但二人反而建立起了深刻的信赖关系。

"不过吧，当时的经历对如今的自己产生了什么样的影响，其实我想不太明白……当年自己还年轻，感觉像那段时期发生在那个闭塞空间里的事情。"

辞去鹿野志愿者后，十六年过去了。对国吉来说，后面的人生才是更重要、更宝贵的经验吧。感觉也不难理解。

"当志愿者可能确实改变了一点认知吧。我现在还记得鹿野先生说'再来一根！'的时候，我心里咯噔一下，此前很执着的东西突然就破碎了。不过这件事，基本就跟书里写得差不多啦。"

"你也不用说这些恭维话——我就写'国吉没什么好说的'(笑)。"

"哈哈哈。肯定有什么潜在的影响,可我一时也答不上来……说不定以后会想起些什么,到时候我再联系你。"

电话中断了几次,听筒那头的国吉和同事简短交流几句后,又回来继续跟我通话,令我非常过意不去,但我们依然聊了足足一个多小时。尽管国吉说"到时候再联系",可后来也没再联系过。当然,他每天都忙得没这个闲暇吧。

另一方面,齐藤大介与之形成了鲜明的对比。

如今仍旧在道立高中担任英语老师的齐藤,我刚打电话问他什么时候方便,他便说:"我至今仍无法忘记在那里的经历。"

2月上旬,我驱车前往齐藤居住的俱知安町。俱知安町距札幌的车程约为2个小时,人口约1.5万。新雪谷地区以道内屈指可数的滑雪胜地而闻名,而俱知安町正是它的中心城市。

齐藤41岁,教学生活已步入第十四个年头。他三年前来到现在的高中,担任学年主任。我在JR俱知安站打电话后,齐藤立刻开着能容纳8个人的白色大面包车来接我了。

"好大的车啊。"我说。

"我家共三口人(太太和小学五年级的儿子),虽然用不着这么大的车,但因为社团的练习赛,我经常载着学生去札幌、小樽等地。买车就是为了这个。"

这天是周日,可他刚还在参加社团的练习。周六也完全没休息。在前高中担任棒球部顾问的齐藤自从接手过羽毛球部后,在现任高中里依然是羽毛球部的顾问。

"我也不是因为想当顾问(笑),只是接手之后,觉得自己不能半途而废——太神奇了,我现在跟做鹿野志愿者的时候没太大变化。"

"哈哈哈。当年你也说'其实做得很不情愿'。"

齐藤的神情和语气简直跟从前一模一样,包括那嘴上不情愿,却比谁都要积极的态度。

我们进入车站附近的"TSUTAYA"(茑屋书店)的咖啡店后,角落的座位上有几位疑似齐藤学生的高中生,齐藤跟他们打了声招呼。齐藤苦笑着说,因为是个小城市,不管去哪儿都能遇到自己的学生。

我们坐在离学生稍远的双人座上,边喝咖啡边聊天。

"你在电话中说,至今仍无法忘记当鹿野志愿者的经历吧?"

"我没有变化啦。是没有成长吗?"

说完,他再次苦笑了起来。"我还是没能脱离绝境,它的影响依然很大。经历了那些事,我稍微有了点信心,以为自己能在绝境中努力,不逃避。"

"不逃避的信心?"

"遇到困难想打退堂鼓的时候,相信自己能坚持到最后的信心。唉,虽然不是百分百的信心,但感觉不再是零了。"

这句话直击我的胸膛。

不管嘴上说得多天花乱坠,一旦陷入绝境,有的人立刻翻脸而逃,有的人视若无睹,而我立志绝不能成为这样的人。如今想来,这份固执让我鲁莽地写了这本书,还支撑着我活过了后来的十年。

"当鹿野志愿者时,有学到东西的感觉吗?"

"有的。感觉那是我的全部了。如果没有做志愿者,我的性格可能会大有不同。坚持到底的人都有这种想法吧?"

其实完全可以觉得志愿者跟自己没关系。然而,唯独没有这么想的人留了下来。我恍然大悟。

分别之时，齐藤对我这样说：

"我极度渴望坦白自我。这样的念头一年比一年强烈。我要毫无保留地展示自己——还需要什么理由呢？因为理由总会有的。即使满身泥泞，我也想把眼前的事情都做好，我这个人做事就凭着这点想法。"

国吉说无法把当时的自己与现在的自己直接联系起来。

和他相反的是，齐藤说当时的经历便是自己的一切。

二人的话恐怕是其他志愿者的两个极端，折射出了他们的人生片段，即使因各种事情而动摇，也会收获意义，并且不断更新吧。结论在他们各自的人生当中。

"唉，要是小鹿还健在的话，我有一堆话想跟他说呢。最近遇到难题时，我经常想如果是他的话会怎么办。"

前些日子，我与鹿野的盟友——我妻武在札幌站的地下居酒屋一起喝了酒。

我妻比鹿野大一年，54岁。这个年纪足以称之为道内残障者运动的中坚力量。他担任了残障者代表团体"残障者国际北海道会议"的事务局长、NPO法人（运营有护工站、共动事业所等）的理事长等职务。

我问我妻：在同为残障者的我妻眼中，如何评价鹿野42年的人生。

"实际上，从残障者运动的角度来看，也有人疑惑'鹿野到底做了啥'。"

"鹿野没有魄力，不像领导札幌一五会的小山内美智子，清晰可见地改变了社会与制度。在残障者运动的平台上，鹿野不过是个无名之辈。"

"结果，鹿野一生中最大的功劳，就是他与每一位志愿者、看护建立了独特的人际关系。"

"毕竟纵观业界，都没听过哪个团体能像鹿野志愿者一般团结。你不也完全变成'俘虏'了吗？"

说完，我妻笑了。

我也是鹿野培养出来的一人，这已是毋庸置疑的事实。短短的两年零四个月——我与鹿野的相识只有如此短暂的时间，却彻底改变了我后来的人生。假如这本书能一直流传下去，也说明鹿野构建的人际关系令不少人产生了共鸣吧。

自从本书出版以后，我妻在演讲会或护工培训上常说"我是《三更半夜居然要吃香蕉！》里面的我妻"。此刻，他深有感触地笑道："正是因为小鹿，才有了我妻。"

过去，30多岁的鹿野烦恼于照料式住宅的问题与当时的夫妻关系，每天都去精神科接受咨询，他在札幌一五会的会报中写道："……再怎么努力，我也成不了小山内和我妻那样的英雄。"这句话吐露了他痛苦的感受。

"哪里，你已经是个英雄了，早就超过我妻喽——我很想这样告诉小鹿。"

此次推出文库版之际，我久违地把本书精读了一遍。

关于本书，尽管有几处地方修改了细微的文字，但大致内容基本无须再加工。特别是贯穿全书的基本问题"自我与他人"，以及"什么是支撑"的主题，即使放在今天来看也不过时，这不光是对护理、福利问题的思考，也是摆在我面前的"终身课题"，而且分量还在不断增加。

另一方面，关于残障者问题以及居家福利医疗的各项制度、法律，如今正以目不暇接的速度发生着改变。因此，这次我对记述它们的"作者碎碎念"部分进行了大幅度的添加与修改。

此次文库版也受到了不少人的关照。尤其是各位鹿野志愿者和相关人员，不仅为单行本的取材提供了帮助，还在文库版中继续出场。另外，还要向今本严、今本美知子、长濑修、田中惠美子、田中耕一郎、福永秀敏、石川悠加、河原仁志、故福山昭仁、本堂俊子、故西村秀夫、小山内美智子、佐藤正寻、高桥世织、佐藤正人、藤崎贞信、佐佐木正男、佐佐木小世里、菊地光一郎、山本浩贵等人表示诚挚的谢意。

最后，提一提为本书写解说的山田太一先生。

我是在山田先生的优秀电视剧——《长不齐的苹果们》《早春写生簿》的影响下长大，但1979年《男人们的旅途》系列中的《轮椅的一步》，在残障和福利领域是一部足以改变观众人生的电视剧，如今也拥有巨大的影响力。

"——只要向外迈出一步，无论是坐电车还是爬一小段石阶，都必须麻烦他人。不麻烦别人，就没办法出门。

"所以麻烦别人也不要紧吧？当然，讨厌的事情不能做。只是，在不得已的情况下麻烦别人没什么关系。否则寸步难行啊。"

这段台词由山田先生创作，著名演员鹤田浩二念出，它直击复杂问题的核心，紧贴人心的最深处，播出过去三十多年仍能引发我们的深思。

事实上，我在取材中遇到的不少残障者都说自己开始自立生活的契机之一便是这部电视剧带给他们的感动。本书说不定也是因山田先生的质问而萌芽的小种子之一。在此我表示诚挚的感谢与敬爱之情。

回顾过去，执笔本书的那段岁月对我来说是一段痛苦的时光，因为必须写的东西一直写不出来。不过，此刻我再次感觉到它也是鹿野赋予我的一段宝贵时光，在我今后的人生中，其意义将愈发深远。

任何人都会变老，终有一天会垂老病危，迟早我也会去往他们的身边。

渡边一史

2013 年 5 月

主要参考文献

（第三章和第五章"作者碎碎念"中提及的文献以外的资料）

『生の技法　家と施設を出て暮らす障害者の社会学』安積純子、岡原正幸、尾中文哉、立岩真也著　藤原書店　1990年

『同書　生活書院　増補改訂版』『同書第三版』安積純子、岡原正幸、尾中文哉、立岩真也著藤原書店、生活書院　1995年、2012年

『障害学への招待　社会、文化、ディスアビリティ』石川准、長瀬修編　明石書店　1999年

『障害学の主張』石川准、倉本智明編　明石書店　2002年

『自立生活の思想と展望　福祉のまちづくりと新しい地域福祉の創造をめざして』定藤丈弘、北野誠一、岡本栄一編　ミネルヴァ書房　1993年

『自立生活運動と障害文化　当事者からの福祉論』全国自立生活センター協議会編現代書館　2001年

『自立生活への道　全身性障害者の挑戦』仲村優一、板山賢治編　全国社会福祉協議会　1984年

『続自立生活への道障害者福祉の新しい展開』仲村優一、板山賢治監修三ッ木任一編　社会福祉協議会　1988年

『日米障害者自立生活セミナー・報告書』日米障害者自立生活セミナー中央実行委員会　1983年

『障害者の「自立生活」と生活の資源　多様で個別なその世界』田中恵美子著　生活書院　2009年

（web『arsvi.com／立命館大学グローバルCOEプログラム「生存学」創成拠点——障老病　異と共に暮らす世界へ』「http://www.arsvi.com」

『ボランティア　もうひとつの情報社会』金子郁容著　岩波新書　1992年

『「ボランティア」の誕生と終焉　〈贈与のパラドックス〉の知識社会学』仁平典宏著　名古屋大学出版会　2011年

『基礎から学ぶ　ボランティアの理論と実際』大阪ボランティア協会監修　巡静一、早瀬昇編　中央法規出版　1997年

『介助者たちは、どう生きていくのか　障害者の地域自立生活と介助という営み』渡邉琢著　生活書院　2011年

『介助現場の社会学　身体障害者の自立生活と介助者のリアリティ』前田拓也著　生活書院　2009年

『ケアを問いなおす　〈深層の時間〉と高齢化社会』広井良典著　ちくま新書　1997年

『ケアの社会学　当事者主権の福祉社会へ』上野千鶴子著　太田出版　2011年

「ケアの社会化をめぐって」市野川容孝著　『現代思想　特集・介護　福祉国家のゆくえ』第28巻第4号　青土社　2000年3月

『障害者が恋愛と性を語りはじめた』障害者の生と性の研究会著　かもがわ出版　1994年

『障害をもつ人たちの性　性のノーマライゼーションをめざして』

谷口明広編著　明石書店　1995 年

　『謎障害者はどりっ生きてきたか　戦前・戦後障害運動史　増補改訂版』杉本章著　現代書館　2008 年

　『障害者運動と価値形成　日英の比較から』田中耕一郎著　現代書館　2005 年

　「札幌市パーソナルアシスタンス制度の実際　導入経緯、制度概要、論点など」田中耕一郎著　北海道障害学研究会　2011 年

　『哀れみはいらない　全米障害者運動の軌跡』ジョセフ・P・シャピロ著　秋山愛子訳　現代書館　1999 年

　『増補改訂　障害者の権利条約と日本　概要と展望』長瀬修、東俊裕、川島聡編　生活書院　2012 年

　『障害者福祉の世界　第 4 版補訂版』佐藤久夫、小澤温著　有斐閣アルマ　2013 年

　『最初の一歩だー！　改正障害者基本法　地域から変えていこう』特定非営利活動法人 DPI 日本会議編　解放出版社　2012 年

　『Q&A 障害者の欠格条項　撤廃と社会参加拡大のために』臼井久実子編、障害者欠格条項をなくす会企画　明石書店　2002 年

　『福祉が変わる　医療が変わる　日本を変えようとした 70 の社説＋α』朝日新聞論説委員室＋大熊由紀子著　ぶどう社　1996 年

　『難病と生きる』福永秀敏著　春苑堂出版　1999 年

　『病む人に学ぶ』福永秀敏著　日総研　2004 年

　『筋ジストロフィーってなあに？改訂第 2 版』河原仁志編　診断と治療社　2008 年

　『高内鎮夫写真集　まなざし　筋ジストロフィー病棟の仲間たち』高内鎮夫著　静山社 1996 年

『家で死ぬのはわがままですか　訪問看護婦が20年実践した介護の現場から』宮崎和加子著　ちくま文庫　2002年

『訪問介護のための医療的ケア実践ガイド』セントケア・ホールディング著　中央法規出版　2012年

『誰のための福祉か　走りながら考えた』浅野史郎著　岩波書店　1996年

『偏見の断層　福祉を考える友へ』忍博次著　ぽぷら選書　1987年

「障害者の居住環境のあり方に関する研究　ケア付き住宅の問題をめぐって」忍博次他著『日本の地域福祉』第1号　1988年3月　日本地域福祉学会

『西村秀夫記念文集　時代の課題に応えて』西村秀夫先生記念文集刊行会　2007年

『みんなヒーローだった!!　横路道政、その誕生と軌跡』新蔵博雅、佐藤正人著　CRIPメディアサービス　1986年

『プレイバック「東大紛争」』北野隆一著　講談社　1990年

『「弱者」とはだれか』小浜逸郎著　PHP新書　1999年

『〈対話〉のない社会　思いやりと優しさが圧殺するもの』中島義道著　PHP新書　1999年

『「死の医学」への序章』柳田邦男著　新潮文庫　1990年

『やさしさの精神病理』大平健著　岩波新書　1995年

『アダルト・チルドレンと家族　心のなかの子どもを癒す』斎藤学著　学陽文庫　1998年

『「ささえあい」の人間学　私たちすべてが「老人」+「障害者」+「末期患者」となる時代の社会原理の探究』赤林朗、佐藤雅彦、森岡正博、斎藤有紀子、土屋貴志編　法蔵館　1994年

『「からだ」と「ことば」のレッスン』竹内敏晴著　講談社現代新書　1996年

『癒える力』竹内敏晴著　晶文社　1999年

『新編普通をだれも教えてくれない』鷲田清一著　ちくま学芸文庫　2010年

『「聴く」ことの力　臨床哲学試論』鷲田清一著　阪急コミュニケーションズ　1999年

『〈弱さ〉のちから　ホスピタブルな光景』鷲田清一著　講談社　2001年

『山田太一作品集4　男たちの旅路②』山田太一著　大和書房　1985年

解 说

山田太一

有一个身体重度身体残障的男人。

在渡边一史写这本书的大半时间,他都生龙活虎。

这个故事描述了鹿野靖明以及他生前认识的许多志愿者。

如果我这样写,恐怕有人会猜本书的内容跟那些烂大街的书差不多。但并非如此。这完全不是常见的那类书,而是一本很厉害的书,是一本很罕见的书。这本好书撼动了许多社会成见,从意想不到的切口,深入探讨了人与人共同生活的可能性。

虽然是八年前的事了,当时读完这本书后,我深感敬佩,跟作者交谈了一番。书出版已有两年,但渡边先生才30多岁。我们聊到了"尊严死"这一话题,也因为我已经年满70。

选择"尊严死"主要是随老人意愿而言的一种死法:当人躺在床上动也不能动,只能在他人的帮助下生活时,便不希望自己活下去了。然而,等人到了那个时候,或许已经没有了表达这一意愿的体力和判断力,因此,也有人会提前写下来。

虽然我还没写,但在与家人的日常交流中,也说过类似"不想活成那样"的话,隐约表达了自己的想法。即便是目前的高龄者,似乎也别无选择。可看完本书，我发现自己对活着的看法或许还是浅薄了些。

在交谈中，渡边先生也这样说道：

"社会会接纳尊严死，很大一部分可能受到了'活着若不能自力更生，就没有尊严''不想麻烦家人''让别人来端屎端尿太丢脸了'——这类琐碎的价值观的影响。但'活着不给人添麻烦'就是有尊严的活法吗？看到鹿野先生后，我感觉不能如此一口咬定。"（《MOKU》2005年6月号）

要是没读过本书，我一定会马上反驳吧。对于躺在床上不能动弹的人来说，不想麻烦家人和身边人的念头、让人端屎端尿的丢脸，凭什么就是琐碎了？怎能不在意这些呢？

渡边先生也随即说道：

"假如没遇到鹿野先生，我大概也会毫不犹豫地'选择尊严死'吧。"（同前）

没错。可能很多人都觉得自己已走投无路，只能选择尊严死了，但鹿野先生活了下来，告诉你接下来还有很长一段路。

或许老年人的尊严死与42岁的鹿野先生并非一回事。然而，两者的身体都不自由，鹿野先生的情况可能还更严重。就"死到临头"这一点而言，二者其实也没多大差别，不是吗？

不过，鹿野先生一点都不绝望，还想方设法地继续活下去。不是在医院或设施，而是在自己独居的家中。然而，他24小时都离不开护理人员。最重要的是，如果没人帮他吸出随时可能堆积的痰液，他会立刻窒息而亡。

要活过一天，就得要3名志愿者。不，可能4名都不够。

他每天忙着编排人手，在勉强维系生存的现实中，根本容不下伤感和撒娇。志愿活动既不是工作也不是义务。志愿者随时都可能离开，全看心情和时间。其中，有人不小心弄碎了餐具，有人若无其事地吃掉了鹿野先生喜欢的零食，还有人忘了照顾、沉迷漫画。

即便如此，鹿野先生依然需要他人的帮助，必须让他人端屎端尿。他一个人做不到。身边时刻有他人陪伴，毫无隐私可言。独自哭泣的时候，也无法回避他人。

渡边先生是一名自由作家，此前对福利、医疗领域几乎一无所知。听朋友说鹿野先生家有许多年轻志愿者时，他心中涌起了疑问与好奇：为什么会有这么多志愿者呢？

朋友说："太壮观了，那个人的家门口摆满了松糕鞋呢。"松糕鞋并不是年轻男性所穿的结实糙鞋，而是1990年代后期到2000年间，在年轻女性中特别流行的一款时髦鞋子。

有许多年轻女性？很壮观？

"总而言之，我想见见踏实度日、全力生存的人。"

于是，渡边先生第一次来到了鹿野先生的福利住宅。和预想的一样，鹿野先生不是普通人。他戴着人工呼吸机。这通常是"用在濒死患者身上"的最后续命手段，而且患者也不能说话。然而，鹿野先生用半年时间掌握了发声方法，一举推翻了"不能说话"的定论。必不可少的"吸痰"被认为是医疗行为，不允许医生、护士以外的人进行操作。但是，在不住院的情况下，不可能在家让有吸痰资格的人进行一天几十次的吸痰。要照顾只有手指能微微动弹的鹿野先生，凡事都需要学习。而能够指导志愿者的，也只有鹿野先生本人。不少事情如果志愿者不照办，他可能会当场死亡。既然如此，他哪里还顾得上什么客气。哪怕骂人，也得让对方帮忙。因此，志愿者也无须扮演"善良"和"同情"。帮助有困难的人，应该能丰富这些人的生活。"不麻烦他人，也不想被人麻烦"的生存方式只会加深各自的孤独。大家在帮助别人的时候也能拓宽自己的世界。双方是平等的。

三更半夜叫醒志愿者，说自己想吃香蕉。志愿者半睡半醒地剥皮，把香蕉送进他嘴里。他一口一口地慢慢吃，吃完后又叫住志愿者，说"再来一根"。

这种独特的"厚脸皮"，剥去了看护者的伪善。厉就厉害在，虚情假意根本敌不过鹿野先生"无论如何都想活下去"的求生欲。

人们因此而离开他了吗？恰恰相反，人们不断被他吸引。

年轻人也并非活得诚实，当他们接触到鹿野先生真实而坦荡的生活后，便会涌起"想来这里""不想置之不理"的想法。在这个地方，可以毫无掩饰地做自己。

渡边先生也成了护理鹿野先生的一名志愿者。他接触到了鹿野先生身上罕见的魅力，也接触到了志愿者各自的心事。来做志愿者的人，似乎都想在与人接触中，填补心里的渴望。而鹿野先生满足了他们。慢慢地，我们分不清谁是"残障者"、谁是"健全者"了。鹿野先生就这样避免着志愿者的流失，他对他人的努力理解打动了我的心，他的坚强不仅源于自己的欲求，也源于对社会的愤怒——因为社会对残障者的现实过于漠然。

为了活下去，一切皆有可能——鹿野先生的生存方式让我们试图活得"普通"的"普通"，显得黯然失色。

2002年8月，鹿野先生走了。

在守夜和追悼会上，会场都挤满了志愿者。它所说明的事情，实在一言难尽。

希望您读完这篇解说后，能产生阅读本书的欲望。383页，不管翻开哪一页，肯定都有东西能直达读者的心里。

这是渡边一史的第一部作品。

同时拿到了讲谈社非虚构类大奖和大宅社非虚构大奖。

此后的八年,他全身心地投入到第二部作品中,2011年,大部头《北方的无人车站》出版了。这也是一本好书。

＊文中出现的人物的年龄、职业、所属、状况等信息皆为作者取材时的信息。

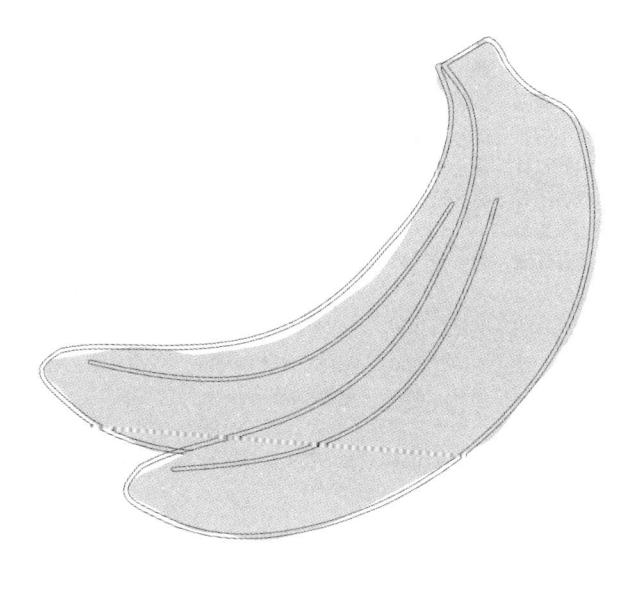

图书在版编目（CIP）数据

三更半夜居然要吃香蕉！/（日）渡边一史著；谢鹰译. — 北京：北京时代华文书局，2020.9
ISBN 978-7-5699-3432-8

Ⅰ.①三… Ⅱ.①渡…②谢… Ⅲ.①纪实文学－日本－现代 Ⅳ.①I313.55

中国版本图书馆 CIP 数据核字（2020）第 009065 号
北京市版权著作权合同登记号 图字：01-2019-3578

原书名：こんな夜更けにバナナかよ　筋ジス・鹿野靖明とボランティアたち
作者名：渡辺一史
原出版社：株式会社文藝春秋

三更半夜居然要吃香蕉！
SANGENGBANYE JURAN YAO CHI XIANGJIAO！

著　　者｜[日] 渡边一史
译　　者｜谢　鹰

出 版 人｜陈　涛
策划编辑｜康　扬　黄思远
责任编辑｜黄思远　康　扬
营销编辑｜江　辰　郭啸宇
封面设计｜黄小海
内文设计｜迟　稳
书内摄影｜[日] 高桥雅之
责任印制｜刘　银　范玉洁

出版发行｜北京时代华文书局 http://www.bjsdsj.com.cn
　　　　　北京市东城区安定门外大街 136 号皇城国际大厦 A 座 8 楼
　　　　　邮编：100011　电话：010 - 64267955　64267677

印　　刷｜三河市兴博印务有限公司　0316-5166530
　　　　　（如发现印装质量问题，请与印刷厂联系调换）

开　本｜880mm×1230mm 1/32	印　张｜12.5	字　数｜300 千字
版　次｜2020 年 11 月第 1 版		印　次｜2020 年 11 月第 1 次印刷

书　　号｜ISBN 978-7-5699-3432-8
定　　价｜59.90 元

版权所有，侵权必究

KONNA YOFUKE NI BANANA KAYO Kin-Jisu Shikano Yasuaki to
Volunteer-tachi by WATANABE Kazufumi
Copyright ©2003 WATANABE Kazufumi
All rights reserved.

Original Japanese edition published by The Hokkaido Shimbun Press in 2003.
Republished as paperback version by Bungeishunju Ltd., in 2013.
Chinese (in simplified character only) translation rights in PRC reserved by
Beijing Time-Chinese Publishing House Co., Ltd. under the license granted
by WATANABE Kazufumi, Japan arranged with Bungeishunju Ltd., Japan
through Bardon-Chinese Media Agency, Taiwan.